북한 역사소설의 재인식

북한 역사소설의 재인식

* "이 저서는 2006년 정부(교육인적자원부)의 재원으로 한국학술진흥재단의 지원을 받아 수행된 연구임" (KRF-2006-814-A00079)

* "This work was supported by the Korea Research Foundation Grant funded by the Korean Goverment(Ministry of Education & Human Resources Development" (KRF-2006-814-A00079)

북한 역사소설의 재인식

임 옥 규

도서출판 역락

　북한문학에 대한 부분 해금 이후 길지 않은 시간이 흘렀다. 그동안 북한 문학에 대한 연구는 괄목할 만한 성과를 거두고 있고 남북한의 문화교류에도 일익을 담당하고 있다. 최근 남북의 화해와 협력의 방향이 새롭게 모색되면서 북한문학 연구에도 새로운 장이 마련되고 있다. 남한에 소개되고 있는 북한 문학작품으로는 대중적인 호응을 얻고 있는 역사소설이 주류를 이루고 있다. 북한 역사소설들은 남한에서 영화나 드라마로 제작되고 있는데, 특히 역사소설이라는 장르가 우선적으로 교류의 대상이 되고 있다는 사실에 주목해 볼 필요가 있다. 이는 역사소설이 이데올로기의 표상이 아닌 남북 모두가 공감하고 향유할 수 있는 민족문학으로 이념과 체제의 장벽을 넘어 자유롭게 접근할 수 있는 장르에 해당되기 때문인 것으로 보인다.

　역사소설은 민족혼을 추구하고 역사적 위기 때마다 이를 극복했던 선인들의 모습을 통해 현시대의 과제를 진단하는 보편적이고 무시간적인 상상력을 부여한다. 북한 역사소설을 통해서는 남한과 북한의 사회제체는 다르지만 민족적 자각과 통일에 관한 염원은 동일하다는 것을 알 수 있다. 또한 이질성의 벽을 허물고 진정한 민족적 해방과 동질성 회복을 추구하는 현실적인 방안을 남북의 역사소설 속에서 찾을 수 있다는 가능성을 제기할 수 있다. 남북의 역사소설은 민족의 과거 삶에 대한 탐사로서 민족적 정체성에 대한 동질성을 깨닫게 하는 대상이다. 또한 민족의 역량을 배양하고 민족의식을 고취시킬 뿐 아니라 대중의 호응을 이끌어내는 역할을 한다.

　이 책은 북한 역사소설을 통해 북한 문학사의 흐름과 북한 문예이론의 전개양상을 고찰하고자 하였다. 북한 역사소설의 창작원리를 통시적으로 살펴보고 개별 작품의 서사구조, 언어 표현, 사상적 특성 등에 주목하여 작가와 작품 분석에 치중하였다. 연구대상 설정은 『조선문학』과 『문학신문』의 평론을 참고하였고 북한자료센터의 도움을 받아 북한 역사소설을 찾아볼 수 있었다. 그 결과 북한 역사소설 작품만큼이나 작가들에 대한 관심이 고조되었다.

북한 현대 역사소설가의 양대 산맥인 홍석중과 강학태, 북한 신예작가인 김혜성, 민족의 자부심을 문학적으로 표현하고자 한 박춘명, 고구려 역사의 긍지를 그리려 했던 김호성, 그 외 김현구, 림종상과 리종렬, 리성덕, 리영규, 박태민 등의 작가들은 낯설지만 역사이야기를 통해 친숙하게 다가온다. 무엇보다 월북하여 서로 다른 인생행로를 걷게 된 북한 역사소설의 대가 박태원과 이기영, 최명익의 생애와 문학세계는 남다르게 느껴진다.

북한 역사소설을 연구하면서 깨닫게 된 것은 같은 언어, 같은 혈연, 같은 역사를 지닌 한 민족으로서의 동질감이다. 서로 지향하는 바는 다르지만 과거에 대한 공유는 또 다른 미래를 꿈꾸게 할 수 있는 것이리라. 선학들의 연구가 축적되어 통일문학사의 징검다리가 될 수 있기를 바란다.

"희망이란 본래 있다고도 할 수 없고 없다고도 할 수 없다.
그것은 마치 땅 위에 있는 길과 같은 것이다. 본래 땅 위에는 길이 없었다.
걸어가는 사람이 많아지면 그것이 곧 길이 되는 것이다." (루쉰)

생각보다 쉽지 않은 집필 과정을 겪으며 졸업논문보다 훌륭한 저서로 거듭나게 하겠다던 의욕은 가뭇없이 사라져버렸다. 참으로 부끄럽고 민망한 일이지만 또 다음을 기약하며 이 책을 내놓는다. 그동안 본인의 역량을 벗어난 벅찬 작업을 하느라 힘들었지만 지인들에게 감사의 마음을 전할 수 있다는 것으로 위안을 삼고자 한다.

학문의 길로 이끌어주신 존경하는 지도교수님이신 장사선 교수님과 은사님이신 정호웅 교수님, 이승복 교수님께 감사드린다. 박사학위논문을 심사해주셨던 이용남 교수님, 김현숙 교수님, 조남현 교수님께 감사드린다. 통일문학사를 지향하시는 김성수 선생님과 김재용 선생님, 유임하 선생님, 노귀남 선생님, 전영선 선생님, 김은정 선생님, 이상숙 선생님, 남원진 선생님, 오태호 선생님, 오창은 선생님, 이명자 선생님, 고인환 선생님, 이재복 선생님을 비롯한 남북문학예술연구회 선생님들께도 감사드린다. 같은 길을 걷고 있는 대학원 선후배들과 오랜 벗인 희, 선경, 미정이에게도 고마움을 전한다.

일생을 선하게 살아오신 아버지, 넉넉한 품으로 보듬어 주시는 시부모님과 왕고모, 가까이에서 늘 애써주는 하나네 가족들에게 감사를 전한다. 또한 언니들, 동생들과 이 보람을 같이 하고 싶다. 늘 진솔하고 자상한 내 평생의 동반자 신호철과 인생의 참된 기쁨과 행복을 알게 해 준 사랑스런 딸 규리에게 그동안의 감사와 사랑을 전하고 싶다. 그리고 언제나 자식들을 위해 모든 것을 희생하셨던 하늘에 계신 윤일순 여사에 대한 그리움을 담아 본다.

끝으로 학술재단의 지원과 홍익대학교 산학협력단의 도움에 감사드리고, 이 책을 편찬해 주신 역락출판사 이대현 사장님과 권분옥·김지향 편집자님께 감사드린다.

임 옥 규

제1장 ‖ 북한 역사소설의 인식과 전망

1. 북한문학 인식 양상

해방 이후부터 체제와 이념을 달리한 남한과 북한은 문학사에 있어서도 다른 길을 걸어왔다. 문학의 본질 중 하나가 현실 세계를 반영하고 미래에 대한 지향을 담보해내는 것이라면 현재까지의 남북한의 착종(錯綜)과 반목, 이질성의 원인을 문학을 통해서 진단하고 상호 통합과 동질성을 모색해 볼 수 있으리란 가능성을 제기할 수 있다. 최근에 와서 남한에서의 북한에 대한 관심이 증대되고 북한 문학에 대한 연구와 이해도 상당히 진척되고 있다. 그런데 지금까지의 북한 문학 연구는 문학사나 개별 작품과 작가 연구, 특정 시대나 문예이론에 대한 것으로 남한과의 차이를 더 부각시킨 측면이 있다.

이 책은 북한 역사소설에 초점을 맞추어 연구하고자 한다. 역사소설이란 한 민족의 삶에 대한 기록이자 과거 시대의 사건과 풍속, 다양한 인간들의 생활과 세계관 등을 미학적이고 사변적으로 형성하는 것으로 규명할 수 있다. 그러므로 이에 대한 연구를 통해, 남북한의 사회 경제적 토대와 예술 미학적 관점에 차이가 있음에도 불구하고, 한민족으로서의 동질성을 회복할 수 있다고 판단된다. 물론 이 책에서는 역사소설이 단순한 과거에 대한 서사가 아니라 현재의 관점과 미래에 대한 전망에 따라 허구적 변용이 가능한 장르이며 과거의 시간적 정의와 범주, 역사적 사실에 대한 미학적 표현과 가치평가에 대한 문제가 제기됨을 염두에 두기로 한다.

최근 남북문학계의 교류가 새로운 차원으로 접어들면서[1] 남한에서 출판되고 있는 북한 역사소설에 대한 관심도 높아지고 있다. 『황진이』(홍석중)를 비롯하여 『주몽』(김호성), 『최무선』(강학태), 『안룡복』(리성덕), 『안중근 이등박문을 쏘다』(림종상 각색), 『삭풍』(림종상), 『군바바』(김혜성), 『훈민정음』(박춘명) 등이 남한 출판사와 정식계약을 맺고[2] 출간되고 있는데 이러한 현상에는 여러 의미를 부여할 수 있다. 특히 역사소설이라는 장르가 우선적으로 대상이 되고 있다는 사실에 주목해 볼 필요가 있다. 이는 북한 역사소설이 북한의 혁명문학이 아닌 남북 모두가 공감하고 향유할 수 있는 문학으로 이념과 체제의 장벽을 넘어 자유롭게 접근할 수 있는 장르에 해당되기 때문인 것으로 보인다. 또한, 최근 국제 정세 속에서 한국사 왜곡 사례가 많아지면서 이에 대한 사회 문화적 측면으로

---

1) "2006년 6·15 공동선언 이후 남북은 냉전적 분단구조에서 벗어나 탈냉전적 분단구조로 진입하였다." 김재용, 「탈냉전적 분단구조와 '고난의 행군' 이후의 북의 문학」, 한국근대문학회 제15회 전국학술대회, 12. 20.

2) 『황진이』(홍석중, 2002)는 『민족 21』(2003)에 소개된 이후 『통일문학』(2003)에 연재되었다가 당국의 허가를 얻어 대훈닷컴에 의해 정식으로 출판되었고(2004) 남한에서 영화로 개봉되었다(2007).
(주)자음과모음에서는 북한의 베스트셀러들이라고 할 수 있는 북한 내 인기 작품들을 묶어 '자모 역사소설' 시리즈를 발간하고 있다. 이 출판사에서 출판한 『서산대사』(최명익, 1956), 『주몽』(김호성, 1997), 『최무선』(강학태, 2000), 『안룡복』(리성덕, 1992), 『안중근 이등박문을 쏘다』(림종상 각색, 1979) 등은 2006년 1월 16일 북한 측과의 저작권 교류 사업 일환으로 남북경제문화협력재단이 출판권 양도 계약을 체결하면서 발표한 작품들이다.
『삭풍』(림종상, 2000)은 2007년 하반기에 KBS에서 방영되었던 남북합작 드라마 '사육신'의 원전인 북한소설로 이가서에서 출판됐고(2006) 『훈민정음』(박춘명, 2002 추정)도 같은 해에 이가서에서 출판되었다.

역사소설에 대한 관심이 높아지는 것도 한 몫을 한다고 볼 수 있다.

이 책은 북한 문학과 역사소설 연구라는 이중적 특수성으로 인해 여러 가지 선결해야 할 문제들을 지닌다. 북한 문학을 바라보는 관점을 어떻게 설정할 것인가의 문제와 북한 문학사에서의 역사소설의 성립과 전개가 어떤 의미를 지니는가, 역사소설 자체에 대한 개념 정리와 개별 작품에 대한 분석의 방향을 어떻게 설정할 것인가의 문제들이 중첩되어 있다. 이러한 점들을 염두에 두고, 본고는 북한 역사소설의 창작원리와 내용 전개·서술방식·언어 표현·사상적 특성 등에 초점을 맞추어 분석하고자 한다. 이 책은 통시적인 개괄과 개별 작품에 대한 분석을 통해 북한 역사소설의 실체와 변모 과정을 살펴보고자 한다.

북한 역사소설을 연구하기 위해서는 북한 문학에 대한 이해와 역사소설에 대한 남북한 연구사 검토 등의 선행 작업이 필요하다. 북한 문학 연구 검토에서는 남한에서의 북한 문학에 대한 시각의 변모과정을 중점으로 살펴보고 현재의 시점에서 필요한 시각을 도출해 내도록 한다. 북한 역사소설 연구사 검토를 통해서는 지금까지 연구되었던 주요 역사소설을 살펴보고 의의와 문제점을 밝힌 뒤, 본 연구 대상 설정의 틀을 만들고자 한다. 그리고 역사소설 일반론을 검토하여 이를 비판 수용하고 연구의 방향을 설정하고자 한다.

북한 문학에 대한 연구는 1988년 7월 19일 월북·납북 문인들에 대한 해금조치가 이루어지면서 이전의 제한된 연구에서 어느 정도 벗어나게 되었지만 여전히 자료에 대한 한계가 있다. 해금조치 이전의 연구는 남한의 정부기관 주도로 이루어졌고 대부분 일반인에게는 공개되지 않았다. 이러한 연구들은 북한 문학 자체에 대한 관심보다 북한 정책의 일환으로써 문학을 바라보고 있기에 본격적인 연구라고 보기 힘들다. 해금조치 이후 북한 국어국문학계 연구에 대한 세미나와 몇몇 잡지에서의 특집 기사가 마련되기도 하였다.[3] 이러한 논의들은 북한문학을 대중화하기 시작했다는 것에 의의를 둘 수 있지만 아직은 단순한 차원에서 북한문학을 소개하고 출판하는 경향이 강하였다. 1980년대 말에는 '북한 바로 알기 운동'이 펼쳐지면서 북한문학이 폭넓게 소개되어야 한다는 인식이 나오기 시작하였다. 항일혁명 문학예술에 대한 긍정적인 논의도 생겼다.4) 이러한 긍정적 논의는 북한문학을 민족문학으로서의 효용성과 현실 개혁적 측면을 인정해야 한다는 주장이 제기되는 것에 이르렀다.5) 이러한 시각의 변모는 통일문학사 지향이라는 당시의 정세에 부합하려는 취지에 그친 것으로 보인다. 이러한 태도는 학문적 접근이 아닌 편의주의적 실용주의적 접근의 한계라는 비판을 받은 바 있다.6) 1980년대 말과 1990년대 초까지는 북한문학에 대한 비판과 옹호의 양립선상에서 연구자들의 연구태도와 관점이 자유롭지 않았다.

1990년대 이후부터는 자료가 이전보다 개방되면서 북한 문학사7) · 문

---

3) 국어국문학회 편, 『북한의 국어국문학 연구』, 지식산업사, 1990.
북한문학심포지움, 「북한문학 어떻게 볼 것인가」, 『문학사상』, 문학사상사, 1989. 6, pp.114~229.
「북한의 문학과 예술」, 『실천문학』, 실천문학사, 1989 여름.
4) 지상토론(백진기, 「북한의 문예에 대한 올바른 이해를 위해」, 임헌영, 「북한문학 개관」), 『실천문학』, 1989년 여름.
오현주, 「북한의 혁명문학 40년」, 『사회와사상』, 한길사, 1989. 2.
임헌영, 「북한의 창작문학」, 『문학사상』, 문학사상사, 1989. 6.
임진영, 「해방직후 민주건설기의 북한문학」, 『해방전후사의 인식』 5, 한길사, 1989.
5) 서준섭 외, 「북한문학 이해의 올바른 방향」(지상토론), 『민족문학사 연구』 5호, 창작과비평사, 1947. 7.
6) 김성수, 「북한문학 · 통일문학 연구의 현황과 과제」, 동국대학교 한국문학연구소 편, 『북한의 문학과 문예이론』, 동국대학교출판부, 2003, p.331.
7) 안함광 외, 『해방 후 10년간의 조선문학』, 조선작가동맹출판사, 1955.
안함광, 『조선문학사』, 교육도서출판사, 1956.
과학원 언어문학연구소 문학연구실, 『조선문학통사』 상 · 하, 과학원출판사, 1959. 5, 1959. 11.
사회과학원 문학연구소, 『조선문학사』(전 5권), 과학백과사전출판사, 1977~1981.
정홍교 · 박종원 · 류만, 『조선문학개관』 Ⅰ · Ⅱ, 사회과학원출판사, 1986.
박충록, 『조선문학간사』, 연변교육출판사, 1987.
오정애 · 리용서, 『조선문학』 10, 과학백과종합출판사, 1994.

학작품・이론서 등이 남한에서 출판되었고 이에 대한 연구도 내재주의적 접근방법이나 실증주의적 차원과 본격적인 분석 차원에서 이루어졌다. 여전한 냉전적 사고의 기반 위에서 반공적 반북적 시각을 보인 것[8]으로 비판 받고 있는『북한의 현대문학』(Ⅰ・Ⅱ)[9]도 있지만『현대문학비평자료집』[10]이나『북한『문학신문』기사목록』[11] 등은 문학비평 자료를 연도별, 주제별로 설명하고 있어 북한문학 연구의 기초 자료로써 의의를 갖는다. 그런데『현대문학비평자료집』은 해방 이후부터 1967년까지라는 시간적 제한이 있고『북한『문학신문』기사목록』의 경우 북한의『문학신문』이 1956년에 창간되었다가 1970년대와 1980년대에 중단되어 남한에 소개된 자료도 이에 한정되어 있는 아쉬움이 있다. 1990년대부터는 북한문학 연구에 대한 여러 가지 원칙이 제기된다. 민족문학의 이념과 리얼리즘의 창작원리, 역사주의적 접근방법이 문학사 작업을 통해 다양하게 이루어지고 남북한 통합문학사 모색 등의 노력이 나타난다. 김재용과 김윤식의 경우 카프문학의 연속상에서 북한문학을 바라보고 있으며 김윤식의 경우 근대성의 논리로 북한문학사를 설명하고 있다.[12]

　북한문학에 대한 남한의 연구는 문예이론 연구[13]・비평사 쟁점 연구[14]・북한 문학사 연구[15]・작가와 작품 분석[16] 등으로 대별된다. 이

---

8) 김성수,「통일문학 연구의 현황과 과제」,『북한의 문학과 문예이론』, 동국대학교 출판부, 2003, p.329.

9) 이형기・이상호 공저,『북한의 현대문학』Ⅰ, 고려원, 1990.
　　윤재근・박상천 공저,『북한의 현대문학』Ⅱ, 고려원, 1990.

10) 이선영・김병민・김재용 편,『현대문학비평자료집』(이북편), 전 8권, 태학사, 1993 ~1994.

11) 김성수,『북한『문학신문』기사목록』, 한림대학교 아시아문화연구소, 1994.

12) 김윤식,「남북한 현대문학사 서술방향에 대한 예비적 고찰」,『북한문학사론』, 새미, 1996.

13) 권영민,『북한의 문학』, 을유문화사, 1989.
　　김윤식,『한국현대 현실주의 소설 연구』, 문학과지성사, 1990.
　　신형기,『북한소설의 이해』, 실천문학사, 1996.
　　이주미,『북한문학예술의 실제』, 한국문화사, 2003.

중 『북한문학의 역사적 이해』(김재용)와 『북한 『문학신문』 기사목록』과
『통일의 문학, 비평의 논리』(김성수), 『북한소설의 이해』(신형기), 『북한 문
학사』(신형기 · 오성호) 등의 연구는 큰 성과물로 보인다. 『북한문학의 역
사적 이해』(김재용)는 북한 문학에 대한 역사주의적 시각을 제공하고 북
한 문학을 유일사상 이전과 이후로 시기 구분하여 연구하고 1980년대와
1990년대의 북한 소설의 새로운 주제를 다루고 있는 점에서 폭넓고 새
로운 시각을 제공했다는 의의가 있다. 저자는 한국 근대 민족문학의 도
정(道程)으로 북한문학을 검토하고 탈냉전의 시각, 북한 문예정책 내에서
의 개인의 자율성과 텍스트 자체에 대한 검증이 필요함을 주장하고 있
다. 이러한 주장은 북한 문학 연구의 전면적 실상에 대한 문제제기로서
의의를 지닌다. 한편으로는 문예정책과 비평사 위주의 전개로 작품과
작가에 대한 심도 있는 분석을 기대하기는 어렵다. 『북한 『문학신문』
기사목록』과 『통일의 문학, 비평의 논리』(김성수)는 실증적인 자료 연구
라는 측면에서 의의가 있으며 문학사의 전개과정을 역사 발전과정의 일
환으로 파악하고 그 과정에서 역사발전 법칙에 맞는 모델을 규명하려고
하여 후학들을 위한 지침서로 자리매김하고 있다. 『북한 소설의 이해』
(신형기)는 '공산주의 인간학'의 분석이라는 부제에서 알 수 있듯이 북한
소설의 특성을 잘 표현하고 있다. 이전의 북한문학에 대한 선험적 재단
의 경향에 대한 비판과 북한 사회를 사회주의라는 이념에 입각하여 이
를 이루어 가려는 과정에 따른 것으로 보는 내재적 접근론에 대한 일단

---

14) 김재용, 『북한 문학의 역사적 이해』, 문학과지성사, 1994.
   김윤식, 『북한 문학사론』, 새미, 1996.
   남원진, 『남북한의 비평연구』, 역락, 2004.
   장사선, 『남북한 문학평론 비교 연구』, 월인, 2005.
15) 민족문학사연구소, 『북한의 우리문학사 인식』, 창작과비평사, 1991.
16) 주로 월북 작가 이기영 · 박태원 · 한설야 · 최명익 등과 재북 작가인 천세봉 · 석
   윤기 등에 치우쳐 있다. 최근에는 『높새바람』과 『황진이』의 작가 홍석중이 많이
   연구되고 있다.

의 수용과 비판을 통해 주체소설의 독서는 현실 변화의 내용을 찾아 읽는 작업이어야 한다는 현재주의적 관점을 제시하고 있다. 이러한 연구는 주체소설의 성격과 배경을 이전의 다른 연구서들보다 일진전한 모습으로 분석하고 있다는 것에 의의가 있으나 사상을 인간학과 등가로 보는 것에는 북한소설에 대한 다양한 분석의 한계를 노정한다는 우려감이 생긴다. 『북한문학사』(신형기·오성호)[17]의 경우 '항일혁명에서 주체문학까지'를 표방하면서 해방 이후부터 1990년대까지의 북한문학에 대한 연구를 치밀한 논증과 예시를 통해 방대한 작업을 최초로 해냈다는 것에 의의가 있다. 그러나 북한문학사를 바라보는 관점이 혼용되어 북한의 문학사 시기구분을 따르면서 신형기의『북한소설의 이해』의 주요 내용인 공산주의 인간학에 대한 관점을 그대로 이입시키고 있다는 문제점이 있다. 1990년대 이후 성과물들은 북한문학을 바라보는 새로운 시각을 정립하고 있다는 것에 의의가 있다.

 2000년대 이후에는 원전『조선문학』[18]이 남한에 소개되어 북한 연구에 많은 도움을 주고 있다. 원전『조선문학』은 1947년부터 2000년대에 이르기까지 다양한 작품과 평론들을 수록하고 있어 북한 연구의 귀중한 자료가 되고 있다. 현재『조선문학』을 바탕으로 많은 연구들이 개진되고 있다. 또한 북한의 문학을 체계적으로 정리한 단행본들이 많이 출판되고 있다.[19] 그러나 대부분 이전의 성과물을 모아놓거나 대학원의 수

---

17) 신형기·오성호,『북한문학사』, 평민사, 2000.
18) 문학예술종합출판사 편집위원회,『조선문학』, 문학예술종합출판사, 1947~2000.
19) 최동호 편,『남북한 현대문학사』, 나남출판, 1995.
　　이명재 편,『북한문학의 이념과 실체』, 국학자료원, 1998.
　　김종회 편,『북한문학의 이해』, 청동거울, 1999.
　　김종회 편,『북한문학의 이해 2』, 청동거울, 2002.
　　김종회 편,『북한문학의 이해 3』, 청동거울, 2004.
　　김종회 편,『북한문학의 이해 4』, 청동거울, 2007.
　　목원대학교 편, 국어교육과 엮음,『북한문학의 이해』, 국학자료원, 2002.
　　동국대학교 한국문화연구소 편,『북한의 문학과 문예이론』, 동국대학교출판부,

업연구 결과물로 총론적인 의미에만 그치는 경우도 있다. 이러한 연구
들은 공통적으로 북한의 문예이론 운동으로서의 문학·장르론·작품론
을 통해 다양한 방향으로 북한문학을 조망하고 있다. 2000년대 이후의
북한 문학사론들은 양은 많아졌지만 이전 연구와 내용이 중복되거나 다
양한 작품 소개에 그치고 서술의 일정한 시각을 얻기 힘들다.

　북한 소설 연구에 대한 학위논문의 경우 1990년대 중반 이후부터 박
사논문이 나오기 시작했다.[20] 주로 해방기나 한국전쟁 전후를 중심으로

2003.
20) 김현종, 「해방기의 북한소설 연구」, 충남대 박사학위논문, 1997.
　　김해연, 「최명익 소설의 문학사적 연구」, 경남대 박사학위논문, 2000.
　　이주미, 「북한의 농민소설 연구」, 동덕여대 박사학위논문, 2001.
　　김경숙, 「북한 시의 형성과 전개 과정 연구」, 이화여대 박사학위논문, 2002.
　　홍혜미, 「북한의 전후 소설 연구」, 창원대 박사학위논문, 2004.
　　김윤영, 「북한소설의 갈등양상 연구」, 수원대 박사학위논문, 2004.
　　남원진, 「남북한의 비평연구」, 건국대 박사학위논문, 2004.
　　성동민, 「남북한 전시소설 연구－스토리 유형을 중심으로」, 동국대 박사학위논
　　문, 2004.
　　이상숙, 「북한문학의 ‘민족적 특성론’ 연구」, 고려대 박사학위논문, 2004.
　　정낙현, 「북한 희곡의 특성과 구조 연구－1945년~1960년대 중반의 작품을 중
　　심으로」, 이화여대 박사학위논문, 2004.
　　이명자, 「김정일 통치 시기 가족 멜로드라마 연구－북한 근대성의 변화를 중심
　　으로」, 동국대 박사학위논문, 2005.
　　이지순, 「북한 시문학의 이데올로기적 담론구조 연구」, 단국대 박사학위논문,
　　2005.
　　한정미, 「북한의 문예정책과 구비문학의 활용 양상 연구」, 숙명여대 박사학위논
　　문, 2005.
　　김은정, 「천세봉 장편소설 연구－인물유형의 변화과정을 중심으로」, 한국외대
　　박사학위논문, 2006.
　　박찬모, 「남－북한 국가형성기 민족문학 담론 연구」, 전남대 박사학위논문, 2006.
　　서영빈, 「남북한 및 중국 조선족 역사소설 비교연구－『북간도』, 『두만강』, 『눈
　　물 젖은 두만강』을 중심으로」, 한남대 박사학위논문, 2006.
　　안상문, 「이기영 해방 이후 소설 연구－북한 문예정책 및 문예이론의 원용 양상
　　을 중심으로」, 경희대 박사학위논문, 2006.
　　킨가 드굴스카, 「북한문학에 나타난 김정일 우상화 경향 연구－『불멸의 력사』와
　　『불멸의 향도』를 중심으로」, 경희대 박사학위논문, 2006.

다루고 있다. 김윤영의 경우 북한문학 연구에 대한 방대한 연구사를 체계적으로 정리한 노력이 보이나 간혹 잘못된 자료 소개로 연구사 자체에 대한 신빙성이 떨어진다. 예를 들면 김윤식의 『한국소설사』의 경우 1950년대 북한문학을 집중적으로 다루고 있다고 표현하고 있지만[21] 이 저서에서는 북한에서의 토지개혁과 전후복구과정의 형상화를 간략하게 다루고 있을 뿐이다. 또한 각주의 오기(誤記)도 간혹 보인다. 김성수의 『북한『문학신문』 기사목록』은 북한 문단의 조류를 한 눈에 파악할 수 있게 하지만 목록에 있는 자료를 직접 확인할 수 없다고[22] 소개하고 있으나 직접 확인이 가능하다. 이주미는 해방직후부터 1960년대 초까지를 중심으로 북한의 농민 소설을 연구하고 있다. 대상 작품으로 이기영의 『두만강』과 『땅』, 한설야의 『설봉산』, 천세봉의 『석개울의 새봄』을 분석하고 있다. 이 논문에서는 농민문학을 민족문학이나 북한 문학의 개념으로 대체할 수 있다고[23] 하였는데 이는 시각의 과장으로 보인다. 이상숙은 1950년대와 1960년대 북한 문학의 민족적 특성에 대하여 고찰하고 있다. 이를 위해 고전 작품과 시와 소설 작품을 분석하고 당시의 비평들을 참고하여 민족적 특성론이 주체문예이론으로 전이되는 주요한 논쟁임을 증명하고 폭넓은 함의에서 남한에서의 전통론과 일맥상통함을 보이고자 하였다. 이 논문은 북한 문학의 주요 특징을 중점적으로 논의하고 있다는 것에 의의를 둘 수 있다.

북한 역사소설 연구는 북한에서 발간된 『문학신문』·『조선문학』 등과 여러 문학사를 중심으로 살펴볼 수 있었는데 반해 남한에서는 북한 학위논문 등의 체계적 연구 성과는 찾기 힘들었다.

남한에서의 역사소설에 관한 연구는 개별 작품에 대한 연구와 역사

---

21) 김윤영, 앞의 책, p.9.
22) 김윤영, 앞의 책, p.12.
23) 이주미, 앞의 책, pp.14~15.

소설 전반에 관한 연구로 대별됨을 알 수 있었다. 1900년대 이래 역사소설은 많이 배출되었고 남한에서 역사소설과 관련된 석, 박사학위 논문도 90여 편 이상이다. 그런데 개별 작품의 연구는 대체로 1920~1930년대와 1970~1980년대 역사소설 연구에 치중되어 있다. 1920~1930년대 역사소설로 논의의 주요 대상이 되는 것은 이광수의 『마의태자』(1926)·『단종애사』(1928)·『이순신』(1931)·『이차돈의 사』(1935)·『원효대사』(1942), 김동인의 『젊은 그들』(1929~1931)·『운현궁의 봄』(1933~1934)·『대수양』(1941), 박종화의 『금삼의 피』(1929~1931)·『대춘부』(1937)·『전야』(1940)·『다정불심』(1940), 홍명희의 『임꺽정』(1928~1934, 1937~1939), 현진건의 『무영탑』(1938~1939)·『흑치상지』(1939), 이태준의 『황진이』(1936), 윤백남의 『대도전』(1930) 등이다.24) 이러한 역사소설들은 근대적 역사소설로서 전대의 전기적 역사문학이 지닌 사기적 역사 담론으로부터 허구적 담론으로의 전이 현상이 뚜렷한 것으로 인정받고 있다.25) 해방 직후 역사소설로 박태원의 『홍길동전』(1947), 이명선의 『홍경래전』(1947), 박종화의 『홍경래』(1946~1949)·『민족』(1945), 윤백남의 『동천기』(1945), 이광수의 『사랑의 동명왕』(1950) 등이 연구되고 있다.26) 이후 역사소설은 침체기를 맞이하다가 1970년대 이후 다시 활발해진다. 대표적 성과로는 황석영의 『장길산』(1974~1984)·조정래의 『태백산맥』(1983~1987)·김주영의 『객주』(1979~1984)·박경리의 『토지』(1969~1994) 등이 있다. 이에 대해서는 이전 시기에 비해 질적 성장이라는 평가가 지배적이고 왕조사 중심에서 민중사 중심으로 흐르는 경향에 대하여 민중의식의 성장으로 본다. 그러나

---

24) 신재성, 「1920~30년대 한국역사소설 연구」, 서울대 석사학위논문, 1986.
　　유재엽, 「1930년대 한국역사소설 연구」, 단국대 박사학위논문, 1996.
　　김종호, 「1920~30년대 역사소설론 연구」, 경북대 석사학위논문, 1988.
　　최유찬, 「1930년대 역사소설론 연구」, 연세대 석사학위논문, 1984.
25) 이재선, 「역사소설의 성취와 반성」, 『현대 한국문학 100년』, 민음사, 1999, p.132.
26) 임무출, 「해방 직후 한국 장편 역사소설 연구」, 계명대 박사학위논문, 1992.

역사적 사실(史實)의 사사화(私事化), 낭만화에 기울거나 과거와 현재의 무매개적 동일시 또는 병치에 함몰되어 역사적 진실성의 확보에까지는 이르지 못하고 있다고 평가된다.[27)]

개별 작품에 대한 연구는 위의 작품들로 편향되어 있으며 역사소설에 대한 전반적인 연구는 주로 근대 역사소설 연구에 치중되어 있다.[28)] 이 연구들은 대부분 근대적 문학의 발전 과정으로서 역사소설을 바라보고 있으며 식민지 시대의 또 다른 대안으로서 발전한 양식으로 보고 있다. 그리고 역사소설을 소재 중심으로 분석하거나 연구 방법이 서구의 이론에 치우친 경향이 많아 한국 역사소설의 고유한 특징을 밝히는 데 미진한 점이 있다.

역사소설 전반에 관한 연구사는 유형별 연구[29)]·미학적 특성 연구·소재와 주제 연구 등으로 대별된다. 유형별 연구의 경우 역사소설의 특성인 사실과 허구의 결합에서 사실성과 허구성 중 어느 것에 더 치중하느냐에 따라 양식을 구별하고 있다. 해방 이후 역사소설의 유형별 고찰은 주로 영웅·전기적 역사소설과 민중주의적 역사소설로 대별되어 연구되었다.[30)] 이런 경우에는 도식화의 우려가 생기고 소재와 주제에 편

---

27) 정호웅, 「70년대 역사소설의 문제점」, 『현대소설연구』, 한국현대소설학회, 1994, p.56.
28) 송백헌, 「한국근대역사소설연구」, 단국대 박사학위논문, 1982.
   김치홍, 「한국근대역사소설의 사적 연구」, 명지대 박사학위논문, 1986.
   강영주, 「한국근대역사소설연구」, 서울대 박사학위논문, 1987.
   홍정운, 「한국근대역사소설연구」, 동국대 박사학위논문, 1987.
   홍성암, 「한국근대역사소설연구」, 한양대 박사학위논문, 1988.
   문철주, 「한국근대역사소설연구」, 동아대 박사학위논문, 1988.
   정영길, 「한국근대역사소설연구」, 원광대 박사학위논문, 1995.
   고정욱, 「한국근대역사소설연구」, 성균관대 박사학위논문, 1993.
   공임순, 「한국근대역사소설의 장르론적 연구」, 서강대 박사학위논문, 2001.
29) 김윤식, 「우리 역사소설의 4가지 유형」, 『소설문학』 제11권 6호, 소설문학사, 1985. 6.
   유종호, 『현실주의 상상력』, 나남, 1991, pp.386~389.

향되는 경향을 보인다. 이러한 유형론 외에 역사소설의 특징을 규명하는 연구들이 있다. 정호웅은 한국 역사소설의 특징을 미학적 특성인 '강렬성·불변성·무시간성·윤리적 이분법·장식성' 등으로 정의하고 있는데 이러한 특성으로 말미암아 서사성의 약화와 이야기성의 증대, 우연성의 증대, 초현실성의 개입을 초래하는 결과를 초래한다고 보고 있다.[31] 이러한 연구는 한국 역사소설의 미적 특질을 규명하면서 역사적 진실성인 사실성을 중시하는 하는 것에 의의를 둘 수 있다. 소재와 주제별 연구에는 한민족의 운명에 많은 영향을 끼친 역사적 사건을 소재로 하여 남북한 역사소설을 비교하기도 하였다.[32]

북한 역사소설에 대한 남한에서의 연구는 1989년부터 이루어졌다.[33] 이러한 논의들은 북한 역사소설에 대한 부분적인 객관적 시각을 확보했다는 것에 의의를 둘 수 있으나 역사소설이 지향하는 의미 외에도 작품 자체에 대한 세심한 연구의 필요성이 제기된다. 북한 역사소설이 지향

---

30) 홍성암, 『현대소설의 유형적 특성』, 한국문화사, 2003.

31) 정호웅, 「한국 역사소설의 미학적 특성 연구」, 『문학사와 비평』, 문학사와비평연구회, 1999.

32) 이주형, 「동학농민운동 소재 역사소설에 나타난 역사인식과 그 소설화 양상 연구」, 『국어교육연구』 33, 국어교육학회, 2001.
　　이영호, 「1894년 농민전쟁의 역사적 성격과 역사소설 : 『갑오농민전쟁』과 『녹두장군』을 중심으로」, 『창작과 비평』, 창작과 비평사, 1990.
　　송기숙, 「동학농민전쟁의 문학적 과제들 : 이영호의 「1894년 농민전쟁의 역사적 성격과 역사소설」」을 비판한다, 『한길문학』, 한길문학사, 1990.
　　박상준, 「역사 속의 비극적 개인과 계몽의식」, 『우리말글』, 우리말글학회, 2003.
　　민현기, 「'홍경래' 소재 남·북한 역사소설 비교 연구」, 『어문학』 78, 한국어문학회, 2002. 12.
　　이상경, 「역사소설의 주인공과 성격화 문제 : 송기숙의 『녹두장군』과 박태원의 『갑오농민전쟁』」, 『민족예술』, 한국민족예술인총연합, 1994.
　　변병선, 『壬·丙 양란과 역사소설』, 고려대 석사학위논문, 1983.
　　민현기 외, 『남북한 역사소설 비교 연구』, 계명대학교출판부, 2006.

33) 권영민 편, 『북한의 문학』, 을유문화사, 1989. 여기에서는 북한 역사소설로 이기영의 『두만강』, 한설야의 『설봉산』, 최명익의 『서산대사』, 박태원의 『갑오농민전쟁』을 다루고 있다.

하는 진취성이나 민중 중심의 사관이나 주인공의 형상화와 형식적인 기법 등에 관심을 기울이고 역사소설 자체가 허구성을 가미한 장르라는 것을 인식하는 시각이 필요하다.

이러한 논의들을 바탕으로 북한 역사소설 중 가장 많이 연구되고 있는 소설로는 『두만강』과 『갑오농민전쟁』와 『서산대사』, 『황진이』 등을 들 수 있다. 『두만강』의 경우 크게 남한에서의 연구와 북한에서의 연구로 구분할 수 있다. 남한에서의 연구는 민족문학사 복원 입장에서의 이기영에 대한 총체적 연구와 『두만강』 작품에 대한 연구로 대별된다. 이기영은 해방 이전에는 경향소설의 기념비적 작품인 『고향』의 작가[34] · 농민소설의 새로운 형식을 창출한 작가[35] · 독보적인 리얼리즘 확보[36] 등으로 주목을 받았다. 해방 이후에는 북한문학을 주도해간 대표적 작가로 인식되어 작품의 성격화, 형상화의 우수성이 지적되기도 하고,[37] 우리 민족이 통일 문학사로 가는 길목에서 '핵심적 고리'의 역할[38]을 한다는 평가를 받고 있다. 남한에서는 이기영 소설의 문학사적 위상이 빈궁문학의 확립 · 농촌소설의 심화 · 진보적 여성상의 추구 등으로 규명되며[39], 궁핍상과 인물유형의 분석에 따른 리얼리즘 성격[40] · 민족주체성 확립의 의미[41] · 영웅소설적 감각[42] · 현실 변혁의 소설 담론 측면에서

---

34) 김태준, 『증보 조선문학사』, 학예사, 1939, p.271.
35) 정호웅, 『한국근대 리얼리즘 작가 연구』, 문학과지성사, 1988, pp.53~54.
36) 백성우, 『현실변혁의 소설 담론−이기영 소설 연구』, 국학자료원, 1997, p.14.
37) 장사선, 「안함광의 해방 이후 활동 연구」, 『국어국문학』126, 국어국문학회, 2000, p.373.
38) 김재용, 「역사의 주체인 민중의 생활과 투쟁의 서사시적 형상화」, 『두만강』 제3부 하, 풀빛, 1989, p.436.
39) 박홍배, 「이기영 장편소설 연구」, 동아대 박사학위논문, 1994.
    이선옥, 「이기영 소설의 여성의식 연구」, 숙명여대 박사학위논문, 1995.
40) 김희자, 「이기영 소설 연구」, 건국대 박사학위논문, 1990.
    권유, 「이기영 소설 연구」, 한양대 박사학위논문, 1992.
41) 이미림, 「이기영 장편소설 연구」, 숙명여대 박사학위논문, 1994.
42) 김홍식, 「이기영 소설 연구」, 서울대 박사학위논문, 1991.

연구되고 있다. 『두만강』에 관한 개별적 연구[43]들은 대부분 역사적 전망의 확대로 인한 예술성의 희생이라는 평가를 내리고 있다. 정호웅은 『두만강』의 원형을 이기영의 이전 작품인 『고향』과 『신개지』라고 판단하고 혁명적 낭만주의가 나타난다고 보는데, 『두만강』이 객관적 현실을 구체적으로 형상화했지만 인물현상화의 도식성·역사적 사실의 심각한 왜곡·3부의 딱딱한 설교조·감상적 고백조는 결점이라고 평하고 있다.[44] 이상경은 『두만강』이 역사적 격변기에서 민족의 삶의 본질적인 문제를 포착하고 그 해답을 찾아나가면서 그 시대를 전면적으로 반영하였으며 식민지적 자본주의 비판과 극복의 시각이 확고하다고 평하고 있다. 조남현은 『두만강』이 계급투쟁 사관을 강조했다고 분석하면서 역사적 사실을 변형 왜곡했다고 비판하고 있으며 남녀의 사랑이 나오지 않는 이데올로기물로 전락하고 있다고 비판한다. 농민들을 투쟁 일변도로 그리고 김일성 항일유격대에 맹목적인 희망을 거는 것으로 결말을 맺은 것은 이기영의 한계요, 북한소설의 근본적 한계라고 비판하고 있다.

북한에서의 『두만강』에 대한 연구는 대부분 인민들의 해방투쟁을 대장편으로 묘사한 전후 우리문학의 거대한 성과[45]라고 보며 역사적 주제를 현대성의 견지에서 옳게 해명한 작품이라고 평가한다. 윤세평은 소설 『두만강』은 제1부가 그 구성이 건축과도 같은 입체미를 드러내고 있는 반면에, 제2부는 제1부에 비하면 이야기 줄거리가 산만하고 따라서

---

43) 김윤식, 『한국현대현실주의소설연구』, 문학과지성사, 1990, pp.11~49.
　　이상경, 「민족해방운동의 서사시 : 『두만강』」, 『이기영 시대와 문학』, 풀빛, 1994, p.397.
　　조남현, 「이기영의 두만강 연구」, 『한국대하소설연구』, 집문당, 1997.
　　김종회 편, 『북한문학의 이해』, 청동거울, 1999, p.229.
44) 정호웅, 「농민소설의 새로운 형식 - 이기영」, 『우리소설이 걸어온 길』, 솔, 1994.
45) 사회과학연구소 편, 『조선문학통사 : 현대문학』, 사회과학출판사, 1959, p.334.
　　박종원·류만, 『조선문학개관』 Ⅱ, 사회과학출판사, 1986, p.218.
　　사회과학출판사 편, 『문학예술사전』, 사회과학출판사, 1972, p.48.

많은 사건과 디테일들을 통일시키는 유기적 구성이 약한 것이 결함으로 지적되곤 한다고 평하고 있다.[46] 안함광은[47] 『두만강』의 시대적 배경과 주제·주요인물의 형상과·구성 및 형상의 특질·사상 테마적 특질로 나누어 분석하면서 위대한 작품으로 평가하고 있다. 리상태[48]는 이기영의 창작방법이 사회주의적 사실주의 배태, 구현, 개화의 발전과정을 거치고 있다고 평가하면서 해방 후에 사회주의적 사실주의가 개화되면서 작가의 미학적 이상과 작품의 긍정적 주인공이 정비례함을 주장하였다.

이상에서 살펴본 바에 의하면 북한의 경우 마르크스 레닌주의 원칙에 입각하여 『두만강』을 분석하고 있는 반면, 남한의 경우 이념성과 사상성을 중점적인 문제로 파악하고 있으며, 다른 한편으로는 여러 가지 문예이론에 맞추어 분석하려는 경향도 있었다. 남한과 북한에서 각각 나름대로 연구 성과를 거두고 있지만 작품 접근방법이 여전히 획일적이고 객관적 검증에는 미흡한 점이 있다.

『갑오농민전쟁』에 대한 연구를 유형별로 정리하면 먼저 서구이론의 역사소설론에 입각하여 역사소설로서의 적합성 여부를 살펴보는 연구들과 사회주의 리얼리즘 소설로서의 요소들 중심으로 연구한 논문들을 살펴볼 수 있다.[49] 일반적으로 적용되고 있는 루카치의 역사소설론에 입각하여 볼 때, 작품 속 역사의식·시대 총체성 형상화는 전형성 창조·시간 착오 원리로서의 과거의 역사는 현재의 전사(前史)라는 입장에서 고

---

46) 윤세평, 「우리나라 장편소설의 구성상 특성과 제기되는 문제」, 『조선문학』, 문학예술종합출판사, 1962, p.104.

47) 안함광, 『조선문학사』, 교육도서출판사, 1956.

48) 리상태, 『리기영의 창작 연구』, 조선작가동맹출판사, 1959.

49) 서덕순, 「박태원의 『갑오농민전쟁』 연구―세계인식과 창작기법을 중심으로」, 경희대 박사학위논문, 1996.
    유기환, 「역사소설의 전형과 전망」―『녹두장군』과 『갑오농민전쟁』을 중심으로, 『경기어문학』, 경기대학 경기어문학회, 1996. 11.
    이상경, 「역사소설의 주인공과 성격화문제」, 『민족예술』, 한국민족예술인총연합, 1994년 여름.

찰하는 경우인데, 여기에서 중도적 인물이 역사소설의 주인공으로 적합하다고 주장한다. 이러한 역사소설론에 입각하여 작품 속 인물 유형을 연구한 논문들의 경우 일정한 틀을 제공하여 실제 분석에 걸림돌이 되기도 한다. 이재선의 경우 「사회주의 역사소설의 한계」[50]를 통해 『갑오농민전쟁』이 계급적인 세계관의 틀에 의해서 역사적 사실을 의도적으로 단순화시키고 정치적 목적에 이용했다는 한계를 지적한다. 『갑오농민전쟁』은 1977년 이후 작품으로 북한 문학사에서 변형된 사회주의 사실주의라 볼 수 있는 주체문예시대의 작품에 해당된다. 단순히 사회주의 사실주의로만 볼 수 없으므로 이에 대한 세밀한 분석이 필요하다.

　『갑오농민전쟁』을 작가의 글쓰기 양상과 연관시켜 연구한 김윤식·장수익·정현숙의 글은 박태원의 문학적 변모과정을 중점적으로 분석하고 있다. 김윤식은 모더니즘적 리얼리즘이라는 말로 설명하고 장수익은 '기법' 개념을 중심으로 우연성의 도입과 영웅적 인물형 추구를 통해 박태원이 문학적으로 변모했음을 밝히고 있다. 정현숙은 박태원의 문학이 근대와 전근대, 실험정신과 전통이 혼재하는 문학적 변이체들을 질서화하여 모더니즘의 산책자에서 리얼리즘의 민중적 영웅의 세계로 나아가는 과정과 그 의미를 탐구해야 한다고 보고 있다. 이외에 1894년 발발한 농민전쟁에 대하여 역사적 성격을 부여하여 동학으로 볼 것인가, 농민전쟁으로 볼 것인가를 연구하는 논문들도 있다.[51] 북한 평단에서는 문학과 이념의 투쟁 상관성 위주로 이 작품을 평가하고 있다. 이러한 관

---

50) 권영민, 앞의 책.
51) 강만길, 「남북 역사학의 갑오농민전쟁 인식의 같은 점과 다른 점」, 『인문논총』 제5집, 아주대학교 인문과학연구소, 1994.
　　이영호, 「1894년 농민전쟁의 역사적 성격과 역사소설」, 『창작과 비평』, 창작과 비평사, 1990 가을.
　　송기숙, 「동학농민전쟁의 역사적 과제들－이영호의 「1894년 농민전쟁의 역사적 성격과 역사소설」을 비판한다」, 『한길문학』 6, 한길문학사, 1990.
　　신동한, 「갑오농민전쟁론 : 북한문학의 실상 2」, 『월간문학』, 월간문학사, 1989.

점에서 평가했을 때 작가의 개성적인 문학 특질보다는 당의 문학으로서의 사회주의 사실주의의 정치적인 목적성이 짙게 반영되어 평가되므로 작품을 체계적으로 분석했다고 보기 어렵다.

지금까지의 연구에서 보면 『갑오농민전쟁』을 사회주의 사실주의 입장에서만 분석하고 있다는 것을 알 수 있다. 그러나 실제로 1977년 이후 작품으로 북한 문학사 시기에서는 주체시대의 작품이다. 사회주의사실주의와 주체시대의 성격은 기본적으로 다르기 때문에 사회주의 사실주의 입장에서만 분석하는 것에는 문제가 있다고 판단된다. 이 작품을 분석할 때 염두에 둘 것으로 전편에 해당하는 『계명산천은 밝아오느냐』와의 연관관계와 『갑오농민전쟁』 제3부를 박태원 본인의 작품으로 볼 것인가의 문제가 있다. 대부분 『갑오농민전쟁』 제1부·제2부의 예술적 형상성에 대해서는 높이 평가하지만 제3부에는 많은 의문을 제기하고 있다. 북한에서는 제3부의 저자를 박태원과 권영희의 공저로 하고 있다. 김윤식은 「갑오농민전쟁론」에서 『군상』, 『계명산천은 밝아오느냐』를 『갑오농민전쟁』의 바탕이 되는 작품들로 설정하고 작가적 기질을 발휘한 제1부·제2부만을 평가하고 있다.[52] 역사소설은 역사와 허구 그리고 시학적 측면이 결합된 복합적 성격의 장르이다.[53] 북한 역사소설의 경우 시학적인 측면이 강조되고 있는데 특히 이 작품의 경우 1960년대에 기획되어 북한의 주체 사상 이후인 1977년에서 1987년에 걸쳐 완성되었다는 점에 주목할 필요가 있다. 『계명산천은 밝아오느냐』에 형상된 문학적 상상력이 『갑오농민전쟁』 3부작에 이르면 문학 외적인 담론에 경도되는 경향을 보인다. 이는 작가의 역사관이 북한 사회 체계와 무관할 수 없음을 나타내는 것이며 역사적 사실이 문학적 상상력과 시학적 측면에서 어떠한 형상으로 변모될 수 있는가를 보여주는 것이다.

---

52) 김윤식, 「박태원론」, 『한국 현대사실주의 소설 연구』, 문학과지성사, 1990.
53) 공임순, 「한국 근대 역사소설의 장르론적 연구」, 서강대 박사학위논문, 2000, p.4.

『서산대사』는 모더니스트였던 작가 최명익이 해방 이후 북한에서 집필한 역사소설이기에 작가에 대한 관심의 일환으로 연구되기도 하였다. 김윤식은 최명익이 1930년대 모더니스트에서 해방 공간을 거쳐 역사소설을 집필하게 된 과정을 평양 중심화 사상과 모더니즘으로 설명하고 있다.54) 채호석은 최명익이 모더니즘 계열에서 벗어나 리얼리즘 소설로 나아가고 있으나 『서산대사』의 경우 서산대사라는 인물의 신비화, 역사적 사건의 단편화와 추상화로 말미암아 올바른 의미에서는 리얼리즘의 한계에서 벗어나고 있다고 지적하고 있다.55) 김해연은 최명익 문학의 특성과 그의 소설이 한국 근대 문학사에서 차지하는 위상과 의의를 살펴보고 있다.56) 해방 전·해방 공간·해방 후로 나누어 고찰하고 있는데 『서산대사』의 경우 모더니스트 최명익이 리얼리즘으로 나아가는 길에서 찾은 것이 평양에 대한 사랑이고 이는 북한이 내세운 평양 중심주의라는 국가적 이념과 대응되는 것이라는 결론을 내리고 있다. 이는 이전 논자들의 의견과 비슷한 맥락이다.

북한의 경우 남한에서 『서산대사』가 리얼리즘 미달이라고 평한 것과는 달리 사회주의사실주의에 충실한 작품으로 평하고 있다.57) 이러한 논의는 북한에서 이 작품이 평양 중심주의라는 국가적 이념에 충실한 작품으로 인정되고 있다는 것을 보여준다. 『조선문학통사』(1959)의 경우 『두만강』·『설봉산』과 같은 수준에서 『서산대사』를 평가하고 있다. 이러한 평가는 『조선문학개관』(1986)에 오면 축소되기도 한다.58)

---

54) 김윤식, 「최명익론 : 평양 중심화 사상과 모더니즘」, 『한국현대 현실주의 소설연구』, 문학과지성사, 1990.
55) 채호석, 「민중의 조국애와 투쟁의 형상화」, 『서산대사』, 동광, 1989, pp.369~376.
56) 김해연, 「최명익 소설의 문학사적 연구」, 경남대 박사학위논문, 2000.
57) 윤세평, 「해방 후 조선문학개관」, 『해방 후 우리문학』, 조선작가동맹출판사, 1958. 한중모, 「해방 후 사회주의적 사실주의 문학의 특성」, 『조선문학』 194호, 조선작가동맹출판사, 1963. 8.
58) 박종원·류만, 『조선문학개관』 II, 사회과학출판사, 1986, p.203.

이러한 작품 중심의 연구는 월북 작가들에 치우쳐 있는데, 최근에는 잘 알려지지 않았던 북한 작가에 대한 관심이 고조되면서 그에 관한 연구들이 많이 나오고 있다. 천세봉·석윤기·윤세중·고병삼·홍석중 등이[59] 주요 연구 대상이 되고 있다. 이 중 북한 문단에서 역사적 사실에 대한 체험과 창작 실천성에 관한 문제들에 대하여 논의할 수 있는 작가는 천세봉이다. 천세봉은 경험에서 우러나온 농민생활과 무장유격대 조직 생활을 바탕으로 사실적인 소설들을 발표하였다. 주로 체험에서 비롯된 작품들로 소설의 허구성보다는 역사적인 사실성에 더 초점을 맞추고 있다. 그의 작품 주제는 토지개혁과 한국 전쟁 후의 농촌의 변화와 농업 협동화 과정이 주를 이룬다. 김은정은 『대하는 흐른다』(제1부, 1964)를 통해 해방 공간에서의 북한의 토지개혁과 민주개혁, 종교 청산 문제, 종파 문제의 관계를 분석하고 있다.[60] 김은정은 천세봉의 시대정신 형

---

59) 오창은, 「천세봉의 『석개울의 새봄론』−1950년대 북한 농촌의 이중적 갈등과 형상화」, 『실천문학』, 실천문학사, 1998년 여름.
    김주성, 「『안개 흐르는 새 언덕』과 비평적 관점의 변화−천세봉론」, 『북한문학의 이해』, 청동거울, 1999.
    김주성, 「주체형의 혁명적 영웅 형상 창조과정−석윤기론」, 『북한문학의 이해 2』, 청동거울, 2002.
    이상경, 「체험에서 역사로−토지개혁과 북한문학」, 『북한의 문학과 문예이론』, 동국대학교출판부, 2003.
    이주미, 「천세봉 작품론 : 삶의 현장성과 역사의 진실성」, 한국문화사, 2003.
    이대철, 『천세봉 소설 연구』, 원광대 석사학위논문, 2004.
    김재용, 「운우의 꿈을 깨니 일장 춘몽이라…」, 『통일문학』 제3호, 통일문학사, 2003.
    박태상, 「생동한 인물 성격 창조와 작가의 창발성」, 『통일문학』 제3호, 통일문학사, 2003.
    홍석중, 「소설 황진이(북한원전)」, 『통일문학』 제3호, 통일문학사, 2003.
    최진이, 「기획논문 : 북한문학의 어제와 오늘 ; 북한문학작품과 작가에 대한 이해−"향토", "청춘송가", "환희", "황진이"를 중심으로, 『민족문화논총』, 영남대학교 민족문화연구소, 2004.
60) 김은정, 「『대하는 흐른다』를 통해 본 해방공간과 북조선의 민주개혁」, 미간행자료, pp.1~14. 임옥규, 「북한 역사소설 연구」(홍익대 박사학위논문, 2005)에서 다루었던 「시대와 인간과 개혁에 대한 서사−『대하는 흐른다』」(pp.79~84)는 이를 참고하였다.

상화, 인물의 전형화, 민주개혁에 대한 전망 제시에 의의를 부여한다. 이러한 평가는 천세봉 작가론으로 이어져[61] 남한에서의 체계적인 작가·작품 분석이라는 점에서 독보적 의의를 지닌다. '혁명적 대작'으로 뽑히는 이 작품에 대하여 『조선중앙년감』은 "작가는 이 기간이 거대한 력사적 위업의 수행과정을 첨예한 계급투쟁 속에서 진실하게 묘사하였으며, 사회계급투쟁의 전모를 혁명 투쟁의 가장 복잡하고 결정적인 단계에서 폭 넓게 보여주었다"[62]고 평가하였다. 『조선문학사』에서는 계급교양을 주제로 한 혁명적 작품으로 이 작품을 소개하고 있다. "소설은 일제의 패망과 8·15 해방, 새 주권 수립을 위한 투쟁, 당 및 사회단체의 조직, 농민들의 3·7제를 위한 투쟁, 토지개혁을 위한 투쟁 등 격동적이고 장엄한 력사적 사변들과 사건들, 치열한 계급투쟁을 각계각층 인물들의 전형적 성격과 그들의 호상관계를 통하여 폭넓게 재현하였다"고 평가하고 있다.[63] 『조선문학개관』은 "작품은 해방 후 첨예한 계급투쟁과정을 현실의 복잡성과 다양성 속에서 사실주의적으로 심오하게 반영한 작품으로서 새로운 창조적 경험으로 남겼다"[64]고 평하고 있다. 『조선전사』에서는 "≪대하는 흐른다≫는 당시의 복잡한 정세와 첨예한 계급투쟁을 서사시적 화폭으로 폭넓게 반영하면서 긍정 인물들의 성격 장성과 투쟁을 통하여 혁명적민주기지창설로선을 높이 받들고 새 사회 건설을 위한 투쟁에 일떠선 인민대중의 대하와 같은 흐름을 그 어떤 힘으로도 막을수 없다는 것을 뚜렷이 보여주었다"[65]고 평하고 있다. 리상태는 "당시의 계급 투쟁의 심각한 내용을 폭넓게 보여줄 수 있도록 갈등

---

61) 김은정, 「천세봉 장편소설 연구—인물 유형의 변화과정을 중심으로」, 한국외대 박사학위논문, 2006.
62) 조선중앙통신사 편, 『조선중앙년감』, 조선중앙통신사, 1963, pp.242~243.
63) 사회과학원연구소 편, 『조선문학사』(1959~1975), 과학백과사전출판사, 1977, p.158.
64) 박종원·류만, 『조선문학개관』 Ⅱ, 사회과학출판사, 1986, p.242.
65) 사회과학원 력사연구소 편, 『조선전사』 30 현대편, 과학백과사전출판사, 1982, p.256.

을 설정하고 해결해 나간데 있으며 또한 당시의 전형적인 사회계급관계를 정확히 반영한 데 있다"[66]고 평하고 있다.

북한 역사소설들과 맥락은 비슷하지만 색다른 역사소설로 홍석중의 『높새바람』(상 1983, 하 1990)과 『황진이』(2002)가 있다. 『높새바람』은 민중 중심의 역사소설로 기존의 북한 소설들에 비해 표현이 다양하고 과감하다. 역사적 배경은 1510년의 삼포왜란으로 왜구의 침략과 횡포, 조선조 봉건 왕조의 미비한 대처와 양반들의 탐욕과 이들에 맞서는 민중의 모습이 전개된다. 작가 홍석중은 이 작품을 통해 조선조 중엽의 역사 자료를 두루 섭렵하면서도 성애에 대한 표현을 이전의 북한 문예물에서 보기 힘들 정도로 과감하게 하고 있다. 이러한 경향은 북한 문학의 새로운 흐름임을 인지할 수 있게 하며, 홍석중의 북한 내 위상을 짐작해 볼 수 있게 한다. 『높새바람』 발표 당시 북한 문단에서 커다란 반향을 불러일으켰다고 하는데 남한의 입장에서도 다른 작품과는 변별되는 작품으로 평가하고 있다. 신형기와 오성호의 경우 『높새바람』의 인물들이 자기각성에 이르는 길이 목적론적 역사서술의 한 조건이라는 점 때문에 불완전한 역사소설이 되었다고 비판한다.[67] 이에 대하여 백지연은 이 작품의 민중적 주인공들이 역사소설의 총체성을 구현하기에는 미완적인 인물들일 수 있으나 북한 소설의 전형적 도식을 무비판적으로 담아낸 인물들은 아니며 주인공들의 생생한 내면묘사를 동반한 문학적 흡인력은 북한 소설의 형식적 진부성을 극복하게 되는 동인이라는 긍정적인 평가를 내린다.[68] 황석영은 사실주의적이고 현대적인 기법으로 쓴 작품으로 평가하고 있다.[69] 이혜숙의 경우 서평의 글이지만 『높새바람』이

---

66) 리상태, 「우리 문학에서의 갈등의 특징에 대한 의견」, 『조선문학』, 조선작가동맹 출판사, 1964. 5, p.104.
67) 신형기·오성호, 「또 다른 역사들」, 『북한문학사』, 평민사, 2000.
68) 백지연, 「역사적 사실과 문학적 진실의 경계」, 『북한 문학의 이해 2』, 청동거울, 2002.

보여준 상상력을 높이 평가하고『임꺽정』과 비교하여 주관적 역사의식을 비판하고 있다.[70] 신형기와 오성호의 평가는『높새바람』의 긍정적인 측면을 간과한 면이 있다. 백지연의 평가는『높새바람』을 북한 체제에서 얽매어 보려 하는 문학적 태도에 일침을 가하는 측면이 있다. 그러나 백지연의 인물 위주의 분석은 이 작품의 사상 예술적 성과를 다 고찰하기에는 미흡한 면이 있다. 북한의 방연승은『높새바람』(상)이 주체의 인간학으로서의 표상을 가지게 하는 '력사물' 작품이라 평하면서 등장인물들의 의식발전과정과 인간중심 생활묘사와 고상한 민족 품성에 대한 품격 있는 작품이라고 평하고 있다.[71] 권영률은『높새바람』의 언어형상을 자세하게 분석하고 있다.[72]

최근 들어 남한에서 관심이 고조되고 있는『황진이』는[73] 해방 이후 남한 당국의 허가를 받아 출판 절차를 밟은 최초의 북한 소설이며 남한에서 영화로 제작되었다.『황진이』는 북한 소설로서는 드물게 성에 대한 노골적인 묘사를 하고 있으며 지배 계급의 허위를 타파하고자 하는 여성의 자주성에 관해 묘사하고 있다.

---

69) 황석영,『사람이 살고 있었네』, 시와사회사, 1993, p.334.
70) 이혜숙,「역사소설과 민중적 상상력」,『창작과비평』, 통권 80호, 창작과 비평사, 1993년 여름.
71) 방연승,「장편력사소설 ≪높새바람≫(상)의 사상예술적 성과에 대하여」,『조선문학』, 예술동맹출판사, 1985. 2.
72) 권영률,「력사소설의 맛이 나는 언어형상(력사소설 ≪높새바람≫을 읽고)」,『문화어학습』 제2호, 과학백과사전종합출판사, 1993. 2.
73)『통일문학』'특별부록'에 『황진이』 평론과 원전 일부가 실려 있다. 대훈서적에서 2002년 평양 문학예술출판사에서 나온『황진이』를 수입해 2004년에『황진이』 1, 2권을 출간하였다.
　　김재용,「운우의 꿈을 깨니 일장 춘몽이라…」,『통일문학』 제3호, 통일문학사, 2003.
　　박태상,「생동한 인물 성격 창조와 작가의 창발성」,『통일문학』 제3호, 통일문학사, 2003.
　　홍석중,「소설 황진이(북한원전)」,『통일문학』 제3호, 통일문학사, 2003.

지금까지의 북한 역사소설 연구는 통합문학사의 일환으로 살펴볼 수 있으며 집중과 통합의 시각이 제기되는데 그 일환으로 남북의 역사소설을 같은 선상에서 살펴보자는 논의가 있었다. 남한과 북한의 문학은 서로 다른 체제에서 생성되기 때문에 같은 선상에 놓고 비교하기에는 무리가 있다. 자본주의 체제와 사회주의 체제가 근본적으로 다르게 존재하기 때문이다. 그러나 민중사 중심의 역사소설을 고찰해 보면 남한과 북한의 문학에서 공통점을 발견하고 각각 지향하는 바를 비교할 수 있다. 민중이 주체가 된 역사소설의 흐름을 살펴보면『임꺽정』에서『장길산』,『갑오농민전쟁』으로 이어지므로 함께 묶어서 차례대로 읽었으면 좋겠다고 말하는 북쪽 평론가의 의견도 있고,『높새바람』의 작가 홍석중도 북한을 방문한 황석영에게 "부친이 전하는데 아버님의 전통을 이은 것은 내가 아니라 황모라고 하더라"[74]고 하여 통일문학사의 한 방향을 제시한 바 있다. 남한에서는 민족문학과 리얼리즘을 문학사 통합의 한 기준으로 설정하되 남북문학사에 각기 정당한 몫을 부여하는 방식이 대안으로 제시되기도 하였다. 여기에는 남한과 북한의 문학을 단순히 반씩 분리 후 통합하는 것이 아니라 각기 장점을 지닌 작품을 선정한 후 화학적으로 결합하여 최고의 통합이 되도록 하는 것을 원칙으로 하는 것이 바람직하다고 보고 있다. 이를테면 민중사적 대하 역사소설의 문학사를 통시적으로 기술할 때 그 근대적 원천으로 1930년대의 홍명희의『임꺽정』을 정점에 놓고 그 문학사적 지류가 북한에서는 1950~1960년대에『두만강』·『대하는 흐른다』·『고난의 역사』(『갑오농민전쟁』)로, 남한에서는 1970~1980년대에『토지』·『장길산』·『태백산맥』(『아리랑』)으로 흘러갔다고 보는 관점이다.[75]

---

74) 황석영,『사람이 살고 있었네』, 시와사회사, 1993, p.249~250.
75) 김성수,「북한문학·통일문학 연구의 현황과 과제」, 동국대학교 한국문학연구소 편,『북한의 문학과 문예이론』, 동국대학교출판부, 2003, p.343.

남·북한의 역사소설에 관한 논의를 보면 공통점과 차이점이 있다는 것을 알 수 있다. 남한의 경우 왕조사 중심이나 궁중 비사 등 지배계급에 관한 역사소설이 많은 반면 북한의 경우 민중사 중심과 민족주의 강조의 경향으로 흐르고 있다. 주제는 남한의 경우 다양하지만 북한의 경우 주로 혁명과 개혁에 치우쳐 있다. 또한 남한의 경우 예술적 형상화를 중시하지만 북한에서는 이념적 형상화를 더 중시한다. 이러한 차이점에도 불구하고 남·북한 문학 모두 민중 지향적이고 민족주의에 관한 입장에서는 별반 차이가 없다. 남한 역사소설 연구는 역사적 인물이나 사건 중심의 연구는 소재와 주제가 중복되는 경우가 많았고 전반적 연구로는 유형별 고찰이 많았는데 이는 역사소설 장르규명과 한국의 근대성 문제가 맞물려 있어서 아직도 논란의 여지가 남아 있다. 또한 이러한 유형별 고찰은 역사소설의 유형을 도식화할 수 있으며 외국 이론에 치우친 경향을 보인다. 미학적 고찰의 경우 미시적 관점으로 역사소설 속에서 한국적 특성을 추출해내는 경우인데 과거를 통한 미래에 대한 전망을 이끌어내려 하는 것에 의의가 있다고 할 수 있다. 그러나 창작방법 등의 형식적인 측면에 대한 고찰이 없어서 아쉬움을 남긴다. 남한에서 역사소설 연구가 장르론이나 유형 분류 중심으로 연구되었다면 북한의 경우 역사소설의 기능이나 민족적 형식에 따른 주제 구현에 더 치우쳤다고 볼 수 있다.

지금까지의 연구를 살펴보면 남북한 문학사의 연속성의 과정으로 북한 문학을 이해하고자 하는 것이 대세이다. 그것이 비판의 일환이든 포용의 일환이든 근·현대 문학의 출발과 발전 과정에서 이제 북한문학이 차지하는 위상은 적지 않다고 볼 수 있다. 북한은 사회주의 리얼리즘 발생과 발전에 대한 논쟁이 진지하게 전개되었고 문학사의 작업을 끊임없이 갱신하고 있는데, 이는 남한에서 민족문학론, 리얼리즘 계승의 문제가 끊임없이 제기되는 것과 비슷하다. 북한문학에 대한 연구는 사회주의 사실주의 창작방법과 주체사상 체제에 따른 주체문예 이론이라는 거시적 관점 내에서 조망되었다. 이러한 전제 하에서의 연구는 작품의 세세한 부분과 작가의 문학적 특성을 간과하기 쉽다. 텍스트 자체에 대한 구체적 분석 없이 거시적 관점에서만 바라보면 오류를 범하기 쉽다. 북한문학에는 성애나 과도한 사랑의 표현이 없다든가, 주체문학론만으로 북한 문학 전반을 평가하여 역사적인 변모과정을 간과한다든가, 정해져 있는 틀에 맞추어 작품의 내용과 주제가 결정된다든가, 엄격한 문학사적 시기 구분에 따라 작품이 창작된다든가 하는 오해와 편견이 그러하다.

이러한 연구들을 종합해서 비판해 보면 연구 대상의 중첩, 연구 관점 설정의 문제, 대중적인 욕구에 부합하는 다양한 접근 방법 필요 등이 제기된다. 시기별로 북한의 1967년 주체사상 이전 작가나 작품에 치우쳐 있고 월북 작가들을 중심으로 연구되어져 왔으며 북한의 문예이론과 정책과의 밀접한 연관 속에서 외재적인 문학연구를 하고 있다는 문제점이 발견된다. 대부분 북한문학사에서 1950년대와 1960년대를 중요하게 여기고 주체문예 이후에는 다양한 시각이 사장되어 있다고 보고 있다. 그러나 1990년대 이후 북한문학에도 다양하고 새로운 시각들이 존재하고 있음을 알 수 있는데 이에 대한 연구는 아직 체계적이고 세부적으로 이루어지지 않고 있다. 또한 자료에 대한 신빙성의 문제가 제기된다. 북한 문학사와 작품들은 개작과 수정을 거치고 당 문예 정책에 따라 방향이 달라지는데 이에 대한 세심한 조사가 필요하다. 북한 역사소설 연구사를 통해 남한에서는 북한 역사소설을 사회주의의 정치적 제도 속에서 이해하려는 선입견이 많이 작용하고 있음을 알 수 있고 주체 시대 이후 북한만의 고유의 민족적 형식과 사상을 표방하고 있다는 사실에 대한 구체적인 분석이 미비하다는 것을 알 수 있다.

2. 북한 역사소설의 가능성 모색

역사소설은 소설문학의 한 장르로서 발전해 오고 있지만 아직 뚜렷한 이론적 체계가 확립되어 있지 않다. 이는 역사와 문학에 나타나는 사실과 허구 관계, 시대와 역사 배경에 따른 역사소설 발전과정의 차이, 작품과 작가의식의 연관성 등이 복잡하게 맞물려 있어서 관점을 설정함에 따라 역사소설 정의에 차이가 있을 수 있기 때문이다. 본고에서는 기존의 연구방법을 검토하여 역사소설의 개념을 정리하고 북한 역사소설의 구성요인을 추출하고자 한다.

역사소설의 유형을 작가의 역사의식 중심으로 나눈 이로 김윤식과 유종호 등을 들 수 있다. 김윤식은 1930년대 역사소설을 이념을 결합시킨 이념형 역사소설, 계급적 저항의식을 사실적인 풍속묘사와 결합시킨 의식형 역사소설, 역사적 인물을 통해 작가의 개성을 표현한 중간형 역사소설, 진기하거나 허황된 얘기로 그려진 야담형 역사소설로 구분하고 있다.76) 이러한 분류는 작가의 역사의식을 기준으로 나눈 것으로 작품분석의 폭이 제한된다는 단점이 있다. 유종호는 1930년대의 역사소설은 역사의식이 결핍되어 있으므로 현실도피의 수단일 뿐이라고 주장한다. 유종호는 작가의 사회지향성을 중시하고 있다.77)

이에 비해 작가의 역사의식보다 역사적인 상상력에 더 중점을 두는 이재선의 유형별 고찰이 있다. 이재선은 조셉 터너와 쇼의 분류법이 『장길산』·『북간도』·『토지』와 같은 소설을 논의하는 데 많은 시사점을 제공한다고 보고 있다.78) 특히 『토지』의 경우 '역사적 소설'이라고 하여

---

76) 김윤식, 「우리 역사소설의 4가지 유형」, 『소설문학』 제11권 6호, 소설문학사, 1985. 6.
77) 유종호, 『현실주의 상상력』, 나남, 1991, pp.386~389.
78) 이재선, 「역사적 경험의 미적 형태」, 『현대 한국 소설사』, 민음사, 1991, pp.319~328.

역사와의 맥락 하에서 '사적 과거'와 '숨은 과거'가 더 깊이 조명된다고 하는데[79] 이러한 의견은 역사적 상상력을 존중하면서 허구적이고 창안적 측면을 지향하는 소설을 일컫는다. 여기에서 더 나아가 이재선은 한국의 역사소설을 기능적 측면에서 범주화하고 있다. 조셉 터너의 경우 기록적 역사소설·가장적 역사소설·창안적 역사소설로 분류했고, 헨리 쇼는 목가 역사소설·드라마 역사소설·주체로서의 역사소설로 구분하고 있는데[80] 여기에서 목가로서의 역사는 역사가 이데올로기적인 배경으로 기능하는 경우이고 역사가 허구적 이야기를 생생하게 만드는 극적 에너지의 원천으로 작용하는 경우가 드라마 역사소설이고, 역사가 역사소설의 주체로서 작용하는 경우가 주체로서의 역사소설이다. 이를 바탕으로 이재선은 이념적 역사소설·정보적 역사소설·배경적 역사소설로 3분화하면서 연구자 스스로도 확실한 경계를 두지 않고 있다. 이러한 이론은 공임순의 경우에 더 확장된다. 역사소설 분류에서 위의 조셉 터너의 기록적·가장적·창안적 역사소설에 환상적 역사소설 양식을 첨부하고 있다. 이 네 가지 유형에서 각각 역사적 담론과 사실과 그 효과적 측면을 살펴보고 있다.[81] 이 연구는 모든 역사소설을 동시에 바라볼 수 있는 사실과 효과라는 틀을 제공하고 통시적 역사소설을 동시적 관점에서 바라본다는 것에 의의가 있지만 분류 작품들에 대표성이 있는가 하는 문제가 제기된다. 또한 외국의 이론에 편향된 점도 극복해야 할 과제로 남는다.

강영주는 역사소설을 낭만적인 것과 사실적인 것으로 구분한다.[82] 여기에서 사실적 역사소설이란 역사적 진실성이 작품에 제대로 형상화된

---

79) 이재선, 『현대한국소설사, 1945~1990』, 민음사, 1991, pp.360~364.
80) 공임순, 「역사소설의 개념과 장르적 유형론」, 『역사소설이란 무엇인가』, 대중서사학회, 예림기획, 2003, p.14 재인용.
81) 공임순, 『한국 근대 역사소설의 장르론적 연구』, 서강대 박사학위논문, 2000.
82) 강영주, 『한국 역사소설의 재인식』, 창작과비평사, 1991.

소설이고, 낭만주의 역사소설은 현실 도피적이거나 비유를 통한 교훈적 역사소설이다. 이러한 연구는 1920~1930년대와 1970년대 역사소설을 평가하는 기준이 동일하다는 점과 루카치의 역사소설론에 틀에만 맞추려 하는 오류가 있다고 평가되기도 한다.[83] 그러나 한국 역사소설이 융성했던 1930년대와 1970년대를 주목하여 장편소설의 특성을 감안한 역사소설에 대한 개별적 분석은 의의가 크다고 볼 수 있다.

북한 역사소설을 연구하면서 우선적으로 역사소설 자체에 대하여 정의하는 것은 단순하면서도 어렵다는 사실에 봉착하게 된다. 어떤 개인의 삶도 역사 전개의 객관적 규정성에서 자유롭지 못하므로, 과도기의 역사를 배경으로 하는 작품의 경우 역사소설의 규정을 벗어날 수 없으므로 역사소설론으로 모든 소설을 분석할 수 있다는 비약이 도출된다.[84] 역사소설을 폭넓게 역사적 사건과 역사적 배경, 역사적 인물이 등장하는 이야기라고 정의하면 장르의 경계가 모호해져 혼란을 가져올 수 있고 세세한 조건들을 규정하여 역사소설이라 정의하면 그 조건들에 대한 근거가 모든 역사소설에 보편적으로 적용될 수 있는가의 문제가 제기된다. 이러한 점을 염두에 두고 역사문학에 대한 원론에서부터 북한 역사소설이란 무엇인가에 대한 해답을 찾아보고자 한다. 역사소설의 경우 역사와 소설이 각각 지니고 있는 사실과 허구, 재현과 상상이라는 두 가지의 구별되는 특징을 지닌다. 이러한 특징들을 결합할 수 있는 미학적인 방법과 발현 형태에 관해 학문적으로 고찰이 필요하다. 기존 연구자들의 논의를 바탕으로 본고에서 참고로 하는 역사소설의 개념 정의는 다음과 같다.

---

83) 최효순, 「독일의 역사소설 이론과 한국의 역사소설 연구에 나타난 그 수용의 문제」, 『인문과학』 29집, 성균관대인문과학, 1999.
84) 이상진, 「박경리의 『토지』 연구―인물 형상화를 중심으로」, 연세대 박사학위논문, 1998, p.3.

(1) 역사소설을 통념상 "과거의 역사를 소재로 한 소설"이라 할 때 또 한 가지 문제인 것은 '과거'의 의미가 자명하지 않은 점이다. 따라서 작품의 소재로 된 역사가 집필 당시로 보아 명백히 '과거'에 속하는지, 아니면 '현재'의 일부에 속하는지 판단하기 어려운 경우도 상정해 볼 수 있다. 이 문제와 관련하여 상식적으로 통용되고 있는 견해는 역사소설과 현대소설(Gegenwartsroman)을 연대상의 기준에 따라 구분하는 것으로서 현재로부터 두 세대, 즉 40년 내지 60년 이상의 과거사를 소재로 한 소설을 역사소설이라 규정하고 있다[85]

(2) 역사소설의 대상이 되는 과거사는 현재적 의미를 지닌 것, 즉 '현재의 구체적 前史'이어야 하며, 역사소설 작가는 현실적 문제 인식에 기초하는 역사의식을 가지고 그것을 보아야 한다. '중도적 주인공'이 역사소설의 주인공으로 적합하다.[86]

(3) 첫째, 소재로서 역사적 사건과 인물이 취급되어야 하고, 그 역사적 史實은 역사의 변천에 원동력이 되는 典型的인 것이어야 한다. 둘째, 소설로서 構成的인 요건을 구비해야 한다. 셋째, 歷史意識이 있어야 한다. 넷째, 역사소설은 나름대로의 특수한 樣式과 構造를 갖는다는 점이다.[87]

(4) 역사소설은 이름 그대로 역사와 특별히 연계된 소설, 사실성과 상상성이란 이중성을 함께 갖고 있는 특이한 서사문학 형태이다.[88]

(5) 역사소설은 역사적 사실에 작가의 상상력이 작용해서 문학적 效果를 企圖해야 한다.[89]

---

85) 강영주, 『한국 역사소설의 재인식』, 창작과비평사, 1991, p.17 재인용.
86) 게오르크 루카치 지음, 이영욱 옮김, 『역사소설론』, 거름, 1987.
87) 홍성암, 「역사소설의 사적 고찰」, 『한양어문연구』 4, 한양대어문연구회, 1986, pp.167
~168.
88) 이재선, 「역사소설의 성취와 반성」, 『현대 한국문학 100년』, 민음사, 1999, p.119.
89) 고정욱, 「한국 근대 역사소설 연구」, 성균관대 박사학위논문, 1992, p.3.

(6) 역사를 소재로 하되 현실적 진실과 역사적 진실의 문제가 나타나는 것이 역사소설이다.[90]

(7) 역사소설의 발생 요인은 시대적 상황으로 본 요인, 민족사에 대한 자각 의식적 요인, 反카프적 요인, 독자의 복고취향적 요인, 작가의 생계 수단적 요인이다.[91]

(8) 역사소설의 편의점으로 민족혼과 정의감을 들 수 있다. 대하소설이란 "로망roman 프뢰브fleuve" 역어로 독립된 연쇄적 작품인 '로망시클 roman cycle'이 아니고 한 개인을 시대의 복판에서 포착하기 위해서 시대를 일관한 큰 대하로 보고 인간 정신의 내면적 움직임을 섬세히 분석하면서 외부의 움직임도 표현하는 창작방법이다.[92]

(9) 民族精神을 把握해서 大衆을 民族精神의 正道로 引導하기 爲해서 歷史小說은 民族精神의 具現과 民族的 主體의 確立이란 二重의 重大한 意義를 가지고 있다고 할 수 있다.[93]

(10) 역사소설은 작가만의 노력의 결실이 아니라 역사학적 성과가 중요한 역할을 한다는 점을 주목할 필요가 있다. 이 말은 바로 작가의 역사관이 역사소설의 원동력이며, 이게 곧 역사소설이 민족사를 어떻게 보느냐를 판가름하는 길라잡이임을 말해준다. 소설은 역사가 아니기 때문에 정사 그대로냐 아니냐는 건 별개의 문제이고, 어떤 사관으로 다뤘는가는 매우 중요하다.[94]

(11) 모든 소설은 다소간 역사적 사실을 배경으로 삼고 있지만 문학에서 중요한 것은 역사적 소재보다 인물의 삶과 세계를 어떻게 형상화했느

---

90) 장세진, 『한국대하역사소설연구』, 훈민, 1998.
91) 송백헌, 「한국근대역사소설연구」, 단국대 박사학위논문, 1982.
92) 윤병로, 『현대 작가론』, 이은, 1978.
93) 박종화, 「현단계에 있어서의 역사소설의 의의는 무엇일까요?」, 『민중일보』, 민중일보사, 1947년 10월 19일자.
94) 임헌영, 「한국문학의 역사수용 양식」, 『대산문화』 6호, 2002. 5, p.40.

냐는 문학적 가치이기 때문에 역사소설이란 어쩌면 편의상 구분할 수 있
는 장르의 범주를 벗어날 수 없는지도 모른다. 실제로 역사소설이란 문
학이 역사와 맺고 있는 관계를 의미하는 것이어야 한다. 다시 말하면 문
학이 역사를 어떻게 수용하고 있는지 그 대응관계를 설명하기 위해 역사
소설이라는 장르가 존재할 수 있다.[95]

논자들의 정의를 종합해보면 역사소설의 의미, 기능, 특징, 범주 등에
관해 정리할 수 있다. 역사소설은 과거 사실에 대한 문학적 허구의 결합
으로 현재의 관점이 투영된 통시적이면서도 공시적인 문학 범주이다.
여기에서 역사소설의 시간적 범주는 현재로부터 한두 세대 전까지의 과
거이며 역사적 사건이나 인물은 당대 사회의 가장 본질적이고 전형적인
사건이나 인물들로 등장인물에게 영향을 끼치는 운명적인 것이라야 한
다. 역사적 사건이나 인물이 배경에만 머무는 것이 아니라 작품의 주제
와 역사의식 형성에 중요한 역할을 하여야 한다. 그렇지 않을 경우 전기
물이나 통속물에 머물게 된다. 문학적 허구에는 작가의 상상력과 역사
의식의 투영이 어떻게 발현되는가에 따라 역사적 사실에 의미를 더할
수 있다. 역사와 소설이 다른 점은 역사는 있는 그대로의 기록이지만 소
설은 주제와 주의를 가지고 있는 것이다.

이 책에서는 북한 역사소설의 전개 양상을 사회주의 사실주의 창작방
법론 변모 과정의 일환에서 살펴보고자 한다. 이러한 입장에서 볼 때 먼
저 사실주의 비평가인 루카치의 이론에 주목할 필요가 있다. 루카치는
문학과 현실의 관계에 초점을 맞추어 사실주의라는 용어를 설명하고 있
다. 루카치에 있어 진정한 사실주의란 현상과 본질이 매개에 의하여 통
합된 총체성을 반영하는 것이며 사실주의란 객관적 현실을 총체적으로
파악하여 역사의 진보적인 방향을 객관적인 서사 형식으로 형상화하는

---

95) 김치수, 「역사와 역사소설은 어떻게 대응하는가」, 『대산문화』 6호, 2002. 5, p.37.

문학이라고 규정한다.96) 이러한 사실주의를 바탕으로 루카치는 『역사소설론』97)을 통해 역사소설의 장르론적인 요건에 해당하는 원칙과 유형에 관해 설명한다. 1930년대에 발표한 이 책에서 그는 스콧 등의 19세기 역사소설가들의 작품에 대해 탁월하고 독창적인 해석을 한다. 마르크스주의 이데올로기에 근거하여 역사소설의 기능을 사회적 계급 및 계급투쟁과 민중의 문제를 묘사하는 것으로 보고 있다. 루카치는 고전적 역사소설, 부르조아 리얼리즘 역사소설, 민주주의적 휴머니즘 역사소설로 분류하여 연대순으로 정리하면서 이데올로기적 요소를 강조하고 있다. 역사적 자의식은 진보적 계급의식, 과거의 부르조아, 오늘날의 프롤레타리아라는 세계관에 의해 유지되어야 함을 이야기 한다. 루카치는 이념을 중요하게 여겨 사실주의 작가가 가지고 있는 이념의 '예견적 기능'에 의해 작가는 '전형'을 창조할 수 있으며 '중도적 인물'에 의해 역사소설이 전개되어야 함을 주장한다. 또한 역사와 소설가의 관계에 대해서는 소설가가 현대의 전사로서의 역사를 어떻게 재구성하여 올바른 역사소설을 창조할 수 있는가의 문제에 대하여 고찰하였다. 특히 주인공의 문제를 강조하여 어떠한 인물이 주인공이 되느냐에 따라 문학 장르도 극과 서사로 구분된다고 하였다. 루카치는 역사소설에서 의미 있는 인물로 민중적이고 평균적인 인간을 든다. 평균적인 인간이란 주인공들이 사회와 역사의 특수한 현상을 중간적 위치에서 잘 구현해낼 수 있는 인간을 말한다. 루카치의 이러한 역사인식은 프롤레타리아와 부르조아라는 상치되는 문화 가치제도를 통한 계급투쟁을 공식화하려는 것으로 알튀세르에 의해 지적당하기도 했다. 알튀세르는 "역사의 이데올로기적 수용은 새로운 지식생산을 위한 일시적인 현상으로써 작용하지 않고 그 자

---

96) 김현수, 「루카치의 문학이론 연구」, 『사회과학연구』 제11집, 장안대학사회과학연구소, 2002. 2, p.273.
97) 게오르크 루카치 지음, 이영욱 옮김, 『역사소설론』, 거름, 1987.

체를 역사적 진실이자 논란의 여지조차 없는 결정적이고 절대적인 것으로 표현한다"98)고 하여 진전도 없고 과학적 의미도 없으며 자아성찰이 부족한 닫힌 세계가 된다고 루카치의 역사소설관을 비판하였다.

이러한 사실주의를 바탕으로 하여 북한 역사소설이 표방하고 있는 사회주의 사실주의 방법론을 고찰해 볼 수 있다. 사회주의 사실주의는 무산문예운동의 역사적 경험에 대한 총결로 볼 수 있다. 사회주의 사실주의는 마르크스 레닌주의를 사상의 기초로 삼고 있다. 인간생활은 모순 투쟁 속에 있으며 그것에 대한 발전과 해결의 추세가 작품 속에 나타나야 한다. 문학은 사회생활을 인식하는 역할을 하면서 구체적이고 생동적인 예술현상으로 사회생활의 전반을 재현한다. 여기에는 다른 역사 시기의 정치경제 활동과 사회 풍모가 반영되고 계급과 계층의 생활 상태와 정신상태도 반영되는 "한 시대의 세태 풍속과 정서의 역사"99)로서의 역할을 한다. 특히 진보적이며 혁명적인 문학 작품을 표방하고 있는 사회주의 사실주의 문학에서는 생활의 여러 면을 폭넓은 화폭 속에서 보여주며 생활의 본질과 합법칙성을 반영한다. 엥겔스는 발자크의 『인간희극』을 평가하면서 "이 중심적인 화폭을 놓고 거기에 프랑스 사회의 전 역사를 집약하고 있는데 여기에서 나는 심지어 경제학적인 세세한 면(예컨대 혁명 후의 동산과 부동산의 재분배)이라는 의미에서도 이 시기의 역사가, 경제학자, 통계학자를 전부 합친 모든 전문가들의 저서에서보다 더 많은 것을 알아내었습니다"100)라고 썼다. 이는 문학작품을 통해 역사와 민족, 인간의 모습을 폭넓게 포착할 수 있다는 의미이다.

이 책에서는 이러한 역사소설의 보편적인 개념에서 북한역사소설을

---

98) 송병선, 「역사와 역사의 소설 : 현대 중남미 역사소설의 특성을 중심으로」, 『서어서문연구』 10, 한국스페인어문학회, 1997, p.183.

99) 고리끼, 「문학에 대하여」, 『문학론』 제2권, 조선국립문학예술서적출판사, 1958, p.333.

100) 임범송 외, 『맑스주의 문학개론』, 연변인민출판사, 1989, p.93 재인용.

분석하고자 한다. 남한과 북한의 역사소설의 경우 사실주의와 민족주의·민중 지향성 등의 유사점이 있으나 표현 방식이나 역사를 바라보는 관점이 다르기에 이에 대하여 비교하면서 북한의 기존논의를 검토하고자 한다. 일반적으로 역사소설이 사실주의와 민족주의를 표방하고 있다면 이는 북한 문학이 추구하는 사실주의와 민족주의에 부합되는 것으로 북한의 역사소설 연구의 의의를 더할 수 있다.

북한 역사소설 연구 대상은 남한에서의 북한 문학에 대한 연구들과 북한의『조선문학』과『문학신문』의 기사 목록을 중심으로 하여 많이 언급되고 주요한 업적으로 평가받고 있는 작품을 중심으로 선정하고자 한다. 대부분 장편소설을 택한 이유는 일정한 시대와 생활, 역사적 사건 묘사, 거대하고 웅건한 사회역사적 주제를 천명하는 사상과 예술성을 포괄하기에는 장편 소설이 적합하기 때문이다. 북한 역사소설의 전개 양상을 살펴보면 역사소설이 집중적으로 창작되는 시기가 있음을 알 수 있다. 북한에서는 일반적으로 역사제재 작품을 역사물이라고 칭하는데 역사소설 창작은 북한 문학사의 시기별 특성과 사회 역사적 사건에 밀접한 관련을 맺고 있다. 본고에서는 시기별로 주요한 역사소설을 대상으로 선정함에 있어 먼저 영도사의 역사로 씌어진 <불멸의 역사>나 <불멸의 향도> 총서를 고려해 보고자 한다. 1970년대 이후부터 창작된 <불멸의 역사> 총서는 김일성의 항일혁명투쟁 경력이라는 전기적 사실을 토대로 하여 구체적인 지명과 사료를 제시하여 역사성을 획득을 하고 있고, 1990년대 초부터 연속 간행되고 있는 <불멸의 향도> 총서는 김정일의 공적을 주제로 하고 있다. 그러나 이러한 총서들에는 역사적 사건이나 배경이 과장되어 있고 진실성의 문제와 작가의식의 측면에 독특한 배경이 있어 별도의 범주로 취급하여 다른 기회에 논하고자 한다.

북한문학을 수용하는 통일문학사의 원칙은 정해진 것이 없지만 '민족문학의 이념, 리얼리즘의 방법, 역사주의적 원칙' 등에 관해서 합의한 논의들이 있다.[101] 이러한 입장에서도 북한의 역사소설을 바라볼 수 있다. 본고에서는 첫째, 북한역사소설을 민족문학의 이념 아래 살펴보고자 한다. 둘째, 북한 역사소설은 사회주의 사실주의를 지속적으로 추구하므로 사실주의 미학으로 수용되어야 한다는 입장을 견지하고자 한다. 셋째, 북한 문예이론이 마르크스 레닌주의 미학이론에 입각한 문학원론에서 주체사상에 근거한 문예이론의 지향으로의 전이가 진행되므로 그 이론적 변모과정에서 산출되는 창작방법론을 중점으로 살펴보도록 한다. 북한문학이 당 문예정책과 문예조직의 변모, 비평논쟁 등에 따라 북한만의 주체문예가 형성되므로 역사주의 원칙에 입각하고자 한다. 넷째, 북한 역사소설에서 역사적 사실에 대한 선택이 주제 형상에 어떠한 영향을 미치며 문학적 허구화 과정에서 발생되는 담론의 특징을 규명해 보고자 한다. 다섯째, 작가적 개성을 발휘하고 있는 기법에 주목하여 창작기법의 특질을 규명해 보고자 한다.

---

101) 김재용, 「북한문예학의 전개과정과 과학적 문예학의 과제」, 『실천문학』, 실천문학사, 1992년 봄.
　　김성수, 「북한 문예학·문학사 연구의 올바른 이해를 위하여」, 『노둣돌』, 두리, 1992년 겨울.
　　권순긍, 「우리 문학의 민족형식과 민족적 특성」, 『역사와 문학의 진실』, 살림터, 1997.

제2장 ‖ 북한 역사소설의 역사적 변모

1. 북한 역사소설 발생의 사상·미학적 특성

북한에서 문학예술은 사회적 토대에 상응하는 상부 구조적 현상에 해당된다.[1] 북한에서의 사회주의 토대는 1920년대 중반 조선노농총동맹에서 맹아를 발견할 수 있다. 이후 북한은 1956년 3차 당 대회에서 당규약 개정을 통해 조선로동당을 '노동계급과 전체 근로 대중의 선봉적, 조직적 부대'로 규정하고 마르크스 레닌주의 학설을 자기 활동의 지도적 지침으로 삼음으로써[2] 사회주의 토대를 확립하고 1958년 이후 사회주의 체제를 확립하였다.

북한 역사소설은 남한의 역사소설과 기원은 같을지라도 해방 이후의 변모 양상과 표방하는 바는 다르다. 기본적으로 북한의 문학은 당의 문예정책과 김일성, 김정일의 교시에 따라 변모하기 때문에 역사소설도 예외는 아니다. 또한 역사에서의 계급투쟁이 인간의 역사적 진보에 대한 역할을 한다는 역사의식에 의해 역사소설이 성립되고 있다. 다른 장르에 비해 북한 역사소설은 북한의 문예정책이나 문예이론에서 어느 정

---

1) 박종식·현종호·리상태, 『문학개론』, 교육도서출판사, 1961, p.35.
2) 이종석, 「조선로동당의 형성과 발전」, 『한국사』 22권, 한길사, 1994, p.142.

도 벗어나 있다. 북한에서는 해방 이후 한국전쟁을 겪으면서 독자적인 사회주의 체제를 구축하고 문학에 있어 사회주의 사실주의 경향이 변모 되었다. 북한 역사소설의 사상 미학적 특질 형성의 출발점은 북한에서의 현대문학 기점과 해방 이전의 진보적 낭만주의 경향에서 찾을 수 있다.

북한 역사소설의 발생 시기는 남한과 북한의 체제가 달라지는 해방 이후로 볼 수 있지만 그 바탕이 되는 사회적·역사적 조건은 그 이전으 로 거슬러 올라갈 수 있다. 특히 북한 역사소설의 사상 미학적 특질을 형성하는 배경은 해방 이전의 진보적 낭만주의, 민족주의와 민중사관 경향에서 찾을 수 있다.

북한 역사소설에서 수용하고 있는 진보적 낭만주의 경향은 착취 사회 를 부정하고 주관적 이상과 염원을 작품 속에서 실현하려는 것으로 주 요한 문학적 조류 중 하나이다. 『문학예술사전』에서는 진보적 낭만주의 의 특징을 '소여(所與) 시기의 선진적인 계급과 계층들의 사상 감정과 지 향을 대변한 것으로서 당대 사회현실을 부정하고 새로운 생활을 창조하 기 위한 투쟁에로 사람들을 고무충동'하는 것으로 정의하고 있다.[3] 이 러한 계열의 대표적인 작가로 신채호를 들고 있는데 신채호의 경우 『조 선문학통사』에서는 언급되지 않고 있지만 『조선문학사』 이후 1970년대 말부터 문학사에서 크게 부각되고 있다.[4]

북한에서는 단재 신채호에 대한 관심이 높아 남한보다 먼저 작품집이 출판되었다. 『룡과 룡의 대격전』(안함광, 주룡걸 편, 조선문학예술총동맹출판 사, 1966)은 신채호의 미발표 유고를 정리했다. 2000년대 들어 다시 부각 된 신채호의 평론은 애국적이며 민족자주적인 입장을 뚜렷이 보여 진보 적인 유산의 하나로 인식되었고[5] 그의 역사소설에 대하여 조선민족의

---

3) 이형기·이상호 공저, 『북한의 현대문학』 Ⅰ, 고려원, 1990, p.116.
4) 이형기·이상호 공저, 위의 책, p117.
5) 한중모, 「단재 신채호의 문학평론활동」, 『조선문학』, 문학예술종합출판사, 2000년

높은 애국적 지조와 도덕적 풍모를 높이 보였다고 평가하고 있다.[6] 최근의 북한 학술계간지는[7] 신채호의 논설 「독사신론」에 대하여 민족주의적 사학 형성에 진보적 역할을 했다고 평가하고 있다.

신채호(1880~1936)는 반일 애국사상 활동을 하면서 많은 정론들과 시, 소설 등을 썼다. 그의 대표적인 소설인 『꿈하늘』(1916)과 『용과 용의 대격전』(1928)은 북한 역사소설의 맹아라고 볼 수 있다. 이 소설들이 보여주는 진보적 낭만주의 경향은 이후 북한 역사소설에 많은 영향을 끼치고 있다. 『꿈하늘』의 경우 작가의 낭만주의 열정과 환상이 자유분방하게 표현되고 있는 작품으로 작가는 환상과 허구를 사용하고 있지만 구체적인 역사적 사실과 결부시키고 있다. 을지문덕 장군이나 강감찬 장군의 등장은 새로운 투쟁의 결의를 다지게 하며 풍신수길 등의 등장을 통해 일제로 인한 모순된 한반도의 현실을 비판하고 있다. 북한에서는 이 작품이 인민들을 일제에 대한 증오의 투쟁 정신으로 고무하였다는데 의의가 있다고 평가하고 있다. 이 작품의 약점으로는 '화랑도' 사상을 주장하여 복고주의적 경향을 지니며 부르주아 민족주의 테두리를 벗어나지 못하였다고 지적하였다. 신채호의 세계관의 변화는 『용과 용의 대격전』에서 찾아볼 수 있는데 환상적인 수법으로 조선 인민과 일제 침략자를 비롯한 착취자들의 갈등과 투쟁을 보여주고 있다. 천국의 파멸, 천국의 충신인 미리의 죽음과 새로운 지국의 건설을 통한 침략자 및 착취계급의 멸망과 인민대중의 승리를 확인하고 있다. 이러한 신채호의 진보적 낭만주의 계열 소설은 이후 북한 역사소설의 사상 미학적 특질에 영향을 끼쳤다고 볼 수 있다. 또한 신채호 역사소설 『백세노승의 미인

9호, p.69.

6) 김정수, 「역사문학에 구현된 민족애」, 『조선어문』 제2호, 과학백과사전출판사, 2002.

7) 『역사과학』, 사회과학출판사, 2007년 4호. 이 학술지는 신채호의 역사관의 특징으로 "역사서술의 대상을 그 어떤 개인이나 왕이 아니라 조선민족으로 설정하고 편사학을 민족의 자강을 실현하기 위한 시도"를 벌였다고 평가하고 있다.

담』(1910년대), 『일목대왕의 철퇴』(1910년대)에 나타난 반침략 애국주의와
민중사관도 북한 역사소설에 지속되게 나타나는 경향이다. 『백세노승의
미인담』은 작품의 주인공이 노승보다 엽분이로 주체적 사관을 강조한
다.[8] 엽분이는 민중으로 개혁적이고 혁명적 역사관을 보인다.

　1930년대 후반기에 나타난 진보적 역사소설과 역사관은 북한 역사소
설의 사실주의 계통을 잇는다. 1930년대 후반기 한식의 진보적이고 투
쟁적인 역사관은 북한 역사소설 형성에 영향을 끼친다.[9] 그는 역사소설
에 창작적 주의를 돌릴 것을 호소하였는데 역사주제 창작은 인민 대중
에게 애국적인 민족의식을 안겨주고 역사사실에서 귀중한 교훈을 얻을
수 있기 때문이었다. 이 시기 진보적 역사소설은 소재 선택, 주제 사상
적 지향과 주인공의 형상 그리고 역사적 사료를 예술적으로 일반화하는
원칙에 이르기까지 사상 미학적 특성 전반에서 부르조아 작가들이 쓴
역사소설과 판이하게 구별되었다.[10] 이 시기 진보적 역사소설은 소재를
선택할 때 과거에만 집착하게 하는 역사소설보다 과거를 통하여 오늘을
돌아볼 수 있게 하는 근본입장에서 인민대중의 반침략 반봉건 투쟁 역
사를 취하고 있다고 보고 있다. 홍명희의 『임꺽정』은 봉건통치배들을
반대하는 인민들의 반침략구국항전을 취급하는 데 이와 비교되는 부르
조아 역사소설인 김동인의 『운현궁의 봄』 등은 왕권 찬탈과 관련된 궁
중 비극을 다루고 있어서 복고주의와 순응주의 입장에 있다고 비판하고
있다. 역사소설의 주인공도 인민대중이어야 하는데 부르조아 소설에서
는 봉건 왕, 왕족, 양반귀족들이 주인공이라는 점을 비판하고 있다. 또
한 역사적 사실에 충실하고 재음미하여, 풍부한 상상력으로 생동한 생

---

8) 김주현 편, 『백세노승의 미인담(외)』, 범우, 2004, p.347.
9) 한식, 「역사문학 재인식의 필요」, 『동아일보』 1937년 10월 3일자.
10) 은종섭·김학규, 『조선근대 및 해방전 현대 소설사연구』 2, 김일성종합대학출판
　　사, 1986, p.64.

활 모습을 창조할 것을 강조한다. 부르조아 역사소설은 역사사료를 그대로 옮겨놓는 데 그친다고 평한다.[11] 이에 따르면 1930년대 후반기의 진보적 역사소설로는 현진건의 『무영탑』(1939), 『흑치상지』(1938~1939), 리기영의 『봄』(1940), 홍명희의 『임꺽정』(1928~1939 『조선일보』 연재, 1940년 출간)을 들 수 있다.

현진건은 『무영탑』과 『흑치상지』를 통해 과거 역사를 통해 식민지 현실을 간접적으로 비판하고 민족의식과 반침략 애국주의사상을 표현하였다고 평가받는다.[12] 『봄』은 19세기 말에서 20세기 초까지를 시대적 배경으로 하여 낡은 것의 멸망과 새것의 필연적 승리에 대한 신념을 지향하고 있다. 『임꺽정』은 해방 전 진보적 문학이 남긴 유산으로 최근까지도 평가되고 있다.[13] 『임꺽정』의 현대성은 봉건 시대에 천대 받고 억압받는 하층민들의 생활과 투쟁이 일제시대 조선인의 생활에서 절실하게 요구되는 문제를 밝힐 수 있는 현대적 요구를 구현하고 있다는 점이다.

북한 현대문학의 기점은 최근의 문학사인 『조선문학사』(15권)를 통해 살펴볼 수 있다.[14] 『조선문학사』는[15] 1991년부터 1999년까지 출판된

---

11) 은종섭·김학규, 앞의 책, p.166.

12) 한중모, 「현진건의 단편소설과 창작기교」, 『조선문학』, 문학예술출판사, 2001년 11호, p.52.
정진혁, 「광복전 력사소설 ≪무영탑≫과 작가 현진건」, 『조선문학』, 문학예술출판사, 2003년 6호, pp.73~75.

13) 한중모, 「다부작 장편 력사소설 ≪림꺽정≫과 주인공들의 형상」, 『조선문학』, 문학예술출판사, 2006년 4호, pp.65~70.

14) 북한의 주요 문학사를 살펴보면 다음과 같다.
리응수, 윤세평, 안함광의 『조선문학사』(3권)의 경우 현대문학의 출발을 1919년에서 1930년으로 설정하고 있다(안함광, 『조선문학사』 (평양 : 고등교육도서출판사, 1956)). 『조선문학 개관』(상·하권)의 경우 1권은 '조선문학의 시초'부터 '1910~1920년대 전반기 문학까지'를, 2권은 '항일혁명투쟁시기(1926. 10.~1945. 8.)' 문학부터 '사회주의의 전면적 건설과 사회주의의 완전승리를 앞당기기 위한 투쟁시기(1961~1985)' 문학까지 정리해 놓고 있다(박종원·류만, 『조선문학개관』 상·하, 평양 : 사회과학출판사, 1986).
『조선대백과사전』(18)(백과사전출판사, 2001)에서는 북한 문학사를 다음과 같이

방대한 분량의 문학사이다. 『조선문학사』는 북한문학사를 '19세기 후반에서 20세기 초의 문학(1~7권), 1926년에서 1945년까지의 문학(8~9권), 항일혁명문학 아래 발전한 진보문학(10~15권)' 등 세 부분으로 나눈다. 사회 문학 발전의 사회·역사적 환경과 일반적 정형에 대해서는 19세기 자본주의적 생산 관계의 급격한 장성과 제국주의의 침략을 반대하는 조선인민의 반제투쟁으로 근대문학 발생의 생활적 토양이 되었다고 설명한다. 또한 김일성 중심의 항일혁명문학을 주축으로 북한의 문학사를 전개하고 있는데, 1926년부터 1945년 기간을 Ⅰ·Ⅱ로 나누어 현대문학 부분을 보충하고 있다. 이렇듯 북한이 현대문학 기점으로 잡고 있는 1926년부터 8·15 해방까지의 문학을 대하는 태도는 남한과 현저하게 차이가 난다. 북한이 현대문학의 기점을 1926년으로 삼은 이유는 그해 10월 17일 김일성이 공산주의 혁명조직인 '타도제국주의동맹'을 조직하여 문학 분야도 직접 지도를 하게 되었기 때문이다.[16] 북한 문학사는 이 시기 문학을 항일혁명문학이라고 부르면서 8·15 해방 전 가장 중요한 문학으로 판단하고 있다. 북한의 항일혁명문학은 이후 북한의 진보적 문학에 많은 영향을 끼쳤다. 북한 문학사에서는 항일혁명문학을 혁명전통 주제로 분류하여 역사소설과는 별도로 다루고 있다.

구분한다.
새민주조선건설시기(1945~1949), 조국해방전쟁시기(1950~1953), 전후복구건설과 사회주의기초건설시기(1954~1959), 사회주의 전면적 건설시기(1960~1969), 사회주의완전승리를 앞당기기 위한 시기(1970년대), 사회주의 완전승리를 이룩하는 데서 결정적 전환을 가져오기 위한 시기(1980~현재)

15) 사회과학원 주체문학연구소 편, 『조선문학사』(1~15권), 사회과학출판사, 1991~1999. 제1권 원시~9세기, 제2권 10~14세기, 제3권 15~16세기, 제4권 17세기, 제5권 18세기, 제6권 19세기, 제7권 19세기 말~ 1925년, 제8권 1926년~1945년(Ⅰ), 제9권 1926년~1945년(Ⅱ), 제10권 평화적 민주건설시기, 제11권 조국해방전쟁시기, 제12권 전후복구건설 및 사회주의 기초건설 시기, 제13권 사회주의의 전면적 건설시기, 제14권 사회주의 완전승리를 앞당기기 위한 투쟁시기(Ⅰ), 제15권 사회주의 완전승리를 앞당기기 위한 투쟁시기(Ⅱ)

16) 이형기·이상호 공저, 『북한의 현대문학』 Ⅰ, 고려원, 1990, pp.19~20.

지금까지의 논의를 바탕으로 북한 역사소설 발생의 사상·미학적 특질로는 민족주의, 민중 중심의 진보적이고 투쟁적 역사관, 애국주의, 진보적 낭만주의 등으로 볼 수 있다.

2. 북한 역사소설 전개의 사회·역사적 토대

북한 역사소설은 북한의 역사수용 방식에 많은 영향을 받고 있으며 과거, 현재, 미래를 바라보는 관점에 따라 창작 방향이 결정되었다. 북한문학에서 역사란 과거로서의 역사와 새 시대 건설의 사명을 띤 현재로서의 역사, 전망을 담아내는 미래로서의 역사로 대별된다. 해방 이후 북한문학은 투쟁의 역사와 새로운 시대 건설의 역사에 대하여 기록하는 것에 충실하였다. 여기에서 역사란 과거로서의 역사뿐 아니라 미래의 전망을 담아낼 수 있는 현재로서의 역사를 말한다. 해방 이후 북한 문학은 식민지 시대 프롤레타리아 문학을 계승하는 입장에서 사회주의 사실주의를 표방하였다. 북한에서는 새 시대의 감격과 민주주의 사회의 도래를 맞이하면서 그 근거를 찾기 위해 역사 서술에 관심을 가지게 되었다. 또한 토지개혁, 새 주권 수립을 위한 투쟁, 항일혁명의 위대성 등을 강조하기 위한 문학서술의 방향은 새로운 지도자에 대한 경외심과 민주주의 혁명 과정을 예찬하기 위한 새 역사 시작을 알리는 것으로 집약되었다.

해방 직후 북조선예술총동맹은 노동자 계급의 당파성과 프로문학의 영도성을 강조하였다. 사회주의 사실주의 원칙을 고수하면서 고상한 리얼리즘이라는 창작이념을 사회주의 사실주의와 동일화하고 혁명적 낭만주의를 창작방법론으로 받아들였다.

1946년 초 토지개혁, 노동법령, 남녀 평등법, 중요 산업 국유화 법령 등의 민주개혁이 일어났다. 당시 북한인들의 사상성을 고양하기 위해 건국 사상 총동원 운동이 일어났고 문학에 있어서는 고상한 리얼리즘이 제기되었다. 1946년 8월 28일에 열린 북조선노동자 제1차 대회에서 북한 사회는 아직 사회주의 사실주의 단계에 진입하지 못한 인민민주주의 단계이므로 마르크스 레닌주의가 사회주의 건설을 위한 이념임을 밝혔다. 1947년 3월 '고상한 사실주의'가 유일한 창작방법으로 규정된 후 긍정적 주인공에 기초한 혁명적 낭만주의의 성격을 강하게 띤 교조적 사회주의 사실주의로 고정화되었다. 이러한 경향으로 문학이 혁명적 낭만주의와 도식주의로 흐르게 되었다. 1947년 3월 28일 당 중앙상무위원회에서는 「북조선에 있어서의 민주주의 민족문화 건설에 대하여」 결정서를 발표하였는데 '고상한 사실주의'라는 사회주의 리얼리즘의 한 방법을 공식화하였다.[17] 여기에서 문학은 인민의 영웅적 노력과 투쟁과 승리와 영광을 그려야 하며 사상은 미래를 향한 헌신과 낙관의 이야기로 펼쳐야 한다는 방법론이 제기되었다.

전쟁 이후 북한의 당에서는 제도 개혁을 완성하기 위해 인민들을 공산화시키려 하였다. 1952년 이후에는 소련의 영향을 받아 무갈등론에 대한 비판이 생겼고 새것과 낡은 것에 대한 대립과 갈등이 문제였다. 1953년 7월 27일, 정전 협정이 체결된 후 북한에서는 전후복구건설을 거쳐 본격적인 사회주의 건설에로 들어가고 1950년대 후반에는 생산관계에 대한 사회주의적 개조를 실시하였다. 이러한 사회 역사적 특징으로부터 문인들에게는 '복구건설의 벅찬 현실과 인민들의 영웅적 투쟁 모습을 형상함으로써 전후복구건설 사업에 적극 이바지해야'[18] 할 새로

---

17) 김일성, 『위대한 수령 김일성 동지 문학령도사(2)』, 문학예술종합출판사, 1993, pp.168~169.
18) 박종원·류만, 『조선문학개관』 Ⅰ·Ⅱ, 사회과학출판사, 1986, p.177.

운 과업이 제기되었고 이 시기에 문학예술 분야에서 당성, 노동계급성, 인민성이 강조되었다. 이 시기 문학은 이전 시기보다 주제 영역이 넓어지고 장편소설, 장편 서사시, 장막 희곡 등 장편 형식의 작품들이 많이 창작되었다. 역사소설은 민중의 삶을 형상화한 주제를 다루었다.

1956년 3월 제3차 노동당 대회와 8월, 9월에 열린 전원회의 이후에는 혁명적 낭만주의에 대한 문제도 제기되었다. 1958년 8월에 북한 전역에 사회주의 경제체제(농업의 집단화)가 완성됨으로써 북한 사회는 인민민주주의 체제에서 사회주의 체제로 이행하였는데 이시기는 문학계에서 사회주의 사실주의 논쟁의 토대가 되었다. 1950, 1960년대에 발생한 사회주의 사실주의 발생 발전 논쟁은 북한 문학에서 리얼리즘 수용 양상에 대한 진지한 고민으로 받아들여진다.

1958년부터 본격화되는 천리마 운동은 사상과 기술혁명을 통해 증산을 도모하였다. 천리마 운동은 공산주의 건설을 새 목표로 내세웠고 인민들의 공산주의 사상 무장화를 강조하였다.[19] 1961년 9월 조선노동당 제4차 대회가 소집되어 전면적 건설을 위한 계속혁명으로 3대 혁명인 '사상 혁명, 문화 혁명, 기술 혁명'이 제시되었다. 문학에 있어서도 1960년대 전후로 혁명 전통 형상화와 관련한 일련의 창작 실천상, 이론상 문제들이 제기되었다. 그 중에서도 역사적 사실과 예술적 허구, 원형과 전형에 대한 문제가 중요한 문제의 하나로 제기되었다.[20] 그 방법론으로 전형에 관한 논쟁이 있었는데 엄호석과 장형준의 경우를 볼 수 있다. 엄호석의 경우 작가가 생활에 대한 적극적인 태도를 가지고 시대적 빠뽀스(사상)를 잘 표현해야 한다고 주장하였다. 엄호석은 과거의 생활을 재현

---

19) 김일성, <공산주의 교양에 대하여>(전국 시, 군 당위원회 선동원들을 위한 강습회에서 한 연설, 1958. 11. 20), 『김일성 저작집』, 조선평양외국문출판사, 1983.
20) 장형준, 「혁명 전통 형상화에서의 사실과 허구, 원형과 전형」, 『조선문학』, 조선작가동맹출판사, 1960년 1호, p.119.

함에 있어서 작가는 항상 력사가적 입장과 작가적 입장에 동시에 서야
하며 력사적 진실을 예술적 진실로 재현시켜야 한다고 주장하였다. 력
사소설 부분에서 기본 사건과 기본 주인공들은 항상 력사적 사실과 부
합되어야 할 것을 주장하였다.[21] 이에 대하여 장형준은 역사적 사건을
허구에 의거하면서도 역사적 사건과 배경을 충분히 표현할 수 있다고
하여 엄호석의 방법론을 비판하였다. 이 시기에는 공산주의자의 전형
창조의 문제가 중요시되고 있었는데 공산주의 문학의 건설 시기에 돌입
하였기 때문이다.[22] 사회주의 건설 초기에 대단한 생산력의 발전을 보
였던 북한 사회의 당대적 요구에 부응하여 노동영웅의 예술적 형상이
부각되는 등 사회주의 리얼리즘의 '현실적 구체화'가 이루어졌다. 이러
한 논의들은 '민족적 특성', '전형', '혁명적 대작 장편' 논쟁의 전초전이
되었다.

　　1950년대 말부터는 북한의 사회주의 경제체제가 수립된 시기로 사회
주의적 요소들이 북한에 어떻게 적용되어야 하는가가 중요한 문제로 되
었다.[23] 그 방법으로 민족적 형식과 민족적 특성이 강조되었다. 민족적
특성에 대한 논의는 주로 공산주의자의 전형창조와 연결되었다.[24] 이

---

21) 엄호석, 「공산주의자의 전형 창조를 위하여」, 『조선문학』, 조선작가동맹출판사,
　　 1959년 11호, p.109.
22) 김창석, 「공산주의자의 전형 창조에서 제기되는 리론적 문제」, 『조선문학』, 조선작
　　 가동맹출판사, 1959년 12호, p.95.
23) 권순긍, 『역사와 문학적 진실』, 살림터, 1997, p.108.
24) 류창선, 「문학형식에서의 민족적 특성」, 『조선문학』, 조선작가동맹출판사, 1958년
　　 11호.
　　 김하명, 「문학의 민족적 특성과 생활반영의 진실성」, 『문학신문』 1959년 3월 12
　　 일자, p.3.
　　 방연승, 「긍정적 주인공 창조에서 제기되는 민족적 풍격문제」, 『문학신문』 1959년
　　 3월 29일자, p.3.
　　 윤세평, 「민족적 특성에 관한 의견 상위점－문제의 소재를 명백히 하자－공산주
　　 의자의 정형창조를 위하여」, 『문학신문』 1960년 3월 22일자, p.2.
　　 한중모, 「긍정적 주인공과 민족적 특성」, 『문학신문』 1960년 3월 29일자, p.2.

시기의 민족적 특성론의 목적은 민족적 특성을 탐색하고 적용하여 과거를 현재에 환기하고 활용하는 것이었다. 1960년 11월 27일 김일성 교시인 '천리마 시대에 맞는 문학예술을 창조하자'[25] 이후 현실주제 작품과 항일빨치산 회상기 등이 많이 창작되었다.

사회주의 전면적 건설을 위해 속도전 개념을 도입한 북한사회는 문학에서도 절대적인 창작 지침을 마련하였다. 1960년 11월 27일 문학예술 분야 일꾼들과의 대담에서 김일성은 "우리의 문학과 예술은 천리마 시대의 사람들의 보람찬 생활과 영웅적 투쟁 모습을 그려야 한다"[26]고 하여 혁명가의 전형 창조를 강조하였다. 1960년대 중반 이후에는 김일성의 정치적 상징에 대한 형상과 항일무장 활동을 소재로 한 작품들이 본격적으로 창작되었다. 또한 이 시기의 대작 장편 창작방법론 이후 장편소설이 대거 창작되었다. 1967년 이후 북한에는 주체사상이 확립되었다. 주체사상은 문학에도 변모를 가져오는데 주체문예에서 문학의 경우 공산주의 전망과 공산주의 인간형을 중시하였고 항일혁명문학이 혁명적

윤세평, 「공산주의자의 전형창조와 관련된 민족적 특성에 대한 약간의 고찰」, 『조선문학』, 조선작가동맹출판사, 1960년 4호.

리상태, 「전형창조에서의 민족적 성격 – 공산주의자의 전형창조를 위하여」, 『문학신문』 1960년 5월 10일자, p.3.

최일룡, 「민족적 특성에 대한 나의 의견 – 공산주의자의 전형창조를 위하여」, 『문학신문』 1960년 5월 20일자, p.2.

안함광, 『공산주의자의 전형창조를 위하여 – 문학의 민족적 특성 해명에 제기된 몇 가지 문제」, 『문학신문』 1960년 9월 20일자, p.2.

박종식, 「우리 문학에서 주체의 확립과 민족적 특성」, 『조선문학』, 조선작가동맹출판사, 1961년 2호.

김헌순, 「현대성과 민족적 특성의 원숙한 구현 – 장편소설 『두만강』(2부)에 대하여」, 『문학신문』 1962년 10월 19일자, p.2.

25) 오승련, 「주체시대 문학예술이 나아갈 앞길을 밝혀주는 불멸의 문예강령 – 위대한 수령님의 불후의 고전적로작 ≪천리마시대에 맞는 문학예술을 창조하자≫ 발표 20돐에 즈음하여」, 『조선문학』, 예술총동맹출판사, 1980년 11호, pp.13~18.

26) 김일성, 『김일성 저작집 14』, 조선로동당출판사, 1983, p.144.
박종원·류만, 『조선문학개관』 (하), 온누리, 1986, p.196.

전통으로 자리 잡게 되었다.

1970년대 이후 북한의 문학사가 주체문예이론에 의해 주도되어 오면서 역사소설도 주체문예이론 논의에서 벗어날 수 없었다. 주체사실주의는 북한에서 1967년 이후부터 1990년대까지 체계화된 주체 문예이론을 바탕으로 하여 형성된 용어로 1990년대 이후 대표적으로 사용되었다.[27] 김정일은 『주체문학론』(조선로동당출판부, 1992)을 통해 주체사실주의에 대하여 체계적으로 정리하였다. 김정일이 북한의 문학예술을 담당한 1960년대 중반 이래 그의 문예관이나 문예정책은 시대적 상황에 따라 다소 변화를 보여 왔다. 김정일은 1967년의 제4차 15기 당중앙위 전원회를 기점으로 기존의 문예이론을 비판하고 수령형상 문학을 강력하게 제기하였다. 1980년 이후에는 주체문학 성립 이후의 과도한 개인숭배와 혁명적 낭만주의 경향이 문제시되었다. 이후 김정일은 1980년 10월 6차 전당대회에서 공산주의적 인간의 전형을 '숨은 영웅'으로 규정하면서 '숨은 영웅의 모범 따라 배우기 운동'을 대중적으로 벌일 것을 제안하였다. 이러한 문학론이 대두된 배경에는 사회 구조의 변화와 밀접한 관련이 있다. 1980년대 전반은 1960년대 후반부터 지속적으로 추진되었던 북한 사회의 유일사상 체계화가 일정한 수준에 이르렀고 사상적 갈등은 상대적으로 약화되었던 시기였다.[28] 이 연장선상에서 영웅적 인물만을 지나치게 그리는 것을 지양해야 한다는 주체문학론의 리얼리즘 논의가 제기되었다고 할 수 있다. 이 시기에 북한의 소설은 이전과 다른 면모를 보이고 현실 생활을 주제로 하는 경향이 강해졌다. 이전의 혁명적 대작

---

27) 장형준, 「주체사실주의는 우리 시대의 가장 올바른 창작방법, 최고의 사실주의 방법이다」, 『조선문학』 제547호, 문학예술종합출판사, 1993년 5호.

28) 김일성은 "우리 사회에서 력사적으로 물려받은 뒤떨어진 낡은 사상과 낡은 문화의 잔재는 극히 부분적인 요소"가 되었다고 말하고 있다. 김일성, "사회주의의 완전승리를 위하여,"(1986. 12. 29) 『김일성 저작집 40』, 조선로동당출판사, 1994, p.215.

의 시기에서 벗어나 단편소설 양식을 강조하는데 이는 역사 주제를 다루는 데에는 장편소설이 적절하고, 현실주제를 다루는 데에는 단편소설이 적절하다는 평가[29]가 있었기 때문이다. 이 시기 북한의 문예계에서는 문예물의 주제를 다양하게 발전시키는 방법과 양적인 성장 문제에 대해서 문제제기를 하기 시작했다. 획일적이며 도식적인 혁명전통을 앞세운 문학만이 생산되면서 독자들의 거부감이 생기고 비판적인 시각이 양성되는 것을 의식하지 않을 수 없게 되었기 때문이다. 이에 대한 해법으로 다양한 현실세계를 반영하는 문학작품의 창작을 권장하게 되었고, 사회주의 현실과 생활 주제를 중심으로 하는 소설들이 많이 나오게 되었다. 그러나 1986년 조선문학예술총동맹 제6차 대회를 통해서 김정일은 다시 혁명 전통과 수령 형상 문학을 중시하는 방향의 문예정책으로 돌아갔다.

1990년대 들어 김정일은 기존의 주체문예이론을 확립하고 민족성을 상대적으로 강조하였다. 주체문학의 혁명이론은 반제반봉건 혁명론, 사회주의 혁명이론, 사회주의 공산주의 건설이론, 인간개조 이론, 사회주의 경제건설 이론, 사회주의 문화건설 이론을 말한다. 주체 문예이론의 성립으로 북한에서는 문학이 운동으로 변모되고 있음을 알 수 있다. 이러한 변모로 인해 북한식 사회주의 사실주의 창작방법은 민족성과 자주성, 수령의 영도와 수령에 대한 충성이 더욱 강조된다. 이러한 점에서 볼 때 북한에서의 주체사실주의는 이전의 사회주의 사실주의 확장 혹은 와해로 볼 수 있다. 이전의 사회주의 사실주의 방법을 북한만의 고유한 창작방법으로 변모시켜 새로운 사회주의 사실주의를 실현하였으나 본래

---

29) 김홍섭, 「단편소설의 양식을 다양하게 살리자」, 『조선문학』 제399호, 조선문학예술총동맹출판사, 1981년 1호, p.58.
　　명일식, 「단편소설에서의 사회적 문제성을 더 예리하게 제기하자」, 『조선문학』, 제436호, 조선문학예술총동맹출판사, 1984년 2호, p.74.

적 의미에서 멀어지고 말았다.

『주체문학론』에 의하면 북한에서 말하고 있는 '우리 식의 사회주의적 사실주의 창작방법'인 '주체사실주의'는 주체의 철학적 세계관에 기초하여 사람을 중심으로 현실을 그리는 창작방법이다. 사회주의 사실주의가 인간을 사회관계의 총체에서 연관 짓고 있다면 주체사실주의는 인간을 자주성, 창조성, 의식성을 가진 사회적 존재로 본다는 차이점이 있다. 북한에서는 인간과 생활을 어떻게 보고 그려야 하는가 하는 문학예술의 근본문제가 사람중심의 철학적 세계관에 기초하고 있는 주체사실주의에 의해 비로소 완벽하게 해결된다고 주장하고 있다. 주체사실주의는 인간의 성격을 전형화하는 데서 자주성을 기본으로 하여 일반화와 개성화의 통일을 이룰 것을 요구한다. 주체사실주의는 자주성을 강조하기 때문에 인텔리나 부유한 사람들도 나라와 민족, 인민의 행복을 위하여 투쟁한다면 애국자 혁명자로 내세운다. 주체형의 인간 전형에는 수령에 대한 충실성이 요구된다. 여기에는 신념화된 충실성이 요구되는데 이는 수령이 개척한 혁명위업의 승리를 굳게 믿고 수령의 사상과 영도를 가장 정당한 것으로 받아들이며 그 실현을 위하여 모든 것을 다 바쳐 투쟁하려는 고결한 공산주의적 품성이 요구된다. 수령에 대한 충실성은 혁명적 양심에 의해 언제나 발휘되어야 하며 수령을 친어버이로 숭배하여 수령에게 충성과 효성을 다하는 것을 마땅한 도리로 알아야 하는 것이다. 수령에 대한 충실성은 당, 대중에 대한 충실성으로 이어지는데 사회정치적 집단의 생명이 개인의 생명의 모체로 되며 개인의 생명보다 집단의 생명이 더 귀중하다고 보는 집단주의적 생명관에 기초하고 있다. "집단주의는 수령, 당, 대중의 통일로 이루어지는 사회정치적 생명체에서 가장 숭고한 높이에 이르게 된다"[30]고 하여 사회집단과 개인의 이익도 나

---

30) 김정일, 「주체문학론」, 『김정일 선집』 10, 조선로동당출판사, 1997, p.10.

라와 민족을 단위로 하여 실현할 것을 주장한다. 이러한 주체성 구현의 일환으로 문학에서 민족 자주정신의 반영이 표현되었다.

문학에서 민족 자주정신을 반영한다는 것은 문학 창작과 건설에서 자기 나라 인민의 자주적인 지향과 요구를[31] 구현하며 자기 민족의 고유한 생활 감정과 미감에 맞게 형상을 창조한다는 것을 말한다. 북한에서는 주체성에 의하여 민족문학의 고유한 특성이 살아나며 민족의 정기와 기상이 뚜렷이 표현된다고 주장한다. 특히 조선민족으로서의 자존심을 우리 식대로 발전시켜나가야 할 것을 주장한다.[32] 민족적 특성을 살리는 일은 민중의 심리와 정서, 언어 풍습, 생활과정에서의 고유한 특성을 반영하는 것이다. 민족적 특성을 살리는 것에 역사적으로 이루어진 고유한 민족적 성격을 진실 되게 그려야 한다고 하였다. 이러한 것은 조선민족제일주의에까지 이어진다.[33]

1990년대 중반 이후 북한은 대내외적으로 어려움을 겪게 되었다. 소련과 동유럽 사회의 사회주의 국가 붕괴와 북한의 자연적 재난으로 인해 북한은 '고난의 행군' 시기에 접어들게 되고 이를 극복하면서 새로운 모색을 하게 되었다. 북한은 총체적인 정치, 경제적 난국과 함께 심각한 체제 위기를 '고난의 행군'이라고 명명하였다. 고난의 행군이 1998년에 공식적으로 종료되고[34] 1998년 9월 5일 조선민주주의인민공화국 최고인민회의 제10기 제1차 회의에서 김정일이 국방위원회 위원장으로 추대

---

31) 김정일, 「주체문학론」, 『김정일 선집』 12, 조선로동당출판사, 1997, p.364.

32) 머리글, 「민족적 자존심을 주제로 한 문학작품을 더 많이 창작하자」, 『조선문학』 제477호, 예술총동맹출판사, 1987년 7호.
오승련, 「민족적 자존심의 주제와 우리 문학」, 『조선문학』 제485호, 예술총동맹출판사, 1988년 3호.

33) 김영송, 「문학작품 창작에서 조선민족제일주의를 구현하는 것은 우리 문학발전의 절박한 문제」, 『조선문학』 제542호, 문학예술종합출판사, 1992년 12호.

34) 북한에서 1995년부터 시작된 '고난의 행군'은 공식적으로는 98년에 마감된 것으로 공고된다. 「자력갱생의 기치높이 강행군 앞으로!」, 『로동신문』 1998년 2월 3일자.

되면서 북한 사회와 문학 분야에서도 새로운 경향이 생긴다. 문학예술 부문과 관련해서, 김정일은 고난의 행군 시기에 당이 요구하는 명작이 김일성 주석의 생전의 뜻이 담겨 있는 '붉은 기 정신'과 '고난의 행군 정신', '내일을 위한 오늘에 살자'는 당의 혁명적 인생관을 철저히 구현한 작품임을 지적하였다. 그는 주체사상에 구현된 붉은 기 정신과 고난의 행군 정신에는 일심단결의 신념, 자력갱생, 백절불굴의 혁명적 의지가 담겨져 있으며, 혁명의 붉은 기를 변함없이 높이 들고 나아가는 것이 인민의 숭고한 의무이며 의리라고 강조하였다. 또한 '총대로써' 당을 받들고, 모든 부분, 모든 단위에서 '혁명적 군인정신'을 적극 따라 배울 것을 역설하였다.[35]

이 시기 문학은 현재의 총체적 난국을 극복하고 강성대국에 대한 전망을 제시하였다. 강성대국 실현을 위하여 1998년부터 강조되어 온 '강계정신'이 문학 속에도 실현되고 있다. 강계정신은[36] 1998년 1월 16일부터 21일까지 김정일이 '자강도'(慈江道)를 방문한 뒤, 같은 해 2월 26일자『노동신문』 사설에서 처음 제시한 용어이다.[37] 자강도는 북한이 김일성 사후 추진해 온 '고난의 행군' 과정에서 가장 모범을 보인 지역으로, 강계정신은 자강도의 도청 소재지이자 도를 대표하는 상징도시인 강계시와 이곳 주민들의 투쟁정신을 본받자는 뜻에서 붙여졌다. 이후 강계정신은 극심한 경제난으로 어려움을 겪고 있는 북한이 체제를 유지

---

35) 남원진, 「고난의 행군과 주체문학」, 남북문학예술연구회 발표문, 2007, p.1. 김정일, 「김일성동지의 청년운동사상과 령도업적을 빛내여 나가자―청년절 5돐에 즈음하여 김일성사회주의청년동맹중앙위원회 기관지 ≪청년전위≫에 준 담화 1996년 8월 24일」,『김정일 선집』 14, 조선로동당출판사, 2000, p.225, 김정일, 「혁명적군인정신을 따라 배울데 대하여―조선로동당 중앙위원회 책임일군들과 한 담화 1997년 3월 17일」,『김정일 선집』 14, 조선로동당출판사, 2000, p.292.
36) www.naver.com 백과사전 참고.
37) 연형묵이 자강도 당책임비서로 일하면서 중소형발전소 건설을 통한 전력난 해결 방법을 마련해 '강계정신'이라는 새로운 조어까지 만들어냈다고 한다.

하고, 경제난을 극복하기 위해 주민들에게 요구하는 시대정신 겸 경제
회생의 기치로 받아들여지고 있다. 주요 내용은 '① 자기 영도자만을 굳
게 믿고 받드는 수령 절대숭배의 정신 ② 영도자의 구상과 의도를 실현
하기 위해 투쟁하는 결사관철의 정신 ③ 자신의 힘을 믿고 자기 단위의
살림살이를 자체로 꾸려 나가는 자력갱생과 간고분투의 정신 ④ 사회주
의 미래에 대한 신심과 희망을 잃지 않는 혁명적 낙관주의 정신' 등이
다. 북한에서는 이 강계정신을 주민들에게 알리기 위해 자강도 주민들
이 초근목피(草根木皮)로 연명하며 어려움을 극복하는 과정을 그린 영화
를 제작 상영하고 있다. 또한 『노동신문』 사설을 통해 강계정신을 강조
해 왔다. 2000년 신년 사설에서는 "우리는 자강도 사람들이 지닌 왕성
한 일 욕심과 강한 생활력, 알뜰한 살림살이 기풍으로 당의 구상을 빛나
는 현실로 전변시켜 나가야 한다"고 주장하였다.

　북한문단에서는 2000년대 들어 대두된 선군혁명 문학론을 주체사실
주의의 새로운 발전단계라고 주장하고 있다.[38] '선군'이란 용어는 1997
년 10월 7일 중앙방송 정론에서 "경제사정이 아무리 부담이 크더라도
선군후로(先軍後勞)하라"는 김정일 지시를 인용하면서 등장한다. 그것이
점차 선군혁명령도, 선군정치, 선군혁명로선, 선군사상, 선군시대 등으로
개념이 확대되었다.[39] 선군혁명정신은 문학예술에도 반영되었다. 선군
혁명문학예술로 자리매김해 가는 과정은 주체문학의 연장선이면서, 또

---

38) 최길상, 「혁명적대작창작의 영원한 지침—불후의 고전적로작 ≪혁명적대작을
　　더 많이 창작하자≫ 발표 40돐을 맞으며」, 『조선문학』, 2003년 11호, 문학예술
　　출판사, p.16.
　　김정웅, 「주체사실주의문학발전의 새로운 단계로 되는 선군문학의 본성과 특성」,
　　『조선문학』 2005년 1호, p.59.
　　김순림, 「위대한 령도자 김정일동지의 령도밑에 찬란히 개화발전한 우리의 선군
　　문학」, 문학예술출판사, 2005년 9호, p.34.
39) 선군정치의 확립과정에 대해서는 오일환, 「6·15공동선언과 북한의 선군정치」,
　　북한연구학회 2005년도 춘계학술회의, 2005. 4. 15 참조.

새롭게 보아야 할 시대적 의미가 있다.[40] 북한에서는 1998년 8월 31일
에 함북 화대군 무수단리(구 명천군 대포동)에서 다단계 로켓 광명성 1호
를 쏘아올린다. 이를 두고 북한에서는 사회주의 강성대국 건설에 새로
운 이정표를 마련한 의의 깊은 사변으로 보면서 북한문학에서는 사회주
의 강성대국문학론을 주창한다. 강성대국을 건설하기 위하여 헌신분투
하는 주인공의 형상에는 자력갱생의 혁명정신과 혁명적 군인정신을 그
려야 했다. 강계정신, 혁명적 낙관주의, 조선민족제일주의정신이 투철한
애국자를 형상하는 것이 문학의 주요 역할로 되었다.

1998년 8월 22일 로동신문 정론에서 강성대국론을 전면에 내세웠
다.[41] 이에 따르면, 수령 김정일의 영도에 따라 당원과 인민군 장병과
인민은 주체의 강성대국 건설 위업을 끝까지 완성하려는 결의를 지녀야
했다. 이후, 김정일의 선군정치로 '역사의 온갖 풍파 속에서도 끄떡없이,
주체의 한길로 전진하며 사상의 강국, 군사의 강국으로 빛나고 있다'고
계속 강조하는데, 그것의 궁극에는 투철한 수령결사옹위정신, 총폭탄정
신이 있다.[42] 북한은 1999년 10월 8일에 열린 "김정일 당총비서 추대 2
돐 경축 중앙보고대회"(1999. 10. 8.)에서 군사력을 과시하며 사회주의 강
성대국 건설을 위한 정책방향을 선군정치 방식으로 확립한다. '제국주의
자들과의 격렬한 정치군사적 대결에서 사회주의 위업을 고수하고 실현
해 가기 위해' 독특한 선군정치 방식을 강조한 것이다.[43] 김정일정권은

---

40) 노귀남, 「북한의 선군혁명문학론」, 『통일과 문화』 4호, 통일문화학회, 2005.

41) 김정일이 총비서로 전면 등장한 이후, 강성대국의 구호를 서서히 반영한다. 『조
　　선문학』에서는 1998년 1호에 문인들의 '새해결의'에 이 구호가 나온 이후, 지속
　　적으로 강조되었다.

42) 「당의 영도따라 강성대국 건설위업을 힘있게 다그쳐 나가자」(사설), 『로동신문』
　　1999년 9월 9일자.

43) 노귀남, 위의 글 참고, 탈북인 한○○(50세)의 증언에 의하면, 김일성 사망 이후
　　군부숙청이 있었고, 황장엽사건을 계기로 역풍이 일어나는데, 이때 군부를 앞세
　　워 당과 지배권력을 뒤집음으로써 명실공히 김정일체제인 "선군시대"가 시작되
　　었다고 한다.

주체사상을 선군사상으로 재해석, 발전시키면서 선군의 근본을 총대 중시에 두었다. 혁명의 주력군을 노동자계급에서 '군대'로 바꿈으로써, 혁명을 새로운 단계로 설정한 것이다. 이에 따라 "선군정치는 혁명의 주력군에 대한 새로운 해명에 기초하고 있는 독창적인 사회주의정치방식"이라고 주장한다.44) 이 시기에는 선군혁명사상을 김정일시대의 혁명이론으로 규정하는 이론적 변화를 보여준다.45)

1990년대 중반 이후 수령영생문학, 태양민족문학, 강성대국문학 등의 개념이 등장하지만 문학일반론에 미치지 못했다.46) 그러나 '선군혁명문학'은 '선군'이 정치의 기본 노선으로 되면서 문학에서도 그 정신과 사상을 반영하게 된다. 선군혁명문학이란 용어는『천리마』2000년 11호에서 1994년 7월 이후 창작한 약 1만 5천여 편의 작품을 통틀어서 지칭하면서 처음으로 썼다.

선군혁명문학의 이론화 과정을 살펴보면, 처음에는 선군(先軍), 곧 군대를 앞세운다는 좁은 의미에서 차츰 이념적 보편화를 꾀하여 넓은 뜻

---

44) 류제일,「선군사상에 의한 혁명의 주력군문제의 새로운 해명」,『철학연구』, 2003년 제2호, 2003. 5 참조. 여기서 김정일의 말 "우리 당이 인민군대를 혁명의 주력군으로 내세우는 것은 현 시기 우리 혁명에서 인민군대가 차지하는 지위와 역할로 보나 군대의 혁명적 기질과 전투력으로 보나 주체혁명위업수행의 필수적요구입니다."를 인용하면서, "오늘 우리나라에서 가장 중요한 지위를 차지하고 결정적인 역할을 하는 사회적 집단은 우리 혁명의 제일생명선을 지켜 선 혁명대오이며 그것은 다름 아닌 인민군대이다."라고 한 것은 제국주의, 특히 미제의 침략과 전쟁책동에 맞서 사활을 걸고 생명선을 지키는 투쟁의 의미를 강하게 담고 있다.

45) 2003년 11월 9일, 북한의 조선중앙방송에서 "선군혁명사상은 현시대의 혁명이론과 전략전술의 기초이며 핵"이라고 주장했다. 이에 대해 곽승지는 일각에서 선군사상이 주체사상을 대체한 것으로 인식했는데, 북한이 선군혁명사상을 주체사상에 토대를 두고 있는 하위개념으로 분명히 규정한 것이라 평가했다. 이로써 북한이 선군혁명사상의 정립단계로 접어들었다고 보았다. 곽승지,「선군혁명사상의 혁명이론 규정의 의미」,『인터넷 연합뉴스』2003년 11월 9일자.

46) 김성수,「'선군혁명문학'과 통일문학의 이상」,『통일과 문화』, 당대, 2001, pp.94~102.

으로 써 간다. 이 용어의 초기 쓰임을 보면, 리현순은 선군혁명문학을 당 정책노선의 구현이라고 단순하게 해석했다.[47] 류만은 선군혁명문학을 새 세기 명작창작의 요구라고 재해석한다.[48] 선군혁명문학은 새로운 현실 속에 당의 의도를 깊이 반영하는 작품창작론이라고 주장하는데, 작가에게 의의 있는 종자, 시대의 전형적 성격, 다양하고 풍부한 형상방법 등을 혁신적 안목으로 구현시킬 것을 요구한다. 북한의 주체문학은 점차 변질되면서 선군혁명문학의 역할을 체제 위기 극복의 수단으로 삼게 되고 완성된 문학사상 체계로 주장하게 된다.

3. 북한 문학사와 북한 역사소설

북한 문학사의 문예이론은 시기별로 1950~1960년대, 1970~1980년대, 1980년대 후반에서 1990년대 중반, 1990년대 중반 이후부터 최근까지 역사적 변모를 보이고 있다. 초기 문학사는 마르크스 레닌주의 문학이론에 바탕을 둔 사회주의 사실주의에 충실하였으나 과도기를 거치면서 주체문예 이론으로 정착되었다. 정치 경제 사회의 변화에 따라 북한 문예도 영향을 받았으며 "주체적인 사회주의 문학예술은 공산주의적 인간학"이라고 하여 문예를 인간학이라는 윤리적인 범주로 넓혔다.[49]

해방 직후 좌익 측의 문학 운동 중에는 역사소설에 관해 언급된 것이 많다. 김남천은 인민의 착취의 역사, 인민의 수난의 역사를 대장편 소설

---

47) 리현순, 「문학예술에서의 선군혁명로선의 구현」, 『조선예술』, 문학예술출판사, 2001. 4.
48) 류만, 「새 세기 명작창작의 앞길을 밝혀준 강령적 지침」, 『조선문학』, 문학예술종합출판사, 2001년 4호, p.19.
49) 김성수, 「북한 문예이론의 역사적 변모과정 고찰─최근의 문예이론을 중심으로」, 『1994 북한과 통일연구 논문집』 제2권, 통일원, 1994 참고.

로 완성하는 길이 조선문학의 임무임을 주장하였다.[50] 이원조는 "역사소설에 있어서 인물의 우상화, 사건의 엽기적 전개 등으로 문학을 순전히 상품으로 만든 것은 문학상 한 개의 죄악"[51]이라고 주장하여 문학의 주체는 민중이 되어야 할 것을 주장하였다. 한효는 모든 작가는 역사의 기록자가 아니고 역사의 창조자가 되어야 한다고 주장하면서 일제의 문학이 역사적 기록에 머물러 있으니 봉건적 잔재를 청산하고 진정한 의미의 세계의 창조자가 되어야 할 것을 주장하였다. 신남철은 역사소설이라도 미래를 지향하여야 한다고 주장하였으며[52] 이태준은 역사소설이 왕조사나 궁정비사를 전개하는 것은 인민에게 봉건 사회의 향수만을 조장시키는 것으로 인민에게는 해독만 끼친다고 주장하였다.[53] 이렇듯 해방 직후 좌익 측의 역사소설 논의는 진보적이고 투쟁적인 역사관과 민중중심 사관에 대한 기초를 이어나가고 있다.

해방 이후 당의 문화전선 통일에 대한 교시와 지도로 북한문학은 마르크스 레닌주의적 세계관과 당적 사상을 체계화하고 반동사상을 소통하는 문학의 전투성을 제고하였다.[54] 당성, 인민성, 계급성을 바탕으로 하여 작가의 역할을 강조하였다. 북한에서 역사소설의 창작 이유는 계급교양을 강화하고 애국주의 사상으로 무장시키기 위함이다. 역사소설 창작에도 역사적 원칙에 입각하여야 한다.[55] 북한에서 서산대사나 이순신 장군에 대한 역사소설이 많이 창작되는 이유는 역사적 원칙인 인민의 의지와 인민의 지향을 대변하여 시대의 사변을 촉진시키는 인물이기

---

50) 김남천, 「문학의 교육적 임무」, 『문화저널』 1호, 1945년 11월.

51) 이원조, 「조선문학의 당면과제」, 『중앙신문』, 1945년 11월~12월.

52) 신남철, 「문학과 정치」, 『신문학』 1946년 4월.

53) 이태준, 「전망이기보다 주장」, 『개벽』 통권 73호 신년호, 1943.

54) 안함광, 「우리의 사회주의적 사실주의 문학예술의 발전을 위한 조선로동당의 정책의 정당성」, 『조선문학』, 조선작가동맹출판사, 1963년 9호, p.7.

55) 리상현, 「력사소설에 대하여」, 『조선문학』, 조선문학예술총동맹출판사, 1966년 3호, pp.75~76.

때문이다.

북한문학은 문학에서 주체의 확립과 민족적 특성을 구현할 것을 강조하고 있다. 역사소설에서 민족적 특성은 민족해방 투쟁과 연결된다. 반침략적 영웅적 투쟁의 민중의 긍정적 성격을 민족적 특성으로 보고 있다. 『두만강』은 19세기 말부터 1920년대까지 조선 민중의 민족적이고 계급적 해방을 위한 투쟁을 보여주고 있으며 이 투쟁 속에서 애국주의 성격을 잘 보여주고 있다고 평가 받는다.[56] 외래 침략자에 반대하여 보여주는 민중의 애국적 헌신성, 단결력 등을 바탕으로 하여 전개되는 이 작품의 역사적 사건은 애국의병운동, 계몽운동, 민족해방 투쟁 등이다. 무엇보다 1930년대 항일유격투쟁에 대한 문학적 형상화를 민족적 특성의 반영으로 보고 있다.

사회주의 사실주의 문학은 근로자들에 대한 사상교육을 목적으로 하고 있다. 여기에는 인민들을 투사로서 교양시켜야 함이 강조되는데 비판적 사실주의와 다른 점은 지주, 자본가, 노동자, 농민의 관계가 ‘투사―노동자, 투사―농민’이냐, ‘수난자―노동자, 수난자―농민’이냐에 의해 구별된다는 점이다. 비판적 사실주의가 억압받는 민중의 운명을 그리고 있다면 사회주의적 사실주의는 전형적 환경을 극복하고 개혁하는 주인공을 등장시키기에 사실주의 문학에서 처음으로 영웅적이며 긍정적인 주인공의 문제가 등장한다.[57] 긍정적 주인공은 1950년대와 1960년대 공산주의 문학 건설의 중요한 구성요소로 인식되었다. 이 시기 문학은 긍정적 주인공과 집단적 영웅주의가 표현되어야 하며 새것과 진보적인 것의 투쟁 승리가 주된 내용이 되어야 하며, 작가의 이상과 현실의 통일

---

56) 박종식, 「우리문학에서 주체의 확립과 민족적 특성」, 『조선문학』, 조선문학예술총동맹출판사, 1961년 2호, p.106.
57) 엄호석, 「계급교양과 사회주의적 사실주의」, 『조선문학』, 조선문학예술총동맹출판사, 1963년 12호, pp.95~96.

에 대한 사상이 나타나야 한다. 특히 1930년대 공산주의자들의 전형화 문제도 거론된다.

　사회주의 사실주의 작가들은 마르크스 레닌주의 원칙에 입각하여 역사의 창조자로서 민중에 관심을 돌리고 그들의 지향과 운명을 구현하여야 하였다. 사회주의적 사실주의에서 역사에 관한 이야기는 현대성의 견지에서 조명하여야 하는데 여기에서 현대성은 전형적 환경에서 수동적인 인물이 아닌 영향을 끼치는 인물 형상, 미래의 전망 제시 등을 뜻한다. 문학의 현대성은 역사 주제도 포함시킨다. 『두만강』과 『서산대사』는 북한 전후 시기 문학 분야에서 중요하게 평가 받는다. 『두만강』은 곰손, 씨동을 중심으로 19세기 말엽부터 1919년 3·1봉기 직후 시기까지 역사적 생활현실을 형상화하고 애국투쟁을 보여주고 있으며, 『서산대사』는 서산대사를 중심으로 하여 인민의 각 계층을 다양하고 통일적으로 보여주어 조선인민의 애국전통을 잘 형상하고 있다고 평한다.[58] 『서산대사』는 역사의 창조자로서 민중에 주목하고 이들과 연관된 주인공을 등장시켜 새로운 구성원칙과 새로운 인간묘사의 원칙을 보여주었다는 점과 『두만강』은 제1부에서 광범위한 사회를 전형적 환경으로 보여주고 송월동을 생생하고 폭넓게 묘사하고 있다는 점에서 우수한 사회주의 사실주의 작품으로 평가받는다.[59]

　김일성은 1951년 6월 30일 작가, 예술가들과의 담화 <우리 문학예술의 몇 가지 문제에 대하여>에서 사회주의적 애국주의의 본질과 구현방도에 대하여 교시를 하였다.[60] 사회주의적 애국주의는 북한의 혁명문학예술의 특질을 반영한 것으로 해방 후 항일무장투쟁의 혁명전통을 계승

---

58) 안함광, 「당의 령도 밑에 발전한 문학의 길」, 『조선문학』, 조선작가동맹출판사, 1965년 10호, p.11.
59) 안함광, 위의 글.
60) 리시영, 「사회주의적 애국주의교양과 우리 문학의 과업」, 『조선문학』, 조선작가동맹출판사, 1969년 2호, p.56.

한 북한의 민주주의혁명, 조국해방전쟁과 전후 사회주의 혁명, 조국의
자유와 독립, 민족적 번영을 위한 투쟁과 결합되어 있다. 이후 사회주의
애국주의는 혁명적 대작에서 주요한 사상적 요소가 되고 주체사상과 밀
접한 연관을 맺는다. 북한에서는 1930년대 항일무장투쟁을 1920년대
투쟁과 구별하여 주체적 입장에 서 있음을 강조하고 사회주의적 애국주
의는 1930년대 항일무장투쟁의 혁명전통에 기초를 두고 있다. 사회주의
적 애국주의와 혁명전통을 결부시키고 있다. 사회주의적 애국주의는 계
급성, 자주성, 민족성, 집단주의적 생활기풍과 혁명적 낙관주의를 바탕
으로 하고 있다. 이후 1968년 11월 1일 김일성 교시에서 정치성과 인간
성, 사상성과 예술성을 결합하기 위한 예술적 구현은 사회주의적 애국
주의의 강령적 지침이 되었다.

사회주의적 애국주의는 "사회주의, 공산주의를 지향하는 노동계급과
근로 인민의 애국주의이며 그것은 계급의식과 민족적 자주의식을 결합
시키고 자기 계급과 제도에 대한 사랑을 자기 민족과 조국에 대한 사랑
과 결합시킨다"[61]는 내용으로 요약될 수 있다. 이 내용은 계급성을 강
조하고 사회주의 제도에 대한 예찬을 바탕으로 하고 있다. 주로 조국해
방전쟁 주제를 다룰 것을 주장하는데 지난 시기 역사적 과거에 조국수
호를 위한 투쟁을 그린 작품들과 애국주의의 발현형태가 같을 수 없다
고 주장한다. 오늘의 인민군전사ー영웅들이 체현하는 사회주의적 애국
주의와 역사적 과거의 애국주의를 동일하게 여기지 않는다.[62] 김일성은
<전체 작가 예술가들에게> 교시를 통해 "애국심은 자기 조국의 강토와
력사와 문화를 사랑함과 아울러 자기 고향에 대한 애착심, 고향 사람들

---

61) 김일성, 『현정세와 우리 당의 과업 : 조선로동당대자표자회에서 한 보고 1966년
　　10월 5일』, 조선로동당출판사, 1966, p.80.
62) 김갑기, 「혁명전사의 영웅적성격과 사회주의적 애국주의」, 『조선문학』, 조선작
　　가동맹출판사, 1967년 2호, p.84.

에 대한 생각과 감정…"63)이라고 하여 사회주의 사실주의 문학의 중요 요소임을 밝히고 있다.

김일성은 1964년 11월 7일 혁명적 대작창작 관련하여 "위대한 역사적 사건을 배경으로 하여 조선혁명의 발전과 함께 투쟁 속에서 성장해 가는 주인공들의 전형적 모습을 그려낸다면 과연 하나의 대작이 되지 않겠습니까"64)라고 교시하였다. 이 교시 내용에서 주목할 것은 역사적 사건에 해당되는 항일무장 투쟁에 대한 것이다. 김일성에 의한 항일유격대의 조직과 인민혁명정부의 수립, 백두산 근거지의 창설과 국내 진공작전, 보천보 전투, 동녕현성 전투 등을 역사적 소재로 하여 공산주의 운동발전의 본질을 그려내는 것이 혁명적 대작에 대한 요구이다. 혁명적 대작은 역사적 사건과 역사적 인물을 바탕으로 하되 김일성의 영도와 전략전술, 독창적인 투쟁경험, 혁명투사로서의 주인공의 성장과정을 조선혁명의 발전과 함께 보여주어야 하였다. 북한문단에서는 항일무장 투쟁에 대한 원칙적 요구가 역사적 사실에 충실히 입각하는 것이라고 밝히고 있다.65) 이후 창작된 혁명적 대작들은 구성과 사상미학적 요구조건을 충족시켜야 하였다. 구성으로서는 전형적 사건으로 역사적 계급투쟁의 서사시적 화폭 형상화, 혁명투사인 긍정적 주인공 형상이 필요하였고, 사상 미학적 조건으로는 대중적 영웅주의, 애국주의, 혁명적 낭만주의 등을 필요로 한다. 혁명적 낭만주의는 "1930~1940년대 김일성 원수가 조직 지도한 항일 유격 투쟁과정에서 창작된 혁명가요가 우리나라 랑만주의 문학에 기여한 중요한 점은 애국자─혁명자의 고상한 내면세계와 도덕적 품성을 통하여 인민 대중을 조국, 인민, 당에 대한 무한

---

63) 조선로동당중앙위원회직속 당력사연구소 편찬, 『김일성 선집 3(1961. 1~1963. 8)』, 조선로동당출판사, 1975, pp.289~290.

64) 장형준, 「혁명전통주제의 대작창작에서 제기되는 중요한 사상─미학적 요구」, 『조선문학』, 조선작가동맹출판사, 1967년 9호, p.82.

65) 장형준, 위의 글, p.87.

한 사랑과 헌신성에로 부르는 강한 애국주의적 전투적 호소성에 있는 것"[66]으로 설명될 수 있다.

1967년 이후 북한문학은 이 시기를 '당의 유일사상 체계를 철저히 세우며 온 사회를 주체사상화하기 위한 역사적 시기'로 설정하여 새로운 높은 단계로 진입하였다고 주장하였다. 이 시기 수령의 형상화에 집중하고 김정일은 공산주의 창작론을 창시하여 혁명적인 문학에 대한 이론의 실천적 문제를 내세웠다. 김정일은 김일성이 직접 창작하였다는 불후의 고전적 명작『피바다』,『한 자위단원의 운명』,『꽃파는 처녀』를 소설로 옮겨 혁명문예전통을 마련하였다. 수령형상 주제의 소설은 혁명적 수령관을 확립하는 것으로 일반적인 역사적 위인을 형상하는 문학과는 구별하였다.[67] 새로운 사상 미학적 원칙으로 '수령의 혁명역사 구현과정, 생활에 진실하게 형상, 정치영도자로서의 풍모와 위대한 인간세계, 역사적 사실 그대로 형상, 인민 속에 있는 수령 형상' 등을 작품 속에서 실현할 것이 거론되었다.[68] 이러한 원칙을 체계화 한 것이 총서 <불멸의 력사> 창작이었다. 이후 수령의 주체사상과 영도, 덕성을 사상 예술적 경지에로까지 이끌어 올리려는 혁명작품들이 대거 창작되었다.

1980년에 김일성은 당 제6차 대회에서 '3대 혁명소조운동'과 3대 '혁명붉은기쟁취운동'으로 인한 사상, 기술, 문화의 3대 혁명운동이 승리를 이룩하였다고 자축하면서 사회주의적 민족문화건설 노선에 대하여 교시하였다. 주체문예이론에서 주체성을 강화할 것을 교시하면서, 우리 민중의 민족적 정서와 감정, 취미, 기호에 맞는 것을 문학예술에서 가르치고 있으며 사회성원들을 혁명화, 로동계급화, 인테리화 하는 사업을 다그쳐

---

66) 박종식,「우리나라에 있어서 랑만주의 문학의 전통과 혁명적 랑만성」,『조선문학』, 조선작가동맹출판사, 1960년 2호, p.117.
67) 은종섭,「위대한 령도따라 우리 소설문학이 걸어온 영광의 40년」,『조선문학』, 예술총동맹출판사, 1985년 6월, p.8.
68) 은종섭, 위의 글.

야 한다고 주장하고 있다. 또한 주체형의 공산주의 혁명가의 전형창조로 '숨은 영웅'을 내세우고 있다. '숨은 영웅'은 수령과 당에 대한 충실성과 조국과 인민에 대한 끝없는 헌신성의 사상정신적 특질을 지닌 공산주의적 인간의 전형을 말한다. 숨은 영웅은 천리마 기수들의 형상과 3대혁명소조원들의 전형적인 성격을 가진 주체형 공산주의자이다.[69] 북한식 1980년대 전형적인 공산주의 인간의 참된 전형은 '숨은 영웅'이라고 볼 수 있다. 작가들은 항일유격대식 사업방법의 요구를 구현한 패기있고 생기발랄한 일군으로 당일군의 전형을 창조하여야 하였다.

김정일은 "우리가 요구하는 인간학은 자주성에 대한 문제, 자주적인 인간에 대한 문제를 내세우고 새시대의 참다운 인간전형을 창조하여 온 사회를 주체의 요구에 맞게 개조하는데 이바지하는 문학"[70]이라고 하여 주체적 인간의 전형을 강조하였다. 혁명적 문학은 이러한 자주성을 실현한 문학이었다. 이 시기 문학은 혁명적 세계관과 혁명적 수령관을 확립하는 과정으로 당성, 노동계급성을 철저히 구현할 것을 요구하였다. 자주성에 입각한 역사소설로 『갑오농민전쟁』(1, 2부), 『높새바람』(상)을 들고 있는데, 주체의 사회역사관에 기초하여 지난 시기 인민의 역사를 자주성을 위한 투쟁과 생활의 역사로 깊이 있게 형상하였다고 평가하였다.[71]

주체문예이론에서는 종자론에 입각하여 역사소설의 지향성을 규명하였다. 어느 시기, 어떤 생활을 반영하든 시대의 요구와 인민의 지향에 맞는 문제를 제기하여야 하는데, 역사소설은 민족의 사상정신과 물질문화 재보가 깃들어 있으므로 역사적 선택과 역사적 인물의 전형화에 대한 탐구가 필요함을 강조하고 있다.[72] 종자로서 역사적 사건은 반침략,

---

69) 오승련, 앞의 글, pp.16~17.
70) 김정일, 『영화예술론』, 외국문출판사, 1989, p.5.
71) 김정일, 위의 글, p.11.

반봉건 애국주의 투쟁에 관한 것으로 현 시대의 절박한 요구를 대변할
수 있으며 혁명발전을 더욱 추동할 수 있어야 하였다. 1980년대 초기
작품 중『평양성 사람들』과『임오풍운』은 미국과 일본의 침략을 현재의
투쟁과업과 마찬가지로 다루고 있다고 평가되었다. 임진왜란과 임오군
인 폭동의 역사적 사변들은 민족 자주의식과, 계급의식, 애국주의 감성
등의 정신적 특질을 밝히는 데 필요한 종자로 여겨졌다. 또한 역사적 인
물의 전형화는 근로인민의 원형인 군중 형상 창조, 애국명장들의 형상
창조가 강조되었다. 이 시기 북한 역사소설은 역사적 사료와 유적 유물
을 발굴하고 복구할 때에도 당성, 노동계급성, 역사주의적 원칙이 적용
되었다.73) 주체의 역사관은 사료고증을 폭넓고 깊이 있게 하여야 하며
인물의 사상정신적 견해와 초상 외형상 특징도 충분히 연상하여야 하고
풍속세태와 습관 등에서는 민족적 특성이 선명하게 집약되어야 하였다.
무엇보다 시대의 요구와 인민의 지향을 담은 훌륭한 역사주제 작품을
창작하여 창조와 위훈으로 빛나는 현실을 더 높게 하고 주체혁명위업을
수행하여야 하였다.74) 이 시기 역사주제를 형상할 때 요구되는 것은 주
체의 역사관에 의해 선택되고 평가된 역사자료의 활용이었다.『부루나
의 밤』(1983) 등은 고대사회의 자주적 인간형을 그리고 있다.

1987년 8월 13일에는 김정일이 작가들로 하여금 인민들에게 역사에
대한 해박한 지식을 줄 수 있으며 주체의 사관으로 무장시킬 수 있는
역사주제의 작품들을 많이 창작할 것을 주문하였다. 이러한 경향 이후
『개화의 려명을 불러』(박태민, 1989),『이순신 장군』(김현구, 1990),『홍경래』
(리유근, 1992),『울릉도』(리성덕, 1990) 등의 장편소설이 나왔다. 이 방침에

---

72) 리유근, 「력사주제와 형상적 요구」,『조선문학』, 1984년 3호, 예술총동맹출판사,
    pp.62~66.
73) 김정일,『사회과학의 임무에 대하여』, 조선로동당출판사, 1969, p.90.
74) 리유근, 앞의 글.

서는 이전과는 다르게 국가 간의 관계를 고려하여 취급하지 못한 을지문덕, 연개소문, 강감찬, 서휘 등 애국명장, 우리나라 왕권 내부의 알력과 당파싸움을 비롯한 봉건 지배층 내부의 권력 쟁탈전을 현대성의 견지에서 취급할 것에 대한 문제, 동족 싸움을 고려하여 취급하지 못한 고구려, 신라, 백제 통치배들의 전쟁을 고구려의 강대성을 보여주기 위하여 취급할 것에 대한 문제, 그리고 역사자료를 작가들이 마음대로 이용할 수 있도록 하는 문제 등에 대해 상세하고 과학적인 해명을 하고 있다.[75]

북한 주체문예이론에서 역사소설의 구성 요건에서 제일 중요한 것은 역사적 사건의 선택이다.[76] 여기에서 역사적 사건은 반침략 애국주의 정신과 반봉건적 계급투쟁과 관련된 제반 역사적 사실들을 말한다. 1980년대 북한 역사소설은 반침략, 반봉건 투쟁에 관한 역사주제를 다루면서 민족 고유한 생활을 역사와 지리, 문화유산을 통해 형상화하고 조국과 민족의 번영을 위해 희생한 애국자들의 사상정신 세계를 그리는 것이 중요하였다.

1990년대 전후 북한에서는 역사소설 속에서 민족적으로 '자랑찬 투쟁의 력사'와 훌륭한 문화정통에 대한 기대욕구를 드러내어야 함을[77] 강조하였다. 특히 김정일의 『주체문학론』(1992)에서 역사물 창작의 원리와 원칙, 요구들이 밝혀지면서 이에 고무되어 조선을 빛낸 문화영웅들에 대한 역사소설들이 창작되었다. 『주체문학론』에서는 새 시대의 문학이 넘을 밝히고 당의 영도를 밝히면서 자주시대문학에 대하여 설명하였다. 자주시대의 문학은 주체혁명을 수행하는 혁명의 자주적 주체를 강화하여야 하며, 수령, 당, 대중의 사회정치적 생명체의 통일단결을 강화하고,

---

75) 오승련, 『주체소설문학건설』, 문학예술종합출판사, 1994, p.265.
76) 리유근, 「력사주제와 형상적 요구」, 『조선문학』 제437호, 예술총동맹출판사, 1984년 3호.
77) 안희열, 「문학예술의 종류와 형태」, 『주체문예이론연구 22』, 문학예술종합출판사, 1996, p.134.

인민이 영생하는 사회정치적 생명을 빛내도록 하며, 문학은 주체의 인간학을 보여주어야 하고, 민족 자주정신을 반영하기 위해 인민의 자주적 지향과 요구를 구현하며 자기민족의 고유한 생활감정과 미감에 맞게 형상을 창조하여야 하였다. 또한 혁명적 문학전통을 민족문학 유산의 핵으로 삼아 주체사실주의의 근본원칙으로 내세우고 있다.[78] 또한 문학의 지상과제로서 수령형상 창조문제를 정립하고 있다. 주체의 문예관은 주체사상에 기초하고 있으며 사람을 중심에 놓고 문학예술을 대하는 관점과 입장으로 하여 사회의 물질경제적 관계를 중심에 놓고 문학예술을 대하던 선행 로동계급의 문예관과 근본적으로 구별된다.

김정일은 『주체문학론』을 통해 사회주의적 사실주의와 구별되는 주체사실주의를 선포하였다. 이로써 사회주의적 사실주의는 우리 식의 사회주의 사실주의, 주체사실주의로 발전하였다고 본다.

> 우리 문학예술이 의거하고 있는 우리 식의 사회주의 사실주의 창작방법은 그 형성의 사회력사적 경위에 있어서나 철학적기초와 미학적원칙에 있어서 선행한 사회주의적사실주의와 구별되는 새로운 창작방법이다. 우리 문학예술이 의거하고 있는 우리 식의 사회주의적사실주의창작방법은 주체사실주의, 주체사실주의창작방법이다.
>
> 주체사실주의, 이는 유물변증법적 세계관에 기초하여 현실을 혁명적 발전과정에서 역사적 구체성을 가지고 묘사할 것을 원칙으로 내세운 종래의 사회주의적 사실주의와 달리 사람중심의 세계관, 주체의 세계관에 기초하여 새로운 미학적원칙을 제기한 창작방법이다.[79]

『주체문학론』은 자주 시대를 이루기 위해 과거 문화유산에 대한 계승과 혁신에 관하여 제기하였다. 혁명적 문학예술전통을 민족문화유산의

---

78) 리수립, 「자주시대의 앞길을 휘황히 밝혀주는 불멸의 대저작 ≪주체문학론≫」, 『조선문학』, 문학예술종합출판사, 1992년 10호, pp.24~25.
79) 리수립, 위의 글, p.26.

핵이며 중추, 주체적인 민족문학예술의 원형으로 규정하고 있다. 김정일은 민족고전도 오늘의 시대적 요구와 인민의 지향에 맞게 비판적으로 계승하여야 한다고 교시하였다.

> 자주성을 옹호하며 자주성을 지향하는 인간의 전형을 창조하는 문제는 오늘의 현실을 그리는 작품에만 해당되는 요구가 아니다. 자주성을 옹호하며 자주성을 지향하는 인간의 전형은 지난날의 력사에도 있었다. 인류사회의 오랜 발전과정에 사람들은 사회적예속에서 자신을 해방하기 위한 투쟁을 끊임없이 벌려왔다. 고대사회에는 노예주의 비인간적인 억압에서 벗어나려는 인간의 전형이 있었고 중세기에는 봉건령주의 가혹한 압박에서 해방되어 자주적으로 살려는 인간의 전형이 있었으며 외래침략자들이 쳐들어왔을 때에는 나라와 민족의 자주성을 옹호고수하기 위하여 투쟁한 인간의 전형이 있었다. 물론 시대에 따라 자주의식이 높은가 낮은가 하는데서 차이가 있을수 있지만 지난 어느 시대에든지 자주성을 지향하는 인간의 전형이 있었다. 문학은 지나온 력사를 그리는 경우에도 반드시 그 시대를 대표할수 있는 전형을 자주성을 위하여 투쟁하는 인간 속에서 찾아야 한다.[80]

1990년대에 강조된 '우리식' 사회주의는 고유한 자기 체제와 독자적 사회주의 성격을 강조하기 위한 목적에서 실행된다. 당시 북한은 국내외적인 위기 속에서 개방 압력과 체제위기에 대한 사상적 대응이 필요한 시기였다. 이에 대한 대안으로 사회정치적 생명체론에 의한 집단중심적 인간형 강조, 조선민족제일주의 주창, 혁명문학예술 전통 확립에 대한 문학적 요구도 관철되었다. 『주체문학론』은 그와 같은 사회 역사적 배경을 문학에 반영하여 이론화한 것이다.

1997년 김정일은 '혁명과 건설에서 주체성과 민족성을 고수할 데 대하여'를 발표하였다. 여기에서는 민족허무주의와 사대주의를 경계하고

---

80) 김정일, 『주체문학론』, 조선로동당출판사, 1992, p.55.

역사적으로 내려오는 민족문화유산을 연구계승시켜야 할 것을 강조하고
있다. 또한 수령에 대한 충효심에서 사상도덕적 풍모가 발현된다고 보
고 있다.[81]

　‘조선민족제일주의’ 용어는 1989년에 제기되었으며 민족적 전통성을
앞세우는 민족주의적 경향을 보이고 있다. 역사소설에서는 조국에 대한
사랑과 민족의 우수성을 돋보일 수 있는 고구려의 기상, 강인한 민족적
기질, 반침략 애국투쟁사를 그려내고 있다. 김호성의 『주몽』(1997)은 고
구려 건국의 역사를 통해 민족의 자긍심을 살리고자 하였다. 2000년대
들어 신채호의 『성웅 리순신』, 『을지문덕』, 『동국거걸 최도통』, 최찬식
의 『리순신실기』, 리해조의 『리순신장군실기』, 『강감찬전』, 『홍경래실기』,
『림경업실기』, 『양만춘전』, 『김량언전』 등의 전기체 문학이 높이 평가
되고 있다.[82] 이 작품들은 애국명장들의 애국심을 잘 표현하고 있고 고
구려나 고려 시기에서 역사적 소재를 찾고 있기 때문에 높이 평가를 받
고 있다. 신채호의 역사소설인 『백세노승의 미인담』에 드러난 반침략
애국정신과 조선민족의 높은 애국적 지조와 도덕적 풍모를 높이 평가하
는 이유는 북한의 ‘조선민족제일주의’를 강조하기 위함이다. 홍석중의
『황진이』(2002)는 자본주의와 사회주의 체제를 뛰어넘고자 하는 시도가
보여 북한 역사소설에 대한 새로운 경향을 기대해 볼 수 있게 한다.

　2000년대 이후 북한 문단에는 선군문학론과 수령형상문학론이 주요
하게 논의되었다.[83] 선군혁명노선의 시대적 의미는 군대처럼 투쟁하여

---

81) 방형찬, 「문학창작에서 주체성과 민족성을 고수할데 대한 사상과 그 독창성」, 『조
　　선문학』 608호, 문학예술종합출판사, 1998년 6호.
82) 김정수, 「력사소설에 구현된 민족애」, 『조선어문』 제2호, 과학백과사전출판사,
　　2002.
83) 머리글, 「조국과 인민 위해 바치신 어버이수령님의 위대한 생애를 문학작품에
　　더 빛나게 형상하자」, 『조선문학』, 문학예술종합출판사, 제633호, 2000년 7호.
　　최길상, 「새세기와 선군혁명문학」, 문학예술종합출판사, 2001년 1호.
　　머리글, 「선군혁명문학창작으로 새 세기 사회주의 붉은 기 진군을 고무추동하자」,

혁명을 관철하라는 것이다. 이 시기 문학에서는 주체형의 인간형에 참된 충신의 전형이 요구되었다. 이후 선군혁명문학론을 강조하면서 점차 수령형상론과 혁명전통주제 작품에 더 치우치게 된다. 또한 선군혁명문학은 주체사실주의 문학발전의 높은 단계라 하여 김일성이 사망한 1994년 7월 이후 수령영생문학을 첫 걸음으로 보고 있다.[84]

지금까지 고찰해 본 바에 의하면 북한 역사소설은 역사적 사건과 인물을 통해 현실의 변혁 운동에 전망을 제시하고자 하는 것으로 민중과 애국명장 등의 민족애와 애국심, 자주성을 강조한다. 북한문학에서는 주체문학 이후 민족문학을 건설하기 위해 주체성과 민족성을 고수하였다. 북한 역사소설은 북한 문예이론의 변모양상에 영향을 받으며 변모하지만 북한문학이 추구하는 혁명전통 주제의 핵심인 수령형상화와 수령영도에 대한 강조를 직접적으로 표현하고 있지 않다. 북한 역사소설을 주제별로 살펴보면 역사소설에 구현된 민족애, 반침략 애국주의, 반봉건 민중봉기, 항일혁명투쟁, 역사를 빛낸 문화영웅들의 위훈 등으로 나눌 수 있다.

북한 사실주의 비평 논쟁의 전개과정은[85] '민족문학론 및 고상한 리얼리즘·사회주의적 사실주의론(1946~1949) → 부르조아미학사상 비판론(1953~1958) → 도식주의 기록주의 비판론(1956~1959) → 사실주의발생발

『조선문학』 제641호, 문학예술종합출판사, 2001년 3호.
　　류만, 「새 세기 명작창작의 앞길을 밝혀 준 강력적지침」, 『조선문학』, 문학예술종합출판사, 2001년 4호.
　　방형찬, 「선군혁명문학은 주체사실주의문학 발전의 높은 단계이다」, 『조선문학』 제665호, 문학예술출판사, 2003년 3호.
　　김정우, 「주체사실주의문학발전의 새로운 단계로 되는 선군문학의 본성과 특징」, 『조선문학』 제687호, 문학예술출판사, 2005년 1호.
84) 방형찬, 「선군혁명문학은 주체사실주의문학 발전의 높은 단계이다」, 『조선문학』, 문학예술출판사, 2003년 3호, p.15.
85) 해방 후부터 1969년까지는 『북한 ≪문학신문≫ 기사목록(1956~1993)−사실주의 비평사 자료집』(김성수 편, 춘천 : 한림대학교출판부, 1994, p.18) 참고, 그 이후부터 2007년까지는 『조선문학』 기사 참고.

전론(1956~1963) → 민족적 특성론(1958~1962) → 공산주의자 전형 창조론(1959~1962) → 혁명문예론(1959~1964) → 형상성, 질 제고론(1959~1963) → 천리마 기수 형상론(1961~1967) → 수정주의 비판론(1962) → 갈등론(1961, 1963~1964) → 혁명적 대작 장편 창작론(1964~1965) → 노동계급, 혁명투사, '투사−인간' 전형 창조론(1964~1967) → 주체문예 형성론(1967~1969) → 종자론(1973, 김정일『영화예술론』) → 주체적 인간형 형상론 → 수령 형상론 → 주체사실주의론 → 숨은 영웅론 → 조선민족제일주의론 → 수령영생문학론 → 사회주의 강성대국건설문학론 → 선군혁명문학론' 등으로 흐른다. 이러한 흐름 속에서 북한 역사소설을 살펴 볼 수 있다.

『조선문학사』(1991~1999)에서 서술한 북한 소설을 주제별로 대별해 보면, '① 항일혁명전통의 형상화 ② 사회주의 국가 건설을 위한 현실반영 문학(조국해방 전쟁, 전후복구건설, 사회주의 농업화, 천리마 현실, 새민주건설, 사회주의 현실, 수령형상화, 김정일 형상화) ③ 해방 후 혁명투쟁과 계급교양 ④ 역사소설 ⑤ 자주, 민주, 통일에 대한 염원'으로 나눌 수 있다. 여기에서 혁명전통 주제의 소설과 역사소설이 구분되어 있음을 알 수 있다. 혁명전통 주제의 소설은 수령의 영도로 혁명이 이루어진다는 점을 부각하고 주체적 공산주의자들의 헌신을 다루고 공산주의 운동발전의 합법칙성을 강조한다는 점에서 역사소설과 변별되고 있다.[86]

---

86)『조선문학사』에서 다루고 있는 역사소설은 다음과 같다.
　　<위대한 수령 동지께서 전후 복구건설과 사회주의 기초건설시기 문학예술사업을 현명하게 령도>
　　반침략, 반봉건 투쟁을 내용으로 한 력사소설 :『두만강』,『서산대사』,『임오년의 서울』(12권 pp.160~172)
　　<1970년대 문학발전을 위한 당의 현명한 령도, 이 시기 문학발전 전형>
　　력사물창작과 장편력사소설 :『갑오농민전쟁』(제1부)(14권 pp.100~108)
　　<온 사회의 주체사상화위업에 이바지하는 문학을 창조발전시키기 위한 당의 령도, 이 시기 문학의 일반적 특징>
　　력사적 주제의 소설작품창작 :『성벽에 비긴 불길』,『갑오농민전쟁』(제2부, 제3부),『김정호』,『높새바람』,『개화의 려명을 불러』,『평양성사람들』,『관북 의병장』,

북한 역사소설의 역사적 변모과정을 주제별, 시기별, 창작방법의 변모로 구분하여 도표로 정리하면 다음과 같다.[87]

역사 소설	시대	역사적 사건, 인물	주인공	주제 및 특징	경향	북한 비평사	북한 문학사	단계
신채호 「꿈하늘」 (1916)	단군 기원 4240 (서기 1907)	강감찬, 을지문덕, 풍신수길	한놈	민족주의, 비타협적 무장투쟁 노선, 애국심 강조	환상적 낭만적 수법, 진보적 낭만주의, 반침략 애국주의, 민족 자주의식 고양			북한 역사소설 단초
신채호 「용과 용의 대격전」 (1928)	추상화된 현실의 비유 세계	상제, 미리(기성질서 의미)와 민중의 대립	민중	민중의 직접혁명, 민중의 각오 강조―민중사관 입각				
신채호 「백세노승의 미인담」 (1910년대)	고려시대	몽고의 고려 침입	귀주 수장이었던 늙은 중, 엽분이 (예쁜이)	남이장군에게 몽골침략자를 반대한 고려민중 투쟁을 들려주는 노승의 회고형식, 애국적 지조와 도덕적 풍모				
신채호 『일목대왕의 철퇴』 (1910년대)			농민의 딸 '강이'	궁예 견책				
현진건 『무영탑』 (1939)	신라 경덕왕 시절	경주 불국사의 석가탑 건조에 얽힌 전설	아사달, 아사녀	민족적 정서 (창조적 재능, 슬기, 도덕풍모) 환기, 애국적 지향	진보적 낭만주의			(비판적)사실주의 계통의 진보적 역사소설
현진건 『흑치상지』 (1938~1939)	삼국시대 말	라당 연합군에 대항하는 백제	흑치 상지 (백제 장수)	주인공의 영웅묘사, 반침략 애국항전				

―――――――――

『설죽화』, 『불우한 렬사』, 『부루나의 밤』(15권 pp.112~123)

87) 「북한 역사소설 연구」(임옥규, 홍익대 박사학위논문, 2005)는 북한의 혁명전통 주제를 다룬 소설들도 폭넓게 역사소설로 다루었다. 이 책에서는 엄정한 의미에서의 역사소설만을 대상으로 정하여 다시 정리하였다. 『북한 역사소설 연구』에서 분석된 '혁명적 대작에 관한 역사소설'의 경우 대상 작품의 적합성에는 아직도 논란의 여지가 많아 『대하는 흐른다』와 『시대의 탄생』을 제외한다. 이 작품들은 역사소설이라기보다 현실투쟁 이념을 위한 역사를 다루고 있다. 해방 이후 북한에서 다루고 있는 민주개혁에 관한 역사적 소재들에는 역사적 진실성의 문제가 제기되며, 혁명전통(수령의 영도―주체적 공산주의자, 공산주의 운동발전의 합법칙성 강조) 주제를 형상화하고 주체형 공산주의자의 모습을 다루고 있다. 이 책에서는 해방 후 새 민주조선 건설을 위한 투쟁, 위대한 조국해방전쟁의 영웅적 현실 반영, 당의 유일 사상 구현(수령에 대한 충성) 등을 다루고 있는 역사 소재의 작품들은 제외하기로 한다.

작품	시대배경	역사적 사건	인물	주제				
홍명회 『림꺽정』 (1928~1939 <조선일보> 연재, 1940년 출간)	조선시대 1560년 전후	을묘왜변 (1955)	림꺽정과 6인의 도적	민중의 계급투쟁 (민중사관 입각)				
남궁만 「홍경래」 (1954)	19세기 초	관군과 인민들의 대립	홍경래, 우군칙, 김창시, 이후저, 감사용등	상놈인 홍경래의 봉건 왕조 뒤집기 위한 무장투쟁, 희곡을 소설화				1945. 8 ~1950. 6. : 평화적 건설시기 문학 1950. 6 ~1953. 7 : 위대한 조국해방 전쟁시기 문학 1953. 7 ~1960 : 전후 복구 건설과 사회주의 기초건설을 위한 투쟁 시기 문학	
최명익 『서산대사』 (1956)	임진왜란	서산대사, 동대원·보통벌·평양성 해방 전투	서산 대사, 고충경, 임욱경, 전주복, 법근, 계월향	평양성 사람들의 애국 투쟁	(사회주의적 민족예술에 관한 역사 소설)	1946~1949 : 민족 문학론, 고상한 리얼리즘 1953~1959 : 반종파 투쟁 1958~1962 : 민족적 특성론 1959~1962 : 공산 주의자 전형론		(마르크스 레닌주의에 입각한) 사회주의에 관한 역사 소설 (1950~1960) 주체 사상에 기초한 사회주의 사실주의에 관한 역사 소설 (1970~1980)
박태원 『임진조국전쟁』(1960)	임진왜란 (1952년 4월 초 ~ 1598년 10월)	이순신 장군, 곽재우, 송상현, 조헌, 계월향, 논개, 노량진 해전	이순신 장군	애국적 전통 강조				
최명익 『임오년의 서울』(1962)	조선시대 1882년	임오군란	춘명, 김장손, 백낙관	군대 폭동, 반침략, 반봉건적인 대중투쟁				
최명익 「섬월이」 (1962)	1905년	을사보호조약, 이근택, 이완용, 박제선, 스티븐, 마루야마 ↔ 한규설	섬월	을사보호조약으로 나라를 팔아먹은 5적 중 한 명인 이근택의 부엌데기 섬월이의 애국심과 저항				
이기영 『두만강』 (1954~1961)	1 9 세 기 말 부 터 1930년대 초까지	국내와 만주에서 일어났던 민족해방 무장투쟁 과정	빈농 박 곰 손 과 아들 씨 동, 애국적 지식인 이진경	반제·반봉건 투쟁이 무장투쟁으로 발전하는 과정, 김일성 무장투쟁을 항일혁명투쟁으로 수렴	혁명적 대작에 관한 역사 소설	1959~1964 : 혁명문예론 1961~1967 : 천리마기수 형상론 1964~1965 : 대작 장편 창작론 1967~1969 : 주체문예 형성론	사 회 주 의 전면 건설을 다그치기 위한 투쟁시기문학 (1961~1966)	
박태원 『계명산천은 밝아오느냐』 (1963~1967)	1860년대 익산민란	민중세력과 지배세력 간의 갈등	실제 익산민란 주모자 (오덕순)와 허구 인물 (오수동) 부자	다양한 계층의 인물 등장				
박태원 『갑오농민전쟁』 제1, 2부 (1977~1986)	동학혁명 발발 (1894) 1년 전 전라도 고부군 양교리	고부민란	전봉준, 오상민	'척왜척양', '보국안민'의 농민봉기	주체문예이론 정착, 공산주의 인간학(주체 문예 사상 이 밝힌 자주적		당의 유일 사상 체계를 더욱 철저히 세우며 사회주의의 완전 승리,	주체사실주의에 관한 역사소설 (1990~)

리영규『평양성 사람들』(1981)	임진왜란 (1592~1593)	선조, 류성룡, 김명원	김웅서와 의병들(고충경, 박엽, 법근), 계월향	평양성 탈환		종자론, 속도전, 수령형상론,		
림왕성『설죽화』(1981)	고려시대 11세기 초	귀주대첩	강감찬 장군			주체사실주의 주체적 인간학 숨은 영웅론(1980~)		
박춘명『임오풍운』(1981)	19세기말		림복석, 오윤성, 김장송, 설이, 철용이	임오군인 폭동				
홍석중『높새바람』상하(1983, 1990)	중종반정 모의에서 삼포왜란 까지		놉쇠, 이우증	역사를 마음으로 전해지는 것, 정신으로 보는 입장, 목적론적 입장, 옳고 그름을 명백하게 가리려는 입장		조선민족제일주의론(1989 1. 28. 주창~)		
림종상『부루나의 밤』(1983)	고조선, 동예의 '무찬' 행사		해우, 아리	역사 속에 사라진 '부루나' 사람들 이야기, 소국인들의 노예살이				
박태민『성벽에 비낀 불길』(1983)	1866년	대동강에 침입한 미국「샤만」호와의 접전	박춘권	평양민중의 애국적 투쟁 만경대(김일성의 증조할아버지 김웅우 지도)의 활약	인간학에 관한 역사소설) 1996~ 붉은 기 정신, 고난의 행군 정신	유훈통치기 문학(1994. 7. 8.~1997) : 수령형상문학(추모문학, 단군문학) 선군혁명문학론(2000년 최초 언급, 1994년 이후 시기)	온 사회의 주체사상화를 앞당기기 위한 투쟁시기 문학(1967~현재)	
리영규『평양성 싸움』(1986)	임진왜란	왜군의 부산포 침략						
강학태『김정호』(1987)	19세기 중엽	대동여지도 완성	김정호, 딸 솔매, 선화, 김삿갓, 화적패 최일국	김정호의 애국심, 탐구심, 의지		사회주의 강성대국문학(1998~)		
리유근『관북의병장』(1987)	임진왜란		정문부	함경도 민중의 의병투쟁		수령영생문학, 추모문학, 단군문학, 태양민족문학(2000)		
림종상『불우한 렬사』(1988)	20세기초	을사조약						
박태민『개화의 려명을 불러』(1989)	1870년~1884년	김옥균 외 개화파들의 '갑신정변'↔민태호, 민영익, 대께소에, 묄렌도르프	김옥균, 조옥화, 홍영식, 이봉현, 유대치, 남흥철	김옥균의 일대기, 근대발전과 문명개화를 위한 갑신정변의 실패				
김현구『리순신 장군』(1990)	조선시대	임진왜란	이순신 장군, 서분녀,					

			장쇠					
리성덕 『울릉도』 (1990)	조선시대 후기 독도 수호과정	조선후기 민간외교	안용복	『삼국사기』,『고려사』, 『동국여지승람』 등의 기록과 구전 가요 통 해 민중의 애끓음과 서 정 담아냄				
김정민 『망이』 (1992. 8 ~1995.1)	1176~11 77년 서남 지방 봉기	공주농민폭동	망이					
리유근 『홍경래』 (1992)	조선시대 18세기 말 19세기초	홍경래의 난(1811)	홍경래	양반 홍경래의 반봉건 무장투쟁, 홍경래 난을 '평안도 농민전쟁'으로 규정				
김호성 『주몽』 (1997, 2005 재판)	고구려 건 국에 이 르기까지	주몽, 류화, 소서노	주몽, 오이, 마리, 협부, 례나루	고구려 역사에 대한 긍 지와 자부심				
리성덕 『담징』(1998)	고구려 7세기	담징, 일본 아스까 미술의 유래	담징	민족예술에 대한 자부 심				
림종상 『삭풍』(2000)	1942년 ~1956년 조선왕조	수양대군(세조), 사육신, 김종서	성삼문	봉건 통치배들의 골육 상전 비판				
강학태 『최무선』 (2000)	고려말 공민왕 시기	공민왕의 원나라 '정동행성' 철폐, 홍건적의 침입	최무선, 돌쇠	우리 원료, 우리 기술, 우리 힘으로 '화약'이 란 신무기를 개발한 최무선				
홍석중 『황진이』 (2002)	조선 중종 시대	황진이, 벽계수, 서 경덕	황진이, 놈이	여성의 자주성				
박춘명 『훈민정음』 (2002추정)	조선시대 세종대왕 시대	훈민정음 창제, 세 종대왕, 성상문과 최만리 등의 집현전 학자들	성삼문, 복돌이, 쌍가매, 초향이 와 그의 아버지	한글 창제를 주장하는 성삼문과 이두문자 사용 을 고집하는 최만리, 훈 민정음 창제의 정설 중 성상문의 노력과 백성 들의 지혜로 이루어졌 다는 창작설				
김혜성 『군바바』 (2005)	조선시대 말 을사늑 약 이후	국체보상운동, 헤이 그밀사사건과 고종 의 폐위, 군대해산 과 군인들의 폭동, 일제의 이등박문과 친일파 이완용	군관 기 흥, 죽송, 설화	조선 군대의 한 군관 을 주인공으로 내세워 민족수난기에 자행된 일제의 갖은 핍박과 함 께 군대해산과정을 통 해 민족의 자주성과 독 립성을 강조				
리종렬 『남이장군』 (2007)	조선시대 세조, 예 종 시기	이시애의 난, 남이장 군(↔유자광, 한명 회), 정선공주, 강순	남이장 군, 정선 공주, 리 경신, 강 순	남이장군의 용맹을 시 기한 유자광, 한명회의 모함으로 인한 남이장 군의 참혹한 죽음, 선 군정치의 정당성 부여				

제3장 ‖ 북한 역사소설의 실체

1. 사회주의 사실주의에 관한 역사소설

1) 민중의 애국적 헌신성과 집단적 영웅주의 발현 – 『서산대사』

최명익(1902. 7. 14.~?)은 해방 이전에는 모더니스트로 심리소설을 발표하였다. 해방 이후에는[1] 문인들과 <평양문화인협회>를 결성한 뒤 희곡 『무대 뒤』(1945)를 창작하면서 북한의 민주주의 문화건설 창조에 앞장섰다. 어린이들을 위하여 『평양아동문화사』, 『어린 동무』 등의 잡지를 창립하고 편집하였다. 이후 문예총 중앙위원으로 활동하다가 북한 국어 교과서인 '우리말' 편찬에 참여하였으며, 북한의 민주주의 개혁정책을 찬양하고 인민들의 투쟁과 생활을 다룬 작품을 주로 창작했다. 성진 적색농조원들의 투쟁을 다룬 단편소설 「마천령」(1947)을 비롯해 「담배 한 대」(1946), 「맥령」(1946), 「제1호」(1947), 「남향집」(1948), 「공동풀」(1948), 「기계」(1949) 등을 창작하였다. 6·25전쟁 동안 그는 북한군의 투쟁 등을 소재로 한 「조국의 목소리」(1951), 「기관사」(1951), 「소년 권동수」(1952), 「영

---

1) 윤광혁, 「최명익의 생애와 창작을 더듬어」, 『조선문학』, 문학예술출판사, 2003년 7호, pp.71~73 참고

웅 한남수」, 「운전수 길보의 전투」 등을 발표하였다. 이후 그는 1957년에 항일무장투쟁 참가자들의 회상기 집필에 참여하였고 평양문학대학에서 학생들을 가르쳤다고 한다.[2] 그는 1956년에 대표작으로 평가받는 장편 역사소설 『서산대사』를 창작했고 이후 중편 역사소설 『임오년의 서울』(1962), 단편 역사소설인 「섬월이」(1962)와 「음악가 김성기」(1962), 「학자의 념원」(1962), 「떳떳한 사람 이야기」, 「지리학자 김정호」, 「론개이야기」 등을 발표했다. 또 만화사화집 『행주산성싸움』, 『의병장 정문부』 등도 창작했다. 사후에는 유고작품인 장편 역사소설 『리조망국사』가 발행되기도 했다.

『조선문학』 <작가란>(2003. 7)에서는 최명익을 역사에 이름을 남긴 성공한 지식인 중 한 명으로 조국과 민족 앞에 충실하고 신념과 의지가 강했던 사람으로 소개한다. 최명익은 작가대열에서 제외되었지만 김정일 장군이 1984년 2월 14일에 유고작품인 『리조망국사』를 완성하도록 조치를 취하였고 1993년에 그의 역사소설인 『서산대사』와 『임오년의 서울』을 재판하도록 하였다고 한다. 최명익은 노년에 작가대열에서 제외되어 소설 창작을 접고 농촌에 내려가 『글에 대한 생각』(1960) 등 신인작가 양성을 위한 글을 쓰는데 여생을 바쳤다. 그의 가족사는 불행하여 해방 전에 두 딸을 잃고 6 · 25전쟁 때 아들이 전사하고 부인마저 급사하여 정신적으로 어려운 생활을 하다가 곡절 많은 운명을 하였다.

『서산대사』(1956)는 모더니스트였던 최명익이 월북한 이후 집필한 역사소설이다. 『조선문학통사』에서는 이 작품을 이기영의 『두만강』, 한설야의 『설봉산』과 함께 평가하면서 최명익의 역량과 작품성을 인정하였다.[3] 이 소설이 인정받은 이유는 당시 북한 정세의 혁명적 투쟁성을 강조하는 문예정책에 부합되었기 때문이다.

---

2) 이항구, 『북한 작가들의 생활상』, 국토통일원조사연구실, pp.103~137.
3) 사회과학원문학연구소 편, 『조선문학통사 : 현대문학』, 과학원출판사, 1959, p.334.

최명익은 스스로 "변함없이 영예로운 조선민주주의 인민 공화국의 작가"[4]로서 "사회주의를 건설하고 공산주의를 지향해 나가는 우리 조국의 력사발전에서 한 몫의 책임을 지고 일하는 공화국의 근로자답게 더 고결한 사상과 풍부한 감정과 전에 못 가졌던 새 지식인의 소유자"[5]임을 자처하였다. 그는 대성산 기슭 안학궁 옛터근처 밭토굴에서 『서산대사』를 추진하였고[6] 이후 중편역사소설인 『임오년의 서울』(1961)을 창작하였다. 최명익은 수필집 『글에 대한 생각』(1964)의 「인민례찬의 정열로써 — 장편소설 ≪서산대사≫를 쓰기까지」에서 『서산대사』를 집필하는 과정에 대해 회고하고 있다. 그는 서산대사에 대한 역사적 사료가 적지만 민중과의 연대과정을 '인민예찬'과 '평양수호의 역사적 전모'를 중심으로 주제를 구상하게 되었다고 밝히고 있다.[7] 최명익은 『서산대사』 창작을 위해 『리조실록』, 『병서』, 『징비록』, 『평양지』, 『중국기사고』, 『임진록』 등을 탐독하였으며 묘향산 현지답사와 그 지역 노인들의 담화를 참고하였다고 한다. 추운 겨울에도 옛 성터를 몇 번 씩 오르내리며 평양성 싸움의 장면들을 구상하였다고 한다.

최명익의 작품 속에서의 민중예찬과 집단적 영웅주의와 평양 중심의 애국주의 발현은 당시 북한문학계의 흐름을 반영하는 것이다. 당시 북한 문학계에서는 1952년 이후 소련의 영향으로 무갈등론에 입각한 문학의 도식주의를 비판하였고 1958년에는 공산주의적 전망이 공식화되었다. 1953년부터 1956년에 걸쳐 진행되었던 반종파 투쟁은 북한문학의 전통 확립의 일환으로 부르조아 청산과 새로운 국가 건립의 주체에 대한 문제 해결의 결과라고 볼 수 있다. 반종파 투쟁의 결과 서울 출신인

---

4) 최명익, 「나의 념원」, 『조선문학』, 조선문학예술총동맹출판사, 1957. 2, p.63.
5) 최명익, 「창작에 관한 단상」, 『글에 대한 생각』, 문학예술총동맹출판사, 1964, p.122.
6) 김철, 「작가의 참모습」, 『조선문학』, 2000. 8, p.22.
7) 최명익, 위의 책, pp.130~137.

임화, 김남천, 이태준 등이 사형 또는 숙청을 당하고 함경도가 고향인 한설야가 문학계를 장악하게 되었다. 이러한 사태에 대하여 김윤식은 평양 중심주의가 관념의 수준에서 작품으로 군림한 사실이 1950년대 북한문학의 성격임을 주장하였다.[8] 최명익은 6·25 이후 전쟁으로 초토화된 평양을 보면서 참담한 심정을 글로 쓰기도 하였다.[9] 권영민은 이에 대해 6·25를 평양인민이 겪은 평양 방어전이라는 측면에서 바라본다면 이것은 민중을 앞세운 『서산대사』의 평양성 탈환에 대응되어질 수 있는 것이라고 평가하고 있다.[10] 북한에서도 1950년대에는 "최명익의『서산대사』는 력사의 도시 평양의 우수한 전통을 예술적 화폭 속에 훌륭히 보여준 것으로 특출하다"[11]고 평가 받고 있다.

이 작품이 발표되던 당시 북한은 '전후 복구건설 및 사회주의 기초건설 시기'(1953~1960)로 국가건립에 대한 정당화가 필요하던 시기였다. 당시 북한문학에서는 조국해방전쟁주제의 작품을 독려하면서 영웅적 민중의 모습을 집체적으로 형상할 것을 요구하였다. 『서산대사』는 평양 민중의 애국투쟁을 바탕으로 하여 서산대사와 각계각층의 평양 민중의 집단적 영웅주의를 표현하고 있다.

(1) 평양 중심의 애국주의

『서산대사』는 임진왜란을 시대배경으로 하여 왜군의 침략에 맞서 평양성을 탈환하는 조선 민중의 모습을 그리고 있다. 선조가 평양으로 파천한 때부터 다음 해 소서행장 군이 평양에서 퇴각하기까지를 다루면서 서산대사와 민중의 힘이 어떻게 결집되어 평양을 사수하고 있는가에 집

---

8) 김윤식, 『북한문학사론』, 새미, 1996, p.55.
9) 최명익, 「우리의 자랑」, 『글에 대한 생각』, 문학예술총동맹출판사, 1964, p.14.
10) 권영민, 『북한의 문학』, 공보처, 1997, p.42.
11) 윤세평, 「해방 후 조선문학개관」, 『해방 후 우리문학』, 조선작가동맹출판사, 1958, p.77.

중하고 있다. 평양성 사수에 관한 내용은 이후 북한 역사소설에서 자주 등장한다. 이 작품의 첫 부분은 일본의 야욕과 조선 지배계층의 무방비 상태를 비교하면서 시작한다. 오래 전부터 조선침략을 준비해온 일본은 20만 대군으로 쳐들어오면서 북으로 진공한다. 일본의 치밀한 침략과정에 비해 무능한 조선 봉건 통치지배계급들은 왜군을 물리칠 대책을 세우기보다 도망가기에 급급한 모습을 보인다. 왜군은 1592년 4월 13일 조선에 상륙하여 부산진을 점령하고 동래, 량산, 울산에 이어 서울을 차지하고 양쪽으로 갈라져 함경도와 평안도에 쳐들어오게 되는데 보름밖에 걸리지 않았다. 선조는 백여 명의 신하들과 왕자와 후궁들을 데리고 서울을 떠나 평양으로 피난하였다. 이 작품의 주요 내용은 선조가 평양으로 피난해온 이후 궁중 안에서와 성안에서 벌어지는 사건들이다. 선조는 평양을 지키겠다는 의지를 보이나 임진강의 방비를 강화하기 위해 파견된 강변군 3천 명이 왜군의 기만전술에 넘어가 전멸하였다는 소식에 동요하기 시작하였다. 이에 왕과 대부분의 조정대관들은 평양을 떠날 것을 결심하였다. 이러한 지배계층에 비해 민중은 일본군에 맞서 용맹스럽게 싸운다.

≪을지문덕 장군이시여-≫
≪막리지 연합소문이시여-≫
≪강감찬 장군이시여-≫
≪지금 여기 피흘리는 조국을 위해서 피를 흘리는 당신들의 후손들을 굽어 보시라-적 앞에 굴한 것이 없는 선조들의 피와 그 충성을 계승한 이 의로운 당신들의 후손들을 찬양하시라! 어여삐 여기시라! 칭찬하시라!≫
　다시금 이러서는 화광이 그 흰 눈썹밑의 두 눈은 화염을 뿜는 긋 빛났다. 그리고 눈물이 흘렀다.
　≪이 평양을 지켜 우리에게 끼쳐주신 을지문덕 장군이 굽어보신다≫[12]

------

12) 최명익, 『서산대사』, 조선작가동맹출판사, 1956, p.380.

싸움의 막바지에서 서산대사는 평양을 수호할 민중을 이끌어내기 위해 용맹하게 싸우던 조상들의 애국심과 용맹성을 강조한다. 이 작품에 등장하는 인물 중 '법근'이라는 인물은 신분에 대한 괴로움과 이루지 못할 사랑에 대해 고민하다가 서산대사와의 만남을 통해 새로운 사람으로 거듭나게 된다. 그런 법근이 왜군과의 싸움에서 장렬하게 죽음을 맞이하면서 외치게 되는 것도 평양에 대한 사랑이다.

> 쫓기는 적들을 짖쳐 나가는 법근이의 뒷모양은 금시 어둠 속으로 사라졌다. 몇 순간 후였다.
> ≪우리 평양아!≫
> 웨치는 법근이의 소리가 들린다. 그러자 또
> ≪영세불망 잘 있거라!≫
> 하는 그의 음성이 저편 층암절벽 낭떠러지 아래서 한 마디 한 마디 떨어가는 소리로 들이였다.13)

이러한 애국심의 강조는 반제투쟁 정신과 계급의식을 고양하기 위한 창작 목적으로 볼 수 있다. 평양을 중심으로 하는 애국심이 고양되는 이유는 북한에서 민중의 영웅적 기상을 과시하는 평양이라는 공간성을 상징화하고 하기 위한 의도 때문이다. 해방 이후 평양이 북한의 혁명의 중심 기지로, 민주 수도로, 정치 경제 문화의 중심지로 되었다는 것의 은유적 표현이기도 하다.

> 평양 사람들은 고구려 시기에 당나라 침략을 막기 위하여 석다산의 영웅 을지문덕을 받들어 평양에서 최초로 반격을 가함으로써 살수대첩의 길을 열었으며 고려 시대에는 강감찬 장군의 뒤를 따라 거란의 대군을 구주의 한 산'골에서 섬멸함으로써 세 차례에 걸치는 거세찬 침략에 종지부를 찍게 하였다.

---

13) 최명익, 앞의 책, p.381.

임진 조국 전쟁 당시에는 소서 행장의 대군을 맞받아 그들에게 섬멸적인 타격을 줌으로써 적의 진격을 저지시키고 남해까지 추격한 용감하고 슬기로운 사람들로 룡강의 청년 장군 김응서를 필두로 한 평양사람들이었다.

미국의 해적 상선 ≪샤만호≫의 침입과 그들의 행패를 물리치고 그를 불살라 버림으로써 병인, 신미 두 양요에서 ≪양이≫들을 물리치는 길을 연 것도 평양의 서민들이였다는 것을 우리는 잘 알고 있다. 의병장 홍범도 역시 평양 출신임은 이미 말했다.

이러한 평양 사람들의 슬기로운 전통은 일제 당시에도 평양 고무 공장의 대중적 투쟁을 비롯하여 줄기차게 진행된 수다한 반일 투쟁으로 발전하였다.

그리하여 우리 인민의 애국주의 정신은 반일 민족 해방 투쟁의 단계를 거쳐 사회주의적 애국주의 사상을 형성하는 원천으로, 토양으로 되었다.[14]

『서산대사』에는 조선민족에 대한 사랑과 민중의 애국주의 정신이 구현되어 있다. 민족에 대한 가장 적극적인 사랑은 민족의 운명을 지키기 위해 목숨 걸고 싸우는 희생적인 투쟁정신이며 반침략 애국정신이다. 민족의 운명이 위기에 처했을 때 애국정신과 민족애의 정신이 더욱 부각된다. 특히 평양이라는 장소는 민족적 수난을 많이 받은 곳으로, 끊임없이 수호하는 민중의 모습 속에서 평양 중심의 북한 건설에 대한 당위성을 드러내고 있다.

(2) 민중의 집체적 영웅주의 형상화와 스펙터클한 전쟁묘사

『서산대사』의 주인공은 서산대사 뿐 아니라 민중이다. 이 작품은 임진왜란 초기의 정세를 보여주면서 '서산대사' 외에 '전주복', '법근', '고충경', '편석대사', '임욱경', '차돌이', '김첨지', '갑손이', '김응서', '계

---

14) 리갑기, 「조국강산과 력사」, 『조선문학』, 조선작가동맹출판사, 1965. 8, p.80.

월향' 등의 활약을 소개하고 있다. 서산대사는 조선시대에 억압 받았던 불교의 유파 중 선종 계열에 속하였다. 선교에서는 경전이나 언행록에 의지하지 않고 자기 마음 속에서 부처의 마음을 찾고자 하였다. 선승인 서산대사는 부패한 봉건 시대에 포부를 펼 길이 없어서 공부를 하고 덕행을 쌓는 방도로 중이 되었다. 당시 일반 양민들은 군역이라는 종신적 부역과 피를 짜내는 세납이라는 착취를 피하기 위해 중이 되기도 했다. 이에 대해 어린 명종 대신 정사를 본 문정왕후는 비망록에 다음과 같이 남겼다.

> 량민이 날로 줄어서 군졸을 모아들이기 지금같이 곤란한 적이 없다. 그 까닭은 다름이 아니라 백성들이 군역의 고통스러움을 이기지 못하여 군역을 피할 수 있는 중이 되므로 중은 날로 늘어가고 군사로 충당할 량민은 줄어가니 지극히 한심한 일이다.[15]

서산대사는 처음에는 권력에 대한 반항으로 불교를 택하기도 하였다. 그러나 계행에 충실하여 자기를 잊고 세상을 잊을 정도로 공부하여 70여 세가 될 때까지 고행을 하였다. 이러한 서산대사가 민중에게 감화되어 마침내 민중을 위대한 존재로 바라보게 되었다.

> 자기는 五○년 동안을 벼락이 떨어지더라도, 혹은 뜻하지 않은 부귀가 굴러 들어오더라도 끄떡도 없는 사람된 사람이 되리라고 노력해 왔다. 그러나 어제 밤의 그 많은 사람들! 그중의 이름을 알 수 있는 사람만으로도 임 욱경, 갑손이, 『머사니』 같이 그토록 순순히 대의를 위해서 목숨을 버리는 길로 서슴없이 나갈 수 있을 것인가! 대의를 위해서 소아(小兒)를 그렇게 대담히 버릴 수 있는 수련을 그들은 언제 쌓았던 것일까?
> 스스로 모든 집착에서 해탈한 선승으로 자처해 온 서산은 그 사람들 앞에서는 자기는 한낱 공염불(空念佛) 구두선승(口頭禪僧)에 지나지 않는

---

15) 최명익, 앞의 책, p.133.

것 같이도 느껴졌던 것이다.[16]

　모두 65장으로 이루어져 있는 장편 역사소설인 이 작품에서는 영웅적인 평민들이 다수 등장한다.

　　지금 그 마을에는 서산이라는 나많은 도승을 비롯하여 활 잘 쏘는 선비, 검 잘 쓰는 중도 있고, 씨름 잘하고 주머구 센 농사'군도 있고, 역시 농사'군으로 아직 애승이기는 하나 돌질 잘하는 석전'군도 있고 그밖에는 다 하는 장정들이 백 여명 모여들었다는 것과 (중략) 돈정신은 제가 몸이 날쌔기로는 누구한테 지지않게 날랜다고는 하지만 그래도 지금 잡약산에 모인 장사호걸들에 대면 내노라고 할 것도 못 된다고 했다.[17]

　백성 집안 내력으로 인해 중이 된 승검술 법근과 그의 친구 장사 전주복, 오세객 고충경, 장사 임욱경, 돈비신, 황서방, 현차돌, 김갑손, 보통벌 머사니, 계월향, 보패들은 위급한 전쟁 시기에 힘이 되는 민중적 영웅들이다. 이러한 민중의 희생정신과 투쟁 의지는 왕과 지배관료들의 무능력과 대비된다. 불굴의 투지와 신념으로 일본 침략자들과 맞서 싸워 평양을 탈환하는 이들은 새 시대의 주체에 대한 비유로서 손색이 없다. 이러한 민중에 비해 지배계급은 이기적이고 소심한 인물들로 그려진다. 이는 지배층에 대한 희화화와 비판으로 나타난다. 당시 선조는 당쟁을 해결할 능력이 없고 평양을 수호하려는 의지도 없으며 애민정신도 없는 왕으로 그려진다.

　　그들은 무엇이 그렇게 급했던가? 지금의 그들은 이 평양성을 어떻게 지킬 것이냐 하는 것이 아니라 이제는 또 어데로 피해야 할 것이냐 하는 것을 공론하기에 바빴던 것이다. (중략) 왕은 이 자리가 초조하리만치 성

---

16) 최명익, 앞의 책, p.136.
17) 최명익, 앞의 책, p.144.

가시기만 했다. 그러나 체통에 그런 내색을 할 수도 없어 그저 밖을 내다보고만 있었다. 안뜰을 가로막아선 큰 문간 지붕 너머로 바라보이는 대동문—리씨 왕조의 하나의 미신이다싶어 그 성질이 아주 강파롭시고 알려진 이곳에서도 사람의 기질을 그대로 나타낸 듯이 날카롭게 쳐들린 추녀끝을 바라보는 왕은 이 평양이 새삼스럽게 더 생소한 곳으로 느껴지기도 했다. 딴은 서울이 위태해서 이리로 피란을 왔다가 또 여기가 불안해서 다기 딴 데로 자리를 뜨려는 피란객이 잠시 머물러 있던 곳이 생소하다는 것쯤 새삼스러울 것도 없는 일이다.

　이런 말은 구태여 선조 한 사람을 폄하기 위해서 일부러 비꼬아 한 말이 아니다. 봉건군주라는 사람들은 자기가 나라의 주인이라고 하면서도 대개는 자기 궁중에서 한 걸음만 나서면 모두가 생소한 곳이요, 그뿐 아니라 그 자신이 모든 백성에게 생소한 사람이 아닐 수 없는 존재였다.[18]

　왕과 지배계급의 무능과 부정적인 모습에 대비되는 민중의 애국심과 용기는 보통벌 추수, 보통벌 전투와 평양성 전투에서 잘 나타난다. 이 소설에서는 임진왜란 중 평양성 사수를 위해 주동적인 역할을 하는 민중의 투쟁을 동대원 전투, 보통벌 전투, 평양성 해방을 위한 총공격 전투 등을 통해 생동하게 보여주고 있다. 여기에는 민중의 불굴의 투쟁과 조국에 대한 사랑, 왜군에 대한 민족적 우월감이 잘 형상화되고 있다.

　왜군들이 동대원 일대에 밀려들게 되자 대동강에서 조선 대표 '리덕형'과 일본대표 사이에 담판이 벌어지고 결국 결렬되면서 일본군과 조선군의 싸움이 벌어진다. 모란봉 을밀대 밑에 집결하였던 조선 군사들이 일본군에 야습을 하나 완전한 실패로 돌아갔고 이 야습을 잘못 지휘한 김명원, 윤두수는 무기들을 연못에 넣고 도망치기까지 한다. 이에 비해 군사들은 수많은 적병들을 물리쳤으며 임욱경은 수많은 적들을 죽이고 적장 소서행장을 죽이려는 순간 날아오는 조총알에 맞아 장렬한 최후를 마친다. 이 싸움에서는 양반들을 대신해 군대에 끌려나온 갑손이

---

18) 최명익, 앞의 책, pp.31~35.

등 수많은 양민들이 전사한다.

이 싸움 이후 평양성은 슬픔에 잠기고 성 안의 사람들이 성을 떠나는 동안 보패와 차돌이는 서산대사를 따라 잡약산 밑마을로 간다. 이 곳에서 서산대사는 '보통벌머사니'와 을지문덕 후손이라고 자처하는 돈정신과 사귄다. 여기에서 서산대사는 피난가는 사람들로 하여금 사창고의 군량을 터쳐 나누어 가게 하며 집집의 장독을 깨뜨려 시내에 간장탕수가 나게 하고 우물을 돌도 메우는 등의 청야전술을 쓰게 한다. 또한 서산대사는 금훈사 표훈사에 있는 사명당을 비롯하여 전국 각지에 있는 제자들에게 의병을 일으킬 것을 호소하여 대책을 세운다. 평양 보통벌에서는 사명당의 지휘 아래 승병과 농민들이 동원되어 왜군 몰래 벼를 베서 걷어들이는 작업을 하고 돈정신은 보통강 다리에 불을 붙인다. 이 전투에서는 왜군이 섬멸되도록 애쓰는 민중의 모습이 나타나며 기생 계월향의 투쟁하는 모습도 나온다. 평양성 해방을 위한 전투에서는 사명당이 지휘하는 삼 천 여명의 승병, 농군 대열이 잡약산을 떠나 모란봉을 거쳐 문봉, 무봉을 점령하기 위한 싸움이 묘사되고 여기에서 법근이가 장렬하게 전사한다. 결국 조선의 총공격을 견디지 못한 왜군은 평양성에서 쫓겨나고 평양성으로 피난민들이 돌아오면서 이 작품은 끝난다.

이 평양성 사수 전투에서는 주동적 역할을 하는 민중의 투쟁이 생동하게 전개된다. 여기에서 순박한 농민들이 스스로의 의지에 의해 싸움터에 나가게 되는 것은 우리 것, 평양의 모든 것을 지키기 위한 애국주의의 발로이다. 평양성을 지키기 위해 농민들이 전사로 변하게 되면서 마음에 품는 것은 백절불굴의 정신이다. 포로로 잡히게 된 평양성 사람들은 결코 욕된 죽음을 원하지 않고 억세고 강력하게 반항하거나 스스로 목숨을 끊었다. 이러한 투쟁심은 왜군에게 절망과 패배감을 맛보게 하였다. 조선인들의 고상한 사상과 독특한 개성, 애국적인 선승인 서산대사의 모습은 민중에 대한 예찬으로 볼 수 있다.

2) 민족해방 투쟁 서사의 혁명적 대작 선취 - 『두만강』

『두만강』에 나타난 역사 인식은 작가 체험과 밀접한 관련을 갖는다. 이기영은 자신의 체험을 작품에 반영시키는 데 누구보다도 뛰어났다. 그의 작품들의 대부분은 자전적인 요소를 내포하고 있는데 『두만강』 역시 예외가 아니다. 이 작품에 나타난 인물들의 성격은 이기영 작가 자신의 체험을 고스란히 투사한 것이라고 할 수 있다. 이기영은 빈궁한 어린 시절을 보냈는데, 그의 아버지는 사립학교에 상당 기금을 출연하기도 하고, 빚을 내서 금전판에 뛰어들기도 하였으나 실패하여 가계에 어려움을 더하였다. 그의 아버지는 무가(武家)의 기질을 가진 호주가(好酒家)로 반상의 구별을 하지 않고 애국계몽운동의 일환인 사립학교 설립에도 앞장서는 등, 개명 지식인의 인물이었다. 그의 아버지의 모습에서 『두만강』에 나오는 이진경, 한길주 등의 당시 몰락하는 양반의 모습을 볼 수 있다. 또한 이기영은 고대소설에 탐닉하게 되는데[19] 이 소설들을 통해 주인공들의 입신양명에 관심을 갖게 되고 영웅을 꿈꾸게 되었다. 고대 영웅에 대한 동경은 그의 문학작품의 주인공들을 통해 나타나고 있다. 그의 소설 속의 주인공들은 어려움을 겪지만 결국은 이상을 실현하는 인물들이다. 더구나 그 자신이 꿈꾸던 영웅의 모습으로는 항일혁명 운동의 핵심인 김일성 장군을 떠올릴 수 있다.

카프(1925. 8)에 가입한 이후 그가 발표한 작품들은 대부분 자신의 체험적 진실을 형상화한 것으로[20] 빈농들의 참상을 묘사하면서 계급의식을 선취한 것으로 인정되고 있다. 『고향』(『조선일보』, 1933. 11. 15~1934. 9. 21)의 경우 그가 고향에 직접 내려가 농촌현실을 보면서 시대적 모순, 인간

---

19) 이기영, 「나의 문학 동기」, 『문장』 14, 1940. 2, pp.7~8.
20) 「가난한 사람들」, 『개벽』, 1925, 「쥐이야기」, 『문예운동』, 1926. 1, 「농부 정도룡」, 『개벽』, 1926. 1. 2.

과 시대의 갈등, 제도의 변화에 따른 농민들의 희생 등을 사실주의 지평
에서 그려낸 작품이다.

월북 이후 이기영은 조선 프롤레타리아 예술연맹의 성립에 주도적 역
할을 하면서 「개벽」(『문화전선』 창간호, 1946. 7), 『땅』(개간편, 『민주조선』, 1947,
제2부 『문학신문』 1959. 3. 5, 『평양신문』, 1959. 7)을 거쳐 『두만강』을 발표하
기에 이른다. 『두만강』은 민족 해방의 서사를 그리면서 결국 영웅의 출
현을 예시하여 주인공들이 영웅을 향해 떠나는 것으로 결말 처리가 된
다. 이러한 결말을 통해 이기영의 월북 이유를 문단의 갈등에서 비롯된
것이라기보다 그가 갈망하던 영웅의 모습을 김일성에게서 찾은 결과라
고 볼 수도 있다.[21]

북한 문단에서는 『두만강』을 혁명적 대작의 요건을 선취한 작품으로
평가하고 있다. 1960년대 중반 북한 문예학계에서는 1950년대 말부터
1960년대 초반에 일어났던 천리마기수의 형상을 강조하는 것에 한계가
있음을 깨닫게 되었다. 그 결과 '혁명적 대작 장편' 창작방법론 논의가
활발하게 전개된다. 여기에서 혁명적 대작이란 혁명적 투쟁을 사회 역
사적으로 보다 폭넓게 반영하며 그 속에서 시대의 영웅적 성격을 좀더
심오하고 다면적으로 형상화한 기념비적 작품을 의미한다.[22] 혁명적 대
작 논의는 장편소설에만 국한된 것이 아니라 시, 가요, 연극, 영화 등에
도 적용되었다. 주로 역사적 배경 속에서 주인공의 성장과정에 대한 이
야기를 주로 다루어야 한다고 의견을 모으고 있다. 이러한 점은 사실주
의에서의 전형화 법칙에 대한 진전된 인식으로 평가된다.[23] '혁명적 대
작'은 북한 사회가 민주개혁과 천리마 운동을 개진하면서 어느 정도 사

---

21) 이기영, 『기행문집』, 조선작가동맹출판사, 1960 참고.
22) <머릿글>, 「혁명적 대작의 창작은 시대의 요구이다」, 『조선문학』, 조선작가동
    맹출판사, 1964. 4.
23) 김성수, 『북한 『문학신문』 기사목록(1956~1993)』, 한림대학교 아시아문화연구
    소, 1994, p.38.

회적 안정을 이룬 시기에서 나온 것이다. 이러한 안정기에 북한은 역사를 되돌아보고 근로자와 청소년에 대한 교양이 필요하게 된다. 혁명적 대작은 주로 혁명적 시기에 대하여 조명하고 있는데 북한에서 내세우는 혁명 전통기는 1930년대와 해방 이후 민주건설기, 한국전쟁기, 전후 복구시기, 사회주의 건설기 등이다. 1960년대 장편에는 근현대사를 살아온 민중의 전형이 잘 형상화되어 있고 이전의 한정된 주제가 확장되었다. 이전의 '천리마 운동'이 사회주의 건설작업 수행에 관한 현실 제반 문제에 대한 것에 치중하였다면 '혁명적 대작'에 와서는 과거의 역사적 사실 속에서 인간의 성장과정을 중시하였다. 북한에서 대작은 시대정신의 높이를 보이는 인물을 주인공으로 삼아야 했으니 대작 역시 '성격 장성(長成)의 역사'로 나타나야 했다. 그 역사는 조선혁명의 역사이며 공산주의 운동의 발전 역사였기 때문이다.[24]

이러한 혁명적 대작에서는 혁명 발전의 본질과 혁명적 세계관 혁명투쟁의 경험과 방법을 보여주는 구체성에 관한 문제가 중요하게 여겨졌다. 대작에서 생활을 그리는 문제와 관련하여 실재한 역사적 사건에 대한 문제에 관심을 돌리게 되었다. 이러한 혁명적 대작에 속하는 역사소설로는 『계명산천은 밝아오느냐』(1963~1967)가 있다. 혁명적 대작들은 대중적 영웅주의와 공산주의적 인간학을 보이고 있다. 혁명적 대작 창작 논의에서는[25] 대작 장편은 역사 속의 인물이 역사적 배경 속에서 공산

---

24) 엄호석, 「혁명적 대작의 성과와 제기되는 몇 가지 문제」, 『조선문학』, 조선작가 동맹출판사, 1966. 12, p.23.
25) 방연승, 「혁명적 대작의 창작과 공산주의 투사의 형상」, 『문학신문』, 문학신문사, 1964년 9월.
    장형준, 「혁명적 대작 창작을 위하여(김일성, 「혁명적 문학예술을 창작할 데 대하여」『문학신문』, 1964년 11월 7일자 관련)」, 『문학신문』, 문학신문사, 1964년 11월 20일자.
    박영근, 「우리 시대 장편소설의 미학적 구조의 특징－혁명적 대작 창작과 관련하여(혁명투사 형상 시리즈)」, 『문학신문』, 문학신문사, 1965년 1월 22일자.
    리억일, 「혁명적 대작과 주제」, 『조선문학』, 조선작가동맹출판사, 1965년 3호.

주의자로 성장하는 과정을 그려야 한다는 데 초점이 맞추어졌다. 이러한 논쟁에서 주인공의 성격 창조 문제를 역사적 환경과의 상호관련 속에서 통일적으로 사고하는 진전된 인식을 보인다. 혁명적 대작의 구성 요건에서 주인공의 문제는 『두만강』에도 논쟁의 일환이 되었다. 최일룡은 『두만강』 1부에서 씨동이가 혁명적 대작의 중심인물이 아닌 부차적 인물이라는 문제를 제기하였고 엄호석은 이에 대해 1부의 주인공은 씨동이가 아닌 곰손으로 중심 주인공인 곰손 외에 그 아들 씨동이를 미래의 주인공으로 등장시킨 것은 1, 2, 3부에서 민족해방 투쟁의 두 시대와 세대의 교체를 보여주기 위함이라고 반론하였다.[26]

혁명적 대작은 혁명전통 주제를 다루면서 1930년대 항일유격대의 공산주의 전형창조를 중요하게 여겼다.[27] 이후 1930년대 항일무장투쟁은 1920년대 투쟁과 구별되면서 항일빨치산 투사들이 사회주의적 애국주의의 기초인 주체사상에 입각하고 있다고 하여[28] 주체사상의 시작을 1930년대로까지 소급하고 있다.

혁명적 대작에 대한 논의는 리얼리즘론, 장편소설론의 진전을 가져오고 1960년대에 쏟아져 나온 북한의 대표적인 장편소설 창작의 이론적 토대가 되었으며 '맑스레닌주의 문예이론의 주체적 수용'이라는 슬로건 하에 진행된 창작방법론의 최고 수준으로 평가되었다.[29] 1964년 11월 7일 <혁명적 문학예술을 창작할 데 대하여>라는 김일성 교시인 "위대한 역

최일룡, 「혁명적 대작과 구성」, 『조선문학』, 조선작가동맹출판사, 1965년 6호.
26) 최일룡, 「혁명적 대작과 구성」, 『조선문학』, 조선작가동맹출판사, 1965년 6호. 엄호석, 「혁명적 대작과 구성의 기교(2)」, 『조선문학』, 조선작가동맹출판사, 1965년 11~12호.
27) 강능수, 「력사적 사실과 진실성 문제 – 혁명 전통 주제의 창작과 관련하여」, 『조선문학』, 조선문학예술총동맹출판사, 1964년 5호.
28) 리시영, 「사회주의적애국주의교양과 우리 문학의 과업」, 『조선문학』, 조선문학예술총동맹출판사, 1969년 2호, p.59.
29) 민족문학사연구소 편, 「북한문학 이해의 올바른 방향」, 『민족문학사연구』 제5호, 민족문학사연구, 1994. 7, p.40.

사적 사건들을 배경으로 하여 조선혁명의 발전과 함께 투쟁 속에서 성장하여 가는 주인공들의 전형적인 모습을 그려낸다면 과연 하나의 대작이 될 것"에 따라 많은 혁명적 대작이 창작되었다. 여기서 혁명적 대작이란 사회주의적 사실주의 창작방법의 하나로 문학의 교양적 측면과 공산주의적 사상성을 중시하는 작품으로 영웅의 형상을 묘사하되 평범한 청년이 점차적으로 혁명 의식화되고 시대의 선각자로 변모하는 혁명적 세계관의 형성을 보여주고 있다.[30] '혁명적 대작'은 인민대중을 혁명적으로 각성시키며 그들을 혁명가로 키우는 데 이바지하는 작품으로서 혁명투쟁과 투사의 성격이 묘사되어야 한다.[31] 형식에 있어서 대형식의

---

30) 엄호석, 「혁명적 대작의 사상, 미학적 요구」, 『조선문학』, 조선작가동맹출판사, 1968년 5호, p.81.

31) 방연승, 「혁명적 대작의 창작과 공산주의 투사의 형상」, 『문학신문』, 문학신문사, 1964년 6월 2일자.
  황 건, 「혁명적 대작과 혁명가―주인공의 영웅적 성격 창조」, 『문학신문』, 문학신문사, 1964년 12월 15일자.
  엄호석, 「혁명적 대작과 소재와의 작업」(혁명투사 형상 시리즈), 『문학신문』, 문학신문사, 1965년 2월 26일자.
  최시형, 「서사시적 화폭의 묘사와 투사―주인공의 성격 창조」(혁명투사 형상 시리즈), 『문학신문』, 문학신문사, 1965년 3월 9일자.
  엄호석, 「서사시적 화폭과 그 심도」(혁명투사 형상 시리즈), 『문학신문』, 문학신문사, 1965년 3월 16일자.
  강창호, 「혁명적 대작에서의 투사 주인공의 성격 창조」(혁명투사 형상 시리즈), 『문학신문』, 문학신문사, 1965년 3월 19일자.
  최일룡, 「혁명적 대작과 주인공」(혁명투사 형상 시리즈), 『문학신문』, 문학신문사, 1965년 3월 30일자.
  오승련, 「혁명투사―인간에 대하여 생각함―단상, 혁명적 대작창작을 위한 연단」, 『조선문학』, 조선작가동맹출판사, 1965년 4호.
  강능수, 「혁명적 대작에서의 주인공」(혁명투사 형상 시리즈), 『문학신문』, 문학신문사, 1965년 4월 9일자.
  김병걸, 「시대의 격류 속에 서 있는 주인공―혁명적 대작 창작과 관련하여」(혁명투사 형상 시리즈), 『문학신문』, 문학신문사, 1965년 6월 1일자.
  오승련, 「작가의 사상적 지향과 중심주인공의 설정」(혁명투사 형상 시리즈, 대작 장편 예), 『문학신문』, 문학신문사, 1965년 7월 30일자.
  장형준, 「혁명적 대작과 주인공의 성격창조」, 『조선문학』, 조선작가동맹출판사,

작품, 내용에 있어서 광활한 서사시적 화폭을 담되 시대의 본질, 시대의
특성, 시대의 주류를 보여주어야 한다. 여기에서는 영화, 가극, 가요의
중요성도 증대되어 폭넓은 장르의 수용이 보인다. 이러한 혁명적 대작
은 1967년 주체사상 확립 이후 주체문예론이 형성되면서 변모된다. 항
일 빨치산에 대한 회상기가 집중적으로 소개되면서 문학이 하나의 운동
으로 변모되고 혁명적 대작의 본래 의미도 변모된다.

> 혁명적 대작이란 혁명의 진리를 체득하고 근로인민대중의 자주성을
> 실현하기 위한 투쟁에 떨쳐나선 전형적인 인간의 성격과 생에 대한 심오
> 한 형상을 통하여 혁명운동의 본질을 폭넓고 깊이 있게 밝혀냄으로써 사
> 람들로 하여금 혁명적 세계관을 세우며 혁명투쟁의 경험과 방법을 체득
> 하도록 하는 것이다.[32]

이 시기 북한 문학예술 작품에 있어서는 혁명발전의 본질과 혁명적
세계관의 형성과정을 밝히기 위해서 혁명 투쟁의 경험과 방법을 보여주
는 것도 생활적 구체성을 가져야 예술적 공감을 얻을 수 있는 것으로
본다. 생활을 폭넓고 깊이 있게 그릴 때만 작품은 대작의 풍격에 맞게
심오한 사상적 내용을 구현할 수 있다고 보는데 여기에서 실재한 역사
적 사건에 대한 묘사문제가 중요하게 제기된다.

> 력사적사건이란 일정한 시대를 반영하고 특징짓는 사회적사건이며 혁
> 명투쟁을 진전시키는데서 거대한 의의를 가지는 혁명적인 사변이다. 력
> 사적사건은 문학예술작품에서 사회적환경을 이루는 동시에 거기에참가
> 하는 사람들의 혁명적생활로도 된다.
> 생활의 본질과 그 구체적내용은 력사적사건들에 체현되여있으며 그것
> 을 통하여 나타난다. 그러므로 력사적사건은 주인공들의 생활에서 떼여

1965년 10호.
32) 한중모·정성무, 『주체의 문예리론 연구』, 사회과학출판사, 1983, p.359.

낼수 없는 한 부분으로, 그들의 사상의식을 발양시키는 필수적요인으로
되며 력사적사건을 줄거리로 삼는 것은 생활의 본질과 특징을 밝히며 주
인공의 생동한 모범을 통하여 혁명투쟁의 경험과 방법을 보여주는데서
매우 주요한 의의를 가진다.[33]

(1) 노농소설과 항일무장투쟁 소설의 전사

식민지 시대 민중의 민족해방운동을 그린 『두만강』은 19세기 말엽부
터 1930년대까지의 당대 사회를 총체적으로 형상화한 작품으로 북한에
서 1954년에 제1부, 1957년에 제2부, 1961년에 제3부가 발표되었으며
1960년에는 인민상을 수상하여 '산 역사 교재'라고 평가받는 작품이다.
『조선문학개관』은 해방 이후 북한의 문학을 '평화적 건설기의 문학, 위
대한 조국해방 전쟁시기의 문학, 전후 복구건설과 사회주의 기초 건설
을 위한 투쟁시기 문학, 사회주의 전면적 건설과 사회주의 완전 승리를
앞당기기 위한 투쟁시기의 문학' 등으로 시기 구분하고 있다.[34] 이러한
시기 구분에 따르면 『두만강』은 '전후복구 건설과 사회주의 기초건설을
위한 투쟁시기'의 문학(1953. 7.~1960)에 속한다. 이 시기 역사물의 대표
적인 작품으로는 리기영의 『두만강』(1부~3부), 최명익의 『서산대사』(1956
년) 등을 들 수 있다. 『두만강』은 북한에서는 대표적인 역사 장편물 작
품으로 인정받고 있다.[35]

『두만강』은 일종의 노농소설로서 당대 민중의 삶을 생생하게 묘사하
고 있으며 국내 민족해방운동을 구체적으로 형상화하고 있다. 당대의
사회주의 운동 묘사라든가 종파주의 모습과 대중노선 성장의 실제적 묘
사는 작가의 체험과 세밀한 역사적 고증에서 비롯된 것이라 할 수 있다.
이 작품은 마르크스 레닌주의 문학이론에 입각하여 당성, 계급성 등을

---

33) 한중모·정성무, 앞의 책, p.368.
34) 윤재근·박상천 공저, 『북한의 현대문학』 Ⅱ, 고려원, 1990, p.141.
35) 윤재근·박상천 공저, 위의 책, p.266.

바탕으로 하면서, 혁명적 낭만주의를 기본적인 골격으로 하는 사회주의 사실주의의 창작방법을 표방하고 있는데, 이러한 창작방법은 당시 북한에서 지향하고 있는 문학관을 시사한다. 또한 다양한 인물들에 대한 생생한 묘사, 서술되는 언어 표현의 묘미, 작가 개성 등의 성공적 형상화는 장편 소설의 이점을 잘 살린 결과이다.

북한에서 문학작품의 주제는 작품의 경향성을 규정하면서 생활 실천적 의미를 지녀야 한다. 생활의 본질과 법칙을 개괄하면서 주제를 심화시켜야 하는데, 시대성과 계급성이 중요시되고 있다. 이러한 측면은 작가의 창작과도 밀접한 연관을 가진다. 작가의 경우 생활 실천 속에서 그 어떤 인물과 사건을 관찰, 체험, 연구 분석하여 모종의 사상을 인식하였을 때 창작동기와 취지가 생기게 되는데 작가는 그러한 것을 예술적 형상으로 표현하여 작품의 주제를 구성한다. 이러한 주제는 시대 배경과 밀접한 관련을 맺는다. 또한 문학이 사회생활의 형상적 반영이라는 원칙에 충실하여 생활과 주제가 연결되는데, 『두만강』같은 장편소설처럼 폭이 큰 경우 주요한 사건과 주요한 주제를 다채롭게 표현할 수 있는 이점이 있다. 『두만강』은 식민지 자본주의 시대의 문제점을 비판하고 민족 삶의 본질을 반영하고자 하는데, 무엇보다도 민중의 반제반봉건 투쟁 전개를 작품의 구성요소로 중요시한다. 북한에서 작품의 구성(슈제트적 요소)은 항상 작품의 사상(테마적 과업)에 조건된다.[36] 슈제트는[37] 인물성격이 형성되고 발전하는 역사로서 사회의 모순 갈등을 기초로 한다. 『두만강』 역시 주요 인물들의 다양한 사상적 특질에도 불구하고 조국해

---

36) 안함광, 『조선문학사』, 교육도서출판사, 1999, p.617.
37) 구성과 슈제트는 밀접한 관련을 맺는다. 그러나 슈제트는 문학작품의 내용에 속하나 구성은 문학작품의 형식에 속한다. 그리고 구성은 문학 작품마다 있지만 슈제트는 그렇지 않다. 일례로 서정시나 서정 산문 같은 문학작품은 일반적으로 전일적인 사건이나 집중된 모순갈등이 없기 때문에 인물성격의 발전사로서의 슈제트는 없다.

방투쟁 운동이라는 커다란 사상적 과업에 하나가 되어 역사적 서사시가 전개된다. 첨예한 갈등과 긴장된 슈제트 속에서 새 것과 낡은 것의 갈등이 있으며 긍정적 인물과 부정적 인물의 갈등 등이 대비와 대조의 구조로 이루어져 있다.

　제1부는 19세기 말부터 일제의 조선강점이 이루어지는 1910년대까지를 시대적 배경으로 한다. 여기에는 부패한 봉건통치지배로 발생된 모순을 극복하려는 충청도 송월동 빈농들의 반봉건 투쟁과 청일전쟁 이후 일본 제국주의자들의 침략에 맞서 조국을 구하려는 애국투쟁과 애국계몽운동이 구체화되고 있다. 빈농인 박곰손의 봉기와 애국적 인텔리 이진경의 애국계몽운동은 반봉건 투쟁과 반침략 운동의 구체적 활동이다. 조선사회의 계급적, 민족적 모순의 구체적 현실은 봉건지주인 한길주와 빈농 사이의 계급적 모순, 봉건양반의 몰락과 농민들의 소작농으로의 전락, 일제의 침략세력과 지주와의 결탁이라는 상황으로 전개된다. 일제와 친일 세력에 맞서는 반제반봉건 투쟁은 3·1운동을 계기로 구체화되는데, 부르조아 운동의 성격을 지닌 반제반봉건 투쟁의 한계가 드러난다. 이 작품에서는 민족 지도자 33인의 소극적 투쟁이 나타나며 이는 민족 부르조아의 나약함을 드러내는 것이다. 이러한 나약함은 계급적 한계이며 결국 노동자 계급이 중축이 되어 새로운 민족해방 투쟁에 맞서게 되는 내용이 전개된다.

　제2부는 1910년 이후에서 3·1운동 전후를 시대적 배경으로 삼고 있는데, 주요무대는 송월동, 함경북도 무산 7소, 만주의 동북지방이다. 이 시기에는 일제의 통감부 총독부로의 개편, 경찰헌병제도 강화무단정치 실시, 토지조사사업 등이 실시되고 있었다. 토지조사사업은 농촌의 봉건적 착취관계를 더 가속화시키는 결과를 초래했는데, 지주층이 토지를 더 많이 소유하게 되고 자작농은 소작농으로, 소작농은 머슴이나 임금 노동자로 전락하였다. 지배계급에도 자본주의의 속성에 영향을 받아 많은 변

화가 생기는데 권위보다도 돈이 우선시되면서 일제와 야합하지 않고는 부를 축적할 수 없는 세상이 된다. 한길주와 같은 양반들은 시대변화에 뒤따르지 못해 몰락의 길을 걷게 되고 김진해와 같은 양반들은 친일 지주 세력이 되어 부를 축적하고 세력을 확장한다. 지주계급의 모습도 시대에 따라 변화하고 있음을 예리하게 포착한 예라고 할 수 있다. 또한 봉건 시대에서 근대주의로 이전하면서 시대도 변하고 착취의 형태도 변하고 있음을 보여준다. 제2부의 끝에서는 박곰손의 죽음이 상징적으로 다루어지고 있다. 그의 죽음의 의미는 투쟁 주축 세력의 변화를 예고하는 것이며 그의 아들인 씨동이와의 세대 교체는 사상성과 계급성의 강화를 뜻한다.

제3부의 내용은 1920년대 초부터 1930년대까지의 민족해방운동으로 투쟁의 형태가 무장투쟁으로 발전되고 있음을 보여주고 있다. 역사적 배경은 송월동, 무산 7소, 만주 동북지방, 일본 등이다. 당시에는 일제 무단정치가 문화정치로 바뀌면서 그들의 식민지 통제는 고도화되고 있었다. 이 시기 항일운동 중 부르조아 운동은 3·1운동을 계기로 민족개량주의로 변질하고 만주, 연해주 지방에서의 독립군 운동은 대중적 기반을 잃고 파벌 싸움으로 전락하였다. 결국 노동계급의 세계관에 입각한 새로운 민족해방 투쟁이 필요하게 되는데 지방을 중심으로 각 지역에서는 대중운동이 활발하게 진행되고 마침내 무장투쟁으로 발전하였다. 여기에는 사회구조적 모순을 인식하여 그에 항거하는 지식인, 노동자, 농민들의 혁명운동이 나타난다. 진정한 생활주체는 노동자, 농민이라는 결론이 도출되면서 계급성이 강조된다.

> 노동자와 농민이야말로 인간사회의 기본계급이다. 왜냐하면 그들은 생산이기 때문이다. 그런데 계급사회에서는 주객이 전도되어 놀고먹는 소비자들이 도리어 생산자를 천인으로 차별하려고 한다. 이것은 지배계급이 근로대중을 착취하기 위한 노예도덕의 사상이다.[38]

이러한 형상화의 특질에서는 오로지 하층 세계만을 대상으로 하고 있다는 것에는 문제점이 있다. 계급성과 아울러 생각할 수 있는 것은 민중성이다. 이 작품에서는 민중생활과 직접적으로 결합된 주도적 인물들이 대부분 역사적으로 중요한 인물들보다 더욱 강력한 위대함을 갖고 있다. 국내외 민족 해방운동을 구체적으로 형상화하여 민중성을 구현하고 있으며, 대중노선 성장을 실제적으로 묘사하고 있다. 이러한 과정에서 식민지 자본주의와 일본의 침략을 비판하는 민족해방 투쟁을 그리고 있다. 또한 문학이 사회생활의 형상적 반영이라는 원칙에 충실하여 개인적인 삶과 민족의 삶의 본질적인 문제에 접근하고 있다. 낡은 것이 새로워 보이는 일제와 어떤 모습으로 결탁하게 되며, 근대화의 과정 속에서 민중의 억압과 착취가 어떻게 자행되고 또 새로운 것의 변화는 무엇인지 보여주고 있다. 식민지 자본주의의 모순으로 인한 민중의 비참한 삶의 모습이 구체적으로 형상화되면서 전형성과 구체성, 총체성을 획득하고 있다.

(2) 긍정적 인물의 '혁명 투사'로의 성장과정

『두만강』에서의 인물은 대립적 구도를 지닌 긍정적인 인물과 부정적 인물로 나누어진다. 긍정적 인물은 빈농과 노동자이며 이들을 억압하고 착취하는 부정적 인물들로는 봉건지주와 일제의 주구들이 있다. 이 작품에서는 부정적 인물의 필연적 몰락과 긍정적 인물의 필연적 승리가 형상화되어 있다. 제1부에서 긍정적 인물로는 박곰손, 이진경, 김춘실, 김관일, 맹덕삼, 권치백, 유성관, 임봉임 등과 그들의 자손들인 씨동이, 쌍둥이 형제, 덕성이, 옥이, 분이, 상금 등이 있다. 그외 이강년 부대원으로 의병활동을 하는 최동욱과 한길주의 머슴이었지만 의병들이 한길주 집을 습격하였을 때 따라나선 강덕만이 있다. 부정적 인물로는 한길

---

38) 이기영, 『두만강』 4권, 풀빛, 1989, pp.203~204.

주, 홍의관, 임생원, 정첨지, 죽내, 우편소장 원산, 방필용 등이 있다. 서울에서 낙향한 한길주는 봉건 말기 지배계급의 전형적인 인물이다. 한길주는 양반의 특권을 행사하여 농민들을 착취하면서 한편으로는 금광에도 손을 댄다. 그러나 결국은 실패하고 일제와 야합하여 묘목장 이권을 얻는 것으로 그나마 체면을 유지하게 된다. 그러나 그의 아들인 한경식의 방탕한 생활로 결국은 몰락하고 만다. 지주 홍의관과 임생원은 한길주가 낙향하였을 때 대립적인 관계에 놓여 있었다. 그러나 이들은 한길주 낙향 이전에 송월동 농민들을 괴롭히던 존재였으며 농민들의 투쟁 앞에서 한길주와 같은 편이 된다. 정첨지는 한길주의 산지기로 농민들과 지주 사이에서 자신의 이익만을 내세우며, 우편소장 원보는 일제침탈의 정보역할을 하고 있다. 또한 인물이 반반하여 처녀들의 가슴을 설레게 하는 방필용은 일제의 주구 역할을 한다.

부패한 봉건지주 계급에게 착취와 수탈을 당하는 농민들의 봉기와 반일의병투쟁 활동의 중심적인 인물로 박곰손이 등장한다. 박곰손은 전형적인 빈농으로 그의 가계 역시 불우한 운명을 가지고 있다. 그의 할아버지는 민란의 주동자로 송월동에 피신하여 살다가 죽었고, 그의 아버지는 대원군 시절 경복궁 축성에 부역꾼으로 일하다가 중상을 당하고 죽었다. 곰손이는 어머니와 함께 머슴살이를 하면서 온갖 어려움을 겪지만 노동으로 단련된 강인한 육체와 이치에 맞는 생활자세로 불의와 타협하지 않는 전형적인 농민의 모습이다. 그는 가난을 면하기 위해 푼 논을 지주 한길주에게 빼앗기면서 착취와 지배의 근본적인 모순을 자각하게 된다. 또한 일제가 경부철도에서 조선 농민들을 강제노역으로 몰아넣으면서 가혹한 행위를 하는 것에 대해서도 모순을 느끼고 직접 선두에 나서서 맞서게 된다. 박곰손은 처음부터 다른 농민들보다 더 높은 인식 수준을 가진 인물로 등장한다. 그의 이러한 면모는 사회를 개혁하기 위해 투쟁하는 사회주의 '투사'의 인간형으로 이상화된 인물의 모습이다.

십장놈이 따귀를 붙이며 달려드는 것을 곰손이는 발길로 그놈의 동가
슴을 차내질렀다. 오지게 채인 십장놈은 저만큼 나가떨어졌다. 곰손이는
그때 편론을 했다.

"여러분!

우리 농민들은 지금 한창 바쁠 때에 제집 농사를 젖혀놓고 이렇게 날
마다 끌려나와서 부역을 하는데 게다가 매까지 맞아야 한단 말이오. 이
건 너무도 통분한 일이오! 저 애가 무슨 죄가 있다고 다리에서 피가 나도
록 매를 얻어맞는단 말이오! 이것은 우리가 너무도 양순하니까 저자들이
만만히 보고서 우리들을 억누르자는 것이오! 하니까 우리도 인제부터 부
역일을 하지 맙시다.(그는 두 주먹을 쥐고 고함을 친다) 어떤 놈이든지
때리거든 마주 때려라! 뒷일은 내가 담당할 테다. 한맘 한뜻으로 우리도
싸워야만 이 압제를 면할 수 있다!"39)

순박한 농민이었던 곰손은 왜놈들의 행패에 맞서 사람들을 깨우치고
선동하는 힘을 보여준다. 북한 문단에서는 곰손을 고상한 도덕적 이념
을 굳게 지키기 위하여 유일한 생명을 내던질 줄 아는 인물로 평가하고
있다. 작가의 혁명적 낙천주의로 가득한 애국주의 정신이 곰손을 통해
표현된다고 본다.40) 사회주의 사실주의 창작방법은 작가들로 하여금 천
리마 기수의 전형 창조처럼 일제 시대의 인물도 전형적 환경으로부터
영향을 받는 것이 아니라 착취사회에 적극적으로 영향을 주면서 투쟁하
는 주인공으로 묘사하도록 하고 있다.41)

이런 곰손을 더욱 각성시키는 인물로 이진경이 등장하는데, 그는 몰
락하는 봉건양반의 출신이긴 하지만 애국계몽운동 사상가이다. 이진경
은 봉건지주 한길주의 처남이지만 개화운동의 새로운 표출인 애국계몽

---

39) 이기영, 『두만강』 1권, 풀빛, 1989, p.158.
40) 조중곤, 「생활의 진실을 더 깊이 반영하기 위하여」, 『조선문학』, 조선작가동맹출판사,
    1958년 1호, p.101.
41) 엄호석, 「계급교양과 사회주의적 사실주의」, 『조선문학』, 조선작가동맹출판사, 1963
    년 12호, pp.96~97.

운동을 대표하고 있다. 그의 아버지인 이진사는 실학사상가로 일제에 맞서다가 죽음을 당하였다. 이진경은 그의 아버지의 사상을 본받고자 하면서 개화사상에도 충실하여 식민지 일제에 맞서는 최우선적인 과제로 학교를 세워 민중을 깨우치는 일에 착수한다. 그는 김진해, 윤용섭 등을 끌어들여 학교를 세우고 빈농들을 계몽시킨다. 이러한 이진경으로부터 을사보호조약의 소식을 들은 곰손이는 의병활동에 나설 것을 결심하고 최동욱 의병부대와 연계한다. 그는 의병투쟁에 가담하여 한길주와 홍의관 등의 지주집을 습격하고, 일제의 경제적 침략과 조선지배의 폭력적 기구였던 정거장과 헌병대를 습격하는 투쟁에 적극 참여한다. 그러나 일제의 패악은 더욱 심해지고 조선이 일제와 합병하게 되자 곰손이는 간도 지역 의병운동의 선발대 사명을 가지고 두만강으로 떠나게 된다. 이 작품에서는 곰손이 이외에도 한길주의 비행을 도와주는 군수를 들것에 담아 내쫓는 이춘실과 갑오농민전쟁에 참여하였던 것을 자랑거리로 여기는 김관일, 한길주의 종이었다가 의병 부대의 전투원이 되는 강덕만의 성격이 생동하게 잘 형상화되어 있다.

제2부는 박곰손 세대에서 아들 씨동 세대로 넘어가는 과정을 보여준다. 새로운 세대는 박씨동, 박분이, 강덕만의 딸 옥이, 김관일의 아들 덕성이, 갑룡이 등으로 기성세대의 자손들이다. 새로운 세대의 주인공들은 진취적이고 발랄하게 그려진다. 부정적 인물은 한길주, 경식 부자, 김진해, 동원 부자, 윤용섭이며 부정적 인물과 맞서 싸우는 인물로는 무산 7소의 화전민, 빈농들(김봉룡, 칠성돌이, 김첨지, 오철주)이다. 이외에 반일의병운동을 하는 강덕만, 최동욱, 안무, 장포수 등이 등장한다. 박곰손은 이강년 의병대장의 편지를 가지고 두만강을 건너기 직전 일제 헌병대에게 걸려 활동을 할 수 없게 되자 아들을 의병부대에 보낸다. 박곰손은 이후 의병활동의 연결고리 역할을 하다가 일제 헌병대에 잡혀 고문에 시달리다가 유치장에서 최후를 맞는다. 그는 죽어가면서도 강한 의지를

보이며 결코 굽히지 않는 기개를 보인다. 이러한 박곰손은 이상적 공산주의형 인물이면서도 계급성과 사상성이 미흡하다는 측면을 지니고 있다. 이러한 결함은 그의 아들 씨동이에게서 극복된다. 씨동이는 아버지의 강한 의지를 물려받고 학교 교육을 받으면서 남보다 선진적인 의식을 고취한다. 또한 일제에 대한 강한 적개심을 행동으로 실천한다. 아버지의 한계를 극복할 수 있는 여러 가지 환경을 접하는 씨동이는 두만강을 건너가 의병 안무의 지도 아래 공산주의 투사로 변모한다. 씨동이는 탄광노동자의 경험을 바탕으로 노동자 계급에 입각한 새로운 세계관을 획득한다. 이것은 민족해방 투쟁이 새로운 국면으로 들어섰음을 알리는 징조이기도 하다.

제3부에서 부정적 인물은 김진해, 한창복, 박근이, 정첨지이며 긍정적 인물로는 씨동, 안무, 최혁, 조명호, 김병호, 분이, 김갑룡, 김덕성, 최학연(최동욱의 아들), 윤씨(한길주 손자 며느리), 이철수(운동가), 박은철(철도파업 주도), 곱단이, 박창일(씨동의 아들), 옥이 등이 있다. 씨동이를 중심으로 한 세대교체는 반일투쟁의 새로운 국면을 알리는 징조이다. 씨동이는 안무의 지도를 받으면서 노동자 계급의 힘을 각성하고 새로운 출발을 한다. 그는 몇 차례 투옥되었지만 탈출하여 신흥 탄광에서 본격적인 대중운동을 벌이면서 폭동을 주도한다. 이후에는 만주에서 추수 투쟁을 주도하고 항일무장투쟁을 하기 위해 길을 떠나며 이상적인 결말을 꿈꾼다. 씨동이 이외에 젊은 세대들인 분이, 김갑룡, 김덕성, 최학연 등은 여성 운동, 노동 운동, 교양학습 운동 등을 실천하여 그 역할을 충분히 수행한다.

『두만강』에서 중점을 두고 있는 이상적 인간형은 개인과 사회라는 대결의 구도를 거쳐 성장하고 각성하는 인물들에서 찾을 수 있다. 곰손이는 식민지 사회에서 모든 고난과 시련을 이겨내고 반제·반봉건의 주체적 인물로 성장한다. 평범한 빈농에 지나지 않았던 곰손이의 의로운 행동과 죽음은 사회주의 체제가 요구하는 인물상의 대표적인 모습이다.

이외에도 대부분의 긍정적인 인물들은 고난을 당한 뒤 삶의 주체로 각성하게 되는 성장과정을 거친다. 분이에 의해 교양된 뒤 송월동에서 농민조합을 주도하게 되는 덕성이, 빈농의 딸로 술집에서 공장으로 팔려간 뒤 새로운 노동자로 변모하는 곱단이, 한길주의 손자며느리로 집을 뛰쳐나온 뒤 술집까지 전전하게 되지만 항일 민족 해방 운동을 위해 노력하는 윤씨 등이 그러하다. 긍정적 인물 대 부정적 인물의 대립 구조는 주인공의 영웅화 모습에 기여하는데, 악과 대립하고 세계의 모순과 대결하는 주인공의 모습을 통해 이상화된 공산주의자를 발견할 수 있다.

이 작품에서 인물 설정은 인간 대 인간의 관계 설정이 아닌 계급 대 계급으로 나누어지고 있는데 이는 사회적 계층구조의 모순을 나타내기 위한 한 방편으로 볼 수 있다. 그러나 한편으로는 인간의 다면적이고 중층적인 본성을 외면한다는 비판을 면할 수 없다. 주인공의 경우 이상적이고 영웅적인 공산주의형으로 나타나는데 그 성장 과정이 비약적이고 초월적이다. 이러한 전형적 인물들의 창조 배경에는 혁명적 낭만주의가 사회주의 리얼리즘과 결합된 측면을 보이는 것이다. 혁명적 낭만주의란 사실주의와 반대되는 개념이 아니라 사회주의 건설과 혁명에 대한 낭만주의적 신념을 의미한다.[42]

(3) 생활과 전통 묘사를 통한 민족적 특성 구현

역사적 사실과 창조적 사실이 맞물리면서 『두만강』은 현실 인식과 미적 구조를 획득하고 있다. 이 작품 속에는 개별적이면서도 보편적인 진실을 담고 있는 격언, 속담, 동요, 전설 등이 자주 등장한다. 이 소설의 주인공인 곰손과 봉임의 만남 속에는 옥녀봉 전설이 가미되고 김장자 집터 역사나 사포수의 전설 그리고 타령이나 동요들이 설정된다. 이런 토

---

42) 동국대학교 한국문학연구소 편, 『북한의 문학과 문예이론』, 동국대학교 출판부, p.71.

속적·전통적·민속적인 소재는 서정적 분위기와 함께, 현실비판·유토피아 지향·양반 일제 풍자·민족적 주체성 확립 등등의 의미를 함축하고 있어 작품 구조의 일익을 담당하고 있다.[43] 또한 무산과 동북 지방의 풍속이나, 생활방식·함경도 사투리·풍부한 단어 나열은 작가 이기영의 문체적 특징과 함께 예술성을 획득하고 있다. 이러한 민속 소재 사용은 민중 집단 무의식을 나타내고 있다. 전변하는 세상에 대한 설명도 단순한 서술이 아니라 노래나 동요 등으로 표현되어 그 의미를 경험하게 한다.

논밭 전장 알뜰한 덴 '신작로' 나고
큰애기 잘생긴 건 팔려간다!
아리랑 아리랑 아라리요
아리랑 고개를 넘어가세![44]

박선달아, 박선달아!　　　　자네딸이 잘났네라
삼단 머리 갑사 댕기　　　　은비네를 틀어 꼽고
서울 양반 첩을 줄까　　　　산골양반 본처 줄까[45]

위와 같은 동요들은 착취자들의 위선적인 행위들을 비판하고 있으며 억압받는 민중의 심리를 간접적으로 시사한다. 이러한 동요들의 차용으로 순박한 농민들의 비판의식을 나타내고 있다. 속담을 통해서는 민중의 생활모습을 알 수 있다.

"보리를 베면서 기어가라면 하루에 갈 길을, 평지에서 걸어가라면 닷새도 더 걸린다"
　　화전민들은 정말 사닥다리 위에서 일을 하듯이 한 발은 내려딛고 한

---

43) 이미림, 「이기영 장편소설 연구」, 숙명여대 박사학위논문, 1993, p.112.
44) 이기영, 『두만강』 1권, 풀빛, 1989, p.156.
45) 이기영, 『두만강』 2권, 풀빛, 1989, p.112.

발은 올려딛고 일들을 하였다. 그들은 그러한 자세로 김을 매고 곡초를
베었다. 그것은 이 고장 사람들이 보리를 베면서 기어가라면 하루에 갈
길을, 평지에서 걸어가라면 닷새도 더 걸린다는 속담이 생기게 하였다.
사닥다리 같은 산전에 매달려서 장창 일을 하는 그들은 체격이 그렇게
아주 굳어버렸다. 그것은 평지에서 보행하는 것이 매우 서투르게 되었다.
마치 삐닥발이의 걸음걸이와 같이 그들은 안짱다리로 걸음을 걸었다. 그
래 그들은 걸음을 빨리 못 걷고 뒤뚱뒤뚱 오리걸음을 걷는 것이었다.[46]

풍부한 어휘의 나열은 인물이나 풍속 등의 묘사에도 사용된다. 인물묘
사는 초상묘사, 심리묘사, 언어묘사, 행동묘사, 개괄적 묘사, 직접묘사, 간
접묘사 등으로 표현된다. 이러한 표현은 인물의 성격을 이해하는 데 도움
이 된다. 언어묘사의 경우 부정적인 대상들에게는 '왜놈, 지주놈, 경찰놈,
귀축같은 왜놈들, 얼방둥이 털보놈' 등의 비속어를 주로 사용하고 있다.

조설령은 키가 훨씬 크고 얽둑얽둑한 얼굴에 짚신짝 같은 두 귀가 붙
었다. 누구나 그를 대하는 사람은 첫인상이 무섭게 보였다. 그는 심술궂
고 고집이 센 사람으로 소문이 났다.[47]

홀태 바지에 두렁치 같은 윗도리를 입은 왜놈은 쇠똥 벙거지를 쓰고
지팡이를 한 손에 짚었다. 그가 걸음을 걸 때마다 윗옷자락이 팔랑팔
랑 떠들리는 것은 가뜩이나 초라한 체신이 더한층 방정맞게 보였다.[48]

이러한 표현은 미적 언어 감각에 의한 것으로 묘사만으로도 인물의
됨됨이나 외모를 감상할 수 있게 하는 묘미를 느끼게 한다. 생활 전반에
관한 표현은 묘사에 그치는 것이 아니라 그 지방 사람들의 사고방식이

___

46) 이기영, 『두만강』 2권, 풀빛, 1989, p.15.
47) 이기영, 위의 책, p.289.
48) 이기영, 『두만강』 1권, 풀빛, 1989, p.131.

나 가치관에 연결시켜 작가의 날카로운 관찰력을 보여준다.

　북방의 가옥제도는 정주간이 절반은 방과 같이 되었다. 그것은 부뚜막
이 반간 방만큼 넓기 때문에 그 위에서 모든 부엌살림을 할 수 있었다.
부엌문 입구에는 화덕과 같은 큰 화로를 진흙으로 만들어 놓았다. 거기
에다는 조석으로 불을 땔 때마다 장작불을 담아다 부었다. 그러면 온 부
엌 안이 훗훗하여서 바깥이 아무리 추워도 정주간은 춥지가 않았다.
　부엌간 뒤에는 소외양간을 붙여지었다. 외양간 뒷벽 위에다 닭의 홰를
매었다. 그 한편 옆에다는 곡간과 디딜방앗간을 붙여지었다. 그것은 소도
추위를 면할 수 있고, 방아도 한데서 찧지 않게 하기 위함이었다. 49)

　무산지방의 가옥제도는 특이한 점이 있다. 대문을 들어서면 사랑방과
안채 부엌 사이를 담장으로 막은 거라든가, 추운 지방의 양통집 제도이
면서도 안방과 사랑방 사이를 통벽으로 막은 것이 유별나다.
　안쪽 방과 사이에 문을 내지 않고 부엌과 사랑으로 출입하는 마당 사
이를 담벽으로 막은 것은 여자들에게 내우를 시키기 위한 것 같았다.
　하나 그것은 양반들과 같이 내우를 하기 위해서가 아니라 안하무인인 관
속들의 행악이 여인들에게 비칠까봐 그것을 방비하기 위함이 아니었던지.50)

　이러한 풍속묘사는 그 시대 사람들의 슬기로움과 사려 깊은 사고방식
을 나타내며 민족의 고유한 성격을 이해하는 데 도움을 줄 뿐 아니라
우수성을 간접적으로 시사하는 것이다. 완전히 다른 시대적 상황에 처
한 민중의 과거와 현재를 비교해 볼 수 있는 방법으로는 대조법을 주로
사용하는데 이를 통해 현실의 고단함을 더욱 강조한다.

　사랑하는 부모처자와 정든 고향에 사는 것은 행복한 것이다. 고향! 그
것은 살아갈수록 그들에게 애착을 가져왔다. 조상의 해골을 묻고, 대를

---

49) 이기영, 『두만강』 2권, 풀빛, 1989, p.11.
50) 이기영, 위의 책, pp.106~107.

이어 살아오는 내 고장의 아름다운 산천은 언제보아도 정다웁게 조국의
품속에 안기는 기쁨을 자아내게 하였다. 그들은 해마다 농사를 지으며
내 살림을 꾸리고 있었다.

　남자들은 쉬는 날에는 헌옷일망정 빨아 다린 것으로 갈아입었다. 그들
은 여유가 있으면 막걸리를 담가 먹고 담배를 심어 피웠다. 쉬는 날은 장
기를 두고 제기를 차며 놀았다. 물고기를 잡으러 가는 사람과 사냥을 가
는 사람도 있었다. 젊은 여자들은 분을 바르고 새 버선에 곤 짚신을 신고
나들이를 갔다. 한말로 말하면 그들에게는 생활이 있었다.

　하나 그것은 차차 옛말로 되어간다.

　한길주가 이사를 내려온 금년에는 여자들이 나물을 뜯으러 갈 사이도
없게 되었다. 그것은 남정네들 대신 안식구들이 그 집 논을 푸는데 부역
을 나가야 했기 때문이다.51)

이 작품의 특징 중 하나는 에피소드의 삽입이다. 작품의 전체적인 분
위기가 역사적 사건을 다루면서 자칫 암울하게 흐르기 쉬운데 적절한
일화를 소개하여 분위기를 쇄신하고 시대 상황을 적절하게 풍자할 수
있다. 또한 이야기의 전환적 의미를 지닌다.

　이렇게 양반들은 '헌병 보조원' 난리를 만났건만 자기네의 힘으로는
어찌할 도리가 없었다. 비로소 그들도 나라가 망한 쓰라림을 맛보았다.

　그러나 자기네 손으로 나라를 망친 줄은 모르고 오히려 그들은 세상을
한탄하였다.

　6개월 단기 속성 일어강습을 받은 읍내 사람들은 제법 일본말을 씨부
렁거렸다.

　뱃심 좋은 조부위는 정거통에다 운송점을 내었다. 그는 왜놈들과 일상
적 교제가 잦았는데 일본말로 지껄이다가 모르는 말은 그냥 조선말로 해
대었다.

　어느날 그의 집 맞은 편에서 미곡상을 하는 일본사람 사사끼가 찾아와
서 서투른 조선말로

---

51) 이기영, 『두만강』 1권, 풀빛, 1989, p.108.

"계란이 아버지가 아까 빨개를 벗고 단심집에 아니 왔소까?"
하고 물었을 때
"아나다 오도쌍 기마생! 와다시 이에, 목간통 하나시데쓰"
조부위는 이렇게 대답하였다. 나중에 알고보니 계란이 아버지는 사람
이 아니라 수탉이었다. 사사끼는 그날 수탉을 산 채로 털을 뜯다가 그만
놓쳐 버렸다. 사사끼는 조부위집으로 닭을 찾으러 가서 조선말을 한다는
것이 그 꼴이었는데, 조부위의 일본말도 피장파장이었다.
그때 조부위는 사사끼의 애비가 목욕을 하러 왔느냐고 묻는 줄로만 알
았다.[52]

일본이 을사조약 후 자국 사람들을 정부 내뿐만 아니라 지방행정에까
지 관리로 임명할 수 있게 합법화한 이후 벌어진 심각한 사태를 우스운
일화로써 풍자하고 있다. 작가는 각 권에 있는 장마다 내용을 전개할 때
갈등을 도출시키면서 그 장내에서 해소하는 요약적 서술 기법을 사용한
다. 소제목 한 범위 내에서 각 이야기들의 갈등, 해소가 다 이루어지기
에 지루함을 덜 수 있으며 각 장마다 하나의 완성된 이야기를 전달한다.
주로 대조법과 풍자법을 사용하여 문제의 본질을 더욱 두드러지게 하는
데, 에피소드를 삽입할 때 순차적인 순서로 일관하기보다 순서적 서술
법과 삽입적 서술법을 병행하여 당시 민중의 모습을 더욱 생생하게 표
현하고 있다. 제1부 1권의 경우 소제목 하나하나가 각각 독립된 이야기
를 이루고 있으면서 전체적인 주제를 향하고 있다. '24. 애순이의 자살'
의 경우 신혈금광이 생긴 이후 사람들의 변모를 한 장 내에서 모두 처
리하고 있다. 제2부 上 2권 '16. 그들의 송사'에서는 일본의 토지조사
사업으로 인한 문제를 다루고 있다. 윤풍헌과 김장의의 물레방아 소유
권에 대한 소송이 이야기의 주를 이루고 있다. 결국 제3자인 허부자가
득을 보고 오히려 곰손이가 윤풍헌의 악심에 희생당하는 이야기가 짧게

---

52) 이기영, 앞의 책, pp.284~285.

전개되고 있다. 제3부로 갈수록 사건 중심으로 전개되는데 각 장마다 독립된 이야기들이 전개된다. 제3부 하권에 해당되는 5권의 '삐라투쟁', '추수폭동', '항일유격대' 등이 그러하다.

장편소설임에도 불구하고 지루하지 않는 이유 중의 하나는 일화나 속담, 전설 등이 삽입되어 있고 이야기의 전개가 각 장마다 짜임새를 가지기 때문이다. 이러한 언어 운용은 개별적이면서도 보편적인 민족 정서를 담고 있으며 생활상을 총체적으로 형상화하는 데 기여한다. 또한 현실 인식과 미적 구조 획득이라는 예술성을 겸비한다.

3) 사회주의 사실주의에 관한 역사소설의 특성

(1) 민족해방 서사의 항일혁명 문예 기원

해방 이후 북한 문학은 김일성이라는 영웅이 이끄는 민족해방의 서사를 중점적으로 다루었다. 『두만강』의 결말은 항일혁명 문예의 기원을 형성한다. 항일혁명문예란 항일혁명무장 투쟁시기에 김일성이 직접 짓거나 그의 지도 아래 창작되어 공연되고 불리었다는 연극과 시가 등을 가리킨다. 이러한 항일혁명 문예는 6 · 25 전쟁 이후에 거론되기 시작하고 1960년대 후반 주체 시대에 들어 더욱 강조된다. 항일혁명문예는 식민지 시대 김일성의 항일혁명 역사를 그린 작품인데 북한 문학의 새로운 형식이라고 볼 수 있다. 김일성이 이끈 역사를 서술하려고 하는 관점을 보이는 항일혁명 문예는 주체사상 발전의 한 수행 과제로 이해된다. 이러한 항일혁명에 대한 단초가 『두만강』에서는 다음과 같이 나타나고 있다.

조선인민이 완전한 민족적 해방을 얻는다는 것은 빼앗긴 나라를 도로 찾았다는 것을 의미한다. 과연 조국을 다시 찾기 위하여 지나온 근 반세기 동안에 얼마나 많은 애국열사들이－열렬한 청년들이 피를 흘리고 단 두대의 이슬로 사라졌던가!

그렇다! 오늘 조선 인민의 모든 불행의 원인은 조국을 잃은 때문이다. 나라가 없는 백성은 부모를 잃은 자식보다도 더 불쌍한 것이다. 그러므로 조선 인민은 자기의 조국을 찾아야 한다.

그런데 오늘 자기는 항일 유격대의 일원으로서 조국을 찾기 위한 성스러운 전투에 용약 출전하게 되었으며 벌써 첫 전투에서 원수놈들에게 통쾌한 불벼락을 안기었다. 이날 전투에서만도 그는 헌병 장교 놈을 위시하여 7, 8명의 경찰대 놈들을 쏘아 죽였다. 왜놈들에게 빼앗긴 나라를 다시 찾기 위하여 김일성 동지의 영도 하에 항일 유격대가 창건되고 그래 자기도 유격대의 한 사람으로서 원수놈들과 최후 결전을 하는 싸움터로 나간다는 것은 얼마나 영예로운 일이며 또한 그것은 조선 청년으로서 얼마나 보람찬 행동이라 할 것이냐!

씨동이의 아름다운 환상은 마치 꿈을 꾸는 것 같았다. 그것은 지금 어둠 속에서 보이는 훤한 눈길이 마치 승리의 길로－장차 닥쳐올 광명의 서광을 비쳐주는 것과 같은 커다란 감격과 흥분을 느끼게 하였다.[53]

이 부분은 『두만강』의 마지막 부분으로 씨동이의 의식에 대한 서술이지만 작가의 의도가 다분히 포함되어 있다. 『두만강』은 민족 해방의 서사를 그리면서 결국 영웅의 출현을 예시하여 주인공들이 영웅을 향해 떠나는 결말으로 처리된다. 『두만강』의 결말은 항일혁명문학의 위대성을 강조하다보니 일제의 만행 사건이 자주 등장하고 작가의 서술도 선전, 선동의 입장에 선다. '추수폭동'의 경우 일제의 만행을 강조하여 분노심을 느끼게 한다. 북한소설에서 적개심을 통한 항일운동 위대성의 강조는 이후 항일혁명문학 작품에 있어 주요한 장치가 된다. 『두만강』 결말 부분에 나온 '김일성 장군'의 영웅 출현 예시는 항일유격대의 정당성과 위대성을 강조하기 위한 것으로 보이며 이러한 결론은 이후 항일혁명운동 문학이 영웅서사로 흐르게 되는 전조가 된다. 북한 문학은 주

---

53) 이기영, 『두만강』 5권, 풀빛, 1989, pp.433~434.

체사상 이후 항일혁명문학의 중요성이 대두된다. 주로 주체의식, 계급적 자각, 인민성의 요건, 혁명적 주체의식을 강조하는데, 이는 김일성의 혁명사상의 위대성을 강조하기 위한 것이다. 이 작품은 주체사상이 대두되기 전의 작품이지만 이미 이러한 요소가 존재하고 있다고 볼 수 있다.

(2) 혁명적 사실주의와 혁명적 낭만주의의 결합

사회주의 사실주의에 관한 북한 역사소설에는 혁명적 사실주의와 혁명적 낭만주의의 결합이 나타난다. 여기에서 혁명적 사실주의란 마르크스 레닌주의의 반영론에 입각한 것으로 생활 실제로부터 현실과 역사발전의 객관과정을 진실하게 반영할 것을 요구하는 것이다. 혁명적 낭만주의는 공산주의의 위대한 이상 실현을 위한 투쟁에서의 무산계급의 혁명적 영웅주의, 혁명적 낙관주의 정신 표현을 요구한다. 혁명적 사실주의와 혁명적 낭만주의가 결합된 창작방법은 모택동이 1958년 당의 제8차 대회 제2차 회의에서 제기하였다. 모택동은 이에 앞서 항일전쟁 시기에 '혁명적 낭만주의, 항일의 사실주의'라는 구호를 제기한 적이 있다.[54] 혁명적 사실주의와 혁명적 낭만주의는 전형화와 이상화의 고도의 통일을 요구한다. 북한에서는 사회주의 사실주의 문예가 "근로대중의 현실 생활을 진실하게 그리고 그들의 투쟁을 옳게 반영하는 것이지만 그것을 넘어서 더욱 행복한 미래를 향하여 앞으로 나아가라고 불러야"[55] 한다고 요구한다. 또한 "혁명적 랑만성은 로동계급의 역사적 위업의 승리에 대한 굳은 확신, 미래와 잇닿인 오늘의 현실을 긍정하고 옹호하는 강렬한 열정과 기백으로 나타난다. 따라서 혁명적 랑만성은 새 것을 적극 지지하며 새 생활을 창조하기 위하여 헌신하는 사람들의 영웅적 투쟁과 혁명적 열정, 공산주의의 미래에 대한 열렬한 사랑과 혁명

---

54) 임범송 외, 『맑스주의 문학개론』, 연변인민출판사, 1989, p.245.
55) 사회과학원 문학연구소 편, 『문학예술사전』, 과학백과사전출판사, 1972, p.955.

적 락관주의 정신 등의 묘사와 밀접한 연관"[56]을 갖는 것으로 설명한다.
『서산대사』의 경우 역사적 경험에 무산계급의 투쟁을 그리고 있는데 당시 인물과 시대 배경의 전형화에 충실하였고 현재의 이상이 은유적으로 표현되었다. 체험된 과거를 상상적 힘 속에서 새로운 것으로 현실화시키는 것, 현실의 장을 발견하고 열어주는 것이 살아있는 은유라면[57] 『서산대사』의 경우 평양 중심의 애국주의를 통해 한국 전쟁 이후 황폐화된 북한의 현실을 과거의 이상으로 승화시켰다고 볼 수 있다. 영웅적인 평민들의 모습과 70세가 넘은 노승인 서산대사의 지략은 낭만주의적인 모습을 보인다. 『두만강』의 경우 식민지 조국이라는 비극적 운명과 그러한 운명에 대한 투쟁, 침략적인 일제에 대한 분노 등을 통해 비장미를 나타내면서 무장투쟁의 정당성을 획득하고 있다. 이러한 역사소설들은 당시 지배계급의 모순과 일본의 침략의 제국주의적 속성에 대한 폭로를 겸하여 현실화한 이상도 담고 있는 까닭에 시대를 보다 깊이 있게 그리고 독자들을 크게 감화시키고 고무하는 역할을 한다.

『두만강』 제1부에서 작가는 과거의 역사적 사실을 예술적으로 재현하여 민족의 운명과 관련된 역사적 사건들에서 생활적인 소재를 끌어내고 있다. 역사주의 아래 생활의 합법칙성을 잘 드러내는 사실주의 원칙을 견지하면서 역사적 현실을 포괄적으로 보여준다. 박곰손, 이진경, 한길주 등을 중심으로 전개되는 줄거리와 디테일한 묘사들은 서사의 풍부함과 조화를 자연스럽게 드러낸다. 제2부의 경우 이러한 특성들이 약화되고 제3부의 경우 낭만주의적 경향이 사실주의 성격보다 더 강하게 나타난다. 『서산대사』는 임진왜란 당시 일본 침략군으로부터 평양성을 지키는 민중의 투쟁을 그리고 있다. 그러나 전주복이나 법근, 고충경, 보패, 서산대사 등의 인물을 제외하고 다른 인물들은 에피소드 식으로 처

---

56) 사회과학원 문학연구소 편, 앞의 책.
57) 정기철, 『상징, 은유, 그리고 이야기』, 문예출판사, 2002, pp.62~103.

리되어 산만한 느낌을 준다. 이는 소설의 구성적 측면보다 역사적 사건
과 인물의 신비화에 치우친 결과이다. 작가는 평양 중심의 애국주의를
강조하는데 평양을 낭만주의적 대상으로 파악하고 있다. 이 작품에는
서산과 중 법근, 전주복 등이 꾀를 내어 군량미 창고를 헐어 평양 민중
에게 나누어주었다고 하는 대목이 나온다. 이러한 묘사는 역사적 왜곡
으로 실제로 『징비록』에서는 평야에 쌓아둔 군량미가 일본군 손에 들어
갔다고 기록하고 있다.58) 역사와 달리 이렇게 표현된 것은 혁명적 낭만
주의 요소가 작용한 것으로 볼 수 있다. 실제 역사적 사건에 대하여 낭
만주의적 수법으로 변화시켜 평양성을 사수하고자 하는 민중의 염원을
강렬하게 표현한 것으로 볼 수 있다. 또한 작가는 평양성의 아름다움을
일본군 소서행장의 눈으로 그려내고 있다.

> 원경으로 바라보는 평양성은 역시 여전히 아름다운 성시였다. 서북쪽
> 으로 연연 십리에 걸쳐 혹은 안에 안기고 혹은 성벽을 에워싼 낙락장송
> 의 울창한 송림, 동남쪽에 천작으로 금성탕지를 이루어놓은 청류벽 줄기
> 와 그 깎아지른 석벽을 스쳐 유유히 흐르는 대동강. 그 안에 들어앉은 만
> 호장안은 복잡한 성시라기보다는 집 절반, 녹음 절반으로 휘늘어진 버드
> 나무 사이사이로 빼어난 추녀, 붉은 기둥들의 누대와 전각들이 은현하는
> 시가. 그것은 옛날의 도원경인 듯도 했다. (중략) 오랜 세월을 두고 운치
> 를 사랑할 줄 아는 사람들의 손으로 이룩되고 매만져진 아름답고 평화로
> 운 성시였다.59)

작가가 평양성을 미적 대상으로 신비화한 것은 민중의 애국심에 대한
정당성을 부여하기 위한 의도이다. 평양성 사수를 위해 목숨을 걸고 투
쟁하는 민중의 모습은 낭만주의를 통한 애국주의를 강조하는 것이다.
혁명적 낭만주의와 혁명적 사실주의가 결합된 사회주의적 애국주의는

---

58) 김윤식, 『한국현대 현실주의 소설 연구』, 문학과지성사, 1990, p.131.
59) 최명익, 앞의 책, p.231.

역사상의 진정한 동력과 역사발전의 추세를 밝혀내고 있다. 『서산대사』
의 평양성을 지키기 위한 민중의 애국적 헌신성과 『두만강』에 나타난
긍정적 인물들의 성장과정은 계급적 자각과 사회주의 이상의 지향을 도
모한다. 이러한 것은 민중의 영웅주의와 낡은 것에 대한 부정, 모든 난
관을 극복하는 불굴의 헌신성, 혁명적 낙관주의를 통해 북한의 혁명적
의지와 사회주의 건설의 승리를 다짐하는 것이다. 혁명적 낭만성은 사
회주의적 애국주의 전형의 긍정적 측면이라고 말할 수 있다.

(3) 권위적 담론과 단성적 어조

『서산대사』는 1592년 임진왜란이라는 역사적 사건과 실제 인물들을
등장시키면서 역사적 기록에 충실하기보다 추상적이고 관념적인 작가의
식의 과잉을 드러내고 있다. 최명익은 『평양지』, 『임진록』, 『징비록』, 『지
봉유설』, 『연려실기술』, 『동국통감』, 『태양지』, 『조선왕조실록』 등의 기
록을 원용하여 『서산대사』의 사실성을 입증하고 민중의 투쟁에 의한 평
양성 해방은 곧 임진 조국전쟁의 승리라는 작가적 시각의 정당성을 확
보하고자 하였다고 평가되기도 한다.[60] 이 작품 속 인물들도 대부분 실
제 인물들이다. 그러나 이러한 사실성은 작가의식의 과잉으로 권위적
담론의 형태로 나타난다. 권위적 담론에 속하는 작가의 개입은 "각설―
이런 이야기는 그만하고 이때에",[61] "여기서 작가가 대신 좀 더 보충해
서 말하면 이렇다",[62] "독자들 중에는 '무슨 놈의 련애가 그 따윈가?'
할른지도 모르나 사실은 그런 것을 어떻게 하는가"[63] 등과 같은 서술에
서 나타난다. 인물의 표현에 있어서도 이미지의 중복을 벗어나지 못하

---

60) 김해연, 『최명익 소설의 문학사적 연구』, 경남대 박사학위논문, 1999, p.135.
61) 최명익, 앞의 책, p.38.
62) 최명익, 앞의 책, p.110.
63) 최명익, 앞의 책, p.228.

고 있다. 작가는 민중의 애국적 면모와 용기를 묘사하는 데 그치지 않고 직접 설명하는 형식으로 인물에 개입하고 있다.

> 평시에는, 즉 그들이 례찬해 온 바 소위 ≪태평성대≫에 있어서는 수 신제가 치국평천하 지도와, 자기의 굽힘없는 절개와 충효로써 언제든 의를 위해서는 한 목숨을 초개같이 버릴 수 있노라던 왕의 측근자인 량반 관료들 중에는 하루아침에 ≪태평성대≫의 꿈이 깨지자 지금까지 해온 자기네의 장담을 잊어버리고, 왕을 버리고 달아난 자가 많았다. 왕이 서울을 떠날 때 ≪체면이 사람 죽인다≫고 귀찮은 체면 때문에 마지못해 평양까지 따라왔던 육식자들 중에도 왕이 또 의주로 가게 되자 혹은 평양서, 혹은 안주, 박천, 녕변에서 이 핑계, 저 핑계로 심지어는 온다간다는 말도 없이 꽁무니를 뺀 자들이 많았다.(여기서 그 자들의 이름과 그 추접스러운 행장들을 일일이 거론할 필요는 없을 것이다)[64]

지배계급의 무능력과 비인격적인 면모는 계속 작가가 개입하여 이야기한다. 인물 표현에 있어서는 서산대사의 고귀함을 반복해서 설명하고 있다. 긍정적 인물들은 한결같이 긍정적인 성품을 지니고 있고 부정적인 인물들 역시 천편일률적으로 부정적으로 형상화되고 있다. 이러한 작가의식은 사회주의 사실주의의 기본 조건인 당성의 원칙에 충실한 것에서 비롯된다. 이러한 것들은 작가의 역사의식의 한계이다. 이념이 과잉되어 있어 권위적인 담론으로 나타나면 독자의 감동이 오히려 감소되고 작품의 디테일에 균열이 생기게 된다. 구체적이고 역사적인 현실이 추상적이며 우연적인 사건의 남발로 표현되어 서사의 묘미를 반감시키게 된다. 임진왜란이 의병만의 전쟁이 아니었으며 임진왜란을 통한 조국의 승리가 평양의 승리와 동급으로 된다는 것은 의식의 확장이다.

서사의 담론은 이야기를 전달하는 언어적 매개의 측면으로 소설에서

---

64) 최명익, 앞의 책, pp.213~214.

는 서술 방식이 이에 해당한다. 이야기가 화자의 담론을 통해 독자에게 전달되는 과정은 일종의 작가와 작품, 독자 간의 의사소통이다. 작가는 화자로서 이야기를 독자에게 중개한다. 이때 화자는 이야기를 지각하고 인식하는 측면의 시점과 이야기를 전달하는 서술의 두 가지 측면을 담당한다. 언어를 매체로 하는 특성상 소설 담론에서는 화자의 존재가 부각되는 정도에 따라 담론의 특성이 결정된다. 슈탄젤의 경우 서술 상황의 세 가지 구성요소로 시점, 양식, 인칭을 설정하고 있는데[65] 이는 화자시점과 인물시점의 구분, 화자서술과 인물서술의 구분, 1인칭과 3인칭의 구분으로 연결된다.[66] 화자 시점이란 인물 중심으로 이야기를 풀어가는 것이 아니라 서술자가 화자가 되어 서술자의 입장에서 주제를 전달하는 것이다. 『두만강』은 1900년대부터 해방까지 이르는 장구한 시기에 걸친 민중의 역사적 운명의 전 과정과 민족 해방 투쟁의 역사를 포괄한 대 화폭의 장편소설이다. 1부는 29장으로, 2부는 37장으로 그리고 3부는 36장으로 이루어진 이 소설은 장구한 조선 민주의 역사와 그 운명의 복잡한 과정이 등장인물들의 운명과 장성을 통하여 천명되고 있다. 한 편의 소설이라는 말이 '작품'에서 '텍스트'로 혹은 '서사물' 등으로 변화한 것과 더불어 소설의 연구는 이른바 담화라고 하는 이야기를 전달하는 방식에 초점이 맞춰져 이루어지고 있다.[67]

『두만강』의 경우 제2부에서는 서술자로서의 화자가 잘 드러나지 않지만 제3부로 갈수록 화자의 드러남이 강해지면서 작품의 담론 특성을 결정짓는다. 화자시점 서술은 소설의 근원적인 전달상황을 나타내는 서술방식이다. 이야기 세계 외부의 화자가 자신의 시점(관점)에 의거해 서술함으로써 '이야기ー화자ー독자'의 중개상의 상황을 분명히 드러내는

---

65) F. K. 슈탄젤, 김정신 옮김, 『소설의 이론』, 문학과비평사, 1990 참고.
66) 나병철, 『소설의 이해』, 문예출판사, 1998. p.379.
67) 시모어 채트먼 저, 김경수 옮김, 『영화와 소설의 서사구조』, 민음사, 1999, p.327.

것이다.[68] 화자시점 서술은 이야기 외부에서 사건들을 머릿속으로 그려보는 총괄적인 시점 행위로 인해 전지적인 특권을 갖게 된다. 이야기 외부의 초월적 위치는 사건들을 총체적으로 볼 수 있는 '전지적 시점'을 제공한다. 또한 바로 그 총체화가 가능한 위치로 인해 화자는 주석·해설·평가를 부가하는 '주석적 서술'의 특권을 갖는다. 『두만강』의 경우 의론(議論)이나 연설, 토론 방식 등이 사용되고 있는데 이는 화자 시점 서술의 핵심적 장치이다. 의론(議論)은 진위와 시비를 논단하여 읽는 이를 움직이고 자신의 의견을 좇도록 하기 위해 쓰는 표현이다. 이러한 방법이 자주 사용되면 문학성이 저하된다. 작가는 장편소설에서 모종의 사건에 대한 지지나 반대, 혹은 작중 인물에 대한 열애와 증오, 찬미와 멸시, 동정과 기피, 경모와 분노 등의 태도를 표할 때 형상을 통하여 표현하는 한편 종종 한 두 마디의 의론으로 보다 명확하게 표현하기도 한다. 이러한 기법은 독자들에게 일정한 계시와 교양을 주게 되므로 자주 의론을 전개하게 되면 문학작품의 특성을 잃게 되므로 되도록 삼가야 할 방법이다. 『두만강』이 제1, 2부의 작품성에도 불구하고 예술성에 있어 폄하되는 요인은 제3부의 이러한 서술 때문이다. 이러한 혁명적 낭만주의는 계급성, 당성 위주의 북한문학의 한 면모를 보이는 것이다. 연설, 토론 방식은 제3부로 갈수록 자주 사용된다. 이러한 방식은 작가가 직접 참여하여 주제의식을 드러내거나 역사 지식의 설명, 사회에 대한 비판 등을 나타내는 데 주로 쓰이는데 『두만강』의 학교설립발기 대회, 연합체육대운동회, 공진회, 농민야학 등에 주로 사용되고 있다. 이러한 방법은 작가가 전하고자 하는 메시지를 명확하게 전달한다는 이점은 있으나 예술적 형상화의 실패를 초래한다.

　『두만강』에는 한 작가의 의식에 비친 단일한 객관적 세계에서의 여러

---

68) 시모어 채트먼 저, 김경수 옮김, 위의 책, p.391.

성격들과 운명들이 나타난다. 주요 인물들은 작가가 하는 말의 객체일 뿐 독자적이고 직접적으로 의미하는 말의 주체가 되지 못한다. 주요 인물들의 의식이나 행동은 작가의 단일한 세계관에서 벗어나지 못하며 한결같은 소리를 내고 행동을 한다. 이러한 측면은 바흐친의 도스토예프스키 연구와 비교된다. 바흐친은 도스토예프스키 소설을 예술적 통일성의 근원이라는 의미에서 다성악(多聲樂)의 예술적 전체와 비유하였다. 바흐친은 독립적이며 융합하지 않은 다수의 목소리들과 의식들, 그리고 각기 완전한 가치를 띤 목소리들의 진정한 다성악(polyphony)을 도스토예프스키 소설의 핵심적인 특징으로 풀이한다. 도스토예프스키 작품 속의 주인공의 의식은 타인의 의식으로 나타나 있으나. 동시에 그 의식은 대중화되어 있지 않고, 닫혀져 있지 않고, 작가 의식의 단순한 객체가 되고 있지 않다.69) 이러한 다성악적 소설은 다원성, 다면성, 모순성, 대화성 등의 용어로 이해될 수 있다. 이에 비해 이기영의 해방 후 문학 작품은 단성적 이데올로기를 지향하고 있다. 작가의 음성 노출이 빈번해지고 주제를 명확하게 제시하고 있다. 이데올로기적 수행문은 순수한 수행문과는 달리 권력의 정당화와 관련된다. 『두만강』의 인물들은 독자적인 소견과 세계관을 가지고 있지 않으며 주관적 이미지에 예속되어 있고 작가가 말하는 목소리를 대신하는 역할을 하고 있다. 언술들 역시 작가 의도의 관철로 작중화자의 이야기나 인물로서의 작가, 혹은 작중 인물의 이야기 등에 거리가 없어진다. 즉, 등장인물들의 언어나 사고방식이 바로 작가의 것과 동일하다. 작가, 서술자, 주요 작중인물의 이데올로기가 일치함을 나타내고 있다. 작가의 권위적 담론이 지배적이어서 작가가 주장하는 바에 대한 비판이나 갈등이 존재하지 않는다. 서술자는 논평적이고 선동적인 언술을 수행하면서 노동자와 농민의 입이 아닌

---

69) M. 바흐친, 김근식 옮김, 『도스토예프스키 詩學』, 정음사, 1988, p.11.

서술자의 직접적인 주의, 주장을 펼치고 있다. 이는 작가의 관념이 그대로 언어화된 결과라고 볼 수 있다. 이러한 담론은 리얼리즘 미학을 손상시키는 결과를 가져온다. 담론의 대화적 특성이 소설의 문체적 특성이라면 이에 비해 두만강은 자족적이고 폐쇄적인 작가의 독백에 가깝다고 볼 수 있다. 단일한 발언과 단일한 메시지 전달은 단성주의, 혹은 단일주의라고 명명할 수 있다.

『두만강』에 나타난 긍정적 인물들은 모두 한 소리를 낸다. 민족적 염원 앞에서 갈등은 존재하지 않고 한 목표를 향해 개개인의 운명과 삶의 태도, 말하는 방식까지 결정한다. 이러한 측면은 작가의 관념과 연결된다. 완전한 가치를 지닌 긍정적 작가의 관념은 작품의 모든 요소를 관념적으로 단조(單調)로 만드는 원칙이 된다.70) 작가의 관념은 문학 외적인 사회적 영향으로 인해 두만강에 나타난 언어는 권위주의적이고 독단적이며 보수적인 서술 현상을 보인다. 단성적이고 일원론적인 언어 경향으로 두만강의 담론은 전형적인 유토피아 지향성을 보인다. 작가의 의도가 직접 표출하는 단성적인 언어로 인해 인위적이고 새로운 세계 지향이 나타난다.

대부분 『두만강』을 역사소설로 일컫기보다 장편소설, 현실주의소설 등으로 분류하는데 이는 이 작품이 일정한 역사 시대를 대상으로 하면서도 그 주인공들이 역사적 인물이라기보다 보통 이름 없는 민중이며, 이상화된 과거를 그리고 있기 때문이라고 추측된다. 이러한 특징은 북한 현대문학이 갖는 체제성, 이념성과 밀접한 연관을 갖는다. '전후복구건설과 사회주의 기초건설을 위한 투쟁시기' 문학의 전형성이 보여주는 한 면모로 역사를 민중의 운명으로 보는 관점과 민중의 '계급투쟁'이 주요 관건이기 때문에 『두만강』은 민중에 의한 역사가 전개되는 역사소설

---

70) M. 바흐친, 김근식 옮김, 앞의 책, p.121.

로 볼 수 있다.

루카치에 의하면, 대서사시의 하위양식인 장편소설에서는 작중의 충돌이 역사적 진실성을 그리는 데 그치지 않고, 외부 세계의 모든 디테일에 이르기까지 그 시대의 특질과 분위기를 구체화하고 있지 않으면 안 된다. 요컨대 "장편소설은 철두철미 역사적으로 진실"해야 하며, 따라서 "장편소설은 드라마보다 더욱 역사적"이라 할 수 있다.[71] 이러한 장편소설의 양식적 특질을 대표하는 것은 바로 역사소설이 아닐 수 없다.『두만강』에는 장편소설로서 현실이 풍부하고 생생하게 표현되고 있다. 헤겔에 의하면 드라마는 '운동의 총체성'을 형상화하는 데에 비해, 대서사시는 '대상의 총체성'을 형상화하는 양식, 드라마와 대서사시는 다같이 현실의 총체적 형상화를 시도하는 양식이다.[72] 전자의 경우 형상화는 단일한 극적 충돌을 향해 나가는 주인공의 행동에 집중되며 외부세계는 그 충돌에 대한 관계 속에서만 의미를 지니도록 단순화된다. 이에 비할 때 대서사시는 사회적 충돌을 현실의 일부분으로써 형상화하는 데 그치며, 궁극적인 목적은 인간의 행위와 외부 세계간의 상호작용을 생생하게 그리는 데 있다는 것이다. 또 다른 관점에서 보면 과거를 현재에 대한 비유로서 형상화하고자 하는 역사소설이 과거의 역사로부터 '직접적'으로 교훈을 끌어내려 한 나머지 작가의 주관적 의도에 부합하도록 역사적 사실을 왜곡하는 경향이 있다[73]고 볼 수 있다.『두만강』은 이러한 두 가지 특질을 다 내포하여 인간행위와 역사의 발전과정을 생생하게 그리고 있으면서도 직접적 교훈을 제시하려는 목적성 있는 역사소설이다. 이러한 성격으로 서사시적 역사소설의 특성이 두드러지게 나타난다.

---

71) 강영주,『한국 역사소설의 재인식』, 창작과 비평사, 1991, p.12.

72) G. W. F. Hegel, Vorlesungen uber die Asthetik Ⅲ, Frankfurt am Main : Suhrkamp, 1970, pp.373~377(강영주,『한국 역사소설의 재인식』, 창작과비평사, 1991, p.12 재인용).

73) 강영주, 위의 책, p.19.

2. 주체사상에 기초한 사회주의 사실주의에 관한 역사소설

1) 농민전쟁의 서사 - 『갑오농민전쟁』

박태원(1909~1986)의 삶과 문학은 우리 민족의 비극적인 역사와 문학의 궤적을 반영하고 있다. 해방 직후 박태원은[74] '조선문학건설본부'의 소설부 중앙위원회 임원으로 활동하였다. 이 조직에는 이태준, 정지용, 김기림, 안회남, 이원조 등 박태원과 친한 작가들이 참여하고 있었다. 이후 이 조직은 '조선프롤레타리아문학동맹'과 결합하여 1946년 2월에 '조선문학가동맹'으로 재조직되었다. 박태원은 1946년에 남로당 계열 문학 단체였던 '조선문학가동맹'의 중앙집행위원에 취임했으나, 적극적으로 참여하지 않았다. 그는 '조선문학가동맹'의 위원 자리를 맡기 싫어 일부러 취임하는 날 자리에 나타나지 않았다고 한다. 또한 당시 남한 문인들의 월북이 1·2·3차로 이루어졌는데 박태원은 3차로 월북하였다. 제2회 전국문학자 대회가 무산되고 남한에서 좌익 활동이 불법화되자 1946년 초 이기영, 이태준, 이북명, 임화 등이 월북하기 시작하여 1948년 5월 10일 남한 단독정부가 들어설 때까지 '조선문학가동맹'의 주도 세력은 거의 다 월북하였다. 박태원은 서울에 남아 있다가 김기림, 정지용. 설정식 등과 함께 좌익 인사를 감시, 관리하던 보도연맹에 가입하여 그 동안의 정치적 과오를 청산한다는 전향 성명서를 발표하였다. 1950년 한국 전쟁이 발발하자, 서울에 온 2차 월북자들이자 박태원의 절친한 벗들인 이태준, 안회남, 오장환 등을 따라 가족을 남겨둔 채 월북하였다. 이러한 정황을 종합해 볼 때, 박태원의 월북은 이념에 따라 치밀하게 감

---

74) 강진호 외, 「박태원의 월북과 북한에서의 행적」, 『박태원 소설 연구』, 깊은샘, 1995, pp.427~430 참고.

행된 것은 아니었으리라 추측된다.

박태원은 월북 후 종군기자로 잠시 활동하였다.[75] 당시 북한 문학이 6·25 전쟁 기간을 '위대한 조국해방전쟁 시기'라고 하여 문인들로 하여금 문화전선의 투사가 되기를 독려하는 상황이었다. 박태원은 『조국의 깃발』(1952)을 통해 6·25 전쟁에 대한 북한 이념의 당위성과 제국주의에 희생된 민족의 비극을 형상화하고 있다.

이후 이태준의 후원으로 박태원은 '국립고전예술극장'의 전속작가로 선임되어 창극의 대본을 쓰기도 했으며 조운과 함께 『조선창극집』(1953)을 출간하기도 하였다. 1953년에는 정인택이 죽으면서 부인과 아이들을 부탁하자 1955년에 정인택의 부인인 권영희와 재혼하였다. 박태원은 이후 1956년 남로당 숙청이 일어나기까지 평온하게 보냈으며, 이 시기에 『리순신장군전』(1952), 『리순신장군이야기』(1955), 『야담집』, 『정수동일화집』 등을 간행하였다. 그러나 1956년 남로당 숙청으로 박태원은 함경도 벽지 학교의 교장으로 좌천되어 창작활동을 금지 당하였다.[76] 이런 상황 속에서도 그는 『심청전』(1958)과 『삼국지연의』(1959)를 발표하였다. 그는 이 기간 동안 함경도의 곳곳을 탐사하면서 자료를 수집하는 한편, 작품을 구상한 것으로 전해진다. 특히 그는 민중들의 혁명적 삶을 그리겠다는 야심으로 모두 16부로 된 역사소설을 구상하였다고 한다. 1960년에 작가로 복귀하고 나서 그는 『임진조국전쟁』(1960)을 발표하였으며 이후

---

75) 최근에는 남한에서 박태원의 『조국의 깃발』(『문학예술』, 1952.4~6)을 발굴하여 이념의 강압에 대한 북한문학의 반응양상으로 보기도 하였다. 우정권은 이 작품을 통해 박태원의 월북이유를 한국전쟁을 바라보는 북한의 시각에서 찾고 있다. 김종회, 「이념의 강압에 대한 북한문학의 반응 양상 : 박태원의 「조국의 깃발」 발굴에 부쳐」, 『문학사상』 제34권 제5호 통권391호, 2005. 5, pp.26~27. 우정권, 「박태원이 북에서 목메어 부른 "아아! 우리 어마이들…" : 은연중 당과 조국보다 인간 존재의 근원인 어머니의 사랑에 무게」, 『문학사상』 제34권 제5호 통권391호, 2005. 5, pp.22~25.

76) 이에 대해 정태은은 정치적 박해로 불행했던 것이 아니라 무서운 질병 때문에 고생했다고 이야기 한다(정태은, 「나의 아버지 박태원」, 『통일문학』 45, 2000).

역사소설 집필에 몰두하였다. 1963년에는 '혁명적 대창작 그루빠'의 통제 아래 『계명산천은 밝아오느냐』(1963~1964)를 발표하였다. 박태원은 1965년 망막염으로 실명하고 고혈압으로 전신불수의 불행을 겪어야 했다. 이후 완전실명과 전신불수의 몸이지만 구술로 부인에게 받아쓰게 하여 천신만고 끝에 1986년에 이르러 『갑오농민전쟁』을 완간하였다.[77] 1986년 북한 『조선문학』 7호에 박태원이 고혈압에 시달리다 7월 10일 오후에 사망했다고 발표되었다.

박태원 문학의 흐름을 살펴보면 일관되게 지속된 창작방법이 있다. 그것은 역사에 관한 이야기를 문학으로 표출하는 방법으로 번역물이나

---

77) 『통일문학』(2000년 제1호 루계 44, p.171)에서 정태은은 「나의 아버지 박태원」 이라는 글을 통해 박태원의 건강 악화로 인해 『갑오농민전쟁』 3부를 집필할 수 없었음을 상세하게 밝히고 있다.
『조선문학』 2001. 1호 <20세기 추억> 「작가들의 새 모습」(김철, p.39)에서는 다음과 같이 밝히고 있다.
"온나라의 독자들은 알고 있다. 『갑오농민전쟁』 3부를 남편의 붓을 넘겨 받은 박태원 선생 부인이 끝냈다는 것을. 바람삼아, 삼가 저기 애국렬사릉에도 불어 가라. 거기 조기천, 리찬, 송영, 천세봉이 있고 백인준, 조령출, 석윤기, 리종순, 김시권, 전동우, 박태원이 있다."
『문학사상』(2004년 8월호, pp.27~87)에는 박태원이 『계명산천은 밝아오느냐』 와 『갑오농민전쟁』을 서술할 당시의 상황에 대한 박태원의 수양딸 정태은의 상세한 기록(위 『통일문학』 글)이 실렸다. 여기에서는 이제까지 명확하게 규명되지 않았던, 누가 어떻게 『갑오농민전쟁』을 집필하였는가의 문제에 대해서 제1부 8장부터 구술 집필이 시작되었고 제3부의 경우는 박태원의 기존 자료를 바탕으로 한 권영희의 완전집필임을 밝히고 있다. 『문학사상』에서는 특집 제목으로 '월북작가 박태원의 『갑오농민전쟁』과 비참한 최후'라고 하고 있다. 이렇게 제목을 선정한 이유는 남한에서의 주관적인 시각이라고 볼 수 있다. 여기에서는 박태원이 전쟁 후의 어려운 상황에서도 'Victor' 축음기를 사서 늘 음악을 들으며 문학과 음악의 형식적 상관 관계에 대한 관심을 놓지 않았다는 점, 박태원의 옛 친구들이 모두 그를 1930년대 필명인 '구보'로 불렀다는 점, 『계명산천은 밝아오느냐』의 형장 장면을 위해서 오만분의 일 지도를 구해볼 정도로 공간의 세밀한 묘사에 주의를 기울였다는 점 등이 제시되고 있다.
정현숙은 이에 대해 『갑오농민전쟁』 2부는 구술로 3부는 집체창작으로 완성되었을 가능성이 높다고 밝히고 있다(「박태원 소설에 나타난 연속성과 불연속성 (1)」, 『한국언어문학』 제61집, 한국언어문학회, 2007, p.327).

역사 전기물과 역사소설이 그러하다. 그는 작품 활동 초기에 야담계열
인『해아의 일야』를『동아일보』(1929. 12. 17.~24.)에 연재하였고 1940년
대 초에는 중국소설을 번역하였다. 해방 직후에는 민족독립 열사를 그
린『조선독립순국열사전』(1946),『약산과 의열단』(1947)과『이순신장군』
(1948) 등의 전기문학, 번역물『이충무공행록』(1948)을 발표하였다. 이 작
품들은 기록에 충실한 역사 전기문학에 해당된다. 또한 구한말을 배경
으로 한「춘보」(1946),「태평성대」(1946)와 신라 시대를 배경으로 한「귀의
비극」(1948) 등의 역사소설이 있고, 사담으로는「고부민란」(1947)이 있
다.「춘보」는 구한말 대원군이 국태공에 올라 경복궁을 중건하려는 시
기를 시대배경으로 하여 민중들의 비참한 삶을 그리고 있다.「태평성대」
는 지배층의 모습을 풍자적으로 비판하고 있다.「귀의 비극」에서는 어
진 인물이 왕이 되면서 부패한 권력을 행사하는 것으로 변모되는 과정
을 그리고 있다.「고부민란」은 동학란이 일어나기까지 과정으로 농민들
이 적극적 저항을 할 수밖에 없었던 봉건제도의 패악을 그리고 있다.

『홍길동전』(1947)은 조선 연산군 시대를 배경으로 하여 민중혁명을 꿈
꾸는 홍길동이라는 인물이 연산군을 폐위하고 중종반정을 도모한다는
내용으로 전개된다. 이 작품은 민중의 자각이 아닌 영웅에 의한 변혁이
모색되는 결과를 초래한다는 비판도 받았다.[78] 박태원은「임진왜란」
(1949)에서 일본의 침략적인 속성으로 인한 민족적 대립을 그리고 있다.
또한 민족 내부의 갈등을 제시하여 어리석은 지배층과 용맹스런 이순
신을 대비하고 있다. 이 두 작품에서 박태원이 민중중심의 역사관을 보
이고 있음을 알 수 있다.

『군상』(1949)은 박태원의 본격적인 역사소설의 시작이라 볼 수 있는
작품이다. 작가는 이 작품에서 지배계층의 억압에 의해 핍박 받는 민중

---

78) 김종욱,「일상성과 역사성의 만남」,『박태원 소설 연구』, 깊은샘, 1995, p.239.

의 삶에 대하여 깊이 있는 묘사를 하고 있다. 「군상」은 안동김씨의 세도정치가 행해지던 철종 5년 동안 부패한 권력층에 의해 핍박받는 민중의 모습을 그리고 있다. 부패한 권력층과 이러한 부패한 지배층의 횡포에 의해 가난과 핍박을 견디지 못한 민중이 저항 세력으로 성장하는 과정을 그리고 있다. 이러한 역사소설 집필 후 박태원은 민중의 삶에 대한 관심을 갖게 되었고 민족 문제와 계급적 문제에 각성하게 되었다.

박태원은 역사를 연구하면서 역대 농민 폭동지도자들 중에서는 '전봉준'을, 역대 명장 중에서는 '이순신 장군'을, 역대 왕들 중에서는 '세종대왕'을 작품으로 형상화하고 싶어 했다.[79] 이러한 결심을 바탕으로 월북 이전의 작품과 연결된『리순신장군』(1952. 6. 4.~14.),『리순신장군 이야기』(1955),『임진조국전쟁』(1960)[80] 등의 작품을 창작하였다. 이 작품들이 월북 이전의 성향과 다른 점은 평양성 탈환 과정을 강조하여 애국심을 강조하고 당시 북한 문학이 강조하는 반제반봉건 사상을 좀 더 부각했다는 점이 그러하다. 이후 박태원은『계명산천은 밝아오느냐』와『갑오농민전쟁』등의 작품으로 결실을 맺는다. 이 두 작품은 시대배경에 있어 30년의 차이를 두고 있는데, 이는 박태원이 실명을 당하게 되면서 서둘러 농민전쟁의 이야기를 마쳐야 한다는 위기의식 때문에 이야기의 시간적 비약이 생긴 것으로 보인다.

박태원은 역사물에서 시작하여 역사소설로의 긴 여정을 밟으며 역사의식이 점차 각성되었다. 영웅의 에피소드에 관심을 가지던 초기의 작가의식은 민중의 삶에 대한 관심과 민족의식에 대한 각성으로 나아갔다. 월북 후 북한의 대표작으로 뽑히는『갑오농민전쟁』은 사회주의리얼리즘을 지향하고 있으며 북한문학에서 강조하는 민족자존과 애국심, 민중적

---

79) 정태은, 「나의 아버지 박태원」,『통일문학』44, 평양출판사, 2000, p.142.
80) 철저한 역사적 고증을 중심으로 임진왜란의 진상을 폭넓게 밝힌 소설이라고 평가받는다(방민호, 「박태원의『임진조국전쟁론』,『임진조국전쟁』, 깊은샘, 2006, p.317).

영웅, 계급투쟁에 대한 역사의식을 보이고 있다.

(1) 비장한 혁명적 낙관주의와 새 인간의 윤리학

『갑오농민전쟁』(3부작 전 5권, 1977~1986)은[81] 봉건 악제와 외세 침략으로 점철되는 19세기 말 한반도에서 이에 반대하여 봉기한 농민전쟁을 총체적으로 형상화한 작품이다. 북한의『조선문학개관』에서는 '역사소설로서 역사적 사실을 진실하게 반영하면서 현대성에 맞게 그것을 예술적으로 진실하게 재현하였다'[82]고 평가하고 있으며 남한에서는 계급적 세계관에 한계를 두면서도 역사소설로서의 성과를 인정하고 있다.[83] 북한 평단에서는 문학과 이념 투쟁의 상관성 위주로 이 작품을 평가하고 있다. 「계명산천은 밝아오느냐」에 형상된 문학적 상상력이『갑오농민전쟁』3부작에 이르면 문학 외적인 담론에 경도되는 경향을 보인다.

이 작품 제1부에서는 갑오농민전쟁이 발발하기 2년 전부터의 전라도 고부 농민들의 삶이 전개되는데 주인공 '오상민'을 중심으로 하여 지배층의 학정과 수탈, 이로 인한 농민들의 고통이 주요 내용으로 전개된다. 제2부에서는 1894년 정월에서부터 고부민란이 농민전쟁으로 확산되고 전주성으로 입성하기까지의 과정이 그려져 있다. 제3부에서는 외세개입으로 인한 농민군의 패배와 전봉준의 처형으로 이어지고 있다.

이 작품은 계급투쟁에 관한 전복적 역사관을 형상화하고 있다.

---

81) 남한 출판사 깊은샘에서는 1989년에『갑오농미전쟁』을 총 4부 8권으로 출판하였다. 1부『계명산천은 밝아오느냐』(1~3), 2부 '칼노래'(1~2) 3부 '타오르는 불꽃'(1~2), 4부 '새야 새야 파랑새야'(1)

82) 박종원·류만,『조선문학개관』, 인동, 1998, p.321.

83) 김윤식, 「갑오농민전쟁론」,『동서문학』, 1990. 1.
　　이재선, 「갑오농민전쟁론」,『문학사상』, 1989. 6.
　　정현숙,『박태원 문학연구』, 국학자료원, 1993.

‘이놈! 어디 두고보자!’

이진사 같은 양반놈들을 없애치워야 우리 백성이 편안히 살 수 있다. 그놈들과 우리 백성들은 한 하늘을 이고 살 수 없다.

양반놈들은 저희네가 호사스럽게 살기 위해서는 나라도 겨레도 안중에 없다. 왜놈 양국되놈들도 마구 끌어들인다.

‘척왜척양’, ‘보국안민’하자면 그런 놈부터 없애치워야 한다. (중략)

“선생님, 이젠 정말 더는 못 참겠습니다. 이 원수를 어떻게 합니까? 선생님!”

“원수야 갚아야지, 백 배 천 배로로 해서!”

하고 말하는 전봉준의 눈에서는 불이 철철 흘렀다. 상민이는 기대에 찬 눈으로 ,쳐다보며 다급히 물었다.

“곧 일어나시렵니까?”

“원수도 원수지만—”

전봉준은 불꽃 튀는 눈으로 상민이를 마주보며 말했다.

“놈들이 다시는 이런 짓을 못하게 아주 세상을 뒤집어놓아야 한다!”

전봉준은 잠시 말을 끊고 하늘을 우러러 달을 쳐다보고 또 땅을 굽어도 보고 나서 결연히 말했다.

“때는 왔다, 다시 일어나자! 기어이 이 망한 놈의 세상을 뒤집어 엎자!”[84]

익산민란의 중심인물들의 후대 이야기가 『갑오농민전쟁』 이야기의 중심이 되는데 익산민란에서 처형되는 아버지의 한을 풀어가는 오수동, 그리고 처형 장면을 지켜보게 된 어린 전봉준의 마음 속에는 절치부심의 정신이 생기게 된다.

“이놈들 똑똑히 듣거라! 이제 우리를 죽이거든 우리들의 눈알을 모조리 뽑아다가 전주성 성문 위에 높다랗게 걸어놔라! 앞으로 몇 해 뒤가 될지 몇 십 년 뒤가 될지 그건 모르겠다마는 우리 농군들이 모두 들구일어나서 너희놈들을 때려잡으러 전주성으로 달려들어오는 광경을 우리는 이 눈으로 기어이 보구야 말테다!”

---

84) 박태원, 『갑오농민전쟁』 7권, 깊은샘, 1989, pp.45~47.

말을 다 하고 난 뒤에도 임치수 영감은 그 무서운 눈으로 대 위를 노려보고 있고나. 사람들은 모두 말이 없었고 나는 너무나 벅찬 감동으로 해서 가슴이 뻐개지는 것 같았었다.

(중략)

"수동아― 너는 결단코 놈들의 손에 붙잡혀서는 안된다. 어떻게든 살어야 해. 죽지말구 살아야 해. 그리구 이 애비의 원수를 꼭 갚고 갑돌이네 아저씨를 위시해 여러 아저씨들의 하늘에 사무친 원한을 꼭 풀어 드려야 한다. 똑똑히 들었느냐. 수동아―" (중략)

그러자 나의 눈 앞에는 저의 아버지가 한 유언을 전해 듣고 비분의 눈물을 뿌리고 있는 수동이란 총각의 모양이 느닷없이 떠올랐다. 그 모양을 잠깐 보고 있는 중에 나는 어느 틈엔가 수동이가 되어버려 혼 자 속으로

"아버지, 아버지 원수는 제가 꼭 갚아드리겠어요. 그리고 갑돌네 아저씨를 위기해서 모든 아저씨들의 원한을, 모든 농군들, 모든 '상놈'들의 그 하늘에 사무친 원한을 제가 꼭 풀어 드리고야 말겠어요."

하고 맹세까지 했었다. 허허허……[85]

위 인용글은 제1부 제6장 '2. 전 선생에게서 상민이 익산 난민들의 최후를 듣다'에 나온 것으로 상민의 할아버지 대의 한을 전봉준이 상민에게 전해주면서 마음을 다잡게 하는 역할을 한다.

독자는 명백한 역사적 사실 내에서 그 인물들의 생동하는 모습을 작가의 상상력을 따라가다 보면 진한 감동을 느낄 수 있다. 이는 사실에 대한 철저한 고증에서 비롯된 것이다. 그러나 소설 후반부로 갈수록 소설적 재미보다 역사적 고증으로 흐르고 있으며 사설적 성격이 강하다. 제3부의 내용은 외세 간여로 인한 농민군의 실패와 전봉준의 죽음이다. 제3부 자체가 전봉준 중심으로 전개되기는 하였으나 동학의 이념이나 조직도 배제하고 농민 봉기 후의 대안도 제시하지 않아 19세기 후반 조선 사회의 모순에 대한 개혁을 부르짖은 이 역사적 사건을 민족 내부의

---

85) 박태원, 앞의 책, 5권, pp.114~119.

계급투쟁을 위해 외세를 끌어들인 이상한 내전으로 형상화해 놓았다는 비판을[86] 면하기 어렵다. 또한 이 소설은 역사적 사실에 대한 편파성을 드러낸다. 여기에서는 민중세력의 결집을 오수동의 일심계와 정한순의 활빈당, 전봉준의 동학당으로 보고 있는데 이는 당시 농민세력을 계급주의적 입장에서만 본 결과라고 할 수 있다. 또한 당시 집강소 설치 등의 중요한 요소들을 에피소드화하는 단점이 있다. 집강소는 농민군이 세운 지방자치기관으로, 그 존재와 활동은 농민들의 수중에 장악된 군사력에 의하여 담보된다. 이 소설에서는 오상민과 전봉준을 죽음에 이르게 하는 김경천의 갈등의 한 예로만 작용시키고 있다. 지배세력의 문제점에 대해서도 민비와 대원군의 관계가 지나치게 생략되어 있다. 또한 동학운동의 정신사적인 면이 축소되고 이 소설의 제목처럼 농민의 계급투쟁을 기본 골격으로 하는 역사관을 보이고 있다. 계급적인 적대감과 주체사상의 표현, 반제국주의에 대한 정치주의 노선이 강조되고 있다. 이 작품은 한국 근대사의 정신사적인 면을 총체적으로 형상하는 데는 부족하다고 볼 수 있다. 이는 역사는 계급투쟁의 결과물로 보는 역사해석에 치중되어 있기 때문으로 보인다. 이러한 측면은 역사적 사실을 지나치게 단순화시키고 정치적 목적에 이용했다는 비판을 면할 수 없다.

역사소설에서 역사적 배경이나 사건은 인물 중심으로 전개된다. 농민전쟁이라는 당위성과 의의를 선점하기 위한 『갑오농민전쟁』의 경우 당대의 인물들의 행위를 대비하여 역동적이고 강렬한 인상을 남긴다. 등장인물들도 대비적 인물 유형과 상호 보충적 인물 유형으로 나누어진다. 주요 인물들의 경우 긍정적인 인물들과 부정적인 인물들로 나눌 수 있는데 봉건지배층과 외세, 동학농민들의 세 가지 인물들의 대립이 주요

---

86) 안숙원, 「역사소설과 박태원의 「갑오농민전쟁」 연구」, 『서울보건대논문집』 18, 서울보건대학, 1998. 8, p.220.

대립축이 된다. 봉건지배층의 경우 개화파와 수구파의 대립, 민비와 대원군의 대립, 민영준과 진령군의 대립이 있으며 동학농민들의 경우 전봉주과 최시현, 오상민과 김경천의 대립이 있다. 고부 지역에서는 조병갑을 위시로 한 관과 고부 농민들의 갈등이 있고 지주와 소작인의 갈등, 양반과 상민의 갈등, 적서의 갈등이 있다.

　이러한 이야기 속에는 실존인물과 허구인물들이 역사적 배경 속에서 생동감 있게 표현되고 있다. 여기에는 두 명의 주인공이 등장한다. 전봉준은 역사적 인물이고 오상민은 허구 인물로서 실제 인물의 역사적 한계를 극복하는 인물로 쌍생아적 역할을 한다고 볼 수 있다. 전봉준은 9세 때 아버지 전창혁의 손에 이끌려 전주 감영에서 익산민란 주모자들 처형장면을 체험하고 농민들의 편에서 행동할 것을 결심한다. 그는 얼굴이 깨끗하고 준수한 데다 그 크고 밝은 눈에 사람을 쏘는 듯한 영채가 돌아 첫눈에 어딘지 마구 대하기 어려운 위엄이 있는 사람으로 표현된다. 전봉준은 농민전쟁의 실천가인 동시에 혁명가의 모습으로 존재한다. 작품 전반에 걸쳐 전봉준의 영웅성이 부각되고 있는데, 오상민이라는 인물은 전봉준을 도와주는 조력자이면서 전봉준에게 나타나지 않는 점을 보완하는 역할을 하고 있다. 오상민은 동학농민항쟁의 전조(前兆)라고 할 수 있는 익산민란의 주모자인 오수동의 손자이다. 작가는 오상민을 양반계급 출신인 전봉준에 나타나는 계급적 취약성을 보완하는 인물로 그리고 있고 역사적 한계를 극복하는 인물로 제시하고 있다. 오상민은 끝까지 살아남아 희망찬 재기를 설계한다. 이러한 결말 처리는 북한의 주체 시대 소설에서 강조하고 있는 혁명적 비극의 정형화된 모습이다. 주체시대의 소설에서는 긍정적 주인공과 세계의 관계를 그리고 있는데 세계는 수령과 당 정책에 해당되며 이러한 혁명적 비극 이면에는 목숨은 잃어도 정치적 생명을 획득한다는 미래 승리 확신이라는 낙관주의가 담겨져 있다. 전봉준은 죽음에 이르지만 오상민이라는 또 다른 성장된 인물을 통해 사상 이념적으로 투사된 새로운 인간상을 보이고 있다. 전봉준은 고전적 혁명이론을 대표하는 인물로서 한계 있는 영웅의 모습을 하고 있다. 상민은 전봉준을 통해 의식을 각성하고 자기개발을 위해 부단히 노력하는 인물로 나온다. 이는 주체시대 수령과 인민의 관계를 연상시킨다. 감화와 학습에 의해 인민의 의식이 성장되는데 오상민은 전봉준이라는 위대한 인물에 감화되고 학습을 통해 발전하는 인물로 그려진다. 오상민의 경우 의식이 각성되면서 성장하여 전봉준이 죽은 뒤 그 이상을 물려받는 인간으로 그려져 있다.

(2) 근대화 왜곡 비판과 전근대적 가치관 지향

이 작품은 조선의 왜곡된 근대화의 경험과 징후들을 작품 속 인물들의 체험과 삶의 양상을 통해 문학적으로 재현하고 있다. 한말 한반도의 역사는 근대화와 민족자주라는 문제가 얽혀 심각한 상황으로 치닫고 있었다. 박태원은 서구와는 물론이고 다른 동아시아의 근대화 과정과는 차이가 있는 조선의 근대화를 '서울(경성)'이라는 현실적 공간을 통해 문학적으로 재현하고 있다. 『갑오농민전쟁』에는 외세 개입의 문제와 근대화의 산물이라고 할 수 있는 자본주의화 초기 과정이 그려지고 있다. 여기에는 조선의 근대화를 상징하는 '개화'의 산물에 대한 비판이 나타난다. 제1부 제2장에서는 근대화 과정에 있는 서울의 모습을 그리고 있다. '1. 구레나룻이 보기 좋은 사나이 서울에 들어서다'에서는 굴욕적인 문호개방의 결과물인 전환국 기계창을 설명하고, 외세에 대해 주체적이지 못하고 갈팡질팡하는 조선의 모습이 건축 중인 프랑스 천주성당을 통해 제시된다. 또한 일본인 노점 상인들의 근대화 상품에 대해서는 새로운 것에 대한 현혹과 조선인을 소비자로만 전락시키려는 그들의 야욕이 그려진다. 작가는 좌포청 포교들의 미행을 의식하면서도 여유 있게 서울의 근대화 거리를 구경하는 오수동이라는 인물을 통해 왜곡된 근대화의 모습을 설명한다. 이러한 서울의 근대화는 불균형적이고 시기적절하지 않은 모습으로 많은 문제점들을 내포하고 있다. 근대화를 접하는 사람들에게 새로운 것에 현혹당하고 물질을 욕망하는 모습으로 변화시키지만 근대화에 내재된 모순을 생각할 때 바람직하지 않은 현상이라는 결론을 내리게 된다.

제2부 제10장 '1. ≪부리타니카≫'와 '3. 조선의 고대문화'에서는 현대문명에 대한 동경에 들떠서 『부리타니카』라는 책을 소유하고 싶어 하는 이 선생에 관한 이야기가 전개된다. 이 선생은 이 책을 새로운 과학지식을 배우는 데 선생으로 삼고자 한다. 그러나 이 책을 얻게 되는 과정에서 서양사람들의 야욕을 알게 되고 이 책에 대한 소유욕이 없어진다. 이 소설 전반에 나타나는 조선 근대화는 외세침략과 매판자본의 결과물로 설명된다. 작가의 설명식 서술에 의한 외래 자본주의 침투상은 제1부 제5장 '1. 동학도들 보은에 모이다'에서 찾을 수 있다. 여기에서는 일본을 비롯한 서양 상품들의 무분별한 상륙과 쌀과 금의 약탈에 대해 분개하고 있다.

제1부 제8장 '2. 상민이는 영아를 보고 영아는 상민이를 보다'에서는 한갑손 사건을 통해 조일통어장정의 폐해를 설명하고, 제2부 제4장 '4. 왜놈들은 사특하다'에서는 관세를 물지 않는 일본 사람들에 대한 상품 특례와 어민들의 약탈에 대한 분개가 나타난다. 또한 외국 상품의 무차별 수입, 이로 인한 양반들의 새로운 사치상을 보여주고 있다. 이러한 물질에 대한 숭배는 문화적 침투 현상으로 볼 수 있다. 문화적 침투는 궁중에서 더욱 확장되어 나타난다. 제3부 '5. 왕은 삼일포 유람을 가다'에서는 왕과 민비의 근대화 상품에 대한 맹목적인 추앙이 나타난다. 이러한 현상은 일본 지화와 은전이 새로운 부의 상징으로 군림하는 사실에서도 알 수 있다. 이 작품에서는 근대화의 모습 중 왜곡된 자본주의화의 모습에 심혈을 기울이고 있다. 자생적으로 이루어지지 못한 근대화

속에서 조선인은 물질문명과 조화를 이루지 못하고 오히려 소외된다. 이러한 것에 대한 응전의 방법으로 내세우는 것은 민중 중심의 사관이며 전근대적 가치관으로의 회귀이다. 이 작품은 유교사회에서 강조하던 '효'를 중심으로 한 가족주의를 강조하고 도덕주의가 암암리에 중요한 가치관으로 강조되고 있다. 모진 고통과 인내 속에서 계급적 자각을 하는 인물들은 혁명적 지조와 절개를 지니고 있어야 하는 선비 정신이 강조된다. 제3부 '16. 전봉준이 심산 속에서 현숙한 여인의 구완을 받고 떠나다'의 경우 여인의 등장은 구성상 필요한 설정인가 하는 의문이 들기도 하는데, 여기에서는 가족주의를 찾아볼 수 있다. 전봉준은 죽지만 현숙한 여인에 의해 그의 부모와 자식들이 거둬지는 것을 커다란 위안처럼 제시하고 있는 것이다.

『갑오농민전쟁』은 조선이 근대화를 이루기 시작한 기점과 과정을 소설화하면서 근대화 속에서 파생된 물질문명에 대한 소외와 왜곡된 욕망의 해결점으로 전근대적 가치관으로 회귀를 보이고 있는 것이다.

(3) 이야기 분할 구성과 비서술 층위의 장식성

이 작품은 기법적인 측면에서 모더니즘적 방법론과 고전소설의 형식적 특성을 떠올릴 수 있게 한다. 이야기의 분할구성이나 고전소설에서 받아들인 장회형식 제목의 문학적 효과 등은 주제 형상화에 일정한 기여를 하면서 미적 특질을 나타낸다. 특히 이야기의 분할구성을 살펴보면 공간적인 측면에서 서울과 고부라는 두 개의 공간으로 이원화되고 있는데, 두 개의 공간이 인과관계에 놓여 있으면서도 이질화되어 있다. 서울이라는 공간이 외세 간섭과 왜곡된 근대화의 실현 장소로서 시간적 연속성의 원칙을 파괴하면서 사건을 다각도로 살피게 하는 공간화 기법이다. 공간의 변별적 형상화로 서울과 전라도라는 지역을 원인과 결과, 묘사와 설명 등의 대상으로 삼고 있다. 이 양분화된 공간에서 역사적 사실과 허구가 대등하게 전개된다. 이러한 시공간 요소의 퍼즐화의 의의는 권위적 북한 역사소설의 전반적인 특징인 권위적 담론에서 벗어나 미적 특질을 형성하는 요소로 작용한다. 서울에서 인물들의 모습을 통해 시대적 사건의 변화를 추적할 수 있고 근대화의 모습을 알 수 있다면 전라도에서의 민중의 삶의 모습을 통해 그들의 생활고와 계급적 자각의 과정을 볼 수 있다. 이 작품의 미적 특질과 작가의 특색을 유감없이 드러내는 것은 서울로 표상되는 근대화에 대한 묘사와 전라도 지역에 나타나는 농민들의 강렬한 생활상이다.

작가 특유의 고현학적 자세가 유지되었던 제1부의 서울거리 묘사는 문화적 산물에 역사적 해석을 가하면서 시대상의 변모로 인한 폐해를 설명한다. 이러한 고현학적 자세는 그가 월북 이전에 발표한 「소설가 구보 씨의 일일」에서 유래한다. 주인공 '구보'가 집을 나서서 다시 집으로 돌아오기까지의 하루 동안을 그린 이 작품은 1930년대 경성 거리 묘사와 그에 반응하는 의식세계를 중심으로 그렸다. 여러 풍경 속에서 박태원은 근대화의 일상 속에서 지식인의 실의와 좌절, 도시의 거짓 부와 그 이면에 감추어진 본질을 비판적으로 재현한다. 박태원은 이 작품을 통해 근대화의 양면성을 비판하고 있다. 이 작품보다 작품 시대는 더 앞서지만 『갑오농민전쟁』의 경우 조선의 근대화에 대한 작가의 관점과 표현 기법은 변함없이 나타나고 있다. 『갑오농민전쟁』 제1부에는 문화적 산물들이 공간을 이동할 때마다 나오는데, 여기에는 역사적 해석이 뒤따르고 있다. 즉 문화적 현상이라는 공간적 체험 속에 역사적 해석을 부여하여 시공간의 절묘한 배합이 나타나고 있다. 이러한 이동 경로는 근대화된 1880년대 이후 서울의 변모를 나타내는 것이며 조선의 나아갈 바를 간접적으로 시사하고 있다. 조선의 근대화가 자생적이라기보다 강대국들의 이익에 의한 결과였음이 암시적으로 나타나며 매판자본에 대한 비판과 척왜 척양의 근거가 제시된다.

이 소설에서는 농민전쟁 당시의 역사적 구도와 그 전개과정을 대립적 관계를 통해 명확하게 제시하고자 하였다. 개항 이후 서울의 개화 풍경, 궁중 풍속 및 일반 농민들의 참담한 생활 정경, 사회상을 섬세하게 묘사하고 지배층의 학정과 비인간적인 면모, 무능함, 그에 대비하여 농민들의 선함과 고상한 인간적 풍모를 생생하게 대비하고 있다. 이러한 대비를 통해 동시대를 살아가는 사람들의 갈등과 역사적 의미를 강렬하게 부각시키고 있다. 그러나 이러한 대비성으로 인해 주제 부각에는 효과가 있지만 계층간의 갈등을 극단적으로 도식화하여 예술성이 감소되는 경향이 있다. 지배계층은 부정적인 인물들로 부패, 잔인, 이기적 면모만을 보이고 하층 민중은 이들에게 핍박을 받으면서 도덕적 윤리적으로 긍정적인 인물들로 그려지고 있다. 인정 없고 이기적인 지배층의 모습을 통해 피지배층의 실상을 대비하고 있다. 민비와 민영준으로 대표되는 궁중세력들은 왕실의 안위와 개인의 치부를 위해 관직을 매매하고 농민들의 정당한 요구에 오히려 겁을 먹고 외국 군대의 힘을 빌리고자 하는 수구세력의 대표자로 나온다. 민비의 경우 부정적 요소들로 점철된 인물로 그려지는데 무능한 왕을 조종하고 왕실을 미신과 향락의 소굴로 타락시키는 당대 시대적 모순의 핵심적 모습으로 그려지고 있다. 민영준은 외척으로 인한 조선말기 중앙정부의 타락상과 권귀들의 무능과 폐해를 보여주기 위해 설정된 인물이다. 조병갑은 갑오농민전쟁 발발의 직접 원인을 제공하는 인물로 이 소설에서는 지방관리의 탐학상을 대표하고 있다. 착취의 대상이 되고 있는 농민들, 이진사네 하인들은 지주－전호제의 모순을 극명하게 보여주고 있는데, 천득의 아내 금녀는 아들을 낳게 되는 경우, 군포를 물어야 하는 걱정 때문에 밤기도를 다니고 길보는 이진사로부터 소작을 떼이고 춘궁기에 가족을 모두 잃게 된다. 이와 같이 이 소설은 이분법적 구도를 통해 대비의 효과를 보이고 있다. 정한순과 오수동은 농민전쟁의 한 축을 담당하는 인물들로 정한

순이 역사적으로 실제 활빈당으로 활동한 것처럼 오수동은 허구인물이
지만 일심계의 핵심으로 농민전쟁을 계획하는 데 중요한 인물로 설정되
고 있다. 조병갑과 이진사, 은이방, 조참봉 등은 부정적 인물들로 조병
갑이 역사적 인물이라면 나머지는 허구적 인물로 당시 농민수탈에 앞장
선 양반 지주, 아전들로 그려지고 있다. 조병갑의 실정으로 농민전쟁의
도화선이 되고 있지만 그의 보조 보충적 인물들의 행태가 양반들의 가
렴주구와 폭압을 더 강조하는 역할을 한다.

작품의 갈등 양상은 착취와 비착취 계급의 대립, 자주성과 예속성의
대립, 선과 악의 대립으로 이분화되고 있다. 농민전쟁의 원인으로는 서
울의 근대화가 간접적이며 고부 군수의 학정이 직접적이다. 제1부는 농
민전쟁의 원인에 대해 서술하고 있는데 서울, 고부로 교차되어 서술되
는 이야기는 농민전쟁의 당위성을 효과적으로 부각시킨다. 갑오농민전
쟁의 경우 농민들이 내건 척왜척양, 보국안민 등은 현 북한의 역사적 관
점에 맞아떨어지는 사안이다. 이 작품의 제1부에 나오는 서울의 모습은
봉건모순에 직면하여 자기 정권을 유지하기 위해서는 매판성을 가질 수
밖에 없는 고종과 민비, 그들을 둘러싼 봉건 관료들의 무능하고 타락한
형상을 외세와의 관련 속에서 농민들의 궁핍하면서도 역동적인 형상과
대비시켜 묘사함으로써 당대의 역사적 구도를 선명하게 드러내고 있다.
이러한 점에서 볼 수 있는 것은 이러한 분할 구성에서 생동성과 강렬성,
운동성, 대립성 등의 미적 특질을 얻을 수 있으나 인간 존재 방식을 계
급적이고 윤리적 관점에서 풀이했다는 단순성이 단점이다.

2) 민족적 정서와 주체적 인간상 구현 - 『높새바람』

조선조 중엽을 다룬 역사소설로 기존의 북한 역사소설과 변별되는 작
품인 홍석중(1941~)의 『높새바람』이 있다. 이 작품은 1510년의 삼포왜

란을 역사배경으로 하여 일본의 침략에 맞서는 민중의 투쟁이 주요 내용이다. 이 작품에서 작가 홍석중은 토속적인 어휘와 묘사 표현에 탁월한 능력을 발휘하고 있다. 이러한 점은 그의 가계에서 기인한다고 볼 수 있다. 홍석중은『임꺽정』의 작가인 홍명희의 손자이다. 또한 그의 부친은 국문학자로 유명한 홍기문(1903~1992)으로『이조실록』번역을 완성하였을 때에는 김일성에게서 북한 최고 영예인 노력영웅칭호(1981)를 받았다고 하는데 주로 '조선문법'에 대한 저서를 많이 배출해냈다.『높새바람』에는 서울 표준어와 평양 문화어가 공존하여 나타나는데 작가 홍석중이 1941년 서울에서 태어나 어린 시절을 보내고 돈암국민학교를 2학년까지 다니다가 가족을 따라 해방 후 1948년 무렵 남북 협상에 참가한 할아버지 홍명희를 따라 월북하였기 때문인 것으로 추측된다.

홍석중은[87] 1969년에 김일성종합대학 어문학부를 졸업하고 1970년에 단편소설「붉은 꽃송이」를 발표하였으며, 1979년에는 조선작가동맹 중앙위원회 작가로 창작활동을 시작하였다. 홍명희의 다부작 장편력사소설『림꺽정』을 윤색하여 펴낸『청석골대장 림꺽정』(홍명희 원작, 홍석중 윤색, 금성청년출판사, 1985)을 발표하였다.[88] 역사소설인『높새바람』(상 1983,

---

87) 이상숙, 「남북문화교류에서 홍석중과 그의 역사 소설이 갖는 의미 – 홍석중 작가론」,『문학과 경계』, 2006년 봄 참고.
88) 이상숙, 위의 글. 1954년 다시 발간된『림꺽정』이 계급 투쟁적 성격이 약하다는 비판이 있자 벽초는 자진해서 절판시켰고 이후 손자 홍석중이 부분적으로 손질하여 1982년부터 1985년까지 다시『림꺽정』이 출판되었으며 홍석중은 농민무장대의 청석골 싸움 장면과 구월산싸움 장면 그리고 주인공들의 최후를 보충하여 작품을 내용상으로 완결시켰다고 한다.
1990년대 초 방북 당시 홍석중은 "서울에서 태어나 북한으로 갔으며 작가동맹 부위원장직을 맡고 있는 동시에 '역사소설 팀'의 팀장"이라고 하였다.
『력사의 환호성』(1997년 10월 8일 김정일이 조선로동당 총비서로 추대된 것을 기념하여 펴낸)에는 북측의 대표적인 문인들이 '시'와 '예술산문'의 이름으로 김정일을 찬양하는 작품이 실려 있는데 홍석중은 「햇빛에 대한 송가」라는 제목의 김일성과 김정일을 찬양하는 수필을 발표한다. 그 수에서 홍석중은, 아버지 대산 홍기문이 할아버지인 벽초 홍명희를 "소심하기가 이를데 없고 사람을 평가하 1990)과 『황진이』(2002) 외에 최근의 작품으로는 비전향 장기수의 생애를 다룬 장편소설 『폭풍이 큰돛을 펼친다』(문학예술출판사, 2005)가 있다. 홍석중은 4·15 창작단 소속 작가로 북한문예 당국자들이 70년대 말경부터 박태원의 뒤를 이어 역사소설을 창작할 작가들을 물색했고, 그 때 강학태와 함께 발탁된 대표적인 역사소설 전문 창작 작가가라고 전해진다.[89]

(1) 고상한 민족적 품성 구현

홍석중은 『높새바람』을 통해 이전의 북한 소설보다 과감한 성애를 표현하였다. 『황진이』의 경우 황진이와 노비의 사랑에 관한 이야기이지만 성애의 상징적 의미는 당시의 사회에서 금기시 되어 있는 신분의 전복이다. 『높새바람』의 경우에는 애정윤리가 대조적인 두 축으로 설정되어 있는데 건전한 미풍양속과 고상한 민족 풍속의 일환으로서의 조선인의 사랑과 미개하고 변태적인 기질의 일본인의 야만스런 성을 부각시키고 있다. 여기에는 민족 정체성이 투영되어 일본의 야만성에 비해 조선의 순수성을 돋보이게 표현하고 있다. 낭만적인 사랑과 변태적 성애의 대조를 통해 인간 품성이나, 도덕과 세태 풍속의 표본을 그리고 있다. 이 작품에 나타나는 일본인은 인간성이 말살되어 있고 공격적이며 반인륜적인 패륜아의 모습으로 그려져 있다. 이러한 모습은 잔인한 살인이나

하고 취하는데서 린색하기가 짝이 없"다고 평했다고 전한다. 다음은 홍석중 자신에 대한 평가이다. "솔직히 말해서 나는 인간에 대한 요구가 몹시 까다롭고 평가에 린색한 사람이다. 벗에 대한 기호로 말하면 즉흥적이고 동적인 형보다는 사색적이고 조용한 형을 더 좋아한다. 그렇지만 나는 황석영과 만나서 한번도 그를 나의 그러한 기호와 취미로 저울에 달아 본 일이 없다"(홍석중, 「내가 만난 황석영」, 『쇠찌르레기』, 1993, 살림터)에서 보듯, 그는 스스로를 "인간에 대한 요구가 몹시 까다롭고 린색한 사람"이라고 하나 황석영을 만난 당시나 이후 1990년대 초 이충렬을 만났을 때도 '민족의 얼'과 '민족분단의 력사'을 논하여 뜨거운 감동을 느꼈다고 고백한다.
89) 리충렬, 『상속받은 나라』, 살림터, 1995.

변태적 성 행위를 통해 설명하고 있다. 당시까지 북한에서는 성애 표현 자체를 사대주의, 교조주의, 수정주의 등 반동적이고 반인민적인 문예조류에서 기인하는 것으로 여겨 사상적인 순결성을 유지해야 하는 공산주의 사회에서는 복고주의의 해독성을 끼치는 심각한 일로 여겨 비판을 가했었다. 그러나 이 작품에서는 일본인에 한정되어 있지만 다른 작품에 비해 노골적인 성의 모습이 그려져 있다. 조선의 순수한 사랑으로 표현되는 인물들로는 놉쇠와 희영녀, 우증과 국아가 있다.

> 그때도 지금과 같은 정월이였다. 솔섬에 함께 올랐다가 느닷없이 내려퍼붓는 종구디(진눈까비)를 만나 물참봉이 되였다. 종구디가 멎고 바람이 일었다. 바람이 일자 젖은 몸이 얼어들었다. 그러나 희영녀는 미처 추위를 느낄 마음의 여유가 없었다. 이상한 일이였다. 어째서 그때 갑자기 그런 부끄럽을 타게 되였을까. 그 까닭은 자기로서도 설명하기 어려웠다. 젖은 몸이 달라붙었다. 놉쇠의 눈길이 불깃하게 내비치는 자기 몸을 스치는 것만 같았다. 당장 모닥불을 안은것처럼 얼굴이 빨갛게 달아올랐다. (중략) 놉쇠가 밑에서 불을 놓았다. 희영녀는 몸이 덜덜 떨렸으나 불곁에 내려갈 용기가 없었다. 어쩌면 좋담… 탄력있게 부풀어오른 가슴이 야속스러웠다. 처녀는 나서 처음으로 자신의 성숙해가는 몸을 이성인 다른 사람의 눈으로 뜯어보았던것이였다.[90]

> 그가 이십이 다 되도록 가깝게 알고있는 녀인이란 오직 둘, 눈물 겨운 추억으로 가슴깊이 간직되여있는 어머니와 애틋한 감회로 이따금 머릿속에 떠오르군하는 희영녀가 고작 전부였다.
> 그러나 그에게 있어서 그 두 녀인의 이름은 티없이 맑은 샘물과 같은것이였고 눈부신 광채를 뿌리내리는 보석과 같은것이였다. 그것은 입밖에 내여 말하기조차 두렵도록 신성하고 깨끗한것이였다.[91]

---

90) 홍석중, 『높새바람』 하, 문예출판사, 1990, pp.17~18.
91) 홍석중, 『높새바람』 상, 문예출판사, 1983, p.386.

눈앞에 마주앉은 국아의 아릿다운 모습과 불시에 자아오른 애틋한 옛 추억은 우증의 마음을 여리게 만들었다. 그는 국아의 손을 부여잡고 부끄럼 모르는 어린애처럼 마음껏 소리내여 울고싶었다. 가슴속에 첩첩히 쌓인 번민과 숨막히는 괴로움을 녀인의 무릎앞에 깨끗이 부려놓고싶었다. 그는 한꺼번에 타오르는 격정을 가까스로 누르며 이야기를 시작하려고 정신을 가다듬었다.[92]

놉쇠와 우증에게 있어 사랑하는 여인은 스스로를 정화시켜주는 고귀하고 순수한 존재이며 어머니와 같은 존재이다. 둘의 사랑은 시대적 제약으로 우여곡절을 겪는데 우증과 국아의 사랑이 결실을 맺지 못하는 것에 비해 놉쇠와 희영녀의 사랑은 대의명분을 함께 이루어내는 것으로 결실을 맺는다.

우증은 양반 계급과 놉쇠로 대변되는 민중 계급 속에서 스스로의 정체성을 깨닫지 못하고 결국은 양반계급에게는 비웃음을 당하고 놉쇠를 구원하지 못하는 처지에 부끄러움을 느낀다. 마지막 도피처로 찾아간 국아에게서도 부질없었던 희망만을 확인하고 '실상 이미 오래전에 사랑과 벼슬아치의 체면을 놓고 저울질을 해서 국아의 순결한 기대를 저버린 것이 다름 아닌 자신이었던 까닭'[93]에 지금과 같은 처지에 이르게 된 것을 알게 된다. 이에 비해 놉쇠는 삼포왜란에 맞서면서 지금까지 스스로를 이끌어 왔던 대의명분의 참뜻은 '귀중히 여기는 조상의 산소며, 밤내말 사람들이 그토록 두고 떠나려 하지 않았던 이 땅, 이 바다, 이 하늘이며 개불이가 마지막 길을 떠나면서 념려하는 자식들의 운명이 모두 함께 담겨져 있고 그것없이는 누구나 한순간도 존재할수 없는 하나의 공통된 넋'[94]이라는 것을 깨닫는다. 그 명분을 깨닫고 마지막 힘을

---

92) 홍석중, 『높새바람』 하, 문예출판사, 1990, p.380.
93) 홍석중, 위의 책, p.381.
94) 홍석중, 위의 책, p.491.

다할 때 개인의 목숨은 다하지만 영원을 얻고 이상적인 사랑을 얻을 수 있는 것이다.

> 날이 밝았다. 싸움의 함성은 어느새 성안을 벗어나 왜놈들의 배들이 들어찬 굴강쪽으로 들려오고 있었다. 망루의 불길은 아직도 숙어들지 않았다. 놉쇠와 희영녀는 서로 붙안은 채 그 불밑에 서있었다. 이제 그들에게는 드디어 자기들이 사랑하는 사람의 품속에 안겼다는 그 사실 이외의 다른 것은 아무런 뜻도 가지지 못하는 것으로 되였으니 그지없이 행복한 이 순간속에 그들이 그토록 바라고 소원하던 모든 것, 영원이라고 이름할수 있는 크나큰 의미의 모든 것이 전부 담겨져있기때문이였다.[95]

이러한 승화된 사랑에 비해 일본의 사랑은 비윤리적이고 변태적인 육체적 성애로 표현되고 있다.

> 그 애란 수계시라의 처제를 가리키는 말이였다. 얼굴이 반반하고 노래를 잘 해서 왜선이 선창에 닿을 때마다 그리로 내보내 밑천 안드는 벌이를 시켰다. 다른 놈들은 제 녀편네와 딸까지 선창에 내모는 판이니 왜촌의 풍속으로 그것쯤은 아무것도 아니였다.[96]

> 수계시라는 숱한 처첩을 거느리고도 사내애놈을 끼고 자는 사몽고로의 미친 짓을 비웃으면서도 한편으로 애놈의 고운 얼굴을 마주 대할 때마다 생김새가 그쯤 되면 이런 데까지 끌고 다니며 재미를 볼 만한 일이라고 고개를 끄덕이군 했다.[97]
> 사실 사몽고로는 자신이 놀랍게 생각할 정도로 이 계집한테 정이 들어 있었다. 제손으로 목을 도려버린 계집의 동생을 주물러보는것도 짜장 흥미있는 일이여서 한번 이불속에 집어넣어보았던 것이였다는데 예상외로 절품이였던 것이다.(중략)

---

95) 홍석중, 앞의 책, p.499.
96) 홍석중, 『높새바람』 상, 문예출판사, 1983, p.129.
97) 홍석중, 위의 책, p.144.

그러나 이 계집은 달랐다. 죽은 제 형년처럼 음탕한 웃음을 깔깔거리는 일도 없고 어떤 요사스러운년처럼 일부러 죽는 시늉을 하며 신음소리를 내지르는 일도 없었다. 그저 말없이 순종하면서도 물기어린 아련한 눈으로 말끄러미 쳐다볼뿐이였다. 지어는 맨살을 물어뜯기우고 꼬집혀서 온몸에 피멍이 져도 변함없는 그 눈길로 아래 입술을 깨물지만 했다. 사몽고로는 아직 한번도 이 계집의 잠든 모습을 보지 못했다. 그가 눈을 떠보면 어느새 계집은 잠자리에 없었고 다시 찾으면 언제 남다른 관계가 있었냐는 듯이 단정한 옷차림으로 들어와서 지금처럼 무릎을 끓고 조용히 분부를 기다리는것이였다.

(죽이기는 아까운년이란말야. 그래두 혓바닥을 놀렸으면 그 값은 치러야지.)

사몽고로가 역병보다 더 무서워하는 것은 바로 부하들우에 군림한 자기의 위엄에 흠집이 가는것이였다. 그것을 지키기 위해 그가 부자지처럼 중하게 감추는 것이 자기의 두 가지 약점인데 하나는 겁이 많은것이요, 다른 하나는 변태에 가까운 정욕이였다.

사몽고로는 토끼를 덮치는 승냥이처럼 와락 달려들어 계집의 옷깃을 거머쥐고 사정없이 내리찢었다. 계집은 얼결에 손을 들어 젖가슴을 가리려고 했으나 벌써 무지스러운 손이 만문한 가슴살을 꽉그러쥐고 잡아비틀었다. 계집은 아픔을 참느라고 입술을 깨물었다. 오련한 애련의 눈길이 사몽고로를 쳐다보았다. 그 소리가 지금껏 버티고 있던 자제력의 마지막 보뚝을 무너뜨렸다. 사몽고로는 계집을 쓰러뜨리고 목을 조이기 시작했다. 계집의 눈이 이상하게 달라진 것을 깨닫고 손을 놓았을 때는 이미 숨이 넘어간 뒤끝이였다.[98]

이러한 대조는 조선과 일본의 도덕과 세태 풍속 대비를 통한 국가 정체성의 확인이라고 볼 수 있다. 순수하고 인간적이며 미풍양속을 존중하는 조선과 야만적이고 침략적인 기질을 지닌 일본의 제국주의적 속성을 성의 행태로 보여주고 있다.

---

98) 홍석중, 『높새바람』 하, 문예출판사, 1990, pp.128~129.

(2) 주체적 인간 성장 묘사

주인공 놉쇠는 오래전부터 바다를 발판으로 살아온 뱃군들 속에서 '삼포왜란'을 반대하여 용맹스럽게 싸운 뱃군들의 용맹과 슬기와 피맺힌 한을 상징적으로 담아 높새바람으로 노래한 구전가요에 기초하여 창조된 당대의 전형적인 농어민 형상이다. 놉쇠를 비롯하여 천개불이나 날치군과 같은 최하층의 백정, 노비나 양민들은 봉건 통치배들과 왜군으로부터 이중삼중의 고통을 당하는 인물들이다. 이러한 민중은 시대적 질곡에 좌절하지 않고 조국에 대한 사랑으로 헌신하는 인물들로 그려진다. 삼포왜란이라는 실제 사건 뒤에 역사 속에서 생략된 민중의 모습에 상상력을 가하여 생명감을 불러일으키는 작가의 역사관은 당시 북한의 문예관과도 밀접한 연관을 가진다.

이 작품이 1980년대 이후 북한에서 제기하고 있는 '숨은 영웅' 논의를 바탕으로 하고 있음을 알 수 있다.[99] 작품의 주인공은 지도력 강하고 영웅적인 인물이 아니라 갈등하고 고뇌하면서도 긍정적 주체성을 잃지 않는 '숨은 영웅'에 대한 형상으로 북한 문학의 새로운 방향에 부합한다고 볼 수 있다. 놉쇠와 그 외 여러 인물들은 역사에는 존재하지 않으며 작가는 역사가 왜곡하고 있다는 이우증을 소설에서는 민중의 입장에서 그리고 있다. 제목 '높새바람'의 경우 '불순물이 없고 깨끗한 바람', '언제나 한모양으로 내려가면서 부는 바람'의 뜻으로 사용되면서 어떠한 자연 현상이 일어나도 끄덕없이 언제나 한본새로 흐르는 바람세에 비겨서 력사발전의 흐름을 한곬으로 이끌어나가는 력사의 주체로서

---

99) 『높새바람』 주인공의 형상과 1980년대 이후 북한 문단에서 논의된 '숨은 영웅'의 형상은 정호웅의 「조선시대의 민중상」(민현기 외, 『남북한 역사소설 비교』, 계명대출판부, 2006)의 지적처럼 직접적인 연관은 적어 보인다. 다만, 하나의 우의로서 북한 역사소설의 역사주의적 원칙과 현대성의 원칙에 따라 인물형상에 영향을 받았을 것이라는 가정 하에 연결시켜 보았다.

의100) 민중의 변함없는 자세를 나타낸다. 또한 여러 민중의 모습이 긍정적이고 생동하게 그려져 역사를 움직이는 주인공이 민중임을 독자들로 하여금 깨닫게 해준다.

『높새바람』은 목적론적 역사소설이면서도 풍부하게 사용되는 속담과 토속적인 언어로 흥미와 재미를 유도한다. 또한 기법도 다양하여 인간심리 표현이나 체험적 회상을 플래시백 기법이나 대조의 방법으로 나타낸다. 일반적으로 심리묘사는 설명이나 분석 등으로 형상할 수 있는데 이 작품의 경우 자연묘사에 많이 의존하고 있다. 대부분 자연묘사는 정서적 측면에 많이 사용되거나 배경으로 존재하는데 이 작품에서는 등장인물과의 관계를 통해 묘사하고 있다. 소설에서의 자연묘사는 작품의 시대적 배경을 제시하거나 작품의 주제를 정서적 배경 속에서 보여주고, 등장인물들의 "내면심리세계를 개방"101)해 주는데 이바지하며 이러한 자연묘사에서 생동한 언어형상의 표현은 중요한 사안이 된다.

『높새바람』은 '살인죄인 놉쇠', '늦가을', '연분홍빛 동백꽃' '삼포왜란' 등 총 4편, 상·하권으로 구성되어 있다. 상권에 속하는 1편과 2편의 경우 주인공의 의식 각성의 과정이 주를 이루고 있다. 이 작품에서는 등장인물의 의식 발전으로서의 정체성 확인의 과정이 자연 현상에 대한 묘사와 나란히 서 있다. 환경묘사나 생활묘사보다 심리묘사가 주를 이루는데 자연묘사를 주된 방법으로 하여 주인공들의 심리를 나타낸다.

주인공 놉쇠의 의식과정 변모과정은 다섯 단계를 거친다. '사람으로서의 도리, 개인적 삶 추구 → 혼란 → 자연과의 교감을 통한 정신적 발전 → 계급의식 각성 → 자주적 인간의 주체화'로 의식발전이 단순하지

---

100) 권영률, 「력사소설의 맛이 나는 언어현상」, 『문화어학습』 제2호, 과학백과사전종합출판사, 1993, p.23.
101) 김웅서, 「자연묘사와 고유어휘의 위력」, 『문화어학습』 1호, 과학백과사전종합출판사, 1989, p.16.

않고 복잡하게 전개된다. 놉쇠는 16세기 초라는 봉건적 제약성 속에서 자연발생적인 계급의 한계, 도덕관념을 지닌 채 사람으로서의 도리를 하고자 한다. 이는 아직 사회적으로 의식이 각성된 상태가 아니며 개인적인 삶으로서 의미를 지닌다. 놉쇠는 어려서 왜구한테 부모를 잃고 복수의 일념으로 자라난다. 돌팔매질이 특기인 그는 청년으로 자란 뒤 왜놈에게 복수를 하지만 옥에 갇히는 신세가 된다. 여기에서 놉쇠는 반일이라는 감정에서 출발한 복수가 아니라 부모를 죽인 원수로서 왜놈을 죽인 것이며 관에 자수를 하게 된 것은 자신 때문에 옥에 갇힌 명록을 구하기 위한 의리에서 비롯된 것이었다. 그러나 옥에서 심한 매질을 당하고 활쏘기의 명수 날치꾼을 만나면서 혼란에 빠지게 된다. 날치꾼은 자수를 하여 옥에 갇힌 놉쇠를 비웃으며 왜놈과 양반이 전체 민중의 적임을 환기한다.

> 그러자 뒤미처 놉쇠의 마음 한 구석에서 이상한 의혹의 싹이 머리를 쳐들었다.
> (사실 내가 자수를 했지만 생각처럼 명록이를 옥에서 끄집어내주지는 못했지. 정말 저사람의 말이 옳은 게 아닐가?)
> 순가 놉쇠는 힘껏 머리를 흔들어 그 의혹의 싹을 문질러버렸다.
> (아니야. 이러구 저루구해두 두 사람이라면 의례히 바른 도리나 의리를 중히 알아야 하지 않겠는가. 내가 자수를 하려구 관가에 찾아들어올 것은 그것때문이였어. 그것만을 위해서두 얼마든지 떳떳하게 나설수 있는 것야)
> 놉쇠는 마음속으로 힘껏 부르짖었지만 왜그런지 자기의 목소리가 그전처럼 자신있게 울리기 못한다는 것을 깨달았다.
> (그래두 저사람은 이 세상을 하직하기 어려운 무슨 각별한 미련이라두 가지구있는가부다. 더 살고싶은 사람에게야 제발로 죽으려 찾아들어온 내가 멍텅구리같아 보일수도 있겠지. 그렇지만 내게는 그런 미련이 없거든. 왜놈을 죽이구 아버지와 어머니의 원쑤를 갚았으니 이 세상에서 내가 할일은 전부 끝난게고…)

그러나 여기에서 문득 놉쇠는 지금까지 자기에게 그렇듯 명료하고 분명해 보이던 생각의 고리가 불시에 끊어져 나간다는 것을 알고 당황했다.102)

이러한 혼란 속에서 놉쇠는 자연과의 교감을 통해 정신적 발전을 이룬다. 일반적으로 작품에서 자연묘사는 자연에 대한 생동한 묘사로서의 의의가 있지만 등장인물과의 관계에서 묘사될수록 그 의의는 더욱 강조된다. 등장인물들의 내면세계를 드러내는 생동한 자연묘사에서 언어형상은 자못 중요하다.103) 인간의 내면을 자연과의 일체감을 통해 드러내는 방식은 생동하면서도 참신하다고 할 수 있다.

그처럼 놉쇠에게 평온한 안정을 가져다주던 대추나무의 묵묵한 계시도 전혀 소용이 없었다. 배가 둥그렇게 부르기 시작하는 열이틀 달이 담우에 걸려있었다. 담밑 달빛의 어슴푸레한 그늘 속에 묻혀있는 대추나무의 검은 그림자는 마치 머리를 숙이고 서서 무엇인가 골똘히 생각하고 있는 사람의 형체같아보였다. 그것도 역시 지금 이 순간에는 자기와 같은 번뇌의 격랑 속에서 거짓과 허위라고만 생각했었던 봄과 해빛에 대하여 무언가를 다시 돌이켜보고잇는것인지 알수 없었다. 놉쇠는 마치 깊은 내물가를 방황하면서 건너뛰기에 적당한 곳을 찾으려고 급히 헤덤비는 사람처럼 대추나무의 그림자를 내다보며 불안과 마음속의 야릇한 긴장을 느꼈다.104)

문득 놉쇠는 파란 잎에 뒤덮인 대추나무를 보았다. 물기도는 암록색의 아지들을 추켜든 대추나무가 황금빛의 엷은 해살을 받으며 조용히 설레이고 있었다. 푸르고 싱싱한 잎사귀들… 어제까지만 해도 봄과 해빛의 유혹을 비웃으며 묵묵히 서있던 그 대추나무라고는 좀처럼 믿기가 어려

---

102) 홍석중, 『높새바람』 상, 문예출판사, 1983, pp.181~182.
103) 김응서, 「자연묘사와 고유어휘의 위력」, 『문화어학습』 1호, 과학백과사전종합
    출판사, 1989, p.16.
104) 홍석중, 『높새바람』 상, 문예출판사, 1983, p.189.

웠다.

　　순간 놉쇠는 자기의 마음속에서도 옥에 들어와 간혀있는 요 며칠 동안
에 그가 체험하고 느끼고 깨달은 그 모든 것들이 씨앗으로 되여 밤새 저
대추나무처럼 움이 터서 푸르러진듯한 밝은 기분을 느꼈다. 그것은 삶에
대한 강한 욕구, 어떻게든 살아서 왜놈들과 끝까지 결판을 지어야 하리
라는 굳은 결심과 같은 것이였다.[105)

이러한 자각의 과정 이외에 개인적인 삶에서 사회적 삶을 추구하는
자세로 변화하게 되는 계기로는 우증과 날치꾼과의 만남이 있다. 놉쇠
가 옥중 생활을 하면서 생에 대한 의욕이 생기는 것은 자연과의 교감뿐
아니라 직접적으로 추동하는 날치꾼이 있었기 때문이다. 또 우증은 놉
쇠가 도피생활을 할 때 물섬에서 만난 사이로 놉쇠로 하여금 사회적인
삶에 뛰어들게 한다. 상권 제1편 '살인죄인 놉쇠'는 애국심이 강한 양반
인 '리우증'과 주인공인 뱃군 '놉쇠'의 만남에서 시작한다. 우증은 지난
2년 동안 중종 반정의 주모자인 '류순정'의 식객 노릇을 하다가 고향인
김해 땅을 밟는다. 그에게는 가슴 아픈 가족사가 있는데 그것은 그의 아
버지 이생원에 관한 것이다. 이생원은 삼포에 살고 있는 왜놈들을 내쫓
자고 임금에게 글을 올렸다가 죽은 부왕의 허물을 건드렸다는 억울한
누명을 쓰고 가덕섬으로 귀양살이를 하게 되었고 그 해 가을 일본인들
의 칼을 맞고 불우한 일생을 마치고 말았다. 이후 집안은 몰락하고 우증
은 과거에도 계속 낙방하여 양반들에게는 수모를 받고 상사람들에게는
경원당하는 처지에 놓여 있었다. 가난과 역병으로 자식과 어머니 아내
를 잃어버리고 의지할 곳으로 류순정의 반정 음모에 뛰어들게 된 것이
다. 이러한 우증에게서 놉쇠는 연대감을 느낀다. 우증의 아버지가 귀양
살이할 때 도왔던 사람이 놉쇠의 아버지이고 두 사람의 아버지는 가덕
섬에서 왜놈에게 살해당했다는 공통점이 있기 때문이다. 또한 물섬에서

---

105) 홍석중, 앞의 책, p.207.

일본 사몽고로 일행과 조우하면서 일종의 동질감이 생긴다.

문득 놉쇠는 자기가 오래지 않은 언젠가 이런 비상한 충격의 순간을 체험했다는 것을 깨달았다. 귀전을 맴돌며 어렴풋하게 울리던 어떤 사람의 설득력있는 목소리를 이제야 똑똑히 가려들을수 있었다.

≪왜놈 하나 죽인것으루 모든 원한을 다 씻었다구야 할수 없지. 포악한 임금과 간신들을 집어치우구 어진 임금을 모셔야 해. 그래야 백성들두 굽은 허리를 펼것이구 나라의 기강두 바루 서서 왜놈들의 멱을 단단히 틀어쥘수가 있는거야. 안그런가?≫

이것은 섬에서 만났던 우중이라는 량반의 진중한 목소리였다.[106]

비록 우중의 말을 들으며 입은 굳게 다물고 있었으나 심장 속에서는 나서 처음으로 눈을뜬 소경과 같은 야릇한 흥분이 들끓어 올랐다. 왜놈들에 대한 피맺힌 원한, 자신과 그리고 친근한 고향마을 사람들과 온 나라 사람들의 뼈와 살속에 맺힌 왜놈에 대한 비분의 그 모든 원한을 깨끗이 갚을수 있는 그런 세상을 만들 수 있다면...

(옳다. 이 량반의 말이 옳다.)

그것은 마치 하늘을 올려다보던 지친 배군이 얼핏 이마를 스치는 바람결을 감촉하고 돛을 올리려 뛰여일어났을 때의 흥분된 심정과 비슷했다.[107]

주인공 놉쇠의 의식 성장은 이후 서울생활을 통해 더욱 공고해진다. 상권 제2편 '늦가을'에서는 연산군의 몰락과 일본인들로 인한 불안한 민심을 설명하면서 시작한다. 주로 류순정을 중심으로 진행되는 반정에 관한 일이 전개되는데 류순정은 주룡갑으로 대표되는 잠상, 일본군, 화적들까지 끌어들여 반정에 성공한다. 놉쇠는 류순정의 집으로 피신하여 무료한 시간을 보내다 상부살(미신에서 소위 과부를 만든다는 살기)을 때우기

---

106) 홍석중, 앞의 책, p.195.
107) 홍석중, 앞의 책, p.248.

위한 주인 딸의 보쌈 대상이 되어 죽을 뻔하다가 살아나기도 한다. 놉쇠는 반정에 참여하여 양반들을 도와주다가 반정이 성공되면 양반들이 일본군의 도움을 받은 상태이기에 반정 후 왜촌을 넓혀주도록 약속되어 있는 밀서를 보게 된다. 그는 이전까지 의혹의 대상이었던 주룡갑의 정체를 확실하게 깨닫고 반정의 성공과 함께 왜촌이 넓어지고 왜놈 군사들이 쓸고 들어오게 될 것이라는 사실에 전율하게 된다. 놉쇠는 반정 공신명단에 올라 벼슬을 받지만 이를 거부하고 고향으로 떠난다. 놉쇠는 반정 음모 주모자들의 이중적인 계급성의 본질을 체득하고 주룡갑으로 대표되는 잠상들의 왜놈과의 결탁 음모를 알게 되면서 목적의식을 갖게 되는 것이다.

놉쇠의 의식 성장이 자연과의 교감을 통해 나타나고 있다면 우증의 심리의 변화도 자연묘사를 통해 표현되고 있다. 이 작품의 처음은 우증이 2년 만에 고향으로 돌아오는 것에서 시작된다.

> 동이산 굽이를 돌아보니 봄빛은 갑자기 더 무르녹은 것 같았다. 푸른 솔숲사이로 들쑥날쑥 희바위가 솟은 언저리에는 한창 피여오르는 연분홍색 진달래꽃이 떨기떨기 앉았고 아지랑이가 자욱한 골안에서는 뻐꾹새가 울었다. 먼 산에서 봄빛을 훔쳐가지고 내려오는 초군아이의 나무짐우에는 아름이 넘는 꽃방망이가 화려한 공작새의 깃처럼 꽂혀있었다. (중략)
> 우증이는 불현듯 가슴을 훑어내리는 짜릿한 아픔을 느꼈다. 꿈속에도 그립던 고향산천을 눈앞에 다시 보는 취할 듯한 홍분의 깊은 밑바닥에서 갑자기 생생한 상처의 아픔이 살아올랐다.
> 작년 이보다 늦은 때. 그날도 이날처럼 맑고 푸르른 화창한 양춘의 봄날이였다.
> 류순정의 집 문객량반들이 주동이 되어 동소문밖 삼선평에서 해풀밟이 놀이를 벌렸었다. 그때 우증이는 놀이에 불리워온 기생들중에서 국아를 알게 되었다. (중략)
> 우증이는 가심이 저려드는 회상에서 미처 헤어나지 못한 서글픈 주위를 둘러보았다.

> (…봄이 가면 여름이 오고 여름이 가면 가을이 오고 가을과 겨울이 지
> 나면 다시 봄이 오고… 이 얼마나 단순하고 명확한 순환인가? 그런데 어
> 째서 하늘땅과 더불어 그 근본이 같다는 사람은 아침이슬과 같은 인생에
> 저기 새로 돋는 풀잎보다 별로 길지 못한 발자국이 그리도 갈피없고 복
> 잡다단하게 얽혀있단말이냐…)[108]

우증은 고향에 돌아오는 길에 류순정의 집에서 알게 된 국아와의 사
랑과 헤어짐을 봄날의 밝음에 비교하며 떠올린다. 채홍사에 선생기생으
로 붙들려가게 된 국아의 처지는 당시 사회의 부패상을 나타낸다. 자연
묘사를 통한 심리묘사가 당시 사회상에 대한 비판으로까지 연결된 예문
이다.

> 삼복의 찌는듯한 무더위, 숨막히는 흙먼지 속에서 고달픈 행로를 끝없
> 이 걸어가는 지친 나그네가 얼음같이 차고 티없이 깨끗한 시내물을 만나
> 신발을 벗고 그 물속에 들어섰을 때의 기쁨을 생각해보라. 마치 자기자
> 신도 그 시내물처럼 맑고 깨끗해지는 것 같은 말할수 없이 상쾌한 기분
> 을 간직하게 될 것이다. 우증이를 고달픈 행로에 지친 길손으로 비유해
> 말한다면 세속과 격리된 물섬과 자연 그대로의 인간인 놉쇠를 가리켜서
> 맑고 깨끗한 시내물이라고 할수가 있었다.
> 우증이는 바로 이전 정신적 기쁨을 가지고 집에 돌아왔다. 우증이의
> 달라진 기분 상태가 다른 사람들에게도 알려졌다. 평탄치 못한 생활 로
> 정이 만들어준 그의 이중적인 성격은 때로 변덕스럽고 종잡기 어려워서
> 이전에는 상대방을 조심하도록 만들군했었다.[109]

물섬에서 놉쇠를 만나고 온 이후로 우증은 아래 사람들에게 속내를
털어놓게 되는 등 계급에 대한 새로운 각성을 하게 된다. 그러나 놉쇠가
적의 실체를 분명히 알고 대처해 나가는 반면 우증의 경우 그 실체를

---

108) 홍석중, 앞의 책, pp.17~20.
109) 홍석중, 앞의 책, p.208.

제대로 파악하지 못하고 양반계급의 입장에서 처신한다. 이는 우증이의 신분적 한계이기도 하다. 반정에 성공하고 벼슬을 얻어 고향에 내려간 우증은 계급에 대한 각성을 하게 되지만 왜놈들의 침략에 목숨을 잃고 만다.

(3) 조선 문화어 사용과 전환의 구성 기법

분단 이후 남한에서는 서울 중심의 표준어가 사용되고 북한에서는 평양 중심의 문화어가 공용어로 사용되고 있다. 민족의식의 기초라 할 수 있는 언어적 측면에서 볼 때 이념적 대립, 창방작법의 상이를 논외로 하더라도 언어의 공존 현상은 민족적 일체감 회복에 중요한 역할을 할 수 있다.

북한 작가들의 언어관은 당의 언어정책에 많은 영향을 받는다. 북한의 문학예술에서의 문화어 사용에 대한 몇 가지 문제가 논의된 것은 1964년 1월의 '조선어를 발전시키기 위한 몇 가지 문제'라는 교시에서 비롯된다. 이는 이전의 딱딱하고 어려운 한자말, 외래어, 인민의 사상과 감정에 맞지 않는 '표준어', 작중인물의 성격과 기질을 나타낸다고 하여 쓰인 문화성이 없는 말에 대한 반성을 촉구했다.[110] 이러한 문화어와 작품 창작과의 관계에서 북한에서 주장하고 있는 문화어 주장에 대한 근거는 다음과 같다.

> 언어는 객관적으로 인간 사회에 존재하는 실재이지만 그것은 인간 사회의 산물이며 사람들은 부단히 여기에 긍정 또는 부정적인 작용을 줄 수 있는 대상이다. 특히 언어가 인간의 교제의 수단으로 복무하는 과정이란 결국 언어를 사용해서 사람들이 말과 글을 이룸으로써 달성되는 만큼 여기에는 사람들이 적극적으로 어떤 작용을 가할 여지가 있게 된다.

---

110) 변희근, 「문화어의 아름다움을 더욱 빛내겠습니다」, 『문화어학습』 1호, 사과학백과사전종합출판사, 1970.

이것은 우리말과 글의 문화성을 좌우할 수 있는 단서를 제공한다.[111]

북한 작가들은 문화어 사용의 일환으로써 고유어야말로 우리말의 민족적 특성과 주체성을 살려나가는 기본 골간으로서 소설의 묘사와 서술을 섬세하게 하고 생동하게, 민족적 정서가 넘치게 할 수 있는 힘 있는 수단이며, 한자말과 외래어로는 다 그려낼 수 없는 인간의 섬세하고 복잡한 내면세계를 표현력 강한 고유어로써 보여주어야 한다고 생각한다. 여기에서 내면세계란 민족적 정성, 향토적 정성에 맞는 배경과 성격묘사로 이해해야 한다. 고유어휘는 섬세하고 풍부한 문학적 표현력으로 위력을 발휘하는 것이다.

항간에 속된 말로 그물이 삼천코라도 벼리가 으뜸이라는 속담이 있느니. 아무리 팔 준마라도 주인을 못만나면 삯마로 늙는 법이야. (상권, 14쪽)
옷갓을 적시는 줄도 모르고 대밭 속에서 어둠에 잠긴 강건너를 실심한 사람처럼 건너다보고 있던 우증 (상권, 15쪽)
높새란 놈이 자수를 했으니 섶을 지구 불 속에 뛰어들어간 셈이지만 불속에서라두 용을 쓰면 헤여나오는 도리가 생기는 게야. (상권, 169쪽)
성나면 보리방아를 더 잘 찧는 인간심리의 복잡한 측면을 그 늙은이의 단순한 머리가 알 까닭이 없었다. (상권, 254쪽)
흔히 인간이란 이웃집 무당이 령한줄 모르는 법이요 가까운 집의 며느리일수록 흉이 많은 법이다. 사람들의 머리 우에 군림하자면 언제나 일정한 거리를 두고 멀찍이 서서 그들 속에 신비한 존재로 나타날 필요가 있었다. 더구나 왜놈들과 같이 경망스럽고 조폭스럽고 무지한 족속들과의 관계에서는 이것이 절대로 필요했다. (상권, 349쪽)

토속적이고 질박한 어휘를 구사하고 민중적인 인물들에 대한 애착이 보이는 것은 홍명희 소설의 계승적 측면이라고 할 수 있다.

---

111) 과학원 언어문학연구소 언어학연구실,『말과 글의 문화성』, 과학원출판사, 1963.

북한에서는 1980년대에 들어서면서 역사소설의 활발한 창작을 요구하였다. 근로자들에게 계급교양 사업을 강화하여 자주성을 위한 지난날의 투쟁의 역사와 사회주의 제도 하에서의 삶의 보람과 긍지를 느끼게 하기 위한 목적과 소설 창작에서의 주제 영역의 다양한 확대는 역사물 주제의 작품 창작을 요구하게 되었다.[112] 역사소설에서 "해당 시기의 생활과 시대상을 선명하고 진실하게 보여주려면 그 시대의 언어 생활을 정확히 반영하여야 한다"[113]고 했을 때 역사적 사실을 담은 작품이 옛날 사람들의 언어생활 자체가 아니므로 '낡은 말'의 사용 문제가 제기된다. '낡은 말'이란 일정한 역사시기에 존재하다가 오늘날에는 없어진 대상으로 역사적 사실을 그대로 정확히 표현하기 위한 수단으로 사용된 '시대어'와 대상은 있으나 다른 단어가 나타나서 더 이상 쓰이지 않는 단어들로 시대적 색채를 나타낼 때 쓰이는 '옛날말' 등이 있으며 후자는 낡은 투의 맺음토를 말한다.[114]

이러한 작품 창작에서 견지해야 할 점은 역사주의적 원칙과 현대성의 원칙을 잘 결합시켜 시대의 요구와 대중의 미감에 맞는 작품을 창작하는 것이다. 홍석중의 『높새바람』은 이러한 의도를 충족시킨다고 볼 수 있다. 이 작품은 역사적 사실과 인물들에 공감할 수 있는 언어를 구사하여 예술적 형상을 높였다는 평가를 받고 있다.[115] 그 평가를 참고로 하여 정리하면 다음과 같다.[116]

---

112) 박종원·류만, 『조선문학개관』, 인동, 1988, pp.319~320.
113) 김정일, 『영화예술론』, 외국문화출판사, 1989, p.113.
114) 강상호, 「력사물 주제의 문예작품 창작에서의 낡은 말과 그 리용」, 『문화어학습』 4호, 과학백과사전종합출판사, 1983. pp.21~23.
115) 권영률, 「력사소설의 맛이 나는 언어현상－력사소설 ≪높새바람≫을 읽고」, 『문화어학습』 제2호, 과학백과사전종합출판사, 1993, p.24.
116) 권영률, 위의 책.

(가) 신분제도를 나타내는 시대어

㉠ 양반계층 : 대감, 대감마님, 마나님(높은 양반의 첩), 문안하님, 전갈
하님 등

㉡ 천대 받는 계층 : 말구종, 교구군, 전배노릇, 뒤배노릇, 보발군, 부담
마, 삼투군, 등자치, 등자치서방, 장인바치, 마방집

(나) 고유 조선말로 지은 지형지물

㉠ 강과 개울을 끼고 있는 마을 이름 : 두무개, 다대개, 가막개, 미이개,
소금개, 안골개, 가락이산개

㉡ 산골을 끼고 있는 동네 이름 : 묵골, 도깨비골, 애기골, 쇠풀골, 화
개골

㉢ 섬의 생김새와 섬에서 자라는 식물의 특성에 따라 지은 섬 이름 :
솔섬, 물섬, 울마루섬, 기럭섬, 대나무섬, 바위섬, 제비물목

㉣ 고을과 고을 사이에 있는 교통 중심지를 알기 편리하게 지은 동네
이름 : 밤내말, 단계역말, 신풍역말, 보평역말, 곰산말, 노들나루, 너
덕바위

㉤ 장사꾼들의 상품 종류에 따라 지은 장마당 거리 이름 : 놋점거리,
쇠전거리, 어물전거리

(다) 등장인물들 이름 명명

㉠ 자연 짐승들 비유 : 놉쇠, 쇠득, 개불, 나배기, 부개비, 거북, 야거리,
궤알잡기, 토산불이, 갈메 등

㉡ 사람을 얕잡아 부르는 이름 : 날치군, 공첨지, 쬐쇠 할아버지, 표서
방, 업동이

㉢ 천한 직업 나타내는 이름 : 고직이놈, 표망둥이 아저씨, 상직이놈

(라) 양반들과 민중들의 세태풍속

㉠ 새찬짐, 도차기, 보쌈, 사음이, 승교바탕, 순화군의 얼음치기, 부라
기, 마당끓임, 사다드미

㉡ 양반관료 대명사

㉢ 민중들의 비참한 처지 반영 어휘 : 왕짚새기, 짚신감발, 소나기밥,
굴뚝청어

㉣ 바닷가의 고기배와 고기잡이 어휘 : 통구이, 배고물, 돌비알밀, 용춤

　　들, 돚폭, 밤샘, 멍구덕, 무잠이질, 물마루, 굴강, 고물
　㉺ 민중들의 생활풍습 : 자리끼, 잘배자(녀자옷), 쓰개, 덮개, 고추상투,
　　완삼, 색동다리

여기에서 시대어 사용은 당대 사회생활 반영과 형상의 진실성을 보장하고 있다. 또한 제물포 한성 등 고장 이름도 당시 그대로 사용하여 과거의 언어생활을 보여주며 시대적 색채와 인물 성격의 개성화를 추구하였다. 고유한 조선 지형·지물을 통해서는 민중의 소박한 생활상과 시대배경을 나타내는 진실함을 보여준다. 등장인물들 이름 명명에서는 민중을 생생하게 묘사하는 묘미가 있으며 최하층에 대한 애착이 보인다. 양반들과 민중의 세태 풍속에 대한 대조를 통해서는 양반들의 착취와 전횡, 봉건사회의 악습을 표현하고 있다. 이러한 고유어들은 정서와 감정을 풍부하게 해주며 섬세한 느낌을 준다. 또한 표현이 다양하여 구체적인 장면과 환경, 대상에 대한 묘사에 대하여 세세하고 자유로이 표현하고 있다.

이 작품에는 성구와 속담이 많이 사용되고 있다. 성구와 속담을 사용할 경우 민족적 특성을 현대적으로 재해석할 수 있고, 정황과 사태를 파악하는 데 용이하게 해주는 장점이 있으나 이 작품에서는 과도하게 사용되어 오히려 문장 해석을 방해하는 요인이 되기도 한다. 비유와 대조 과장의 수법으로 사용되고 있다.

이 작품에는 이야기가 전개되다가 등장인물들이 과거를 회상하는 장면이 자주 나온다. 이를테면 장면전환이 시도되는 것인데 이를 서사학에서는 시간교란의 기법으로 보고 있다. 시간교란의 기법에는 선술법과 후술법이 있고 이중 후술법은 플래시백(flash back), 회상(回想), 아날렙시스(analepsis)라는 용어로 사용되기도 한다. 간단하게 정리하면 과거 회상은 이야기 전개에 있어서 한 사건을 이야기 한 뒤에 그 사건보다 먼저 일

어난 일을 나중에 이야기하는 것을 이르는 말이다. 설명이라고도 부르
는 후술법은 이야기에 인물이나 사건에 관한 배경적 정보를 보충해준다.
영화에서는 페이드, 디졸브, 와이프, 아이리스 등의 방법으로 장면을 전
환하는데 『높새바람』에서는 디졸브의 방법이 사용된다. 과거를 회상하
면서 이루어지는 장면전환에서는 같은 자연현상 속에서 현재가 과거로
교체된다. 특히 주인공인 놉쇠의 사랑에서 이러한 회상수법이 주로 사
용된다. 놉쇠는 물섬에서 숨어 살 때 해녀인 희영녀를 만나 사랑에 눈
뜨게 된다. 그러나 이후 놉쇠가 감옥 생활과 파옥, 서울에서의 생활 등
으로 우여곡절을 겪을 때 희영녀 역시 당시 연산군의 노리개로 쓸 예쁜
처녀들을 모집하던 채홍사에게 끌려간다. 놉쇠와 희영녀는 고달픈 생활
속에서 서로에 대한 그리움으로 더욱 애틋한 감정을 가지게 된다.

> 그는 손에 든 밤알을 물끄러니 들여다 보았다. 무엇이 그토록 그의 눈
> 뿌리를 끄는 것일가. 가을바람과 윤기 흐르는 밤알. 그것은 벌써 다시는
> 되돌아갈수 없도록 아득히 멀어진 어느 한 옛날의 꿈결과 같은것이었다.
> 작년 이맘때. 그때도 오늘처럼 푸르고 해빛은 밝고 바람이 소슬한 한낮
> 이였다. 안개골에 갔다오던 놉쇠는 지름길 밤나무밑에서 알밤을 주었다.
> (중략)
> 그제야 놉새는 알아차렸었다. 밤철에 아이들이 소꿉질을 해가며 신랑
> 과 각시를 고르는 점, 어쩌면 철없는 어린애들이나 할 수 있는 귀여운 장
> 난…
> 까마득한 옛일처럼 서글픈 마음으로 학해전을 더듬더보는 지금 놉쇠
> 는 그때 자기를 쳐다보던 희영녀의 수줍은 얼굴이 첫비를 맞은 봄풀처럼
> 파랗게 살아오랐다. 갑자기 짜릿한 아픔과 허우룩한 괴로움이 온몸을 사
> 정없이 조였다.[117]

> 탐스러운 눈송이 하나가 나비처럼 뜸집어구로 날아들었다. 놉쇠는 그

---

117) 홍석중, 『높새바람』 상, 문예출판사, 1983, pp.360~363.

눈송이를 손바닥에 받아서 입으로 가져갔다. 짠물 속에 사는 사람만이 몸서리쳐지도록 짜릿해지고는 차고 깨끗한 이 눈맛의 형언하기 어려운 쾌감을 안다. 그는 자기도 모르게 빙그레 웃으며 어린애처럼 군입을 다셨다. 놉쇠는 문득 착잡한 상념 속에서 벗어나 이제는 아득한 옛날의 행복한 꿈처럼 야릇한 애상만을 안겨주는 어느 한 겨울 첫눈이 내리던 때를 생각했다.(중략)

놉쇠는 웃었다. 첫눈이 내리는 날 사람들이 이런 장난을 주고받는다. 눈을 싸주어서 받는 사람이 인차 알아차리고 준 사람을 잡지 못하면 속은 벌로 속인 사람의 소원풀이를 해부어야 한다던가. 잡히면 그 반대로 되고.118)

홀연 희영녀는 부푼 희망이며 다가오는 행복마저 잊어버렸다. 처녀는 넋을 잃은 사람처럼 배전에 기대서서 동쪽하늘을 바라보았다. 그리고는 해녀시절 그때와 같이 조바심을 하며 바야흐로 시작될 장엄한 해돋이를 기다렸다.

순간, 눈을 한번 깜박였을뿐인데 물마루 한끝에 이글거리는 불덩이가 빨간 혀끝을 내밀었다. 아니다, 룡의 발톱에 할퀴운 바다의 상처에서 빨간 선지피가 솟아오르는 것이다.

온 바다가 끓어번졌다. 핏빛은 만리에 퍼져 아름다운 장끼의 가슴털처럼 찬란한 무지개빛을 이루더니 급기야 눈부신 황금빛으로 변했다. 어둠을 깨끗이 가셔버린 바다는 수만필의 푸른 비단을 펼쳐놓고 그우에 황금빛의 신비한 무늬를 수놓고있었다.

"저 해는 세발 가진 금까마귀란다. 륙만사천년동안 내내 쉬지 않고 저렇게 날아올랐다가는 날아내린다는구나."

놉쇠의 나직한 목소리가 귀전을 울린다. 아마도 그때가 그들이 처음 만남 다음해의 초여름이었던지... 물때를 기다리며 섬에서 밤샘을 하고난 그들은 선바위우에 앉아 해돋이를 바라본 일이 있었다.(중략) 참으로 저 아름다운 불덩어리는 세발가진 금까마귀가 이고있단느 화로안에서 산호가지가 터오르는것인지도 모른다. 여섯 마리의 룡이 앞에서 길잡이를 하고 파보라는 사람이 쉴새없이 까마귀를 뒤따라 달음질을 친다든가. 만약

---

118) 홍석중, 『높새바람』 하, 문예출판사, 1990, pp.60~61.

그렇지 않고 저 불덩이가 단순히 낮과 밤을 위해서 솟았다 졌다 하는것
이라면 이 세상이 얼마나 싱겁고 따분하고 재미없게 생겨먹을것일가.[119]

이러한 자연묘사를 통한 장면전환은 이 소설이 목적의식적 역사소설
에 치우침을 방지하며 서정적이고 아름다운 인간의 내면세계를 더욱 의
의 있게 표현한다.

3) 주체사상에 기초한 사회주의 사실주의에 관한 역사소설의 특성

(1) 주체의 역사관

주체문예이론을 바탕으로 한 역사소설은 반침략 애국주의 정신과 반
봉건적계급투쟁에 관련된 역사적 사건을 선택하고 있다. 박태원『갑오농
민전쟁』(1977~1986), 리영규 『평양성 사람들』(1981), 림왕성 『설죽화』
(1981), 박춘명의 『임오풍운』(1981), 홍석중『높새바람』(1983, 1990), 박태민
『성벽에 비긴 불길』(1983), 리유근『관북 의병장』(1987), 박태민『개화의
려명을 불러』(1989), 김현구『리순신 장군』(1990), 리성덕『울릉도』(1990),
김정민『망이』(1992~1995) 등이 그러하다. 이러한 역사적 사건의 선택에
는 민중이 역사의 주체라는 것을 보여주기 위한 종자로서의 역할을 강
조하고 있다.

그 어느 시기 어떤 생활을 반영하든지 시대의 요구와 인민의 지향에
맞는 의의 있는 문제를 제기하고 종자를 꽃피워나갈데 대한 주체적문예
리론의 이 요구는 력사주제창작에서 우리가 언제나 확고히 틀어쥐고 나
가야 할 강력적 지침이다. 그것은 력사주제가 지난날의 사실을 통하여
오늘의 요구를 대변하며 그것으로써 사람들에게 신심과 용기를 안겨주어

---

119) 홍석중, 앞의 책, pp.188~190.

더 높은 창조의 세계에로 이끌어가는것을 자기의 본성적지향으로 내세우고 있기 때문이다. (……) 력사적 사건이란 반침략애국주의정신과 반봉건계급투쟁과 관련된 제반 력사적사실들을 말하낟. 이는 우리 인민이 이룩한 사상정신적재보 가운데서 기본을 이루는 부분이다. (……) 근로인민출신의 기본군중들의 형상을 잘 창조하는 것이다. (……) 량반계급 특히 애국명장들의 형상을 옳게 창조하는것이다. (……) 주체의 력사관이 밝혀주는 립장과 관점에서 모든 력사적사료들과 유물들을 대하고 평가하여야 한다는 것이다. (……) 풍속세태, 습관 등에는 그 민족의 성격적특성들이 매우 선명하게 집약되여있다.[120]

이 시기 역사소설에서 민중은 역사의 주체적 인간으로 형상되었다. 『임오풍운』의 주인공 림복석은 영종도 싸움에서 죽은 군정의 아들로 아버지의 원수를 갚기 위해 군정에 몸을 던지고 신식무장을 갖추어야 된다는 생각에 별기군으로 들어간다. 그러나 어머니의 말림과 서봉호의 억울한 죽음을 통하여 별기군의 문제점을 파악하고 각성하게 된다. 림복석은 결국 사형을 당하게 되는데 이 과정에서 일본의 침략자적 속성과 민씨 일파의 지배야욕, 군정들이 당하는 억압, 그가 돕고자 하였던 대원군에 대한 믿음의 허상이 드러나게 된다. 결국 림복석은 민중의 자주적 권리는 주체적 투쟁에 의한 것이라는 깨달음을 얻게 되고 이 작품의 주제는 당대 사회현실의 모순과 이를 극복하는 민중의 주체성이 된다. 『갑오농민전쟁』과 『임오풍운』에서는 민중이 역사의 주체이어야 하는 이유가 지배계급의 추악한 인간상 때문임을 보여주고 있다. 민비와 대원군의 일화를 통해 지배계급을 비판하고 있다.

1980년대를 전후로 하여 북한 문학과 예술은 변화를 겪게 되면서 새로운 형태의 공산주의적 대중운동이 전개된다. 모든 작가들은 주체형의 공산주의자의 참된 전형을 찾고 당과 혁명, 조국과 인민에게 끝없이 충

---

120) 리유근, 「력사주제와 형상적요구」, 『조선문학』, 예술총동맹출판사, 1984년 3호, pp.62~66.

직한 숨은 영웅을 찾아내어 그들의 고상한 풍모와 아름다운 정신세계를 훌륭히 형상화하여야 했다. 주체형의 공산주의자 형은 역사소설 속에서 자주적 인간의 형상으로 구현된다.『높새바람』은 인물의 내면적 변화가 자연의 변화와 조화를 이루면서 자주적 인간으로 성장하는 과정을 묘사하고 있다.

주체적문예사상이 밝힌 자주적인 인간전형의 창조를 기본형상과제로 할데 대한 리론, 뒤생활을 다각적으로 탐구하고 내면세계를 깊이있게 파고들어 성격의 전모를 보여줄데 대한 리론, 주인공의 혁명적세계관형성 과정을 전면적으로 깊이있게 그리는것을 기본요구로 내세울데 대한 리론 등은 두이 소설을 철저히 성격소설로 발전시켜나가는 확고한 담보로 되고 있다.
우리 소설은 성격의 전모를 보여주는 동시에 시대와 생활을 풍부하고 깊이있게 형상하고 있다. 생활속에서 성격을 창조하고 혁명의 발전과 함께 투쟁속에서 자라나는 주인공의 사상의식과 생화감정을 탐구형상함으로써 우리의 주체적인 소설작품들은 인간성격을 깊이있게 전면적으로 보여주는 동시에 현실생활을 진실하고 풍부하게 펼쳐준다. (중략)
우리 소설에서의 묘사는 높은 지성과 철학적 사고가 안받침된 분석적 묘사, 생활적 표상을 뚜렷하게 주는 생동하고 감성적인 묘사로 더욱더 발전하고 있으며 성격형상에 지향된 환경묘사, 성격의 본질을 특징적으로 강조하는 인상깊은 초상묘사, 생활과 밀착된 분석적인 심리묘사 그리고 진실하고 깊이있는 세부묘사들에서도 새로운 전진을 이루었다.[121]

『갑오농민전쟁』의 주제 형상과 연관된 전근대적 가치관의 회귀는 자본주의화의 과정인 근대화보다 조선적인 것이 우월하다는 것을 우회적으로 표현하는 것이다.『높새바람』의 경우에도 민족적 정체성을 성 정체성으로 표현하여 일본의 침략주의 속성을 비웃고 있다.『높새바람』에

---

121) 은종섭, 「위대한 령도따라 우리 소설문학이 걸어온 영광의 40년」,『조선문학』, 예술총동맹출판사, 1985년 6호, p.12.

서는 토속적이고 질박한 어휘를 사용하여 민족적 정서를 잘 나타내고 있다.

또한 이 시기에는 애국명장에 대한 형상을 창조하고 있다. 반침략 애국투쟁을 다룬 작품에서 '김응서'[122], '이순신 장군' 등이 양반이지만 계급적 제한성 없이 긍정적 역할을 하고 있다. 『평양성 사람들』의 김응서는 양반출신 무관으로 거상의 몸이지만 평양성 수복을 위해 모든 것을 다 바친다. 또한 민중의 힘을 믿고 자체적으로 군사력을 키워 평양성 안을 정찰하고 적장 소서비를 제거할 수 있도록 한다.

전체 26장으로 구성된 중편 역사소설 『부루나의 밤』(림종상, 1983)은 역사에서 사라져버린 사람들에 대한 이야기이다. 고조선의 풍습인 '무천' 행사에 얽힌 노예주와 노예들의 삶을 그리고 있는 이 작품은 노예들의 참상을 고발하면서 인간의 존엄과 자유의 소중함을 일깨우고 있다. 이 작품의 시작은 '무천' 놀이에 얽힌 사연에서 전개된다. '무천'은 원시인들이 남김 공동체 유습으로 노예기초사회 말기까지도 전통적 관습으로 내려오는 것으로 소개된다. 여기에서 특기할 만한 것은 남한에서는 무천 행사가 고조선의 전통이었다는 것이 2006년에서야 밝혀져 있다는 것이다.[123] 1983년에 발표되었던 이 작품에서 무천 행사를 고조선 이전

---

122) 북한 역사소설에서 '김응서'는 자주 거론된다. 2007년 초 북한은 역사인물 7명을 그려 넣은 새로운 우표 7종을 발표했다. 고구려의 을지문덕·연개소문, 고려의 강감찬·서희·이규보·문익점, 조선의 김응서 등이다. 문신보다는 무장을 중심으로 선정하였다.

123) 정영진·배영대, 「'돈황문서' 고구려사료 첫 발견─무천은 고조선 풍속」, 『중앙일보』, 2005년 6월 10일자.
　　그동안 동예(東濊)의 제천풍속으로 알려진 무천(舞天)행사가 고조선의 풍속으로 기록된 문헌이 최초 발견돼 학계에 파란이 예상된다. 인천시립박물관 윤용구 박사는 지난 1907년 A. 스타인에 의해 영국으로 반출된 돈황문서(敦煌文書)에서 고구려史와 관련한 귀중한 사료를 발견했다고 10일 밝혔다. 윤 박사는 돈황문서내 토원책부(兎園策府) 주석에 고조선의 풍속으로 10월에 제천행사인 무천(舞天)이 열렸고, 출정에 앞서 소를 잡아 발굽의 형상으로 길흉을 점치던 우제점(牛蹄占)이 있었다는 기록을 새로 발견했다. 현재까지 국사교과서에는 고조선

부터 존재하던 풍습이라는 것이라고 밝힌 것은 흥미로운 일이다. 또한 단군신화를 물신숭배에서 나온 신화로 보고 있다. 소설 내용에서 곰을 사냥하는 데 주저하거나 노예폭동에서 성공한 후 호랑이 춤을 추는 것은 이러한 물신숭배에서 비롯된 것이다. 곰을 조상으로 생각하고 모든 짐승의 어른인 호랑이를 신으로 믿는 경향이 소설 속에 소개된다.

부루나 고을의 우두머리이며 노예소유자인 미궁치가 '무천' 놀이에서 해우와 어기와 만나게 되면서 이야기는 시작한다. '무천'의 본래 풍속대로 하면 천신 앞에서는 만인이 평등하지만 노예사회분해기에서는 아직 공동체의 우두머리가 천신의 주재자이다. 제물로 바쳐지는 황소의 발톱을 뽑아 그 형상으로 길흉을 점치는 과정에서 황소가 쓰러지지 않고 난동을 부리면서 미궁치가 위험에 빠질 때 총각 '해우'가 이를 저지하고 친구 '어기'가 도와준다. 해우와 어기는 서북방 수자리에서 끌려갔다가 고생하고 온 사람들이다. 미궁치는 이들에게 인심을 쓰나 눈여겨본다. 어기는 전염병으로 숨져가는 아내와 갓난 애기를 위해 빚을 졌다가 수자리에 끌려가는 바람에 빚더미에 앉게 되고 미궁치는 이를 이용하여 노예로 삼을 계책을 세운다. 어기는 빚 때문에 미궁치에게 잡혀가서 가을까지 갚을 것이라는 약속을 하게 된다. 어기는 도망치고 혼자 남게 된 아리는 우사수의 빚 독촉을 받는다. 자살하려고 물에 빠진 아리를 해우가 살려낸다. 절망하는 아리는 해우의 부인이 된다. 해우의 어머니는 며느리에게 운포금 명주목수건을 선물하기 위해 빚을 진다. 부루나 강가에서 소박하지만 행복한 미래를 꿈꾸는 해우와 아리의 삶도 빚 독촉으로 무너진다. 빚을 갚기 위해 다 익은 곡식이 있는 밭을 팔 수밖에 없었던 해우는 미궁치의 땅이 될 어기의 땅을 팔았다는 죄목으로 잡혀 간다. 노예로 전락한 해우는 곰산 사냥터로 끌려가고 어머니와 아리도 노예가

______

이후 동예(東濊)가 '무천', 부여는 영고(迎鼓), 고구려 동맹(東盟)이란 제천행사를 지낸 것으로 실려 있다.

된다. 후왕이 될 야욕에 사로잡힌 미궁치는 노예들을 더 억압한다. 이 소설에서는 노예들의 처참한 일상이 상세하게 묘사된다. 노예주들의 방석으로 사용되는 노예들의 모습, 노예로 끌려온 어머니에게 자식 앞에서 엄한 매를 안기는 모습, 포로노예로 끌려와 도망쳤다가 극형에 처해지는 모습, 순장의 풍습에 의해 주인이 죽자 불에 태워지는 노예들의 모습, 소년노예들의 처참한 모습 등이 처절하게 묘사된다.

미궁치는 당시 발전한 고대조선의 제철제강술을 이용하여 유일무이한 대노예소유자로 성장하였다. 미궁치는 중앙통치체제에서 떨어져 나와 독립적인 소왕국인 후국을 세우기 위해 자금 및 무기조달지로 쇠골에 의의를 부여하고 있다. 우사수 역시 미궁치에게 굴종하는 듯하면서도 후왕이 되고자 하는 야욕에 사로잡혀 있다. 잔인하고 교활한 수단으로 대노예소유자가 된 미궁치는 여러 고을을 병합하고 중앙통치체제와 인연을 끊는다. 자기의 소왕국을 부루나의 후국이라고 명명하고 지위를 점차 확장시키는 미궁치를 임금은 정벌하지 못한다.

가족의 안전을 위해 굴욕적인 순종을 하는 해우는 순장 풍습으로 불에 타 죽는 어머니와 가죽보따리에 갇혀 물에 던져진 아리의 죽음을 통해 그동안 쌓여 있던 울분을 토해내게 된다. 아리는 자신의 자태를 탐내는 미궁치에게 굴복하지 않고 존엄과 절개를 지키기 위해 죽음을 택한다. 결국 분노를 터뜨린 노예폭동자들은 통치배들을 족치고 폭동을 일으킨다. 노예폭동에 앞장섰던 어기는 해우와 살아남은 해우의 아들을 구하기 위해 희생한다. 죽어가는 어기의 모습을 보며 복수를 다짐하는 해우의 모습을 묘사하며 이 소설은 끝이 난다.

이 소설에서는 부루나가 역사 속에서 사라질 수밖에 없었던 원인을 노예제도와 인간의 탐욕으로 보고 있다. 소설에서는 노예제도의 악습을 사유재산의 폐해로 규정한다. 소유라는 것은 탐욕을 부르고 탐욕에 가득 찬 인간은 타인을 억압하고 인간성을 상실하게 된다는 것을 '미궁치'

와 '우사수'를 통해 보여주고 있다. 이에 맞서는 주인공들은 생명보다 인간의 존엄와 절개를 중시하는 모습을 보여준다. 주인공 '해우'는 가족을 위해 온갖 억압과 비인간적인 대우를 참지만 결국엔 폭동에 앞장 설 수밖에 없게 되는 인물로 그려진다. '어기'는 노예로 전락한 후 그 굴레에서 벗어나기 위해 노예폭동에 앞장서게 된다. '어머니'와 '아리'는 억압과 핍박 속에서도 끝까지 목숨 대신 절개를 지키는 고상한 인물들로 나온다. 이러한 인물들의 모습을 통해 진정한 인간의 삶이 무엇인지 되돌아보게 한다.

역사적으로 고조선의 사회구조는 역사적 사실인 '범금8조'[124)에서 알 수 있듯이 기본적으로 노예와 노예소유자 간의 대립관계를 축으로 이해할 수 있다. 청동기문화 단계의 씨족장 또는 지역수장이 전화(轉化)하여 나타난 노예소유자들은 경제적 부와 정치권력을 독점했으며 이러한 기득권을 유지하기 위하여 법과 정치제도를 만들어냈다. 노예를 포함한

---

124) 중국의 『사기』와 『한서』에는 기자(箕子)가 8조(條)에 해당하는 법률을 제정했다는 기록이 나타나 기자팔조교라고도 한다. 당시의 법률은 대개 형법(刑法)으로 응보주의(應報主義)에 의거해 만들었기 때문에 단순하고 엄격한 데 그 특징이 있었으며, 사회질서를 유지하는데 필요한 최소한의 법률로 만족했다. 모든 것을 선(善)과 악(惡)으로 구별했는데, 이는 신(神)의 뜻에 따라 정해지는 것으로 여겨 종교적 제사를 지낼 때 죄를 처벌했다. 현재 우리나라의 기록에는 없고 중국기록인 『한서』 지리지에 나타나는 것으로 보면 고조선에는 8개의 조목에 해당하는 법률이 있었다. 현재 알 수 있는 것은 3조목뿐으로, ① 사람을 죽인 자는 즉시 사형에 처한다. ② 남에게 상해를 입힌 자는 곡물로써 배상한다. ③ 남의 물건을 훔친 자는 데려다가 노비로 삼는다. 단 스스로 면하려면 1사람 당 50만 전(錢)을 내야 한다는 것이다. 이들 조목을 살펴보면 모두 생명·신체·재산에 관한 것으로, 이 가운데 절도죄에는 특별히 면할 수 있는 방법이 마련되어 있었는데 아마 뒤에 새로 만들어졌거나 바뀐 법률로 보인다. 왜냐하면 50만 전으로 속형(贖刑)이 가능한 것이 중국 한나라 때 사형수의 속전법(贖錢法)과 같기 때문이다. 또 기록에 고조선에는 법률이 엄해 부녀자들이 정신(貞信)해 음란하지 않았다는 사실이 나타나는 것으로 보아 이밖에 간음을 금하는 조목도 있을 것으로 보인다. 이러한 범금8조는 우리나라 최초의 법률이었으며, 이후 중국 한나라의 사회제도와 생활양식이 들어옴에 따라 60여 조목으로 늘어났다. http://enc.daum.net/dic100//viewContents

피지배계급들은 직접 생산에 종사하면서 사회의 기층을 이루었다. 일반 평민들은 항상 노예로 전락할 수밖에 없었던 열악한 처지에 놓여 있었다. 『부루나의 밤』은 이러한 불평등한 사회에 대한 고발이면서 그 속에서 굽히지 않는 인간의 절개와 자유에의 의지를 그려내고 있다. 또한 소수민족의 불행한 모습은 통합된 민족통일의 염원으로 해석된다.

(2) 역사주의 원칙과 현대성

『갑오농민전쟁』은 박태원이 십여 년에 걸쳐 집필한 것으로 그 전편에 해당하는 『계명산천은 밝아오느냐』(문학예술총동맹출판사, 1965~1966)의 시점에서 삼십여 년의 세월을 건너뛴 데서 시작한다. 『계명산천은 밝아오느냐』의 경우, 역사적 인물과 허구적 인물이 함께 존재하고 역사적 사실이 확대되거나 허구적 사건이 개입되어 미적 상상력을 발휘하고 있다. 『계명산천은 밝아오느냐』의 초입부분에서 박태원은 역사적 사실에 상상력을 통한 허구를 개입시켰고 그것이 자신의 역사소설관임을 밝히고 있다. 박태원은 월북 후 1960년대 들어서 역사소설을 집필하기 시작했다. 월북 직전의 『군상』을 통해서 박태원은 1850년대라는 봉건 해체기를 다룬 소설을 구상하고 있었음을 알 수 있다. 이후 『계명산천은 밝아오느냐』와 『갑오농민전쟁』이라는 일련의 역사소설 중심에는 계층분화의 시발점에 대한 작가의 남다른 자각이 있었다.

『계명산천은 밝아오느냐』 발표 당시 평론가와 독자의 평은 매우 좋았고 박태원의 포부도 컸다. 그러나 박태원의 건강이 악화되면서 그가 의도한 대로 작품을 전개하지 못하였다. 『계명산천은 밝아오느냐』에는 '갑오농민전쟁 제1부'라는 부제가 붙어 있어 1977년에 출간되는 『갑오농민전쟁』의 전 작품이라고 볼 수 있으나 『계명산천은 밝아오느냐』가 익산민란을 중심으로 다루었다면 『갑오농민전쟁』은 동학혁명이 발발하기 전인 1892년부터 이야기를 시작하기 때문에 별개의 작품으로 볼 수

있다.125) 두 작품은 30년 공백의 이유를 제대로 밝히지 못한 채 인물과
사건만이 연속되어 나온 별개의 작품이 되어버렸다. 한『갑오농민전쟁』
제1부의 경우 박태원 작가만의 작품이라고 볼 수 있으나 제2부와 제3부
의 경우 부인 권영희가 받아쓰거나 대신 집필하고 박태원의 도움을 받
은 것이라는 의견126)을 중심으로 볼 때 박태원의 창작이라고 보기 어려
운 점이 있다.『갑오농민전쟁』은 그 우수성에도 불구하고 제3부로 갈수
록 역사 사실에 대한 환상과 확대에 이데올로기적 측면이 가미되면서
작가는 사라지고 북한 사회라는 시학적 측면이 강조되는 경향이 보인다.

리조 철종 말년, 소위 '진주 우통'이라 불리우는 <u>삼남 농민 폭동이 일
어나기 한 해 전</u>으로부터 고종 31년 갑오농민전쟁을 치른 뒤 을미년에
㉮ 전봉준㉯ 이 교수대의 이슬로 스러지기까지의 35년간을 취급하는 3
부작『갑오농민전쟁』의 완성은 진정 내게는 힘에 겨운 것이라 할 밖에
없겠다.
　　그러나 나는 기어이 이 작품만은 써보고 싶었다. <u>해당 시기 봉건 지배
층의 부패상, 조국과 인민에게 지은 가지가지의 죄악들</u>㉰ㅡ그것을 분격
에 끓는 붓끝으로 여지없이 폭로하고 싶었던 것이다. 병인양요 임오군란,
특히는 갑오농민을 통해서 고도로 발양된 <u>인민들의 숭고한 애국주의</u> 사
상을 내 필력이 미치는 데까지 찬양하고 싶었던 것이다. 그와 아울러 우
리의 <u>온갖 고상한 도덕적 품성들과 전래하는 미풍양속 등등</u>㉱에 대해서
이야기해보고 싶었던 것이다. (밑줄과 문자 삽입 저자)
　　　ㅡ박태원,「로동당 시대의 작가로서」,『문학신문』, 문학신문사, 1961. 5. 1.

위 예시에서 박태원은 앞으로 집필하게 될 역사소설의 방향과 내용을
제시하고 있다. 갑오농민전쟁, 혹은 동학혁명이라고 불리는 일련의 역사
적 사건들은 민족사에 있어 중요한 전환점이 된다. 당시 왕권 중심의 사
회에서 민중 중심의 투쟁이 전개되었다는 것은 계급분화가 시작되는 혁

---

125) 신형기·오성호,『북한문학사』, 평민사, 2000, p.253.
126) 이상경,「박태원의 역사소설」,『박태원』, 새미, 1995, p.180~181.

명적인 사건의 시발점으로서 의의를 가진다. 위의 글 ㈎와 ㈏에 의하면 박태원이 앞으로 전개할 역사소설은 남부 지방 전봉준에 의해 주도된 농민전쟁임을 알 수 있다. 그리고 ㈐에 해당하는 내용을 바탕으로 하여 ㈑가 주제가 되는 역사관을 알 수 있다. 이러한 작가의 포부에 많은 의문점을 제시할 수 있는데, 우선 '갑오농민전쟁'이라는 명칭이 '동학'의 역할을 배제하거나 부정한 것으로 보여 역사를 바라보는 안목이 자의적이지 않나 하는 의구심이 든다. 또한 당시 자생적이든 타의적이든 조선의 근대화가 이루어지는 시점에서 일어난 여러 가지 '난'에 참가했던 계층으로는 양반부터 하층민에 이르기까지 다양한데 주도 계급을 농민으로 표현하여 역사적 의미를 축소한 것이 아닌가 하는 문제가 제기된다. 또한 이후 전개된 작품에서는 전라도 지역 중심의 전봉준 일대기를 바탕으로 내용이 전개되고 실제 역사상에 등장하는 인물들인 최제우, 최시형, 김개남, 손화중, 손병희 등에 관해서는 그 의미가 축소되어 지역 편중과 인물 왜곡의 경향으로 나타나게 된다는 우려감이 생긴다. 역사와 허구, 시학의 결합이라는 역사소설의 복합적 특성을 고려해 볼 때 선택적 역사에 따라 주제가 도출된다고 볼 수 있다. ㈐와 ㈑의 경우 북한 문예이론에서 강조하는 일종의 종자가 되어 작품 형성의 밑바탕이 될 것임을 예시하고 있다고 볼 수 있다.

　예술과 역사의 관계에서 역사에 대한 예술의 전통적인 관계는 모방적 접근이 더 이상 불가능하다는 뮐러의 주장이 있다.[127] 그는 역사를 모사의 대상이 아니라, 구성의 대상으로 파악하여 역사의 진행과정에서 불연속성과 단편성에 주목한다. 그는 과거의 역사적 소재가 현재와 연관을 이루며 미래로 방향지어진다는 일종의 '아나크로니즘(Anachronismus)'

---

127) 김맹하, 「단편의 미학」, 『독일언어문학』 제19집, 독일언어문연구회, 2003. 3, p.211. 뮐러는 1970년대 독일의 극작가로 전통적 연극의 규정성과 획일성을 지양하고 다양한 형식 실험을 시도하면서 역사적 모델로서 과거를 현대화한다.

창작원리에 기초하고 있다.[128) 여기에서 '아나크로니즘'은 역사소설이 과거를 다루나 이러한 과거 시대에 대해 현재의 작자가 현재의 독자에게 이야기하는 것이므로 작가는 과거 시대를 오늘의 풍속과 언어로 번역해야 한다는 의미를 가지고 있다. 역사소설에서 역사적 진실성이란 역사상 거대한 충돌이나 위기, 전환점들의 충실한 문학적 반영이다. 역사의 전체적이고 현실적인 제반 연관에 대한 인식은 문학적으로 적절하게 표현하기 위해 작가는 개개의 역사적 사실들로부터 어느 정도는 자유로울 수 있다. 박태원의 경우에도 역사적 진실성을 문학적으로 반영하는 것에 있어 현실 제반적인 역할에 입각하고 있다. 『갑오농민전쟁』이 역사를 축소했다는 의미보다는 현재에 의미 있 북한에서는 1960년대 중반의 '혁명적 대작' 논의를 발단으로 수령의 혁명 역사에 대한 관심이 환기되었고,[129) 주체의 시각에서 긍정적 주인공이나 갈등 제시방법에 대한 사상 미학적 문제가 검토되고 고안되었다.[130) 『갑오농민전쟁』의 경우 1970년대 이후 작품으로 인물들의 성격 발전을 통해 주체의 인간학을 보여주며 어떻게 공산주의적 새 인간들이 탄생하는가를 보여준다. 전통, 투쟁정신, 혁명의식의 발전과정, 절치부심의 정신, 투쟁성, 애국자로서의 인간, 공산 혁명가로서의 인간 등의 현대적 관점이 역사소설 속에 구현되고 있음을 알 수 있다. 또한 역사적 사실에서 인물과 사건을 취사선택하는 안목을 보이고 있다. 계급, 혁명, 전쟁을 주요 종자로 삼아 전봉준을 주인공으로 설정한 이유는 무장투쟁과 혁명성을 부여하기 위한 장치로 보인다. 시공간의 배합에 있어서도 갑오년 고부민란에서 그해 공주성 전투까지를 삼고 서울과 전라도만을 선택하여 당시 변혁을

---

128) 김맹하, 앞의 책, p.212.
129) 강능수, 「혁명전통 주제 작품에서의 전형성 문제」, 『조선문학』, 조선작가동맹출판사, 1967. 4.
130) 김하명, 「건설의 참된 주인공의 전형 창조에 관한 김일성 동지의 사상」, 『조선문학』, 조선문학예술총동맹출판사, 1971. 1.

꿈꾼 계층으로 민중을 부각하려고 한 의도가 보인다. 반외세와 반봉건, 반계급의 중심에 민중 투쟁을 강조하고 있다. 이 작품의 주요 사건은 '전라도 전봉준'이 주도한 '농민전쟁'으로 현재의 북한 정치학이 개입되어 인물들과 사건들을 취사선택했다는 점이 명백하게 드러나고 있다. 이러한 점은 아나크로니즘 창작 원리에 입각한 것이라 볼 수 있다.

『높새바람』은 조선 시대 임진왜란이 발생하기 전인 16세기 초 '삼포왜란' 발생 직전에 있었던 역사적 사건을 바탕으로 하고 있다. 왜군의 해적행위와 침략적인 음모에 반대하여 싸운 조선시대 민중의 투쟁을 형상화하였다. 이 작품에서는 16세기 일본의 조선 침략사의 이면을 보여주면서 조선을 지킨 민중의 모습을 창조하고 있다. 작가 홍석중은 '삼포왜란'부터 전해 내려오는 구전 가요의 주인공을 원형으로 삼고 소설의 주인공으로 설정하였다. 작가는 역사는 마음으로 전해지는 것이며 역사적 사건에 대한 진실을 명백하게 가리는 목적론적 입장에 있음을 스스로 밝히고 있다.

부언하거니와 력사란 교훈을 위하여 필요한 것이다. 그런데 삼포 왜란이 있은 지 이년도 못되여 또 다시 왜놈들이 그 피비린 땅에서 살판을 치게 되었고 그곳 사람들은 우리 주인공들의 운명을 되풀이 하게 되였으니 삼포왜란으로부터 사십여년이 지나서 일어난 을묘왜란(1955)이며, 또 을묘왜란으로부터 사십여년이 지나서 일어난 임진왜란(1592)과 정유왜란(1597)은 모두 그러한 력사적 교훈의 중요성을 실증해주는 사실로 된다.
력사란 공정한 평가와 진실을 위하여 필요한 것이다. 그런데 지금까지 력사는 당시 왜놈들이 만들어낸 구실을 그대로 기록에 받아들여 우리의 주인공들중 한 사람인 리우증을 "추솔하고 꾀가 없고 무지막지한" 변방 장수로서 삼포왜란을 가져온 장본인이라는 영예롭지 못한 패호를 채워주고 있으며 일부 외국 사가들은 그것을 자료로 리용하여 삼포왜란을 조선에 대한 일본의 침략이 아니라 일본 거류민들에 대한 조선관리들의 박해로 해서 빚어진 폭동으로 버젓하게 력사를 외곡하고 있다. (실례로 나가무라 씨가 지은 『일본과 조선의 관계력사에 대한 연구』)
그러나 기록이나 사료가 곧 력사는 아니다. 진정한 력사는 인민들의

마음 속에 깃들어 대를 거쳐 마음으로 전해지는것이니 우리의 주인공 놉
쇠에 대하여 전해지는 노래와 전설과 이야기들이야말로 당신의 력사적진
실을 그대로 보여주는 산 자료들이요, 우리 인민들이 마음 속에 간직하
여 잊지 않고있는 교훈을 여실히 증명하여주는 것이다.131)

『부루나의 밤』(림종상, 1983)은 고조선 시대에 민족이 나누어지면서 소
국의 설움을 겪을 수밖에 없었던 부루나 사람들의 이야기를 형상화하고
있다. 역사적 사실보다 역사적 상상력이 더 발휘된 작품으로 그 어조가
강렬하고 울분에 싸여 있는 작품이다. 이 소설은 노예제도에 대하여 비
판하면서 봉건사회와 자본주의 사회가 이의 유습이며 후기적 현상이라
고 보고 있다. 그러나 노예사회에서 빚진 노예가 채무노예로 굴러 떨어
지는 것과 '법'으로 노예를 죽일 수 있는 것이 용인된 점은 자본주의 사
회와 다르다고 밝히고 있다.132) 소설에서는 '범금8조'의 악용으로 인해
노예로 전락하게 된 해우 가족의 불행한 삶과 노예주인 미궁치와 그의
부하인 우사수의 탐욕스런 삶이 대조적으로 전개된다.

『김정호』(강학태, 1987)는 아름다운 민족생활을 반영하면서 역사적 문
화유산에 대한 자긍심을 통한 애국심을 다루고 있다. 북한에서는 문학
작품의 창작 문제에 대하여 "민족적관습이 진하게 배여있는 지난날의
생활을 그리는 경우에는 력사주의적원칙과 현대성의 원칙을 지키는 것
이 중요하다."는 김정일의 지적에133) 따르고 있다. 『김정호』는 이러한
원칙과 요구에 따라 현시대의 사람들에게 민족적 자부심과 긍지를 복돋
아주고 사회주의적 애국주의 사상으로 교양하는 데 이바지하는 작품으
로 평가된다.134)

---

131) 홍석중, 「맺음말」, 『높새바람』 하, 문예출판사, 1990, pp.502~503.
132) 림종상, 『부루나의 밤』, 문예출판사, 1983, p.25.
133) 강진, 「력사적사실에 대한 감명깊은 예술적형상화—장편소설 ≪김정호≫에 대
    하여」, 『조선문학』, 문학예술종합출판사, 1990년 1호, p.73.
134) 강진, 위의 글.

이 작품은 조국 강토에 대한 사랑으로 전국을 걷고 또 걸으면서 대동여지도를 완성한 김정호의 애국심과 그의 외동딸 솔매의 고결한 품성을 중심으로 하여 전개되고 있다. 27년의 세월을 조국강토를 답사하는 데 바친 김정호의 삶은 우여곡절과 시련의 연속이었다. 혼자의 힘으로 지도제작을 완성하고자 한 김정호의 이야기는 그가 경험한 에피소드를 통해 다양하고 입체적으로 펼쳐진다. 이 작품에 나타난 역사주의적 원칙과 현대성은 김정호의 죽음에서 나타난다. 김정호의 지도를 빼앗기 위해 음모를 꾸미는 관료들 앞에서 김정호는 끝까지 저항하나 결국 형장의 이슬로 사라지고 만다. 여기에서 김정호의 시대적 제한성이 나타난다. 봉건시대의 충군사상에 기초한 그의 사상적 제한성은 옥중에 갇힐 때 깨닫게 된다. 김정호는 감옥에 같이 갇히게 된 의적두령의 세상에 대한 울분을 통해 자신의 봉건충군 정신을 되돌아보게 된다.

3. 주체사실주의에 관한 역사소설

1) 계급과 체제, 성 영역의 전복 -『황진이』

(1) 낭만적 에로티시즘 구현과 계급주의 초월

최근 들어 남한에서는 북한 소설 홍석중의 두 번째 역사소설『황진이』(2002)에[135] 대한 관심이 고조되고 있는데, 그 이유는 해방 이후 남한 당

---

135)『통일문학』'특별부록'에 『황진이』 평론과 원전 일부가 실려 있다.
　　　김재용, 「운우의 꿈을 깨니 일장 춘몽이라…」,『통일문학』제3호, 통일문학사, 2003.
　　　박태상, 「생동한 인물 성격 창조와 작가의 창발성」,『통일문학』제3호. 통일문학사, 2003.

국의 허가를 받아 출판 절차를 밟고 있는 최초의 북한 소설이며 북한 소설로서는 드물게 성에 대한 노골적인 묘사를 하고 있기 때문이다. 홍석중은 이미『높새바람』을 통해 이전의 북한 소설에 비해 과감한 성애를 표현하였다.

홍석중의 첫 번째 역사소설『높새바람』은 1510년 삼포왜란을 다루면서 왜구의 침략적 속성과 지배계급인 양반의 부조리와 불합리에 대항하는 민중의 투쟁을 주요 내용으로 하고 있다. 이러한『높새바람』과『황진이』를 비교해 보면 두 작품은 조선 시대 계급과 체제에 대한 불합리에 대하여 이야기하면서 성과 사랑의 관점에서 풀어나가고 있다는 공통점을 발견할 수 있다.『높새바람』이 민족의 정체성을 자주적 인간상과 미풍양속으로서의 성으로 설명하고 있다면 이에 비해『황진이』는 당대 제도의 모순에 대하여 제도 밖으로 내쳐진 인간들의 성과 사랑으로 풀어나가고 있다. 이러한 점은 남한에서도 호응을 얻어 책으로 편찬되고 영화로 제작되었다. 또한 2004년에는 '만해 문학상'으로 선정되었다. 선정 이유는 "탁월한 역사적 상상력과 창조력으로 소설적 서사의 진수를 보여주었으며, 사실과 야사, 속담과 살아 있는 비유, 민중적 비속어와 품위 있는 사적 표현을 풍성하게 구사하는 가운데 남북한의 언어가 자연스럽게 융화함으로써 분단의 벽을 뛰어넘어 민족 문화유산의 수준을 제고했다는 점"[136]을 높이 평가했기 때문이다. 이 작품은 북한에서의 에로틱한 성애묘사로 관심을 끌기도 하나 "양반에서 기생으로 다시 방외인으로 이동한 황진이는 체제와 반체제의 텍스트 바깥으로 이탈함으로써 도가적 소요유(逍遙遊)의 경계를 거닌다. 화담마저 부정되는 이 절대자유의 경지! 이 지점에서 작품은 신분사회 또는 계급사회의 질곡에 대한 침통한 숙고로 인도하는데, 그것은 자본주의는 물론이고 현존 사

홍석중, 「소설 황진이(북한원전)」,『통일문학』제3호, 통일문학사, 2003.
136) 제19회 만해문학상 심사평.

회주의 너머로 우리의 사유를 확장시키는 것이기도 하다"라는[137] 평가
를 이끌어낸다. 또한 '조숙한 자유인의 초상'[138], '비극적 사랑과 민중적
사랑의 힘'[139], '계급을 초월한 에로스적 사랑의 모습'[140], '인민주의적
상상력과 민중 황진이'[141], 분열과 욕망, 탈이데올로기적 표상으로서의
황진이[142], 질박한 어휘력을 통해 드러난 놈이와 황진이의 비극적 사
랑[143], 확고한 사회주의적 계급관을 표방하는 '놈이'의 설정을 통해 이
념적 세계관에 기울어진 북한소설[144], 민중적 계급성의 표상인 '놈이'와
자유연애주의자의 표상인 '황진이'의 연애담을 중심으로 북한식 에로티
시즘의 현재적 양상[145]이라고 평가받는다.

　홍석중의 『황진이』는 총 3편으로 이루어져 있다. 제1편 '초혼'(1534년,
갑오년 두견새울음 구슬픈데 산에 달은 나직이 걸렸더라), 제2편 '송도삼절'(1539
년, 기해년 송도삼절의 꽃이라 꽃 늪의 밝은 달빛 의연쿠나), 제3편 '달빛 속에
촉혼은 운다'(1539년(기해년) 겨울~1540년(정자년) 봄 초생달 뉘비쳐 적으며 보
름달 뉘 그려 둥그렇느뇨)의 구성은 황진이의 일생을 연대기로 나누어 낭만

---

137) 최원식, 「남과 북의 새로운 역사감각들 : 김영하의 『검은 꽃』과 홍석중의 『황진
　　　이』」, 『창작과 비평』 제32권 제2호 통권124호, 창작과비평사, 2004 여름.
138) 최원식, 「남과 북의 새로운 역사감각들 : 김영하의 『검은 꽃』과 홍석중의 『황진
　　　이』」, 『창작과비평』, 2004년 여름.
139) 황도경, 「황진이, 꽃으로 피다 ─ 홍석중과 전경린의 '황진이'」, 『문학동네』, 2004
　　　년 겨울.
140) 박태상, 「북한소설 『황진이』 연구」, 『북한의 문화와 예술』, 깊은샘, 2004
141) 김경연, 「황진이의 재발견, 그 탈마법화의 시도들」, 『오늘의 문예비평』, 2005년
　　　여름.
142) 우미영, 「복수(複數)의 상상력과 역사적 여성 ─ 최근의 '황진이' 소설을 중심으
　　　로」, 『여성이론』 12호, 2005년 여름.
143) 김재용, 「"운우의 꿈을 깨니 일장춘몽이라…" ─ 비극적이지만 아름다운 사랑이
　　　야기」, 『통일문학』, 2003년 겨울.
144) 김종회, 「북한대표소설의 계급적 관점과 탈계급적 관점 ─ 홍석중의 『황진이』가
　　　우리 문학과 같은 점, 또는 다른 점」, 『문학사상』, 2004. 5.
145) 오태호, 「홍석중의 『황진이』에 나타난 '낭만성' 고찰」, 북한연구학회 연말 학술
　　　회의, 2005. 12. 2.

적인 시구와 함께 전개된다. 이 작품은 황진이의 신분이 양반에서 기생의 신분으로 전락하는 과정을 중심부에서 주변부로 내몰린 인간의 자아 정체성을 찾는 과정으로 그리고 있다.

제1편에서는 송도 지방의 황진사 댁을 중심으로 이야기가 전개된다. 황진사의 딸 황진이의 자색과 그에 얽힌 에피소드가 전개되고 진이와 그 집 종 놈이, 이금, 상직할멈, 괴똥이의 관계가 그려진다. 여기에서 놈이는 역사 속에 등장하지 않는 허구적 인물로 소설 속에서 황진이의 삶에 많은 영향을 끼치는 인물이다. 뒤에 밝혀지지만 놈이는 황진이를 사모하여 황진이의 출생의 비밀을 누설하여 파혼 당하게 만드는 장본인이다. 결국 황진이는 자신의 삶에 대하여 고민하다가 기생의 삶을 택하고 기둥서방으로 놈이를 받아들인다. 제2편에서는 황진이가 기생이 되어 여러 양반들과 승려들을 조롱하는 내용이 전개된다. 화담에 대한 에피소드는 황진이가 송도삼절의 하나로 자처하게 되는 배경이 된다. 제3편에서는 송도유수 김희열이 암행어사의 징계를 두려워해 갖은 흉계를 동원하다가 자신의 부하인 이방과 호방도 죽게 만들고 화적패인 놈이에게 죄를 씌우는 내용이 전개된다. 놈이의 죽음 이후 진정한 사랑에 대해 눈 뜬 황진이는 정처 없는 방랑의 길을 자처한다.

이 소설의 주요 내용이 되고 있는 성애의 묘사는 황진이의 배다른 오빠의 이금이 겁탈, 황진이 아버지 황진사의 외입, 벽계수에 대한 황진이의 유혹, 귀법사의 지주스님인 원묵대사의 욕정, 송도유수 김희열과 황진이의 성애 등으로 나타난다. 여기에서 성애 묘사는 조선조 봉건왕조의 위선적인 양반사대부계층이나 승려계층에 대한 조롱과 비판의식의 일환이다. 이러한 성애와 대비되는 남녀의 자연스러운 사랑은 놈이와 황진이의 사랑, 이금이와 괴똥이의 결혼 등에 나타난다. 양반들의 허위에 대비되는 순수한 사랑은 봉건왕조의 모순적인 계급구조를 드러내는 기제로 작용한다. 그런데 이러한 성애과 사랑은 여기에만 그치는 것이 아니라 주인공 황진이로 하여금 인생의 참된 뜻을 깨닫게 하는 것으로 나아간다.

소설 결말에 이르면 인간 삶의 의의는 그 배경인 역사와 사회 현실 또는 양자의 상호 관련 양상이 아니라 그것들을 초월하여 존재하는 인간의 본성에서 찾을 수 있음을 시사한다. 이른바 계급과 체제와 성 영역의 전복과 초월이 이루어진다. 이 작품의 마지막에는 방외인으로서의 황진이의 삶에 대한 에피소드가 나온다. 황진이의 재색에 반해 벼슬도 내놓고 황진이와 팔도강산 유람을 떠난 이사종의 이야기를 통해 가객의 흥취와 낙을 즐기며 사는 무욕(無慾)하고 자유자재(自由自在)한 삶의 경지를 보여준다. 작가는 황진이의 삶을 계급과 체제, 성의 관계를 초월한 것으로 승화하고 있는 것이다.

(2) 자주적 여성상

이 소설에 나오는 주요 여성들은 조선 시대라는 억압된 사회에 각자의 방식대로 대응하며 살고 있다. 황진이의 경우 자주적인 여성상을 보이고 있는데 공간적인 이동을 통해 자아의 각성과정이 나타난다. '별당 → 유곽 → 자연'으로의 이동은 황진이의 삶에 대한 성찰의 과정이 된다. 양반 규수로 기거했던 별당이란 공간은 조선 시대 양반집 여성들의 생산성과 자아를 거세하는 유폐의 공간이다. 이 속에서 황진이는 막연하나마 꿈틀거리는 원시적인 생명력과 지적 호기심을 키워나간다.

> 진이의 무모한 성격 속에서도 가장 무모한 것은 호기심 그리고 그 호기심을 만족시키려는 무분별한 열정과 대담성이었다. 그런 열정으로 그는 규중처자의 정도를 넘어 글과 음악에 열중했으며 그런 호기심으로 사랑채 서재에서 『주역』을 훔쳐다 놓고 밤새 초불 밑에서 눈씨름을 했다.
> 호기심을 만족시킨다는 것은 소금물과 같은 것이어서 마시면 마실수록 더큰 갈증을 느끼게 된다. 지식이란 날개와 같다. 많이 알게 될 수록

날개는 더 크게 자라고 날개가 커진 만큼 더 넓은 창공을 날아다니고 싶
게 만든다.
　진이도 그랬다. 언제부턴가 그는 높은 담장으로 둘러막힌 손바닥만한
후원이 자신을 가두어놓은 조롱처럼 답답하게 느껴졌다. 그는 담 너머로
펼쳐진 푸른 창공으로 날아오를 기회를 엿보며 은근히 용기를 가다듬고
있었다.[146]

　황진이가 출생의 비밀로 파혼 당하게 되고 다시 오지 않을 인생에 대
하여 고민하고 결단을 내리는 순간 진이는 별당을 벗어나 다른 공간에
서의 삶을 기획한다.

　　"당신두 잘 아는 것처럼 이제 내 앞에는 세 갈래의 길이 놓여 있어요.
황진사댁의 비천한 개구멍받이 딸로서 어느 부귀한 량반을 골라서 첩실
에 들어앉든가…… 시앗 싸움에 애간장을 말릴 수는 있어도 잘하면 늙어
죽을 때가지 입고 먹는 걱정은 하지 않을 수 있겠죠.
　두번째 길은 어머니가 이 댁의 세전하는 종이니 나도 종문서에 이름을
올리구 평생 이 집에서 종 노릇을 하든가…… 모름지기 남의 웃음거리는
되겠지만 어쨌든 낯익은 집을 떠나서 정처없이 방황해야 할 뜨내기의 괴
로움은 면할 수 있겠죠. 또 종살이가 고달프다고 하지만서두 같은 아버
지의 혈육인데 인정상 다른 종들처럼 단근질아야 당하겠나요.
　세 번째 길은 어머니가 색주가의 논다니루 청교 방에서 명을 마치셨으
니 나두 어머니의 전철을 밟아 청루에 몸을 던지든가…… 이 길은 나로
서도 전혀 가늠이 가지 않는 생소하고 무서운 길이예요. 앞길을 도무지
짐작할 수가 없군요. (중략)"
　　"난 이미 작정했어요. 청루로 가렵니다. 아무나 휘여잡을 수 있는 길가
의 버들가지요 아무나 꺾을 수 있는 울 밖의 꽃가지로 뭇사람들의 손가
락질을 받는 기생이 되려구 해요."[147]

---

146) 홍석중, 『황진이』 1, 대훈, 2004, pp.95~96.
147) 홍석중, 위의 책, pp.198~199.

일종의 자학과 자조로 택한 기생의 길에서 황진이는 유곽 안에 있는 자신의 거처를 대청마루, 기생방 침실, 웃방으로 나눈다. 대청마루와 기생방 침실은 명월로서의 화려한 삶을 묘사하지만 『주역』이 놓여 있는 웃방은 절망에 가득찬 진이의 모습을 묘사하여 황진이의 이중적 삶을 그린다.

> 이 방 문턱을 넘어선 사내는 행복하고도 불행합니다. 행복하다고 이르는 것은 그가 그 어떤 극락에 가서도 맛볼 수 없는 환락의 즐거움을 저한테서 맛볼 수 있기 때문입니다. 불행하다고 이르는 것은 그가 환락의 다시없는 즐거움을 맛본 대신 자신의 넋을 저한테 빼앗겨야 하기 때문입니다. (중략) 이 웃음이 바로 사내의 점잖은 체하는 위선과 정인군자의 허울을 벗겨버리는 마지막 칼질과 같은 것입니다. (중략) 끝났습니다. 위선의 허울은 벗겨지고 넋을 빼앗긴 그림자가 이 방에서 나갑니다. 그러나 제아무리 애원을 하고 비두발괄을 해도 또다시 이 방 문턱을 넘어서지는 못할 겁니다. 일단 넋을 빼앗긴 그림자는 악귀한테 소용없는 무용지물에 불과한 것이니까요.[148]
>
> 당신은 이 방에서 명월이라 아닌 진이가 잠자리에 들 때 다음날 아침을 어떤 마음으로 기다리리라고 생각하십니까? 극도의 절망 속에서 행복만이 지상의 행복이라고요. 그러나 진이가 되여 이 방에 앉으면 무시무시한 심연처럼 절망의 나락은 까마득하게 깊어도 행복의 불꽃은 눈에 보이지 않습니다.
>
> 저는 자신을 다잡으며 백운거사의 「침대순」이라는 시를 조용히 읊어봅니다.
>
> 하늘에 닿도록
> 곧바로 자라야 할 대나무가
> 무슨 일로 이렇게
> 벽을 뚫고 나왔을가
> 구슬 같은 대마디 맺으며
> 어서어서 드높이 솟아라

---

148) 홍석중, 앞의 책, pp.276~277.

> 행여 욕심 많은 사내들의
> 술안주가 될가 봐 두렵고나 149)

이러한 삶 속에서 양반들의 위선을 비웃으려는 황진이는 화담이라는 군자를 만나며 삶에 대한 진지한 성찰을 하는 계기를 마련한다. 즐겁고 풍족한 삶 속에서의 만족이 진정한 삶이 아닌 어려움과 고통에 도전하는 인간의 모습이 참된 본성임을 깨닫는다.

> "아!"
> 진이의 입에서는 자기도 모르게 신음소리와 같은 탄식이 새여나왔다. 다시 한번 예상이 뒤집어졌다. 그래서 "얽은 껍질 속의 유자요 질병 안의 감홍로"라는 말이 있는 게다. 그것은 단연 뛰여나게 잘나기도 했거니와 솟구치는 근력의 장엄함으로 말하면 색계상의 백전로장인 진이조차 깜짝 놀랄 만큼 그렇듯 뛰여나게 훌륭한 것이였다. 그러니 지금 경덕은 그 태연한 표정과 침착한 행동거지 속에서 화산처럼 터져오르는 정욕의 본능과 처절한 싸움을 벌리고 있는 것이였다.
> 진이는 그의 심정을 리해했다. 그리고 감복했다. 그가 이런 처절한 싸움을 별려 기어코 승리자가 되려는 것은 단순한 유가에서 말하는 도나 례의 문제가 아니라 의로 불의를 이겨 의를 지키려는 것이요 자기가 자신을 이겨 자기의 격을 지키려는 것이리라. 그보다도 그는 인생의 환희란 그 어떤 속된 욕망을 충족시킨 만족감이 아니라 고통과 고뇌 속에서 그 욕망을 이겨냈을 때 차례지는 것이라는 것을 깨닫고 속세의 모든 욕망에 대담하게 도전하는 용감한 인간인 까닭이리라.
> 진이는 살며시 경덕의 곁에서 물러섰다. 마치 아수라가 부처님의 뛰여난 법력을 알아차리고 뒤를 사리듯, 그렇게 소리없이 물러나 아래못의 자기 자리로 돌아갔다.150)

황진이와 놈이의 사랑은 단순한 사랑이 아니라 남녀 간의 복잡한 심

---

149) 홍석중, 앞의 책, p.278.
150) 홍석중, 『황진이』 2, 대훈, 2004, p.118.

리과정의 면모를 보여준다. 상전과 종의 사랑이 계급적 전복으로도 보이나 건강한 인간관계와 사랑에 대한 안타까움을 극복하려는 괴로운 삶의 선택, 회환, 분노, 용서 등은 복잡하고 섬세한 남녀의 관계 묘사로 볼 수 있다.

> 참으로 사랑은 죽어도 그 넋은 가지도 않고 오지도 않으며, 또 머무르지도 않는 무거무래역무주한 것이 아닌가. 어쨌든 놈이는 진이, 자신보다 훨씬 큰 사람이었다.151)

작가는 이 작품에서 이야기꾼을 자처하고 있는데 이야기 전개 중간 중간에 여성적 글쓰기가 나온다. 황진이의 고백체, 안방마님의 대화체 등이 나온다. 작가의 글쓰기와 여성적 글쓰기가 교차되는 이러한 형식은 주변적인 것과 황진이의 내면세계를 비교한다. 여성들의 관계를 선악의 입장에서 파악하는 것이 아니라 사회와 체제 속에 편입하느냐, 벗어나느냐, 초월하느냐의 관계 속에서 조망하고 있다. 이 작품 속에 등장하는 여성들의 삶의 모습은 모성, 사랑, 희생, 초월의 삶이다. 조선 시대는 신분적 질서가 엄격하게 존재하는 남성중심의 사회이다. 이러한 사회에서 여성의 삶은 억압되고 타자로서 권력에 희생당하는 삶의 모습을 보인다. 그러나 『황진이』에서는 사회와 체제 속에서 각자의 방식대로 살아가는 여성의 모습을 보인다. 제1편의 제21장 전체는 안방마님이 진이가 태어나게 된 과정을 자신의 삶 속의 일부분으로 이야기하는 것으로 구성되어 있다.

> 너 '상두복색'이란 말을 들어봤니? 장례 때 상여의 꾸민새를 좀 봐라. 울긋불긋 비단 치장에 눈이 부시지. 그런데 정작 관 뚜껑을 열구서 들여

---

151) 홍석중, 앞의 책, p.298.

다보면 썩어서 냄새나는 송장이 있단 말이다. 바로 그런 허울 좋은 '상두복색'이 단청 찬란한 효자문을 대문 앞에다가 높다랗게 세워놓은 이 황씨댁이란다. 나루 말면 그 냄새나는 송장에다가 현란한 '상두복색'을 꾸미느라구 일생 여윈 개 겨섬 뒤지듯 안달이 나서 돌아친 '상두군'이구……. (중략)

　시집와서 초년에는 나두 야심만만한 계집이었어. 정경부인의 직첩이 별루 내 손에서 멀리 있다구 생각하질 않았으니까. 그러자니 우선 순서가 네 부친을 과거 급제시켜서 머리에 어사화를 꽂두룩 만들어야 하겠더구나. (중략)

　……그래 넌 어떻게 생각하니? 물으나마나 불쌍한 네 어미를 동정하고 박정한 나를 원망하겠지? 좋을 대루 생각해라. 하지만 나도 네 어미만 못지않게 불쌍하구 동정을 받아야 할 사람이다. 암, 그렇구말구. 두고봐라. 너두 계집으로 태여난 이상 네 어미나 나 같은 가련한 팔자를 면할 수 없어. 설사 네 출생의 비밀이 비밀로 지켜져서 네가 정혼했던 대로 윤승지댁 며느리가 되었다고 하더라고 한생 그 잘난 지아비와 자식놈을 위해 '상두군' 노릇을 해온 내 서글픈 운명을 되풀이했지 별 수 있다디?

　한스러운 것은 내가 그것을 요즘에야 뒤늦게 깨달은 것이야…… 들었느냐?152)

　또한 모성 때문에 자신의 삶을 포기하고 떠돌다 마지막 순간에 황진이를 찾는 어머니의 모습은 체제와 계급에 희생된 인간의 모습이라기보다 딸의 행복을 위해 자신의 삶을 희생하는 또 다른 선택이다. 황진이라는 인물을 통해 구현된 자주적 여성상은 지배체제에 의해 한 인간으로서의 실존의 의미보다 집단적 이념에 종속된 인간형, 정절 이데올로기 등을 해체하는 개체적 인간으로서의 자아정체성의 의미를 지닌다.

---

152) 홍석중, 『황진이』 1, 대훈, 2004, pp.162~169.

2) 자력갱생의 강성대국을 위한 영웅 찾기 -『주몽』153)

북한 역사소설『주몽』(김호성, 1997, 2005 2판)과『담징』(리성덕, 1998)에는 동북아시아를 호령했던 고구려의 기상과 고구려의 군대조직과 무기, 살수대첩의 승리 등이 예술적으로 형상화되어 있다. 이는 당시 북한이 고난의 행군을 겪으면서 위기를 맞게 되었고 이에 대한 정신적 해결로 민족의 위대한 전통과 영웅을 복원하여 민족의 정체성을 확인하고자 하는 염원에서 비롯된 것으로 보인다. 이 두 작품은 역사적 사실을 바탕으로 역사적 상상력을 발휘하고 있으며 일정한 역사의식을 보이고 있다.

(1) 절대 군주의 역동적 기상과 영웅적 면모

김호성의『주몽』은 옛글에 보이는 고구려 건국신화를 바탕으로 만들어진 소설이다.154) 고구려 건국신화의 하나인 '주몽 신화'는 전하는 기록물도 다양하며 그 내용도 약간씩 차이가 있다. 가장 자세한 기록은『동명왕편』인데 기본 골격은『삼국유사』고구려조와 유사하다. 다만, 고구려조에서는 도강(渡江)하여 졸본 지역에서 왕국을 세우는 과정이 간단하게 소개되고 있지만『동명왕편』이나『삼국사기』에서는 송양과의 투쟁과정이 상세하게 묘사되고 있다. 또한『동명왕편』이나『삼국사기』에는 주몽의 영웅적 자질이 부각되는 행적이『삼국유사』에 비해서 상대적으로 많이 묘사되어 있다. 약간의 차이를 보이지만 대부분 이야기의 기본골격은 유사하다.

『주몽』과 주몽 신화를 비교해 보면 많이 다르다는 것을 알 수 있다. 소설에 나타난 고구려 건국은 신화가 아니라 고조선과 밀접한 관련을

---

153) 임옥규, 「북한 역사소설의 고조선·고구려 형상화 연구-<주몽>, <담징>, <부루나의 밤>을 중심으로」,『한민족문화연구』제21집, 한민족문화학회, 2007. 5 참고.

154) 김호성, 「자료 : 옛글에 보이는 주몽」,『주몽』, 평양출판사, 2005, pp.455~457.

맺는 역사적 사실임을 강조하고 있다. 모든 신화들은 탄생에서 즉위라는 기본 골격 위에서 진행된다. 건국의 주인공들은 모두 비인간적 존재, 즉 신적 존재이다. 환웅과 해모수는 천제의 아들, 혹은 천제로 나타나며, 혁거세와 수로는 천명에 의해 인간 세상을 다스리는 신적 존재로 난생한다. 주몽 신화는 지상에서 난생(卵生)하여 고난을 극복하면서 성장하여 즉위를 한다는 내용이다. 그러나 『주몽』에서는 주몽의 아버지와 어머니에 관한 신화적 요소는 나타나지 않는다. 성장과정부터 시작하는 이 소설은 괴력을 지니고 있으며 활쏘기에 능한 청년이 의로운 사람들을 규합하고 선행을 베풀면서 고구려 건국에 이르기까지의 과정을 현실적으로 그리고 있다.

'주몽' 신화[155]	『주몽』 소설
(1) 유화의 서사 : 　유화가 천제 해모수를 만나 사통한다. 유화가 쫓겨나 금와에게 잡혀서 일광감응으로 알을 낳는다.	(1) 동부여에서의 서사('제1부 탈출') : 　주몽의 어린 시절, 고난과 핍박 속에서 모함을 당하는 주몽
(2) 주몽의 서사 : 　난생한 주몽은 금와의 아들을 피해 졸본 지역으로 도망한다. 주몽이 송양과의 경쟁에서 승리하고 고구려를 건국한다.	(2) 구려국에서의 서사('제2부 기발을 올려라') : 　주몽의 청년시절, 주몽의 영웅성 발현, 고구려 건국

　북한 역사소설 『주몽』에서는 북부여 해모수의 자손인 주몽이 동부여를 탈출하여 북부여에서 정치적 기반을 잡고 고구려를 건국하는 역사적 내용이 전개된다.[156] 또한, 인간이 인간을 억압하고 구속하는 일에 대하

---

155) 오세정, 「건국신화의 제의적 서사구조 연구」, 『한국고전연구』, 한국고전연구학회, 2003, p.292.

156) http://www.1588-1691.com
　　옛조선(고조선)은 44대 구물단군 때부터 47대 고열가 단군까지 국호를 조선이라 하지 않고 나라 이름을 대부여로 고쳐 불렀다. 43대 물리단군이 우화충의 반란으로 물러나고 이를 수습한 구물단군이 제위에 오르면서 조선을 혁신하기

여 비판한다. 소설에서는 신화에 나타나지 않은 인물들이 많이 등장하는데 그중 언청이 두령의 존재는 부여나 구려 말갈족도 아닌 노예주들을 처벌하는 '검은 칼잡이 단'의 대표로 소설 속에서 가장 강렬한 인물이다. 언청이 두령의 삶은 당시 노예들의 삶을 고발하고 있다. 언청이 두령은 태어날 때의 신체 기형으로 구려국의 연타발의 자식으로서의 삶을 누리지 못하고 버림받은 채 노예생활을 하게 된다. 노예주에 대한 증오와 적개심으로 일생을 살아오나 결국 출생의 비밀을 알게 되고 자결을 하게 되는 언청이 두령의 삶은 아이러니하면서도 비극적이다.

『주몽』이 신화적 요소를 가급적 배제하고 1990년대 중반 이후 북한 사회가 추구하고 있는 사회주의 강성대국 건설에 걸맞은 절대 군주의 역동적 기상과 영웅적 면모를 강조하고 있다면 주몽에 대한 남한 역사소설은 해방 직후로 거슬러 올라갈 수 있다.[157] 이광수의 『사랑의 동명

위하여 나라이름을 대부여로 고쳐 부르게 된다. 이 대부여가 47대까지 내려오다 해모수가 대부여 말기에 등장한다. 그리하여 북부여를 세우고 결국 47대 고열가단군 이후 오가귀족으로 나라를 다스리던 대부여를 정치적으로 복속시킴으로서 국호가 대부여에서 북부여로 바뀌게 된다. 북부여 1대 단군이 해모수이며, 북부여 7대 단군은 해모수단군의 4대손이 되는 고추모(고주몽)이다. 그런데 여기에서 고추모는 동부여에서 나왔는데 어떻게 해서 북부여를 계승하게 되느냐 하는 의문이 생긴다. 북부여는 4대 단군때 해모수의 직계에서 고두막한으로 바뀐다. 고두막한은 전한무제의 침략을 궤멸시키고 5대 단군으로 추대되고 해모수의 직계인 해부루가 동부여로 옮기고 제후로 격하된다. 고추모가 동부여를 탈출하여 북부여로 와서 정치적 기반을 잡는다. 고두막한의 아들이며 북부여 6대단군인 고무서단군에게는 아들이 없고 딸만 셋이 있는데 이중 둘째딸이 바로 소서노이다. 소서노와 혼인을 통하여 북부여의 정치적 기반을 확고히 하고 고추모는 북부여의 제 7대 단군의 제위에 오르게 된다. 이때가 BCE 58년이며, 국호를 북부여에서 고구려라 고친 것이 BCE 37년이다. 그런데 재미있는 것은 고두막한이란 분의 혈통이 옛조선의 47대 마지막 단군인 고열가단군의 직계후손이라는 점이다. 그리고 해씨와 고씨는 같은 성씨이다. 해모수의 혈통과 후손들을 보면 해와 고를 오락가락 하는 것을 보게 된다. 고추모가 제위에 오른 것과 국호를 고친 시기가 다른데 고구려 건국시기를 제위에 오른 것으로 하는 것과 국호를 고친 것을 각기 기준으로 삼았기 때문이다.

157) 임옥규, 「민족의 역사적 공간과 상상력 대륙으로 확장시켜낸 '주몽'」, 『민족21』, (주)민족이십일, 2006. 7, p.157.

왕』(1949)은 제목에서 알 수 있듯이 낭만적인 경향을 지니고 민족의 지도자상을 부각시킨다. 이 소설은 태생의 신비를 강조하고 아름다운 여인과의 사랑을 전개하며 애민사상을 바탕으로 한 민족의 이상적 지도자상을 보여주고 있다. 이후 남한에서는 주몽에 대한 역사소설이 거의 등장하지 않다가 2000년대에 들어서 활발히 창작되고 있다. 홍석주, 최완규, 정형수의 『주몽』(2006)은 드라마 <주몽>의 제작진이 함께 한 소설이다. 고구려의 시조 주몽을 중심으로 한 영웅들의 무용담과 애민정신, 영웅으로 태어나기까지의 고난과 갈등, 현실을 극복하고 이상을 실현하는 주인공의 모습, 남녀의 애절한 사랑, 주몽과 대소의 갈등 등 인간사의 드라마틱한 요소들을 강조하고 있다. 『주몽』은 김호성의 처녀작으로 북한에서 대중의 많은 사랑을 받았다. 작가는 이 작품 말미에 역사소설을 처녀작으로 단번에 성공시킨 비결에 대하여 수령의 영도가 있었고, 고구려벽화가 세계문화유산으로 등록되어 민족의 긍지와 자부심을 갖게 된 때문이라고 밝히고 있다.

　북한 문예학은 주인공이 깨우침을 얻고 성장하는 과정이 생활과 의식 간의 변증법적 발전으로 나타나야 할 것임을 강조해 왔다. 이 작품은 주인공의 의식적 성장을 추동하는 요소로 스승 례나루의 희생, 모든 것을 다 버리고 주몽에게 헌신하는 마리, 협부, 오이의 의리, 첫 여인 례을나와의 사랑, 부여를 탈출해 새로운 대국 고구려를 건국하도록 뒷받침해 준 국모 소서노와의 사랑 등을 들고 있다. 이 소설은 최초의 국가를 수립했던 단군왕검의 땅이 여러 부족으로 갈라져 치욕을 당했던 역사를 상기하고 다시 한 겨레로 부활할 것을 염원하는 주몽의 모습으로 마무리된다. 이 소설은 남성적인 서사로 주몽을 둘러싼 여성들은 조력자에 머문다. 어머니 유화는 자식을 걱정하는 모성으로서만 존재하고 아내는 주몽을 사랑하는 존재로 소서노는 주몽이 새 나라를 창업할 수 있는데 물심양면으로 도와주는 존재로 그려진다. 이 소설은 영웅의 일생을 그리고 있으나 주몽이 유아독존의 존재가 아니라 백성들의 도움을 받고 이를 고마워하는 인물로 그려진다. 범인과 다른 탁월한 인물로 고귀한 혈통을 지니고 태어났으나 고난과 핍박을 받는 인물이며 위기에 봉착할 때마다 더 위대성을 보여주고 있다.『주몽』에서의 모든 이야기는 하나 또는 그 이상의 갈등과 그에 대한 해결이 나타난다. 주몽은 남다른 특출함 때문에 시기를 받고 위험에 봉착한다. 주몽의 위기 극복은 자력과 타인의 도움을 받아 극복된다. 신이력(괴력, 활솜씨)의 사용이 두드러지면서 지혜의 사용도 강조된다. 소설에서 주몽의 능력은 전술의 사용과 지리에 대한 선견지명 등으로 나타난다.

(2) 단군선인 성지와 강성대국으로서의 고구려에 대한 역사적 담론

건국신화는 그 신성성을 본질로 하며 이 신성한 이야기는 역사적 담론 역할을 한다. 국가의 창건 과정을 기술한 건국신화는 민족 정체성을 나타내고 있다. 주몽 신화는 주몽을 천손으로 정하여 우리 겨레가 하늘의 자손임을 말해줌으로써 민족적인 자부심과 긍지를 느끼게 한다. 고귀한 혈통으로 아버지가 이루지 못한 위업을 이루는 주몽의 모습에는 영웅성과 신성을 같이 지니고 있다. 신화와 달리 소설에서는 주몽의 아버지는 민족통일을 위해 노력하다 죽은 인물로 형상화되어 있으며 주몽은 그 계승자로 그려진다. 신화가 천상계와 지상계를 자유롭게 왕래하고 천제를 부계로 하고 수신을 모계로 하는 혈통을 구체적으로 제시하고 있다면 소설에서는 인간적인 주몽이 온갖 고난과 역경을 이겨내는 모습을 강조하여 더 감동을 주고 있다.

주몽은 신기에 가까운 활 솜씨를 어렸을 때부터 발휘하여 위기를 활 솜씨로 극복해 나가고 있다. 또한 전술에도 능하고 선견지명도 있어 독립된 나라를 이끌 수 있는 지혜를 갖고 있음이 나타난다. 주몽은 투쟁을 통하여 집단을 확장하였고 확장된 새 국가의 통치자가 된 것으로 나타

난다. 주몽은 민족의 통일을 위해 애쓰다 죽은 아버지의 뒤를 이어 동부
여에서 성장하였으나 동부여를 탈출하여 독립왕국을 건설한 존재로 그
려진다. 강하고 지혜로운 지도자인 주몽의 고구려 나라 건국과 영토 확
장의 방법을 보면 치세에 주된 역점을 두고 있다는 것을 알 수 있다. 또
한 도덕성과 애민이 통치 방식임이 나온다. 단군선인의 뜻은 갈라진 겨
레와 조국을 하나로 만드는 것으로 통일에 대한 염원이 나타난다.158)

> 예전에는 단군선인의 치하에서 하나의 겨레로 살아가던 사람들이 얼
> 마나 많은 소국들로 분할되여있는가. 어찌하여 이렇듯 산산쪼각났던 말
> 인가?
> (중략)
> 쪼각난 겨레의 터전을 통일된 부국강병으로 추켜세워야 할 중임이 다
> 름아닌 바로 주몽자신에게 그리고 피끓는 젊은이들의 어깨우에 놓여있었
> 다. 란세는 영웅을 낳는다. 어지러운 세상은 주몽과 그의 벗들을 부르고
> 있었다. 그들을 불러 시험해보려고 하는 것이였다.159)

소설 2부에서는 불함산(백두산)을 성지로 삼아 부국강병의 길을 모색
하는 주몽 일행에 대한 모습이 나온다. 흩어진 겨레가 한 겨레로 뭉쳐야
할 것을 확신하는 주몽은 불함산과 구려지역이 웅지를 살릴 적재적소임
을 확인한다. 주몽이 생각하는 부국강병의 길은 작은 나라들을 통일시
키는 것, 자연지리 조건으로 농업에서 대규모 노예제가 발달할 수 없는
점을 생각하여 노예제를 반대하는 것, 산악인들의 강직하고 의협심이
강한 검질긴 끈기를 활용하는 것, 쇠부리 발달로 인한 무력과 생산력 발
전을 도모하는 것, 진보한 문화를 습득한 곳인 백두산을 성지로 삼는 것
이다.160) 이는 한 민족의 흥망이 영웅에 의한 것만이 아니고 천·지·

---

158) 임옥규, 「6·15시대의 북한문학—자력갱생 강성대국을 위한 영웅찾기」, www. culture-
    news.net, 2007. 4. 5.
159) 김호성, 『주몽』, 평양출판사, 2005, pp.247~248.

인의 화합이 필요함을 주몽 스스로 깨달았다는 것을 이야기한다.

> 사람이 뜻을 이루자면 천시, 지리, 인화를 타야 하오. 내가 보건대 주몽은 자기의 아버지인 해모수왕의 뜻을 이은 것 같소! 주몽의 뜻은 단군선인과 선인의 옛성지에 두고 겨레의 통일을 이루어 강성대국을 건설한 웅지라 할수 있고. 이로서 주몽은 천시를 탔다고 볼수 있소. 왜냐면, 지금 각각으로 갈라진 우리 겨레가 단군선인의 치하에서처럼 하나가 되여 화목하게 살기를 바라기때문이요. 민심은 천심이니 어찌 천시를 탔다고 보지 않을수 있겠고. 또 주몽은 인화도 이루었다고 보오. 나는 주몽의 주위에 늘쌍 하오, 민들이 따르고 오이, 마리, 협부와 같은 쟁쟁한 재사들이 모여드는것을 눈여겨보군 하오. 왕벌이 날면 그 주위에 숱한 벌이 모여드는것과 같은 리치요. 그런데 지리는…
>
> 그런 헤아리기가 아직 이른것 같소만 어찌 단군선인이 무심하겠소. 주몽은 이제는 내가 전수할수 있는 비정의 절정고수무예를 이미 다 체득했으니 어디서 일어나겠는지가 문제요…161)

『주몽』은 고구려 건국신화를 바탕으로 하면서 현재의 관점에서 필요한 이야기로 변용하고 있다. 고구려가 단군선인의 성지로 우리민족의 역사적 터전이었음을 드러내고 강성대국의 일환으로 자부심을 나타내고 있다.

3) 선군혁명 정신의 문학적 반영－『삭풍』, 『남이장군』

(1) 충과 동지적 의리의 인물형상－『삭풍』

『삭풍』의 작가 림종상은 1933년 11월 강원도 인제군에서 출생하여 1962년에 김일성종합대학의 역사학부를 졸업하면서 역사학 준박사 학

---

160) 김호성, 앞의 책, pp.248~249.
161) 김호성, 앞의 책, pp.32~33.

위를 받았다. 첫 작품으로 장편소설 『해돋이』(1981년)를 발표하였으며 중편소설 『부루나의 밤』(1983), 장편소설 『불우한 렬사』(1988), 『19년의 보통문』(1996), 장편소설 『우끼시마마루폭파사건』(1998), 『무지개』(2005)가 있으며 장편사화로 『동명왕』, 『조선사화전설집』 9권(1980) 등을 창작하였다. 이외에도 단편소설 「실개울」, 「삶의 원천」, 「뇌찌르러기」(「쇠찌르레기」) 외 소설 십여 편과 산문을[162) 창작하였다.

　『삭풍』(림종상, 2000)은 남한에서 <사육신>이라는 제목의 남북 합작 드라마로 2007년에 방영되었다. 인기리에 방영되지는 못했지만 남북의 역사관에 대해 비교할 수 있었다는 점에서 흥미로운 드라마가 될 수 있었다. 드라마 <사육신>이 지니고 있는 역사관에 대해 부정적인 반응이 제기되기도 하였다.163) 이는 <사육신>이 보여주고 있는 이분법적 역사관에 대한 문제제기로, 성삼문은 충신으로, 신숙주는 변절자로, 한명회는 희대의 간신으로 형상화하여 역사적 인물을 단순화하였다는 점을 지적하고 있다. <사육신>이 '충신과 간신', '절개와 변절' 이라는 이분법적 구조를 보이고 있는 이유는 원작인 『삭풍』의 작품 의도와 당시 북한의 정세를 살펴보면 어느 정도 알 수 있다.

　　어버이수령 김일성동지께서와 위대한 령도자 김정일 동지께서는 우리나라 반만 년의 유구한 력사와 민족의 슬기가 깃든 문화유산을 잘 발굴하여 인민들에게 알려줄데 대하여 기회가 있을 때마다 간곡한 가르침을 주시였다.　위대한 령도자 김정일동지께서는 다음과 같이 지적하시였다.
　　≪앞으로 충신과 의리에 대한 력사이야기를 발굴하여 영화도 만들고 소설도 많이 쓰도록 하여야 하겠습니다.≫164)

---

162) 림종상, 「공화국기 휘날리며 한생은」(수필), 『조선문학』, 문학예술종합출판사, 1998년 9호, pp.79~80.

163) "<사육신> 성삼문과 신숙주, 누구의 편인가?", http://blog.daum.net/shyno/11872862.

164) 편집부, 「장편력사소설 ≪삭풍≫에 대하여」, 림종상, 『삭풍』, 문학예술종합출판사, 2000, p.3.

『삭풍』에 대해 이 책의 편집부는 정통왕에 대한 유교관념적 충군사상은 역사적 계급적 제한성을 보이고 있는 것이지만 봉건충의에 대한 지조와 의리, 죽음으로 지켜 낸 그들의 역사를 높이 평가한다고 하였다. 이는 당시 선군혁명론에서 강조하고 있는 충효이데올로기를 떠올리게 한다.

> 당과 수령에 대한 참다운 충성심과 지극한 효성은 혁명적 수령관에 기초하고 있다. (중략) 당원들은 혁명적 수령관이 철저히 선 충신과 효자로 키우는 사업은 당세포를 충성의 세포로 만들기 위한 투쟁을 통하여 빛나게 해결된다.[165]

북한에서는 1980년대 중반 이후 '사회정치적 생명론', '사회주의대가정론' 등을 통해 '충'과 '효'를 강조하고 있다. 사회정치적 생명체론에 따르면 북한 사회에서는 수령과 인민대중의 관계가 영도자와 전사의 관계를 넘어서 어버이와 자식 간의 관계로, 하나의 사고, 하나의 호흡, 하나의 운동으로 이어진 혈연적 관계로 맺어져 있으며, 수령을 어버이로 모신 사회성원들의 관계는 '혁명적 의리와 동지애'에 기초한 관계로 되어 있다고 한다.[166] 1992년 김정일의 『주체문학론』 이후 주체사실주의를 사회주의적 사실주의와 변별시키면서 그 중요한 징표로 전형화의 원리의 한 구성요소라 할 인물성격의 전형성의 기준에 '수령에 대한 충실성'을 가장 중요한 기준으로 세운 것이다.[167] 김정일의 주체문학론에서 정리한 주체사실주의는 고난의 행군이후 선군혁명론으로 변모된다. 여

---

165) 김효삼, 「당 세포를 충성의 세포로 만들기 위한 투쟁을 힘있게 벌리는 것은 당원들을 충신과 효자로 키우기 위한 중요한 방도」, 『근로자』 5호, 근로자사, 1991, p.38.
166) 김성수, 「1990년대 주체문학에 나타난 충효이데올로기」, 『현대북한연구』 5권 1호, 한울, 2002, p.215.
167) 김성수, 위의 책, p.221.

기에서는 수령에 대한 충실성이 강조되고 역사소설『삭풍』에도 이 전형화의 원리가 적용되었다. 역사소설의 시대적 배경으로 인해 수령은 형상화되지 않고 있지만 '충'과 '동지적 의리'는 역사적 인물을 통해 표현되고 있다.『삭풍』에서 성삼문이 선왕의 유지를 받들어 끝까지 세조에게 투쟁한 신념과 지조의 인물로 표현된 반면 신숙주는 변절자로 표현되고 있다.

『삭풍』은 장회 형식의 5장 구성으로 처음 이야기와 마감 이야기가 첨가되어 있다. 1452년 문종의 부고부터 1456년의 '병자원옥'에 이르는 이야기는 역사의 험난한 삭풍이 불어닥칠 때 그에 대처하는 인간의 유형을 고찰하고 있다. 인물유형은 수양대군의 권력욕에 대하여 문종의 유훈을 받들기 위해 죽음까지 불사하는 충신형 인물들과 절개를 버리고 실리를 쫓는 인물들로 크게 대별된다. 또한 지조냐, 변절이냐를 두고 고민하는 소인배들의 모습과 급진파들의 변절도 나타나고 있다. 이 작품은 수양대군의 야욕에 묻어가는 한명회, 권람 등의 모사와 성삼문을 비롯한 사육신들의 왕권수호를 위한 대책마련이 숨 바쁘게 전개된다. 수양대군의 인물 형상은 권력욕이 가득하여 인륜을 저버리는 잔인한 군주로 묘사된다. 권람은 절개를 버렸던 권근의 자손으로 수양에게 한명회를 추천한다. 한명회는 칠삭둥이에 사팔뜨기인 흉한 몰골을 지닌 사람으로 묘사되어 그의 지략은 흉계로 비춰진다. 이에 비해 사육신을 비롯한 김종서 등은 충과 효를 제일의 덕목으로 여기고 절개와 의리를 중시하는 인물들로 그려진다. 단종은 어린 나이에 임금에 즉위를 해 힘이 미약하나 신하를 사랑하는 마음은 지극하다.

　　신숙주에게 전할 술잔을 받으러 나간 성삼문은 끝내 고개도 쳐들지 못하고 흐느꼈다. 술잔 한 개가 중해서가 아니였다. 멀리 있건 가까이 있건 언제나 잊지 않고 사랑해주는 저런 임금앞에 백번을 죽고 천번을 죽는다

한들 무엇을 마다할소냐…
  (의리없이 사는것보다 의리위해 죽으리라. 어린 상감위해…)
  그들 모두는 바닥에 엎디여 소리없이 흐느꼈고 소리없이 맹세하였다.[168]

수양대군의 야욕과 어린 임금을 지키기 위한 신하들의 갈등 구조 속에서 처세술에 능한 강맹경은 수양대군을 도와주고 정린지와 최항은 원래는 수양대군을 치려했으나 변심하여 수양대군에게로 돌아선다. 단종을 옹위하려는 집현전 학자들도 각각의 신념이 다르다. 집현전 학자들의 역사관을 통해 그들이 지향하는 삶을 이해할 수 있다.

　집현전에서 학술론쟁이 벌어질 때마다 의례히 그러했지만 그날 역시 모든 8학사가 열변을 토했었다.
　국사론쟁의 초점은 강대한 고구려가 어찌하여 홀지에 존재를 마치게 되었는가 하는데로 모아졌다. 많은 론자들은 당시 고구려의 최고관직에 있던 막리지 연개소문이 죽자 두해도 못되여 그런 비극이 연출된 원인을 제나름으로 분석하였다.
　다혈질인 리개는 연개소문이 살아있을 때에는 신라통치배들이 당나라 침략자들을 끌어들여 동족의 나라인 백제를 침략한 다음 호시탐탐 고구려를 넘겨다보았으나 끝내 야욕을 이룩할수 없었다는 점을 강조하였다. (……) 리개가 연개소문의 남아호걸다운 기질을 극구찬양하자 신숙주는 정면으로 반기를 들었다. (……) 별로 흐잡을만한것이 없는 신숙주의 답변에 선참으로 맞선 것은 박팽년이였다. (……) 비록 말은 순하게 하였으나 박팽년은 연개소문을 일면적으로 평하려는 신숙주를 호되게 힐난한셈이였다. (……) 하위지 역시 박팽년의 생각대로 개소문이 사대굴종하지 않은 덕분에 당태종이 신라와 야합하여 고구려를 침략하려는 기도를 단호하게 일추했다고 강조했다. (……) 김질은 자기의 속생각이 신숙주와 별다름이 없었으나 (……) 북도 치고 장고도 치는 격의 어정쩡한 립장을 취했다. (……) 성삼문이 론쟁을 다른데로 유도하였다. 그는 동료들이 다 알고있는 개소문의 아들들이 벌린 추악한 정권쟁탈전에 대하여 상기시켰

---

168) 림종상, 『삭풍』, 문학예술종합출판사, 2000, p.125.

다. 비록 어느 정도의 차이는 있으나 수양대군의 발호에 각성을 높일것
을 암시하고싶어서였다.169)

집현전 학자들의 논쟁 과정 속에서 이들의 앞으로의 행로가 유추되는
것이다. 성삼문은 역사를 통해 현실의 교훈을 삼고 싶어 했다. 단종 옹
위에 큰 힘이 될 수 있었던 김종서는 너무 과신하여 때를 놓치고 수양
대군에게 철여의로 얻어맞아 죽게 된다. 작가는 김종서의 죽음을 묘사
할 때 작가의 역사관을 개입시킨다.

> 물어보자! 사람들이여, 살아생전에 그처럼 많은 공을 세웠다 한들 절박
> 한 시각에 사특한 무리 요정내지 못하고 간 신하를 무엇이라 평하랴? 허
> 나 사람들이여, 여기 달빛을 안고 쓰러진 김종서의 주검앞에서 그의 최
> 후를 곰곰이 판별해 보라. 그러며 충신이란 어떻게 생을 마쳐야 하는가
> 를 쉬이 깨닫게 되리라! 그리고 피의 교훈을 찾게 되리라.170)

단종의 양위가 결정되고 수양대군을 몰아내기 위한 거사는 변절하여
의리를 저버린 김질에 의해 발각된다. 잡혀간 성삼문, 박팽년, 유응부,
리개, 하위지는 끝까지 충을 지키다 형장 속으로 사라진다. 작가는 사육
신의 충과 효는 높이 사지만 민의를 도모하지 못했고 백성들의 뜻을 사
지 못하였기에 그들의 뜻을 이룰 수 없었다고 이야기한다. 그러나 그들
의 절개는 후대에까지 널리 전하고 있음을 강조한다.

(2) 선군혁명 기수로서의 군대 중시 사상-『남이장군』

『남이장군』의 작가 리종렬은 1934년 4월 함경북도 청진시에서 출생
했다. 1955년에 작가학원을 졸업하고 '김일성 상' 계관인이 되었고 4·15

---

169) 림종상, 앞의 책, pp.139~142.
170) 림종상, 앞의 책, p.175.

문학창작단에서 활동하였다. 첫 작품으로 단편소설 「명령」(1954년)이 있고 장편소설로 『돌파구』, 『근거지의 봄』, 『진달래』, 『불바람』 등이 있다. 이외에도 많은 작품들을 창작하였다.

> 39년전 잡지 ≪조선문학≫에 나의 미숙한 첫 작품이 발표되였을 때 활자로 찍힌 나의 이름과 전선병실의 탄피등잔불밑에서 쓴 글줄들이 그대로 인쇄되여나온것을 보면서 가슴터지는듯한 환희와 자부심을 느꼈다. (……)
>
> 지금으로부터 20여년전 나는 우산장창작실로 가서 여러달동안 전쟁물주제의 장편소설을 안고 씨름하였다. 군관복을 벗고 처음으로 쓰는 장편소설이였다. (……) 장편소설 ≪돌파구≫는 이렇게 완성되였으며 미숙하게나마 독자들의 사상미학적교양에 이바지할수 있는 작품으로 되였다.
>
> 나는 이 자그마한 체험을 통하여 문학작품은 형식적기교의 산물이 아니라 위대한 사상에 안받침될 때 일정한 수준의 작품으로, 사상미학적감화력을 가진 창조물로 완성될수 있다는 진리를 체득하게 되였다. (……)
>
> 나는 첫 장편소설을 끝낸 다음 김책제철련합기업소 확장공사장에 나가 현지작가로서 현실체험을 하게 되였다.
>
> 그때 나는 문학의 테두리를 벗어나 사회주의대건설의 거창한 격류속에서 친애하는 지도자동지의 1974년2월19일로작이 우리 혁명과 건설, 우리 사회주의대건설자들속에서 어떤 변혁을 일으키고 기적을 창조하는가를 눈으로 직접 목격하는 행운을 지니였다. (……) 나는 대하처럼 굽이치는 그 거창한 운동의 격류속에서 장편소설 ≪불바람≫의 구성작업을 하고 초고를 썼다. 로동계급의 충성의 열정이 나의 몸에도 옮겨졌는지 잠없는 밤을 거듭 보내고도 피로를 몰랐다. 쓰고 또 썼다. 하루가 다르게 키돋움하여 산악처럼 일떠서는 대야금기지의 우중충한 강철구조물들은 종이에 글을 적어가는 ≪서생≫을 굽어보며 빨리 따라오라고 부르는것만 같았다.[171]

2007년에 발표한 『남이장군』 후기에 작가는 현재 북한의 선군정치의

---

171) 리종렬, 「위대한 그날이 있어…」(수기), 『조선문학』, 문학예술종합출판사, 1994년 2호, pp.53~54.

정당성을 역사적으로 부여하기 위해 이 작품을 창작하였다고 밝히고 있다. 작가는 남이 장군의 비극적 죽음을 통해 당대 조선 사회의 권력구도와 인간 군상에 대해 치밀하게 묘사하고 있다.

남이장군을 ≪역적≫으로 몰아 처형한 뒤에도 봉건왕권은 문존무비의 수렁에서 헤어나지 못해 무관들을 터무니없이 의심경계하고 태평세월에 자족하며 군사를 홀시하고 나라방비를 게을리했다.(중략) 아득한 중세에 리조의 운명을 예언한 장군의 비운은 세월의 흐름속에 전설로 엮어지고 풍요로 노래되어 백성들속에까지 널리 알려지게 되었다. (중략) 군사를 홀시하면 나라가 망하고 단결을 애서 외명하고 사사에 물젖어 사분오렬을 행한다면 매 개인의 운명도 참화를 면치 못한다는 것을 력사는 일깨워주고 있다.
소설을 통해 우리 당의 선군정치의 정당성을 력사적사실로써 반증하고 인간의 정의, 력사의 정의는 선군에 있음을 힘있게 확증하고 있다.[172]

소설은 장회 형식으로 전체 10장으로 구성되어 있다. 제1장과 제2장에서는 '이시애 난'을 평정한 남이 장군과 그를 둘러싼 인물들로 어머니 정선공주, 유자광 등이 등장한다. 그의 어머니 정선공주는 남이 장군이 가져온 이시애의 목을 악령의 살이라고 여기고 후환을 두려워한다. 유자광은 서자 출신으로 계급적 한계로 괴로워하다가 남이 장군 일가의 도움으로 정계에 높이 진출한다. 유자광의 인물 형상은 조선의 봉건적인 축첩제도와 적서차별이 빚어놓은 하나의 비극으로 표현하고 있다. 능력은 있으나 서자라는 이유로 수모를 당하며 성장한 유자광은 남이장군에 대한 질시로 남이 장군을 모함하고 이를 계기로 권력을 잡는 간신배로 그려진다. 강순은 북벌 시 총대장으로 후에 영의정에까지 오르나 남이 장군이 모함을 받게 되었을 때 그를 도와주지 않았다. 강순 역시

---

172) 리종렬, 「후기」, 앞의 책, pp.433~435.

남이 장군과 같이 역적으로 몰린다.

제3장에서는 세조의 총애를 한 몸에 받고 있는 남이의 사랑과 좌절에 대한 사연이 전개된다. 남이 장군은 부인과 일찍 사별하고 딸만 키우고 있었는데 우연한 만남을 통해 이진강 대감의 딸인 이경신과 사랑하게 된다. 그러나 이진강 대감은 남이 장군을 거부한다.

> 남이는 한시절 좌의정을 지낸 권람의 사위다. 권람은 수양대군이 단종을 밀어내고 왕위를 찬탈할 때 크게 한몫한 작자다. (중략) 왕실의 묵은 죄악을 아는 나로서는 귀한 딸을 권람이네와 피를 섞었던 남공에게는 줄 수 없다. 그런 대역죄인네와 혼인을 맺었고… 권람의 딸한테서 애까지 본 사내가 아니냐. 안된다. 그가 왕가의 외손이라 해도…173)

이시애 난을 평정하고 여진의 침입을 막아내는 데 공을 세운 강순과 남이 장군은 각각 우의정과 공조판서에 오른다. 이에 대해 무관을 우대하는 무존문비 현상이 도래할까 걱정하는 개국공신 후세들인 고관대작들의 모습이 나온다.

역사적으로 '이시애 난'은 왕권이 안정되어 있는 시기에 일어난 사건으로 당시 중앙집권 정책에 대한 지방 토호의 불만과 중앙 출신 수령의 착취에 대한 농민들의 불만이 결합되어 발생한 것으로 해석되고 있다. 이시애 난을 평정한 남이 장군은 세조의 신뢰를 받던 무신으로 용맹과 지략을 겸비하였다. 반란이 평정된 후 그 공으로 적개공신 1등에 올랐고 의산군으로 책봉되었다. 그 뒤에도 남이는 여진족 토벌에도 앞장섰으며 이러한 여러 공로로 호조판서에 이르기도 하였다. 병조판서에까지 오를 때까지 승승장구하던 남이 장군은 세조가 죽고 예종이 즉위한 직후부터 몰락의 길을 걷게 된다.

---

173) 리종렬, 『남이 장군』, 평양출판사, 2007, pp.143~144.

제4장에서는 남이장군은 병조판서로 부임하여 병제개혁에 앞장 서는 한편 최남선의『화포수련법』등을 익힌다. 화포대장 곽주호가 등장하고 병조참지에 오른 유자광의 야심이 서서히 드러난다. 3회에서 남이 장군이 강순의 생일잔치를 차려주는데 여기에 참석한 유자광은 훗날 이를 역적모의라 모함하고 문효량은 남이 장군과 어릴 적부터 친구이나 나중에 배신한다. 남이 장군은 화포군의 중요성을 깨닫고 군대를 키울 것을 강순과 의논한다. 그리고 장영실의 동제련술이 필요하여 귀양간 그를 찾아다니다 그의 기구한 죽음을 알게 된다. 우연히 만나게 된 김시습과의 대화를 통해 세조 왕위의 정당성에 대해 잠시 의심하나 다시 군주의 총애를 생각한다. 제5장에서는 곽주호 화포대장의 쌍둥이 동생 곽주선이 등장하여 그가 이시애 밑에 있다가 산적 무리 속으로 들어가게 된 사연이 전개된다. 유자광의 동, 구리 수탈이 나오고 한명회와의 만남도 전개된다. 세조는 문둥병에 걸린다.

제6장에서는 한명회가 세조의 죽음으로 왕위에 오른 예종에게 남이 장군을 모함하여 남이 장군이 강등되고 리진강 대감이 사약을 받게 되어 경신이 명나라 공녀로 가게 된다. 남이에게 도움을 청하러 온 경신은 그의 실각에 절망하게 된다.

제7장에서는 남이 장군의 등 무신세력에 불안해 하던 예종과 훈구대작들이 남이를 제거할 수 있는 결정적인 단서를 잡게 된다. 병조판서직에서 해임된 후 남이는 숙직을 서면서 허탈한 심정을 달래며 밤하늘을 바라보고 있었다. 그런데 갑자기 하늘에 혜성이 나타났다. 남이는 무심코 혜성을 본 소감으로 "혜성이 나타난 걸 보니 묵은 것을 몰아내고 새로운 것을 받아들일 징조로구나"하고 말한다. 그런데 이 말을 엿들은 유자광이 한명회를 찾아가 고하게 되고 한명회는 곧바로 예종에게 달려가 남이가 무심코 내뱉은 말을 역모를 꾸미고 있다는 뜻으로 모함하였다.

제8장에서는 남이를 걱정하여 유자광을 찾아가는 화포대장의 이야기

가 나오고 괴석 산골안 산적 소술에 들어간 경신의 신변이 소개된다. 한 명회의 비열한 음모로 강순도 잡혀가게 되고 예종은 직접 남이를 국문한다. 예종은 평소 남이를 못마땅하게 여기고 있었기에 그를 역모 혐의로 체포하였다. 예종 앞으로 잡혀온 남이를 두고 탁문아 기생과 문효량, 유자광 등의 진술이 시작되었다. 유자광은 남이가 혜성의 출현은 신왕조가 열릴 징조라고 말했다고 하면서 거사하여 역모하려 했다고 증언하였다. 결정적인 증언을 한 사람은 남이와 같은 겸사복 소속인 문효량이었다. 그는 여진족 출신이었다. 작품에서 문효량은 남이와 어릴 적부터 친구로 첩을 봐서 본처한테 망신을 당하는 인물로 등장한다. 남이는 이에 대해 문효량을 일구이언하는 인물이라고 평했었다. 문효량은 고문을 못 이기고 남이가 임금과 한명회 등을 제거하고 왕권을 잡으려 했다고 진술하였다.

제9장에서는 곽주호는 자신을 잡으러 오는 유자광을 피해 동생이 있는 산적 소굴로 들어가고 산적 두령인 장대호에게 남이를 구하자고 한다. 장대손은 남이 장군의 문제는 양반들 사이의 알록과 당쟁의 소산이니 상관할 바 아니라고 한다. 경신은 산적 두목에게 몸을 바쳐서라도 남이를 구하려고 한다. 그러나 장대호는 부하의 목숨도 귀하다며 이를 뿌리친다. 정선공주는 남이의 소식을 알기 위해 잠시 풀려난 강순을 찾아가나 문전박대를 당하고 공조판서 부인의 권유로 신문고를 치나 한명회의 계략에 넘어가 갇히게 된다. 제10장에서 남이는 강순을 공모자로 인정하게 되고 탈옥을 도와주겠다는 산적의 도움을 거부한다. 남이를 도와주러 왔다가 거부당한 산적들은 추격을 받게 되고 이 과정에서 경신은 목숨을 잃게 된다. 남이 장군은 능지처참이라는 사형을 당하고 정선공주 역시 자식과 간통하였다는 죄목으로 능지처참을 당한다. 이 작품 마지막에는 유자광이라는 인물을 통해 봉건왕권의 속성과 몰락의 길을 설명한다.

　　역사적으로 남이 장군이 신구 세력의 알력으로 희생되었다는 평가가 지배적이다. 이 작품에서는 이러한 역사적 평가를 바탕으로 하면서 남이 장군이 봉건 시대의 모순을 제대로 파악하지 못했기 때문에 비참한 최후를 맞이한 것으로 보고 있다. 작품 속에는 자연 현상이나 사건 등에 대한 길조냐 흉조냐의 해석의 문제가 자주 등장한다. 이시애의 목을 보고 흉조를 예감하는 정선 공주, 세조의 남이에 대한 꿈에 대한 해몽, 남이 장군의 시조를 보고 역적이냐 아니냐를 판단하려는 왕과 훈구고관대작들, 혜성을 보고 새 시대를 예감하였던 남이 장군과 이를 모함하였던 유자광 등에 관한 이야기들은 징조와 위기로 나타난다. 남이 장군은 일련의 징조들에 대해 오판을 하면서 역사의 비극 속으로 내몰리게 된다. 남이 장군은 항상 조선 왕조에 대한 절대적인 믿음과 왕가의 외손이라는 자부심을 가지고 있었고 무엇보다 자신의 조국애와 용맹을 믿고 있기에 의금부에 끌려가 고문을 받는 상황에서도 현실을 받아들이지 못한다. 남이 장군에게 잘못이 있다면 이는 시대를 제대로 해석해내지 못한 것에 있을 뿐이다. 남이 장군은 탈옥을 도와주려 한 산적들의 도움을 거부한다. 이는 왕가의 자손으로서의 명예를 지키기 위함이었으나 결국 그 자체도 무의미한 것이었다는 것을 깨닫는다.

　　아! 저 하늘끝 어디엔가 이 남이를 중히 써줄 그런 임금은 없을것인가. 내 이승에 두번다시 태여난다면 그런 임금을 받들어 부국강병을 떨치는 겨레의 기둥이 되고싶고나![174]
　　다시 떠오르는 것이 류자광이였다. 새 왕조를 세우자고 역모했다, 화포대로 경복궁을 불사르려 했다 … 어, 이런 거짓을 어이하여 그리도 헐하게 거침없이 통하는고? 한명회한테는 나를 역적으로 몰아가는 것이 필요했다. 그래야 북변싸움의 승리를 배경으로 조정과 지방관청들에 새로 들어온 무관세력들을 제거할수 있기 때문이다. 그러면 임금은? 군주는 군

---

174) 리종렬, 앞의 책, pp.421~422.

주대로 무부들에 대한 의심병이 있다. (…)

　태조가 고려장군으로서 왕건이 세운 고려왕조를 뒤집어엎고 그 왕권
을 찬탈해 새 왕조를 세웠으니… 제가 그랬으니. 리조의 장군들중에도
저와 같은 야망을 품은자가 있을수 있다고 넘겨짚어 생각한데서부터 의
심병이 든게 아닌가. 참 기막힌 일이로다. 이 의심병은 리씨왕권의 뿌리
깊은 고질병이 아니냐.[175]

소설에서는 남이 장군이 모함으로 억울하게 죽음을 당하게 된 원인은
당시 시대배경도 있지만 계급적 한계에 더 큰 원인을 두고 있다. 세조
임금 당시에는 영웅이었지만 예종 즉위 1년 동안 반역자로 몰려 능지처
참이라는 끔찍한 사형에 처해진 남이 장군 스스로 봉건 왕조의 모순과
문제점을 파악하지 못했다는 것을 밝히고 있다. 또한 이 작품은 작가가
김일성이 회고록『세기와 더불어』(1992)에서 회고한 남이 장군의 용맹과
억울한 죽음을 작가가 역사의 계시로 음미해 보기 위해 창작하였다고
밝히고 있다.

4) 주체사실주의에 관한 역사소설의 특성

(1) 조선민족제일주의 정신 구현과 구성의 다양화

북한은 1989년부터 '조선민족제일주의'라는 용어를 사용하여 민족적
전통성을 앞세우는 민족주의적 경향을 보이고 있다. 1980년대 후반부터
구소련 연방이 해체되고 동구권에 자유화의 물결이 일어나면서 고립화
된 북한의 현상을 타개하려는 대안으로 조선민족제일주의라는 이데올로
기가 강조되었다.[176] 역사소설에서 조선민족제일주의 강조는 과거 애국

---

175) 리종렬, 앞의 책, p.404.
176) 하여는 북한이 김일성에서 김정일로의 세습체제를 확고히 하려는 의도와 1980
　　년대 후반 이후 북한의 고립화에 대한 타개책으로 보고 있다(박태상, 「생동한

명장에 대한 것과 조국을 수호하려는 민중의 모습에서 찾을 수 있다.『황진이』에서는 여성의 삶이 시대적 계급적 질곡에 얽매이지 않고 자유로운 삶으로 변화하는 과정을 그리고 있다. 이러한 자주성의 표현은 조선민족제일주의와도 연결이 된다.『황진이』에서는 주인공 황진이가 역사상 송도삼절인 까닭을 보여주고 있는데 이는 송도라는 지역에 대한 향토애의 일환이다. 송도의 상징적인 인물인 황진이를 부각시키는 것은 최근 북한이 고려 태조 왕건릉이라 단군릉 그리고 동명왕릉을 개건하는 이유가 모두 조선민족제일주의라는 이데올로기와 밀접한 관련이 있음을[177] 시사한다. 이처럼 주체사실주의에 관한 역사소설에서는 조국애나 향토애 민족적인 것을 강조하여 조선민족제일주의를 표현하고 있다.

『훈민정음』(2002)은『임오풍운』(1981)의 작가 박춘명이[178] 두 번째로 내놓은 작품이다. 작가는 우리 민족제일주의 사상을 실현하기 위해 이 작품을 창작하였다고 밝히고 있다.[179] 이 작품은 훈민정음의 창제가 성삼문과 백성의 재능과 창조적 노력으로 인한 것이라는 전제 하에 이야기를 풀어 가고 있다. 중국 사대주의에 젖어 있는 최만리와 우리 것을 기초로 하여 우리글을 창제하려는 성산문의 갈등구조를 중심으로 하여 우리 민족이 역사적으로 우수하였음을 증명하고 있다.

인물 성격창조와 작가의 창발성」,『통일문학』제3호, 통일문학사, 2003). 또한 북한의 조선민족제일주의는 북한의 경제사정의 절박함으로 인해 '민족공조'라는 용어로 바뀌어 적극적으로 활용되어 통일전선전략으로 이용되고 있다고 보고 있다(안찬일,「북한의 민족공조 전략의 본질과 전망」,『2003년 북한연구학회 춘계 학술세미나』논문집 ; 전영선,『북한의 문학예술 운영체계와 문예이론』, 역락, 2002).

177) 박태상,「생동한 인물 성격 창조와 작가의 창발성」,『통일문학』제3호, 통일문학사, 2003, p.230.

178) 1933년 평안북도 정주시 출생, 1950년 6・25 전쟁 참전, 1961년 김형직사범대학 졸업. 박춘명,『훈민정음』, 이가서, 2006 참고.

179) 박춘명,『소설 훈민정음』, 이가서, 2006, p.7. 이 책은 남북경제혁력문화재단을 통해 북측의 저자 박춘명과 (주)이가서가 저작권을 계약하였다.

이 작품은 북한의 도식적인 경향에서 벗어나 훈민정음을 둘러싼 가설을 밝히는 재미를 안겨주고 있다. 성삼문은 백성들의 도움으로 고조선 문자인 '신지'를 발견해내고 사람의 입과 혀 모양을 응용해 한글의 원리를 깨우치고 문자의 유형을 확립한다. 또한 그는 아내와 기생 초향이에게 한글을 가르치고 이들로 하여금 하인과 백성에게 전파하도록 하여 글의 실용성도 실험한다. 작가는 성삼문을 통해 신분이 낮은 복돌이, 쌍가매나 초향이와 그의 아버지를 애틋하게 생각하는 모습을 보여주어 백성들에게 가장 큰 관심을 두었다. 이민위천의 정신으로 글을 만드는 것도 백성들을 위한 것이고, 백성들이 잘 살아야 나라의 모습이 제대로 되는 것이라고 보았다. 훈민정음의 창제정신은 우리 민족의 독창성과 우수성을 바탕으로 한 것이지만 무엇보다 백성들이 글을 알고 실생활에서 유용하게 쓸 수 있도록 하기 위한 것임을 보이고 있다.

성삼문과 신숙주를 비롯한 집현전 학자들이 한글 창제를 위해 연구하는 과정과 이들의 스승격인 최만리와의 학문적 대결구도는 이 작품을 흥미롭게 하고 있다. 그러나 갈등이 미약하고 그 해결방식이 세종대왕의 어명에 의한 것으로 진행돼 느슨한 결말을 보여주고 있다.

『최무선』(2000)은 홍석중과 더불어 북한 최고의 역사소설가로 꼽히는 강학태의 작품이다. 강학태는[180] 1935년 함북 청진에서 태어났다. 김일성종합대학 외국문학부 중국어과를 졸업하여 조선문학창작사 작가로 일하였다. 그는 시 「삼덕땅에 떠오르는 횃불」(1968)을 발표하고, 이후 단편소설 「고구려 사신」, 「동이 터온다」(1971), 「길」(1972), 「공장의 주인공」(1979), 「날려보낸 화살」(1981) 등 수십 편의 작품을 발표하였다. 장편 역사소설로 『김정호』(1987), 『최무선』(2000)이 있다.

고려를 제2의 화약보유국으로 만든 최무선의 위업을 그린 역사소설 『최

---

180) 강학태, 『최무선』, (주)자음과모음, 2006 참고.

무선』은 화약발명을 위한 최무선의 일생을 그리고 있다. 최무선은 고려 말에 우리나라에서 화약과 화약을 이용한 무기를 처음 제작, 사용하게 한 장본인이다. 그는 당시 중국만이 소유하고 있었던 화약 무기를 우리 의 독자적인 기술과 힘으로 개발해냈다. 따라서 고려는 제2의 화약 보유국으로서 국방력을 강화할 수 있게 되었다. 역사적으로 최무선은 우리나라 전쟁사에 있어 군사무기의 역사를 바꾼 과학자요, 무장으로 평가된다. 화약이 개발되기 전, 서양식 무기인 조총으로 무장한 왜구의 침입에 창과 활 등 재래식 무기로 대응할 수밖에 없었던 당시 고려 군사들은 화약의 등장으로 자주적인 국방 수호에 임할 수 있었다.『최무선』에서는 우리 기술, 우리 노력으로 이루어진 화약 개발을 높이 평가하면서 최무선의 일생에 걸친 열정을 그려내고 있다.

주체사실주의 시기에 발표된 역사소설은 북한문학의 기본적인 도식성을 지니고 있으면서도 구성과 표현이 다양해졌다. 이전 시기에 비해 소재의 폭이 넓어졌으며 표현도 과감해졌다.

『황진이』에 등장하는 남자 주인공 놈이는 작가가 창조해낸 허구적 인물이다.『황진이』에서 작가는 이야기꾼으로 자처하여 소설적 서사의 진수를 보여주고 있다. 황진이는 조선시대 기녀로 역사상으로 알려진 것은 송도삼절 중 하나였다는 것과 서경덕과의 낭만적 사랑 이야기이다. 홍석중은 이러한 역사적 인물의 사랑 이야기를 상전과 종의 관계인 아씨와 놈이의 사랑 이야기로 바꾸었다. 또한 신분을 초월한 사랑 이야기에는 풍부하고 세부적인 사건들과 에피소드가 빈틈없이 연결되어 있다. 사실과 야사가 적절하게 어우러져 작가의 창발성이 돋보인다.『황진이』의 묘미는 작가의 창작 개성이 잘 나타나는 표현과 어휘 구사이다. 김정일은 "표현이나 어휘까지도 작가가 창발적으로 골라 쓰지 못하게 하면 소설이 신문에 실리는 정론이나 론설과 무슨 차이가 있겠습니까?"181)라고 하여 작가들의 표현력을 강조하였다.『황진이』는 하층민들의 언어,

판소리 문체, 한시 문체, 한시와 시조의 삽입 등을 통해 소설의 내용을 더욱 풍요롭게 한다.

(2) 충신형 인물과 혁명적 군인의 새로운 전형 형상

주체사실주의는 혁명적 내용과 민족적 형식을 강조하면서 수령형상화 문제에 집중하고 있다. 1990년대를 수령 형상 창조의 일대 전화의 시기로 주장하면서[182] 창조원칙을 밝히고 있다. 수령형상의 새로운 창조원칙은 북한 사회와 현실의 총체적 위기의식을 배경으로 하여 흔들리지 않는 충신형의 인물을 제시하고 있다. 주체형의 공산주의적 혁명가라는 큰 전제 아래 영웅의 유형을 거론하고 있다. 새로운 환경과 새 시대의 요구와 지향을 반영하는 주체형 인간에게 요구되는 것은 당과 수령에 대한 충실성, 혁명적 낙관주의와 낭만성이다.[183] 또한 주체형의 인간전형이 '우리 시대의 참다운 충신, 효자'[184]의 형상으로 나타난다. 『삭풍』의 사육신의 인물형상으로는 충과 의리를 지닌 절개 있는 인간전형이 나타난다.

선군혁명문학은 당과 수령의 노선에 입각해 현실적 요구를 작품에 반영하는 것이고, 작가가 집중해야 할 형상의 초점은 혁명적 군인정신을 새로운 혁신적 성격으로 창조하는 것이다. 선군혁명문학은 사회주의적 애국주의를 구현하는 선군시대 전형을 창조할 것을 작가들에게 주문한

---

181) 오승련, 『주체소설문학건설』, 문예출판사, 1994, p.280.
182) 김병훈, 「주체의 면모를 확고히 갖춘 우리 식 문화」, 『조선문학』, 문학예술종합출판사, 1994년 2호, p.43.
183) 최언경, 「시대정신의 진실한 구현과 90년대 성격창조문제를 두고」, 『조선문학』, 문학예술종합출판사, 1991년 5호.
    류만, 「90년대 인간성격창조문제에 대한 소감」, 『조선문학』, 문학예술종합출판사, 1991년 7호.
184) 리창유, 「시대정신의 구현과 현실주제작품창작의 대강을 휘황히 밝혀준 불멸의 가치」, 『조선문학』, 문학예술종합출판사, 1995년 11호, p.22.

다. 애국자의 전형은 선군사상을 체질화하고 선군정치를 충성으로 받들어 나가는 사람이라고 하여, 당과 수령에 충성하는 애국관, 즉, 충성이 애국이라는 가치관을 구현해야 한다.185) 선군혁명문학은 군대를 정신으로 보편화시킨 개념으로 이해되는데, 역사소설에서는 『군바바』, 『최무선』, 『남이장군』에서 그 맥락을 살펴볼 수 있다.

『군바바』의 작가 김혜성은 북한의 신예작가로 1973년 평양 출생으로 김일성종합대학 어문학부를 졸업하였다. 김덕철 조선작가동맹위원장의 아들이다. 2004년에 『조선문학』 4호에 실린 단편 「열쇠」가 첫 작품이다. 첫 장편역사소설 『군바바』(2005)는 2007년에 남한에서도 출간되었다. 『군바바』는 1906년의 통감부 설치와 1907년의 군대 해산, 헤이그특사 사건, 고종황제 퇴위로 이어지는 조선의 수난의 역사를 배경으로 삼아 "조선 군대의 군관을 주인공으로 내세워 우리 민족의 자주성과 민족성의 특성을 도드라지게 묘사한 장편역사소설"이라는 평가(박태상)를 받는다. 또 "근대를 둘러싼 식민주의자와 반식민주의자들의 각축을 제대로 그려내지 못하는 등 아쉬운 부분도 보인다"(김재용)는 평가도 받는다. 『군바바』는 조선이 일본에 합병되기 직전인 1906, 1907년을 배경으로, 조선의 군대를 장악해가는 일본의 음모와 이에 대한 저항을 그려내고 있다. 이 작품은 당시 정세뿐 아니라 일본에 침윤되어 가는 문화풍속을 묘사하고 있다. 역사적 인물과 허구적 인물들을 통해 갈등과 음모를 펼쳐보이고 있다. 일본인 개입으로 인한 군대해산 과정뿐 아니라 일본 앞잡이가 된 조선인의 음모로 성의 수단으로 전락해버린 조선 여성의 사연도 전개된다. 군관인 남상덕과 권기홍은 육군연성학교를 졸업하고 서울시위대 1연대 1대대 병영에서 꿈많은 미래를 설계한다. 그러나 인사문제까지 개입하는 일본인 교관의 횡포로 반일감정만 고조된다. 권기홍

---

185) 사설, 「사회주의적애국주의를 기본품성으로 하는 선군혁명투사의 성격을 창조하자」, 『조선문학』, 문학예술출판사, 2005년 8호, pp.4~7.

의 누이는 술집을 하며 권기홍을 어렵게 뒷바라지를 하고 있으나 일본인이 하는 사꾸라 다방의 횡포로 장사에 어려움을 겪는다. 이 작품은 상덕과 죽송의 사랑, 테로단에서 활약하게 된 죽송, 일본의 앞잡이인 김태진에 속아 넘어가는 기홍 남매, 김태진과 일본인들에게 감금되어 욕을 보게 되는 기홍의 애인 희숙, 교태어린 사꾸라 다방의 주인 요시코의 흉계 등이 맞물려 전개된다.

대한제국 군대 해산 사건으로 시위대 대대장 박성환이 권총자살로 항거하고 이를 계기로 군인들이 무장투쟁에 앞장서게 된다. 전국에 있는 군인들은 무장해제를 거부하고 매복과 기습공격 등 유격전술을 펼쳐 근대무기로 무장한 일본군에 대항했다. 이러한 무장투쟁은 여러 계층의 민중도 일제에 대한 대항에 끌어들이는 계기를 만든다. 결국 폭약을 안고 적에게 돌진하는 상덕과 기홍, 박좌수를 비롯해 폭약과 총알이 다 떨어지자 맨주먹으로 저항하는 저항군들의 처절한 투쟁으로 이어진다. 일제의 간담을 서늘하게 한 폭동군인의 넋인 ‘군바바’ 노래는 민족의식과 자주성을 고취하고자 하는 군인정신의 상징이다. 이 작품은 군인들의 영웅적이고 혁명적인 모습을 기리고 있다.

제4장 ‖ 북한 역사소설의 성과와 한계

북한 문학에서 표방하는 사실주의와 사회주의 사실주의는 일반적인 의미와는 거리가 있다. 먼저 일반적인 의미에서의 사실주의란, 이상이나 사상보다는 현실(사실)이나 현상을 존중하면서 대상을 충실히 바르고 적확하게 포착하려고 하는 과학적 태도이자 객관적 사상이다.[1] 또한 사회주의 사실주의란 사실의 충실한 묘사와 사회생활의 정확한 묘사, 대상에 대한 의식적 선택, 일정한 방향의 예술적 선동을 요구, 사회구조 모순에 대한 철저한 비판, 사회계층과 노동문제 극복을 주요 과제로 삼으며 관념론을 토대로 한다. 주로 혁명의 정서적 체험이나 정신적 긴장에서 생겨난 것이라고 할 수 있다.[2] 이에 비해 북한 사회주의 문학론에서는 문학이 혁명적 대의를 위해 복무한다고 보는 것이 일반적인 견해이다.

사회주의 리얼리즘 일반론에서 인물의 전형화의 문제는 당파성·인민성·계급성과 밀접한 연관을 맺는다. 북한에서는 이러한 사회주의 리얼리즘을 수용하면서 예술의 형상성이 민족적인 정서와 감정에 맞는 민족적인 문학예술의 형식[3]을 통해 추구되어야 한다고 주장한다.

---

1) 장사선, 『한국리얼리즘문학론』, 새문사, 1988, p.7.
2) 장사선, 위의 책, pp.19~25.
3) E. 욘, 임홍배 옮김, 『마르크스―레닌주의 미학입문』, 사계절, 1989, p.149.

사회발전의 합법칙성을 반영하고 있으며 해당시기의 일정한 계급과 계층들의 본질적인 특성을 체현한 개성적인 인간성격, 우리혁명과 새 사회건설의 참된 주인공들, 주체적인 위대한 혁명적 기치인 주체사상이 가리키는 길을 따라 사람들에게 자주적이며 창조적인 생활을 보장하기 위하여 모든 것을 다 바쳐 싸워나가는 참다운 자주적 인간. 열렬한 공산주의자……4)

이러한 정의를 통해 북한 문학작품에서의 인물의 전형은 주체사상의 구현체로서 보편성과 개별성의 통합체로서의 특수성을 재현하는 인물로 규정된다는5) 것을 알 수 있다.

사회주의 사실주의는 변화된 사회 현실을 소재로 삼고, 계급 대립의 현실에 초점을 맞추어야 하고, 구성 주제 면에서는 '낡은 것에 대한 새로운 것의 승리'라는 구도, 미래에 대한 낙관주의, 목적의식적 창작의 수행 등을 그 특징으로 한다.6) 북한 문학은 사회적 의의를 표현하는 수단으로 다루어지고 있기에 역사소설 역시 당의 문예정책과 밀접한 연관을 갖는다는 것이다. 또한 작가의 임무가 중요시되는데 일반적으로 소설 작가는 현실의 풍부함을 제대로 파악하여 작품 속에 형상화하는 것을 자신의 임무로 삼아야 하며, 이때 현실은 계급성과 민족성, 혁명적 이상 실현에 해당된다. 북한 문예 이론가들은 현실을 파악하는 작가의 능력을 어떤 계급에 속하는가, 어떤 계급의 편을 드는가, 작가의 세계관은 무엇인가로 진단하고 있다. 또한 현실주의를 위한 작가의 현실인식 능력에서 나아가 목적의식의 한계로서 작가의 노동자 계급적 당파성과 작가의 이상을 논의한다. 이러한 견해는 역사소설에도 적용되어 북한 역사소설은 과거의 역사적 사건이나 사람을 소재로 하되 현실에 대한

---

4) 사회과학출판사 편, 『문학예술사전』, 사회과학출판사, 1972.
5) 사회과학원 문학연구소 편, 『주체사상에 기초한 문예이론』, 인동, 1989, p.232.
6) 최유찬, 『리얼리즘 이론과 실제비평』, 두리, 1992, pp.23~24.

비유로서의 과거여야 하고, 작가의 역량이나 주인공의 계급성 등을 중요하게 여긴다. 이러한 것을 통해 북한에서의 역사소설은 '전사로서의 역사', '민족형식으로서의 역사'를 강조하며 '교육, 정보 기능적 측면', '작가의 역사의식'이 중시됨을 알 수 있다.

북한 역사소설을 일반적 역사소설의 특성과 비교하면 이데올로기적 요소를 강조하는 측면이 강하다. 대부분 북한 역사소설에서는 역사가 허구적 이야기를 생생하게 만드는 극적 에너지로 작용한다. 이러한 극적 에너지는 멜로 드라마적이고 비현실적인 효과를 낳는데 한편으로는 카타르시스를 제공하여 의도적인 측면에서의 효용론적인 역할을 해내고 있다. 북한에서는 이러한 효용론적 입장과 명분론적 입장에서 역사적 기원을 찾고 북한만의 주체적 모습을 그리기 위해 위대한 과거를 현재화시키는 작업에 충실하였다. 이러한 작업 속에서 대작이 요구되었다.

북한 역사소설은 북한식의 사회주의 사실주의 창작방법을 지속적으로 구현하려는 의도를 보이고 있는데, 북한에서 주장하고 있는 사회주의적 내용과 민족적 형식의 변증법적 통일은 '사회주의적 애국주의'라는 용어를 생성하였으며 민족정체성을 확고히 하고 사회주의를 통해 개혁과 발전을 모색하는 방법으로 사용된다. 북한에서는 문학을 생산한다는 말이 적합할 정도로 문학작품에 대해 정책적 통제와 유도를 하며 이념적이고 도덕론적 간섭을 많이 한다. 북한문학의 변모와 발전과정은 문학예술에 대한 국가적 관리에서 비롯되는데 '당'의 존재가 절대적이다. 주체사상이 확립되면서 이러한 '당'의 역할을 대신하는 것이 김일성과 김정일의 존재로 변하였다. 김일성은 문학예술의 건설자로 김정일은 문예사상을 계승하고 구체화시키는 상징적인 인물이 되고 있다. 이후 당 대회 등을 통해 '집체적 유일 심의'가 생기고 '혁명적 수령관', '정치적 생명'이라는 용어들이 등장하는데, 구체적으로 살펴보면 수령이 인민 최고의 뇌수(腦髓)가 되어 통일 단결의 중심이 되는 통합과 집중의 현상이 문학에도 적용되어 육체적 생명보다 정치적 생명을 더 중요시 여긴다는 맥락으로 이해된다.7) 주체문예는 수령의 업적과 혁명 역사 등을 기술하고 출판하는 일이 진작되면서 더욱 가속도를 붙이게 되었다. 1950년대 말에서 1960년대까지 공산주의자의 전형 창조의 문제가 제기되었다면 1960년대 중반에는 '혁명적 대작'의 논의가 있었고 이후 1970년대와 1980년대에는 수령 형상에 대한 <불멸의 역사>와 <불멸의 향도> 총서가 창작되었다. 1970년대에는 당의 문예정책이 김일성 문예사상이 되어 사회주의 문예부흥을 이루고 김정일의 '종자론'이 창안되었다. 주체문예에서 주체사상은 인민대중을 역사와 사회운동 주체로 보는 입장을 말하는데 인민들이 온갖 예속을 벗어나 사회를 개조시키고 발전시켜 나가려는 사회계급적 본성을 갖는 존재로 보는 것이다. 주체형 새 인간은 과거의 유교적 덕목을 물질적 토대와 역사적 조건으로 삼아 '충', '효', '혁명적 지조와 절개', '바람직하고 참됨' 등을 중요한 덕목으로 삼아야 있다. 이러한 사상적 알맹이를 작가들이 개성적 탐구로 획득하여 내놓은 결과물이 문예물이다.

주체사상에 기초한 소설들은 긍정적 주인공들이 수령과 당 정책이라는 세계와 관계를 어떻게 맺고 있나 하는 것을 보여주어야 하며 혁명적 비극으로 결론을 맺게 된다. 여기에서 진정한 승리란 육체의 목숨은 잃어도 정치적 생명은 획득한다는 것으로 비장한 미래 낙관주의의 관점을 제시한다. 주체사상에 기초한 역사소설은 사상 이념적으로 투사된 새로운 인간상과 사회상을 보이며 공산주의 인간학을 구현하려고 한다. 이시대 역사소설은 주체 문예의 외관을 따르므로 혁명적 수령관을 보이고 종자론으로 무장된 작가 정신을 보인다. 혁명의 역사를 강조하는 역사소설은 독자들에 대한 교양을 목적으로 할 경우 서사시적 화폭을 외형

---

7) 신형기, 『북한소설의 이해 - '공산주의 인간학'의 분석』, 실천문학사, 1996, p.16.

적인 것에만 주목하고 역사적 사건들이나 잡다한 생활을 많이 묘사하는 것에 치우칠 경우 인물들의 성격과 역사소설의 구성이 약해지는 결과를 초래한다.

북한 역사소설은 대부분 장편소설로 장편소설의 극성을 제고하고 있다. 장편소설은 극적 요소를 가장 많이 받아들이는 문학 형식이다. 사회주의 사실주의는 본래 문학예술의 혁명화를 주장하고 있는데, 이러한 효과를 극대화하기 위해 극성과 서정을 조화시키려 한다. 『두만강』은 곰손, 씨동 등을 중심으로 하여 19세기 말엽부터 1919년 3·1 봉기 직후 시기까지의 역사 속에서 각종 형태의 반일애국 투쟁을 보여주고 있으며 『서산대사』에서는 노승 서산대사를 중심으로 하여 민중의 각이한 계층을 대변하는 다양한 모습들을 통일적으로 형상화하고 있다. 여기에서는 임진왜란에서 일본군을 물리쳐 용감히 싸운 영웅적인 조선 민중의 애국 전통에 대한 찬가와 자랑이 나타난다. 『두만강』과 『서산대사』는 조선 민중의 애국적 전통에 대한 확신과 옹호를 강하게 보여주고 있다. 북한 인민들의 영웅성을 극적인 내용을 통해 천명하고자 하는 것이다. 한국 전쟁 당시의 대중적 영웅들을 묘사하고 있는 일련의 작품들은 북한 사회제도의 우월성과 민중의 불패의 역량은 과시하려는 의도를 보인다. 그러기 위해서 극성과 서정의 조화를 보이고 있다.

북한의 사회주의 문학예술은 공산주의 인간학으로 볼 수 있다.[8] 북한에서는 문학의 본성을 인간학으로 보고 있는데 여기에서 인간학은 애국심을 지닌 인간, 혁명적으로 교양된 인간, 자주적이고 창조적인 생활을 위해 투쟁하는 인간에 대한 보고서라고 볼 수 있다. 북한 역사소설에서도 작품의 주제뿐 아니라 작품에 형상화된 주인공의 모습을 공산주의 인간학의 입장에서 그리고 있다. 인간학으로서의 문학예술의 본성을 산

---

8) 신형기, 『북한 소설의 이해－'공산주의 인간학'의 분석』, 실천문학사, 1996 참고.

인간을 그리는 데 치중하다 보니 사회적 존재로서의 인간이 생활 화폭을 통해 시대의 특징과 사회의 본질, 역사적 합법칙성을 밝히는 중심에 서 있어야 한다. 이러한 측면은 인간 본성의 다양성을 단일화하고 있다는 문제점을 지닌다.

북한은 정치와 사회 구조 상의 특수성으로 문예이론과 문예정책이 동일하게 작품 속에서 구현되어 왔다. 문예이론이 사회주의 국가 건설의 국가적 차원에서 전개되어 사적인 차원에 머무는 것이 아니라 공적인 영역에서 작가와 작품, 사회와 독자에게 영향을 끼친다. 이러한 측면에서 북한 역사소설은 문예이론에 대응하는 방식으로서 연구되어야 한다. 또한 북한 문학은 마르크스 레닌주의를 기초로 하는 사회주의 사실주의에서 주체사상에 기초한 사회주의 사실주의로 변모하고 또한 사회주의 사실주의의 발전단계로서의 주체사실주의로 변모하였다. 주체사실주의 창작방법 내에서는 선군혁명문학이 주체사실주의의 최상의 창작방법이라고 주장하고 있는 실정이다.

북한 문학에서 역사소설은 현대성을 구현하여야 한다. 현대성은 진보적이며 사실주의적 문학작품의 본질의 하나로 현대성을 구현하는 것은 역사주제의 문학작품에서 중요한 문제로 작용한다. 역사적 사건이나 사실을 그대로 옮기는 것이 아니라 소재의 선택, 인물들의 성격창조, 사건 줄거리의 엮음과 생활묘사 등에서 현대적 요구를 구현함으로써 예술적 형상을 보여주어야 한다.[9]

북한 역사소설은 과거의 경험을 통해 미래의 전망을 제시하고 있다. 대부분의 작품에서는 역사적 시련 속에서 영원한 승리와 영광의 길을 다짐하고 있다. 북한 역사소설에서는 전망을 제시하면서 독자들에게 작품 속 인물들의 삶을 통해 작품 속 인물들과 동일화의 여정에 참여할

---

9) 한중모, 「다부작장편력사소설 ≪림꺽정≫과 주인공들의 형상」, 『조선문학』, 문학예술출판사, 2006년 4호, p.66.

것을 은연중에 시사한다. 북한 문학에는 미래의 낙관에 대한 의문과 질문이 배제되어 있는데, 역사소설에서는 역사란 거대한 전진이며 끝없는 진보라고 믿는 공산주의의 환상을 보여주고 있다. 언제나 앞으로만 전진하려는 북한은 세계 속에서 실제로 고립되어 있고 감화와 헌신으로 총체적 순응주의를 이끌어내려고 하는 의도는 역사의 왜곡과 망상을 불러일으킨다. 북한 역사소설은 개인주의와 회의주의 아이러니 등이 존재하지 않는 역사의 환상을 보여주는 여정의 문학이라고 할 수 있다.

최근에는 북한 역사소설에도 새로운 경향이 나타나『황진이』와 같은 성과를 거두고 있다. 이와 같은 경향은 자본주의와 사회주의 체제를 뛰어넘는 역사소설의 등장에 대한 새로운 기대를 할 수 있다는 점에서 중요한 의의를 지닌다. 최근 북한 역사소설의 활발한 소개로 인해 남북의 문화교류 현상이 고무되고 있다. 역사소설은 민족의 역량을 배양하고 민족의식을 고취시키는 이점을 지닌다. 남북 역사소설의 교류를 통해 남북의 얼이 담긴 통일문화의 대중화에 대한 기여를 기대해 볼 수 있다.

북한은 해방 이후 사회주의 체제를 받아들이면서 문학에 있어서도 1930년대 우리나라에 수용된 사회주의 사실주의를 변형하면서 지향하였다. 북한 역사소설은 역사적 진실성을 전형화하여 인간과 사회 관계의 총체성을 당성·계급성·인민성의 견지에서 형상화하고 있다. 북한 역사소설에는 사실주의와 민족주의 추구의 경향이 일관되게 유지되었다. 사실주의 경향은 사회주의 사실주의와 북한식 사회주의 사실주의의 변형인 주체사실주의 창작방법으로 이어지고 민족주의 경향은 민족 고유의 특성을 절대 기준으로 삼아 문학 내용뿐 아니라 형식에서도 이를 발현하고자 하는 의지에서 살펴볼 수 있었다.

북한 문학의 변화는 주체사상의 확립에 의한 것이라고 해도 과언이 아닐 정도로 주체문예 이론에 의해 사회주의 사실주의 창장방법은 점차 변모되었다. 대부분의 논자들은 주체문예이론의 성립으로 북한 문학이 항일혁명문학만을 유일한 혁명전통 문학으로 수용하게 되었으며 국가와 수령의 정통성에 대한 문제가 문학 속에서 표현되어야 했다고 평가한다. 이러한 의견은 북한문학의 주된 흐름을 잘 요약한 것이다. 그런데 역사소설은 주체문예 이론을 바탕으로 하면서도 항일형명문학의 전통이나, 당과 수령의 영도에 대한 것이 직접적으로 표현되지는 않았다. 이 책에서는 북한 역사소설을 세 시기로 나누어 분류하였다.

북한 역사소설을 사회주의 체제가 정착되는 이후 시기부터 살펴보면 '사회주의 사실주의에 관한 역사소설, 주체사상에 기초한 사회주의 사실주의에 관한 역사소설, 주체사실주의에 관한 역사소설'로 나눌 수 있었다. 기본적으로 사회주의 사실주의 창작방법의 변모가 나타나는데, 사회주의 사실주의는 노동계급의 혁명 투쟁 요구를 반영한 혁명적이고 전투적인 창작방법이다. 북한에서 1967년 이전에 지향했던 사회주의 사실주의는 마르크스 레닌주의에 기초한 유물변증법적 세계관에 기초하고 있다. 이러한 창작방법을 기초로 하는 북한 역사소설의 경우 역사적 시기의 계급과 계층들의 사상·감정·세태풍습의 디테일한 묘사 등이 중요한 요소로 작용하였다. 이후 변모된 북한이 주장하고 있는 우리식 사회주의 사실주의는 억압 받고 착취 받던 인민대중이 역사의 주인임을 강조한다. 사람 중심의 세계관이 주체의 세계관으로 변형되는데 이 시기 역사소설에는 자주적 인간의 전형이 강조되어 주체형의 공산주의자의 전형이 요구되었다. 또한 이전의 당성·인민성·계급성 중심이 수령·당·대중의 통일체 중심으로 변모되었다. 또한 문학예술의 민족적 형식이 강조되어 자기 민족의 미감과 요구에 맞고 자기 민족이 좋아하는 형상수단과 방법으로써의 형상 기교가 강조되었다. 1970년대 이후부터 주체주의 사실주의의 사상 이론적 기초가 마련되는데 항일혁명투쟁 시기를 강조하고 북한이 주장하는 불후의 고전적 명작인 <불멸의 역사>와 <불멸의 향도> 총서 등이 등장하기에 이르렀다. 이 시기에는 사회 정치적 생명체가 문학의 형상 원칙이 될 것을 강조하고 어버이로서의 수령 창조를 문학의 주요 과제로 삼았다. 또 한편으로는 대중적 영웅주의인 숨은 영웅 형상을 창조할 것을 요구하였다. 이 시기에는 작품의 종자에 대한 올바른 이해도 요구되었는데 종자는 작품의 핵으로 작가가 말하고자 하는 기본 문제, 형상의 요소를 뿌리 내릴 바탕이 있는 생활의 사상적 알맹이라고 할 수 있다. 북한 역사소설에서는 종자로써 주제·작가의 역할·시대 배경·공산주의 인간형 등을 중요하게 여기고 있다. 또한 역사물에서도 현대의 조선문화어를 쓰면서 해당 역사적 시기의 어휘와 어투를 시대적 표상에 맞게 사용할 것을 강조하였다.

북한 역사소설의 주제는 각 시기별로 비슷했으나 형상적 요구에는 약간의 변화가 있었다. 북한 역사소설은 두 가지 관점을 바탕으로 분석될 수 있다. 북한 문예이론의 구현과정을 살펴보는 것과 역사소설 작품 내의 미적 특질을 살펴보는 것이다. 전자는 문학 외적 형식에 대한 연구이고 후자는 문학 내적 분석에 대한 연구로 이 두 방법이 잘 결합되어야 북한 역사소설에 대해 이해할 수 있는 단초를 마련할 수 있다. 문학의 목적과 기능을 강조하는 북한 문학을 대할 때 무엇보다 문학의 총체적 상황을 고려해야 한다. 또한 문학의 총체적 상황도 역사적으로 변하는 상황을 함께 고려해야 한다. 북한 역사소설은 북한 문예이론이 강력하게 제시하고 있는 수령형상론에서 어느 정도 벗어나 있으면서도 시대적 흐름과 사상, 북한문학관을 잘 보여주고 있다.

북한 역사소설은 각 시기 별로 전형의 변화를 보였다. 사회주의사실주의에 관한 역사소설에서는 '혁명―투사'의 인간형을 추구하였다. 주체사실주의에 관한 역사소설에서는 '주체적 인간형'이 강조되었고 이후 선군혁명문학론에 관한 역사소설에서는 군인이 주인공으로 형성되었다. 북한 역사소설에서 지속적으로 강조하는 애국주의는 주체성 강조와 민족주의 계승으로 흐르고 '조선민족제일주의'로 변형되었다.

　이 책에서는 사회주의 사실주의에 관한 역사소설로『서산대사』,『두만강』을 분석하고, 주체사상에 기초한 사회주의 사실주의에 관한 역사소설로는『갑오농민전쟁』,『높새바람』을, 주체사실주에 관한 역사소설로는『삭풍』,『황진이』,『남이장군』,『주몽』을 선정하여 분석하였다.

　『서산대사』에는 평양 중심의 애국주의 사상이 나타나 북한의 건국에 대한 정당성을 제기하고 서산대사 외에 영웅적 민중이 등장한다. 서산대사는 민중에 감화되는 인물로 그려지며 당시 평양에서 벌어진 보통벌 추수·보통벌 전투·평양성 전투를 통해 민중의 애국심과 용기가 나타난다. 1592년 임진왜란이라는 역사적 사건과 실제 인물들을 등장시킨 이 작품은 역사적 기록에 충실하기보다 작가의 의식이 과잉되어 나타난다. 작가의 직접 설명이나 개입이나 인물들에 대한 중복된 이미지 표현으로 권위적 담론이 된다. 긍정적 인물과 부정적 인물의 천편일률적인 형상화와 추상적이고 우연적인 사건의 남발은 서사의 재미를 반감시킨다. 작가의 평양에 대한 묘사는 이 작품의 고유한 미적 특질에 해당하나 평양과 민중만을 지나치게 부각한 측면은 이 작품이 북한의 당 정책에 부합되는 소설로 인식하게 만든다.

　『두만강』은 식민지 자본주의 시대의 문제점을 비판하고 민족 삶의 본질을 반영하고자 하는데, 민중성과 계급성을 바탕으로 하여 사회 모순 갈등을 해결하려고 하는 민중의 반제·반봉건 투쟁 전개를 작품의 주제로 형상한다. 풍부하고 생생한 언어 표현은 역사적 구체성과 생활 과정의 총체성을 반영하는 데 잘 활용되고 있으며, 토속적·전통적·민족적 소재와 풍부한 어휘 구사로 민족 정서를 담고 있다. 이러한 언어 운용은 현실 인식과 미적 구조 획득이라는 예술성을 겸비한다. 이 작품에 나타난 인물은 긍정적 인물과 부정적 인물로 대비되는데, 특히 개인과 사회라는 대결의 구도를 거쳐 성장하고 각성하는 인물로 혁명가형 인물이 강조된다. 반제·반봉건의 혁명가형 인물은 사회주의 체제가 요구하는 이상화된 인물이다. 이 작품에도 권위적인 작가의 주관적 개입으로 의론이나 연설, 토론 방식 등이 나타난다. 또한 민족 해방 서사에서 영웅의 출현을 예시하는 결론 부분은 항일무장투쟁을 신성화하고자 하는 목적론을 나타낸다. 낙관적 유토피아 지향은 작품 전달 방식을 화자 시점 서술과 단성적 어조로 흐르게 하며 한편으로는 역사로부터 현실의 교훈을 끌어들이려 하는 주관적 의도에 부합되어 역사 사실을 왜곡한다는 측면도 지니고 있다.

『갑오농민전쟁』과 『높새바람』은 주체사상에 기초한 사회주의 사실주의를 지향하고 있다. 『갑오농민전쟁』 속에는 사상적 지향뿐 아니라 미학적 특질도 나타나고 있다. 작품 속에 등장하는 인물들을 통해 주체 시대에 강조하고 있는 공산주의 인간학의 기본형에 대해 고찰할 수 있다. 이 작품에서는 조선의 왜곡된 근대화 과정을 통해 조선인의 물질문명에 대한 동경과 소외, 왜곡된 욕망을 살펴볼 수 있으며 이에 대한 해결점으로 전근대적 가치관으로의 회귀가 나타난다. 작품의 형식적 측면에서는 이야기의 분할 구성과 비서술 층위의 장식성이 나타나는데 이는 작품 주제 형성에 있어 보조적 역할에만 머물지 않고 주제를 더 부각시키는 역할을 한다.

『높새바람』은 작가가 역사적 상상력을 발휘하여 이름 없는 민중의 넋에 생명을 부여하고 있다. 특히 성 담론과 언어 형상에 있어 이전의 다른 역사소설과 변별되는 점을 지니고 있다. 토속적이고 질박한 어휘를 구사하고 민중에 대한 생생한 표현을 하여 역사소설의 진실성과 예술성을 획득하고 있다. 작품 전반부에서 보여주는 갈등 제시의 긴밀성과 사건 흐름의 긴박성, 자연형상과 고유어의 묘미를 통한 심리 묘사 등의 소설 미학은 후반부로 갈수록 느슨해지고 산만해지는 경향을 보인다. 성 담론은 다른 북한 소설에 비해 과감하다고 할 수 있으나 일본의 성 풍속은 야만적이고 변태적인 것으로, 조선의 성 풍속은 고상하고 대의를 위한 일부분으로 그리고 있어 이분법적인 도식성을 보인다. 이러한 성

담론은 조선민족제일주의를 나타내기 위한 또 다른 일환으로 해석된다. 속담과 성구, 관용어구들의 사용은 역사적 배경의 생활 세태와 풍습을 반영하는 것에 의의를 부여할 수 있으나 과도한 사용으로 그 의미가 퇴색되기도 한다. 간혹 작가의 해설이 곁들여지는 부분은 계몽적이고 교훈적인 의도로 읽혀져 소설로서의 재미를 반감시킨다.

주체사실주의에 관한 역사소설에서는 구성과 표현이 다양화되었다.『황진이』는 남한과 북한에서 동시에 그 성과를 인정한 작품으로 성애와 사랑을 중심 서사로 하여 조선시대 지배계급의 모순과 부조리를 그리고 있다. 또한 작가는 뛰어난 상상력과 창조력으로 역사 속의 인물인 황진이를 시대와 계급과 성을 뛰어넘는 인물로 묘사하고 있다. 역사적 사실과 허구의 조화·속담·한시·판소리 문체 등을 사용하여 조선민족제일주의를 표현하고 있다.『주몽』과『삭풍』,『남이장군』은 북한의 '고난의 행군' 시기에 발휘했던 수령옹호정신, 자력갱생의 정신, 난관극복의 정신, 혁명적낙관주의 정신을 지향하기 위한 대안으로 창작되었다.

이상의 연구를 통해 다음과 같이 정리할 수 있다.

첫째, 북한 역사소설은 역사주의적 원칙에 입각하여 살펴볼 수 있었는데, 역사에 대한 단순한 모방이 아닌 구성의 대상이 되어 현재의 관점에 입각하여 허구적 변용이 강하게 작용됨을 알 수 있었다. 최근에는 새로운 경향의 역사소설이 창작되고 있다.

둘째, 북한 역사소설은 사회주의 사실주의에 관한 역사소설과 주체사상에 기초한 사회주의 사실주의에 관한 역사소설, 주체사실주의에 관한 역사소설로 나눌 수 있었다. 사회주의 사실주의에 관한 역사소설은 민족해방 서사의 항일혁명문예의 기원을 이루고 혁명적 사실주의와 혁명적 낭만주의의 결합을 이루어 민족적 특성을 구현하고자 하였다. 주체사상에 기초한 사회주의 사실주의에 관한 역사소설은 주체적 역사관과 고상한 민족적 특성을 구현하고자 하였다. 주체사실주의에 관한 역사소설의 경우 자력갱생의 강성대국을 위한 영웅찾기가 나타나고 선군혁명 정신의 문학적 반영이 나타나며 조선민족제일주의 정신이 형상화되었다.

셋째, 북한의 역사소설에는 사회주의적 요소가 주체적으로 적용되는 방법으로 민족적 형식과 민족적 특성이 강조됨을 알 수 있었다. 예술적 형상화는 민족적 특성 발현이라는 명목과 결합되고 이념적 형상화는 권위적 담론이나 창작방법을 통해 구현됨을 알 수 있었다.

넷째, 북한 역사소설의 주인공은 민중과 애국명장, 역사상 민족자주세력을 옹호하는 인물들이 주를 이루었다. 북한 역사소설의 주인공은 현시대 사람들에게 민족적 자부심과 긍지 사회주의 애국주의를 교양할 수 있는 진보적이고 고상한 민족상을 보여주고 있다.

이 책은 북한 역사소설 연구를 통해 북한 역사소설이 민중 중심 사관을 보이고 민족사 중심의 민족주의 문학의 전통을 이어가고 있으며 통합적인 남북한 문학을 형성하는 데 일익을 담당하고 있음을 밝히고자 하였다. 또한 이전의 북한 문학에 대한 개괄적 연구에서 벗어나 역사소설이라는 장르에 집중하여 북한 문학의 특징을 살펴보고 있다는 점에 의의를 갖고자 한다. 남북한 역사소설의 비교 연구와 남북한 문학의 통일된 민족문학사 서술 방법은 차후의 과제로 남긴다.

▮참 고 문 헌

1. 자료

강학태, 『김정호』, 문예출판사, 1987.

＿＿＿, 『최무선』, 금성청년종합출판사, 2000(강학태, 『최무선』, (주)자음과모음, 2006).

김정민, 『망이』(제1회~제30회), 『천리마』, 천리마출판사, 1992. 8.~1995. 1.

김현구, 『리순신장군』, 문예출판사, 1980.

김혜성, 『군바바』, 금성청년출판사, 2005(김혜성, 『군바바』 1, 2, 대훈, 1997).

김호성, 『주몽』, 평양출판사, 1997(2005 재판, 김호성, 『주몽』, (주)자음과모음, 2006).

남궁만, 『홍경래』, 국립출판사, 1955.

리성덕, 『담징』, 문학예술종합출판사, 1998.

＿＿＿, 『울릉도』, 문예출판사, 1990(리성덕, 『독도지킴이 안룡복』, (주)자음과모음, 2006).

리영규, 『평양성사람들』, 문예출판사, 1981.

＿＿＿, 『평양성 싸움』, 금성청년출판사, 1986.

리유근, 『관북의병장』, 문예출판사, 1987.

＿＿＿, 『홍경래』, 문예출판사, 1992.

리종렬, 『남이장군』, 평양출판사, 2007.

림왕성, 『설죽화』, 문예출판사, 1981.

림종상 각색, 『안중근 이등박문을 쏘다』, (주)자음과모음, 2006.

림종상, 『부루나의 밤』, 문예출판사, 1983(림종상, 『사육신』 1, 2, 이가서, 2006).

＿＿＿, 『불우한 렬사』, 문예출판사, 1988.

＿＿＿, 『삭풍』, 문학예술종합출판사, 2000.

박춘명, 『임오풍운』, 문예출판사, 1981.

＿＿＿, 『훈민정음』, 이가서, 2006.

박태민, 『성벽에 비낀 불길』, 문예출판사, 1983.

＿＿＿, 『개화의 려명을 불러』, 문예출판사, 1989.

박태원, 『계명산천은 밝아오느냐』, 조선문학예술총동맹, 1966(박태원, 『갑오농민전쟁―
　　계명산천은 밝아오느냐』 1, 2, 3, 깊은샘, 1989).
＿＿＿, 『갑오농민전쟁』 제1부・제2부・제3부, 문예출판사, 1977~1986(박태원, 『갑오농
　　민전쟁』 4, 5, 6, 7, 8, 깊은샘, 1989).
＿＿＿, 『임진조국전쟁』, 깊은샘, 2006.
이기영, 『두만강』 1~5권, 조선작가동맹출판사, 1954~1961(이기영, 『두만강』(이기영 선
　　집 7~11), 풀빛, 1989).
최명익, 『서산대사』, 조선작가동맹출판사, 1956(최명익, 『서산대사』, 동광, 1959).
＿＿＿, 『임오년의 서울』, 조선문화예술총동맹출판사, 1963.
홍석중, 『황진이』, 문학예술출판사, 2002(홍석중, 『황진이』 1・2, 대훈, 2004).
＿＿＿, 『높새바람』 상・하, 문예출판사, 1983・1990(홍석중, 『높새바람』 Ⅰ~Ⅵ, 연구
　　사, 1993).

2. 단행본

1) 남한

강영주, 「한국근대역사소설연구」, 서울대 박사학위논문, 1987.
＿＿＿, 『한국 역사소설의 재인식』, 창작과비평사, 1991.
＿＿＿, 『벽초 홍명희 연구』, 창작과비평사, 1999.
강진호 외, 『박태원 소설 연구』, 깊은샘, 1995.
고정욱, 「한국근대역사소설연구」, 성균관대 박사학위논문, 1993.
공임순, 「한국근대역사소설의 장르론적 연구」, 서강대 박사학위논문, 2001.
공종구, 「박태원소설의 서사지평연구」, 전남대 박사학위논문, 1992.
국어국문학회 편, 『북한의 국어국문학 연구』, 지식산업사, 1990.
국토통일원, 『북한의 문학연구』, 국토통일원, 1978.
＿＿＿＿＿, 『북한의 문화예술』, 국토통일원, 1981.
권순긍, 『역사와 문학적 진실』, 살림터, 1997.
권영민 편, 『북한의 문학』, 을유문화사, 1989.
권영민, 『소설과 운명의 언어』, 현대소설사, 1992.
＿＿＿, 『북한의 문학』, 공보처, 1997.
권　유, 「이기영 소설연구―해방 이전 작품을 중심으로」, 한양대 박사학위논문, 1991.
김경숙, 「북한 시의 형성과 전개과정의 연구」, 이화여대 박사학위논문, 2002.
김상선, 『민촌 이기영 연구』 1・2, 국학자료원, 1999.
김성수, 「이기영 소설연구―식민지 시대 소설의 리얼리즘 성격을 중심으로」, 성균관대
　　박사학위논문, 1992.
＿＿＿, 『북한 『문학신문』 기사목록』, 한림대학교 아시아문화연구소, 1994.

_____, 『통일의 문학 비평의 논리』, 책세상, 2001.

김주현 편, 『백세노승의 미인담(외)』, 범우, 2004.

김외곤, 『한국 근대 리얼리즘 문학 비판』, 태학사, 1995.

김윤식, 『한국 현대현실주의 소설 연구』, 문학과지성사, 1990.

_____, 『북한 문학사론』, 새미, 1996.

김윤영, 「북한소설의 갈등양상 연구」, 수원대 박사학위논문, 2004.

김은정, 「천세봉 장편소설 연구」, 한국외대 박사학위논문, 2006.

김재용, 『북한 문학의 역사적 이해』, 문학과지성사, 1994.

김종호, 「1920~30년대 역사소설론 연구」, 경북대 석사학위논문, 1988.

김종회 편, 『북한문학의 이해』, 청동거울, 1999.

_______, 『북한문학의 이해』 2, 청동거울, 2002.

_______, 『북한문학의 이해』 3, 청동거울, 2004.

_______, 『북한문학의 이해』 4, 청동거울, 2007.

김치홍, 「한국근대역사소설의 사적 연구」, 명지대 박사학위논문, 1986.

김태준, 『증보 조선문학사』, 학예사, 1939.

김해연, 「최명익 소설의 문학사적 연구」, 경남대 박사학위논문, 2000.

김현종, 「해방기의 북한소설 연구」, 충남대 박사학위논문, 1997.

김홍식, 「이기영 소설연구」, 서울대 박사학위논문, 1991.

김희자, 「이기영 소설 연구」, 건국대 박사학위논문, 1990.

나병철, 『소설의 이해』, 문예출판사, 1998.

남원진, 「남북한의 비평연구」, 건국대 박사학위논문, 2004.

_____, 『남북한의 비평연구』, 역락, 2004.

대중서사학회 엮음, 『역사소설이란 무엇인가』, 예림기획, 2003

동국대학교 한국문학연구소 편, 『북한의 문학과 문예이론』, 동국대학교 출판부, 2003.

목원대학교 편 국어교육과 엮음, 『북한문학의 이해』, 국학자료원, 2002.

문철주, 『한국근대역사소설연구』, 동아대 박사학위논문, 1988.

민족문학사연구소, 『북한의 우리문학사 인식』, 창작과비평사, 1991.

민현기 외, 『남북한 역사소설 비교연구』, 계명대학교 출판부, 2006.

박찬모, 「남-북한 국가 형성기 민족담론 연구」, 전남대 박사학위논문, 2006.

박홍배, 「이기영 장편소설 연구」, 동아대 박사학위논문, 1994.

백성우, 「이기영 농민소설연구」, 조선대 박사학위논문, 1996.

_____, 『현실변혁의 소설 담론』, 국학자료원, 1997.

변병선, 「壬·丙 양란과 역사소설」, 고려대 석사학위논문, 1983.

북한연구학회 편, 『북한의 언어와 문학』, 경인문화사, 2006.

서덕순, 「박태원의 『갑오농민전쟁』 연구」, 경희대 박사학위논문, 1996.

서영빈, 「남북한 및 중국 조선족 역사소설 비교연구」, 한남대 박사학위논문, 2006.

성동민, 「남북한 전시소설 연구−스토리 영역을 중심으로」, 동국대 박사학위논문, 2004.
송백헌, 「한국근대역사소설연구」, 단국대 박사학위논문, 1982.
신재성, 「1920~30년대 한국역사소설 연구」, 서울대 석사학위논문, 1986.
신형기, 『북한소설의 이해』, 실천문학사, 1996.
신형기 · 오성호, 『북한문학사』, 평민사, 2000.
안상문, 「이기영 해방 이후 소설연구」, 경희대 박사학위논문, 2006.
안숙원, 「박태원 소설 연구−도립의 시학」, 서강대 박사학위논문, 1992.
우상열, 『배달학산보』, 역락, 2002.
유임하, 『한국소설의 분단이야기』, 책세상, 2006.
유재엽, 「1930년대 한국역사소설 연구」, 단국대 박사학위논문, 1996.
유종호, 『현실주의 상상력』, 나남, 1991.
유종호 편, 『현대 한국문학 100년』, 민음사, 1999.
윤병로, 『현대작가론』, 이은, 1978.
윤재근 · 박상천, 『북한의 현대문학』 II, 고려원, 1990.
윤정헌, 『박태원소설연구』, 형설출판사, 1994.
이경록, 「『두만강』의 인물유형 연구 : '유토피아' 의식을 중심으로」, 건국대 석사학위논
      문, 1997.
이남호, 『한국대하소설연구』, 집문당, 1997.
이대철, 『천세봉 소설 연구』, 원광대 석사학위논문, 2004.
이명자, 「김정일 통치 시기 가족 멜로드라마 연구−북한 근대성의 변화를 중심으로」, 동
      국대 박사학위논문, 2005.
이명재 편, 『북한문학의 이념과 실체』, 국학자료원, 1998.
이미림, 「이기영 장편소설 연구」, 숙명여대 박사학위논문, 1994.
이상경, 「이기영 소설의 변모과정 연구」, 서울대 박사학위논문, 1992.
_____, 『이기영 시대와 문학』, 풀빛, 1994.
이상숙, 「북한문학의 '민족적 특성론' 연구」, 고려대 박사학위논문, 2004.
이상진, 「박경리의 『토지』 연구−인물 형상화를 중심으로」, 연세대 박사학위논문, 1998.
이선영 · 김병민 · 김재용 편, 『현대문학비평자료집』(이북편), 전 8권, 태학사, 1993~1994.
이선옥, 「이기영 소설의 여성의식 연구」, 숙명여대 박사학위논문, 1995.
이영미, 『북한문학과 정치 커뮤니케이션』, 보고사, 2006.
이용남, 『한국현대소설연구』, 민음사, 1984.
_____, 『한국문학사의 쟁점』, 집문당, 1986.
_____, 『한국문학작가론』 4, 집문당, 2000.
이재선, 『한국현대소설사, 1945~1990』, 민음사, 1991.
_____, 『한국문학의 원근법』, 민음사, 1996.
이정숙, 「이기영 소설 연구『고향』과 『두만강』을 중심으로」, 고려대 석사학위논문, 1992.

이주미, 「북한의 농민소설 연구」, 동덕여대 박사학위논문, 2001.
______, 『북한문학예술의 실제』, 한국문화사, 2003.
이항구, 『북한 작가들의 생활상』, 국토통일원조사연구실.
이형기·이상호 공저, 『북한의 현대문학』 I, 고려원, 1990.
이지순, 「북한 시문학의 이데올로기적 담론구조 연구」, 단국대 박사학위논문 연구, 2005.
임무출, 「해방 직후 한국 장편 역사소설 연구」, 계명대 박사학위논문, 1992.
임범송 외, 『맑스주의 문학개론』, 연변인민출판사, 1989.
임옥규, 「북한 역사소설 연구」, 홍익대 박사학위논문, 2005.
장사선, 『한국리얼리즘문학론』, 새문사, 1988.
______, 『남북한 문학평론 비교연구』, 월인, 2005.
장세진, 『한국 대하역사소설 연구』, 훈민, 1998.
전영선, 『북한의 문학예술 운영체계와 문예이론』, 역락, 2002.
______, 『북한의 문학과 예술』, 역락, 2004.
______, 『북한 민족문화 정책의 이론과 현장』, 역락, 2005.
정기철, 『상징, 은유, 그리고 이야기』, 문예출판사, 2002.
정영길, 「한국근대역사소설연구」, 원광대 박사학위논문, 1995.
정현숙 편, 『박태원』, 새미, 1995.
정현숙, 「박태원 소설 연구」, 이화여대 박사학위논문, 1990.
______, 『박태원문학연구』, 국학자료원, 1993.
정호웅, 『이기영』, 문학과지성사, 1995.
______, 『한국근대 리얼리즘 작가 연구』, 문학과지성사, 1988.
조남현, 『이기영 : 이야기꾼·리얼리즘·이데올로그』, 건국대학교 출판부, 2002.
______, 『한국 대하소설 연구』, 집문당, 1997.
조은파, 「『두만강』 연구」, 한양대 석사학위논문, 1993.
최동호 편, 『남북한 현대문학사』, 나남출판사, 1995.
최명익, 『글에 대한 생각』, 문학예술총동맹출판사, 1964.
최유찬, 「1930년대 역사소설론 연구」, 연세대 석사학위논문, 1984.
______, 『리얼리즘 이론과 실제비평』, 두리, 1992.
킨카 드굴스카, 「김정일 문학에 나타난 김정일 우상화 경향 연구」, 경희대 박사학위논문, 2006.
편집부 편저, 『북한문학의 이해』, 예하미디어, 2004.
한정미, 「북한의 문예정책과 구비문학의 활용 양상 연구」, 숙명여대 박사학위논문, 2005.
홍성암, 「한국근대역사소설연구」, 한양대 박사학위논문, 1988.
______, 『현대소설의 유형적 특성』, 한국문화사, 2003.
홍재성 외 역, 『언어와 이데올로기』, 역사비평사, 1994.
홍정운, 「한국근대역사소설연구」, 동국대 박사학위논문, 1988.

홍혜미, 「북한의 전후 소설 연구」, 창원대 박사학위논문, 2004.
황석영, 『사람이 살고 있었네』, 시와시학사, 1993.

2) 북한
과학원 언어문학연구소 언어학연구실, 『말과 글의 문화성』, 과학원출판사, 1963.
김선려, 『조선문학사 : 해방후편(조국해방전쟁시기)』 11, 사회과학출판사, 1994.
김일성, 『현정세와 우리 당의 과업 : 조선로동당대표자회의에서 한 보고 1966년 10월 5
        일』, 조선로동당출판사, 1966.
______, 『김일성 저작집』 12~14, 조선로동당출판사, 1983.
______, 『김일성 저작집』 40, 조선로동당출판사, 1994.
______, 『위대한 수령 김일성 동지 문학 령도사』 (2), 문학예술종합출판사, 1993.
김일성종합대학 편, 『조선 근대 및 해방전 현대소설사 연구』 2, 김일성종합대학출판사,
        1986.
김정웅, 『조선문학사』 15, 사회과학출판사, 1998.
김정일, 『사회과학의 임무에 대하여』, 조선로동당출판사, 1969.
______, 『영화예술론』 1, 외국문출판사, 1989.
______, 『주체문학론』, 조선로동당출판사, 1992.
______, 『김정일 선집』 10, 조선로동당출판사, 1997.
______, 『김정일 선집』 14, 조선로동당출판사, 2000.
류만 외 6명, 『조선현대문학작품해설』 (1), 과학백과사전출판사, 1987.
리기주, 『조선문학사』 12, 사회과학출판사, 1999.
리상태, 『리기영의 창작연구』, 조선작가동맹출판사, 1959.
리수립, 『위대한 수령 김일성 동지 문학령도사』 3, 문학예술종합출판사, 1994.
리충렬, 『상속받은 나라』, 살림터, 1995.
문학신문사 편집위원회, 『문학신문』, 문학신문사, 1956~1993.
문학예술종합출판사 편집위원회, 『조선문학』, 문학예술종합출판사, 1947~2000.
박종식·현종호·리상태, 『문학개론』, 교육도서출판사, 1961.
박종원·류만, 『조선문학개관』 Ⅰ·Ⅱ, 사회과학출판사, 1986.
박충록, 『조선문학간사』, 연변교육출판사, 1987.
백과사전출판사 편, 『조선대백과사전』 18, 백과사전출판사, 2001.
사회과학원 문학연구소 편, 『조선문학통사 : 현대문학』, 과학원출판사, 1959.
________________________, 『문학예술사전』, 과학백과사전출판사, 1972.
________________________, 『조선문학사』(전 5권), 과학백과사전출판사, 1977~1981.
________________________, 『주체사상에 기초한 문예이론』, 인동, 1989.
________________________, 『조선근대혁명운동사』, 한마당, 1988.
사회과학원 력사연구소 편, 『조선전사 : 현대편(사회주의 건설사 3)』, 과학백과사전출판

사, 1982.

사회과학출판사 편, 『문학예술사전』, 사회과학출판사, 1972.

_______________, 『반제반봉건민주주의 혁명과 사회주의혁명이론』(위대한 주체사상
　　　　총서 4), 사회과학출판사, 1985.

안함광, 『조선문학사』, 교육도서출판사, 1956.

안함광 외, 『해방 후 10년간의 조선문학』, 조선작가동맹출판사, 1955.

오승련, 『주체소설문학건설』, 문예출판사, 1994.

오정해, 『조선문학사 : 해방후편(평화적민주건설시기)』 10, 사회과학출판사, 1994.

은종섭·김학규, 『조선근대 및 해방전 현대소설사 연구』 2, 김일성종합대학출판사, 1986.

이기영, 『기행문집』, 조선작가동맹출판사, 1960.

정홍교·박정원, 『조선문학개관』, 사회과학출판사, 1986.

조선로동당중앙위원회직속 당력사연구소 편찬, 『김일성 선집 3(1961. 1~1963. 8)』, 조선
　　　　로동당출판사, 1975.

조선민주주의인민공화국 과학원언어문학연구소 문학연구실 편, 『공산주의 교양과 우리문
　　　　학』, 조선민주주의인민공화국, 1959.

조선작가동맹출판사 편, 『해방 후 10년간의 조선문학』, 조선작가동맹출판사, 1955.

조선중앙통신사 편, 『조선중앙년감』, 조선중앙통신사, 1949~2004.

천재규, 『조선문학사』 14, 사회과학출판사, 1996.

최형식, 『조선문학사』 13, 사회과학출판사, 1999.

한중모·정성무, 『주체의 문예리론 연구』, 사회과학출판사, 1983.

3. 논문

1) 남한

강만길, 「남북 역사학의 갑오농민전쟁 인식의 같은 점과 다른 점」, 『인문논총』 제5집,
　　　　아주대학교 인문과학연구소, 1994.

강상희, 「박태원론」, 『한국학보』 16, 일지사, 1990.

고정욱, 「<두만강>론―계급적 대립구조에 입각한 등장인물의 각성과 단결을 중심으로」,
　　　　『반교어문연구』 2, 반교어문연구회, 1990.

권순긍, 「우리 문학의 민족형식과 민족적 특성」, 『역사와 문학의 진실』, 살림터, 1997.

권영민, 「이기영과 농민소설의 성과」, 『소설과 운명의 언어』, 현대소설사, 1992.

김경연, 「황진이의 재발견, 그 탈마법화의 시도들」, 『오늘의 문예비평』, 2005년 여름.

김경원, 「<신개지>의 동참체험과 리얼리즘의 성취」, 『한국 근대 장편소설 연구』, 모음사,
　　　　1992.

김동환, 「러시아 소설과 이기영 소설의 상관성」, 『한국 근대 장편소설 연구』, 모음사, 1992.

김동훈, 「장편소설의 이상과 '혁명적 대작 장편' 창작방법 논쟁 : 북한의 사회주의적 사

실주의 논쟁」 3, 『한길문학』, 한길사, 1992. 6.

김맹하, 「단편의 미학」, 『독일언어문학』 제19집, 독일언어문연구회, 2003. 3.

김명석, 「문화어 시대 북한 소설의 언어형상」, 『원우론집』 24권 1호, 연세대학교대학원 총학생회, 1996.

김성수, 「북한 문예학·문학사 연구의 올바른 이해를 위하여」, 『노둣돌』, 두리, 1992년 겨울.

______, 「'선군혁명문학'과 통일문학의 이상」, 『통일과 문화』, 당대, 2001.

______, 「1990년대 주체문학에 나타난 충효이데올로기」, 『현대북한연구』 5권 1호, 한울, 2002.

______, 「통일문학 연구의 현황과 과제」, 동국대학교 한국문학연구소 편, 『북한의 문학과 문예이론』, 동국대학교출판부, 2003.

김외곤, 「노농동맹의 성과와 한계」, 『장편소설로 보는 새로운 민족문학사』, 열음사, 1993.

______, 「북한문학에 나타난 민족해방 투쟁의 형상화와 문제점」, 『장편소설로 보는 새로운 민족문화사』, 열음사, 1993.

김윤식, 「우리 역사소설의 4가지 유형」, 『소설문학』 제11권 6호, 소설문학사, 1985. 6.

______, 「갑오농민전쟁론」, 『동서문학』, 동서문화사, 1990.

______, 「박태원론」, 『한국 현대 현실주의 소설연구』, 문학과지성사, 1990.

______, 「남북한 현대문학사 서술방향에 대한 예비적 고찰」, 『북한문학사론』, 새미, 1996.

김은정, 『대하는 흐른다』를 통해 본 해방공간과 북조선의 민주개혁, 미간행 자료.

김재용, 「두만강─작품론」, 『두만강』, 풀빛, 1989.

______, 「북한문예학의 전개과정과 과학적 문예학의 과제」, 『실천문학』, 실천문학사, 1992년 봄.

______, 「운우의 꿈을 깨니 일장 춘몽이라…」, 『통일문학』 제3호, 통일문학사, 2003.

김종욱, 「일상성과 역사성의 만남」, 『박태원 소설 연구』, 깊은샘, 1995.

김종회, 「북한대표소설의 계급적 관점과 탈계급적 관점」, 『문학사상』, 2004. 5.

______, 「이념의 강압에 대한 북한문학의 반응 양상」, 『문학사상』 34권 5호, 2005.

김치수, 「역사와 역사소설은 어떻게 대응하는가?」, 『대산문화』 6, 2002.

김현수, 「루카치의 문학이론 연구」, 『사회과학연구』 제11집, 장안대학사회과학연구소, 2002. 2.

김현숙, 「북한 여성문학에 나타난 여성인물 형상화의 의미」, 『여성학논집』 11집, 이화여자대학교 한국여성연구원, 1995.

______, 「북한 문학에 표현된 여성의 주체성과 지향」, 『여성학논집』 15집, 이화여자대학교 한국여성연구원, 1999.

______, 「문학을 통해 본 남북한 여성 분석」, 『분단, 평화, 여성』(IV), 민주평화통일 자문회, 북한연구회, 2000. 12. 4.

노귀남, 「북한의 선군혁명론」, 『통일과 문화』 4호, 통일문화학회, 2005.

류보선, 「모더니즘적 이념의 극복과 영웅성의 세계」, 『문학정신』, 열음사, 1993년 1·2월 합병호.

민족문학사연구소 편, 「북한문학 이해의 올바른 방향」, 『민족문학사연구』 제5호, 민족문학사연구, 1994. 7.

민현기, 「해방직후 역사소설 연구」, 『어문학』 70, 한국어문학회, 2000.

______, 「'홍경래' 소재 남·북한 역사소설 비교 연구」, 『어문학』 78, 한국어문학회, 2002. 12.

박배식, 「박태원의 역사소설 연구」, 『한국언어문학』 33, 한국언어문학회, 1994.

박상준, 「역사 속의 비극적 개인과 계몽의식」, 『우리말글』, 우리말글학회, 2003.

박태상, 「생동한 인물 성격 창조와 작가의 창발성」, 『통일문학』 제3호, 통일문학사, 2003.

______, 「북한소설 『황진이』 연구」, 『북한의 문화와 예술』, 깊은샘, 2004.

백지연, 「역사적 사실과 문학적 진실의 경계」, 『북한 문학의 이해 2』, 청동거울, 2002.

백진기, 「북한의 문예에 대한 올바른 이해를 위해」, 『실천문학』, 실천문학사, 1989년 여름.

북한문학심포지움, 「북한문학 어떻게 볼 것인가」, 『문학사상』, 문학사상사, 1989. 6.

서경석, 「자전적 소설의 한 유형」, 『장편소설로 보는 새로운 민족문화사』, 열음사, 1993.

서덕순, 「박태원 연구의 사적 검토」, 『어문연구』 23, 어문연구학회, 1995.

서준섭 외, 「북한문학 이해의 올바른 방향」(지상토론), 『민족문학사 연구』 5호, 창작과비평사, 1947. 7.

송기숙, 「동학농민전쟁의 문학적 과제들 ; 이영호의 「1894년 농민전쟁의 역사적 성격과 역사소설」」을 비판한다, 『한길문학』 6, 한길문학사, 1990.

______, 「동학농민전쟁의 역사적 과제들―이영호의 「1894년 농민전쟁의 역사적 성격과 역사소설」을 비판한다」, 『한길문학』 6, 한길문학사, 1990.

송명희 외, 「역사소설 『임꺽정』과 『갑오농민전쟁』의 담론양식과 언어분석 : 언어학적 데이터베이스 분석을 중심으로」, 『우리말연구』 제11집, 우리말연구회, 2001. 12.

송병선, 「역사와 역사의 소설 : 현대 중남미 역사소설의 특성을 중심으로」, 『서어서문연구』 10, 한국스페인어문학회, 1997.

신남철, 「문학과 정치」, 『신문학』, 신문학사, 1946. 4.

신동한, 「갑오농민전쟁론 : 북한문학의 실상 2」, 『월간문학』, 월간문학사, 1989.

신동한, 「갑오농민전쟁론」, 『남북문학의 비평적 조명』, 백문사, 1990.

안숙원, 「역사소설과 박태원의 「갑오농민전쟁」 연구」, 『서울보건대논문집』 18, 1998. 8.

안숙원·송명희, 「역사소설 『임꺽정』과 『갑오농민전쟁』의 담론 양식 연구」, 『한국문학이론과비평』 제15집, 1992. 6.

어린 E. 하베이, 「제4장 데리다, 칸트 및 장식성의 퍼포먼스」, 휴 J. 실버만 편, 윤호병 옮김, 『데리다와 해체주의 : 철학과 사상』, 현대미학사, 1998.

오세정, 「건국신화의 제의적 서사구조 연구」, 『한국고전연구』, 한국고전연구학회, 2003.

오일환, 「6·15 공동선언과 북한의 선군정치, <북한연구학회 2005년도 춘계학술대회>,

북한연구학회, 2005. 4. 15.

오창은, 「천세봉의 『석개울의 새봄론』-1950년대 북한 농촌의 이중적 갈등과 형상화」, 『실천문학』, 실천문학사, 1998년 여름.

오태호, 「홍석중의 『황진이』에 나타난 '낭만성' 고찰」, 북한연구학회 연말 학술회의, 2005. 12. 2.

오현주, 「북한의 혁명문학 40년」, 『사회와 사상』, 한길사, 1989. 2.

우미영, 「복수의 상상력과 역사적 여성」, 『여성이론』 12, 2005년 여름.

우정권, 「박태원이 북에서 목메어 부른 "아아! 우리 어마이들"」, 『문학사상』 34권 5호, 2005.

유기환, 「역사소설의 전형과 전망」-『녹두장군』과 『갑오농민전쟁』을 중심으로」, 『경기어문학』, 경기대학 경기어문학회, 1996. 11.

윤정헌, 「박태원 역사소설 연구」, 『한민족어문학』 24, 1993.

이상경, 「동학농민전쟁과 역사소설」, 『변혁주체와 한국문학』, 역사비평사, 1990.

______, 「역사소설의 주인공과 성격화 문제」, 『민족예술』, 한국민족예술인총연합, 1994년 여름.

______, 「박태원의 역사소설」, 정현숙 편, 『박태원』, 새미, 1995.

이상숙, 「남북문화교류에서 홍석중과 그의 역사 소설이 갖는 의미론」, 『문학과 경계』, 2006년 봄.

이영호, 「1984년 농민전쟁의 역사적 성격과 역사소설」, 『창작과 비평』, 1990년 겨울.

이용남, 「문학의식의 연계양상」, 『우전 신호열선생 고희기념 논총』, 창작과비평사, 1983.

______, 「전쟁 체험의 소설 형상화에 관한 연구」, 『명지대개교50주년 및 북경대개교 100주년기념국제학술대회 논문집』, 명지대학교인문대학, 1998.

이의로, 「남·북한 역사 소설의 리얼리즘과 민중성 비교 연구 : 『녹두장군』과 『갑오농민전쟁』을 통하여」, 『교육연수논총』 5, 2000. 12.

이이화, 「역사소설의 반역사성-동학농민전쟁을 다룬 작품을 중심으로」, 『역사비평』 제1집, 역사문제연구소, 1987.

이재선, 「사회주의 역사소설과 그 한계」, 『북한의 문학』, 을유문화사, 1989.

______, 「갑오농민전쟁론」, 『문학사상』, 1989.

______, 「역사적 경험의 미적 형태」, 『현대 한국 소설사』, 민음사, 1991.

______, 「반어의 창을 통해 보는 자아와 사회」, 『무영탑-한국현대소설문학대계』 7, 동아출판사, 1995.

이종석, 「조선로동당의 형성과 발전」, 『한국사』 22, 한길사, 1994.

______, 「역사소설의 성취와 반성」, 『현대 한국문학 100년』, 민음사, 1999.

이주형, 「동학농민운동 소재 역사소설에 나타난 역사인식과 그 소설화 양상 연구」, 『국어교육연구』 33, 국어교육학회, 2001.

이태준, 「전망이기보다 주장」, 『개벽』 73, 개벽사, 1943. 3.

이혜숙, 「역사소설과 민중적 상상력」, 『창작과비평』 통권80호, 창작과비평사, 1993년 여름.

임규찬, 「민족사의 한가운데에서 솟구치는 '놉쇠'의 바람」, 『높새바람』, 연구사, 1993.

임옥규, 「북한 역사소설의 역사적 변모」, 『북한연구학회보』 제10권1호, 북한연구학회, 2006.

______, 「민족의 역사적 공간과 상상력 대륙으로 확장시켜낸 '주몽'」, 『민족21』, (주)민족이십일, 2006. 7.

______, 「북한문학 연구사 고찰」, 『국제한인문학연구』 3, 국제한인문학회, 2006.

______, 「6·15시대의 북한문학―자력갱생 강성대국을 위한 영웅찾기」, 『컬처뉴스』, 한국민족예술인총연합, 2007. 4. 5.

______, 「북한 역사소설의 고조선·고구려 형상화 연구―<주몽>, <담징>, <부루나의 밤>을 중심으로」, 『한민족문화연구』 21, 한민족문화학회, 2007.

______, 「'고난의 행군' 이후 북한문학에 나타난 여성·모성·조국애 양상」, 『여성문학연구』 18, 한국여성문학학회.

임진영, 「해방직후 민주건설기의 북한문학」, 『해방전후사의 인식』 5, 한길사, 1989.

임헌영, 「북한문학 개관」, 『실천문학』, 실천문학사, 1989년 여름.

______, 「북한의 창작문학」, 『문학사상』, 문학사상사, 1989. 6.

______, 「한국문학의 역사수용 양식」, 『대산문화』 6, 2002.

장사선, 「한효론(Ⅱ)」, 「동서문화연구논문집」 제4집, 홍익대학교인문과학연구소, 1996.

______, 「안함광의 해방 이후 활동 연구」, 『국어국문학』 126, 국어국문학회, 2000.

______, 「엄호석론」, 『국제어문』 26, 국제어문학회, 2002. 12.

장수익, 「박태원 소설의 발전과정과 그 의미」, 『외국문학』, 열음사, 1992년 봄.

정영진·배영대, 「'돈황문서' 고구려사료 첫 발견―무천은 고조선 풍속」, 『중앙일보』 2005년 6월 10일자.

정현숙, 「갑오농민전쟁연구」, 『어문학보』 제14집, 강원대학교 사범대학 국어교육과, 1992.

______, 「박태원 소설에 나타난 연속성과 불연속성(1)」, 『한국언어문학』 61, 한국언어문학회, 2007.

정호웅, 「70년대 역사소설의 문제점」, 『현대소설연구』, 한국현대소설학회, 1994.

______, 「농민소설의 새로운 형식―이기영」, 『우리 소설이 걸어온 길』, 솔, 1994.

______, 「한국 역사소설의 미학적 특성 연구」, 『문학사와 비평』, 문학사와비평연구회, 1999.

조남현, 「두만강을 통해 본 북한문학 ; 이기영 『두만강론』」, 『문학사상』 200호, 문학사상사, 1989.

채길순, 「역사소설의 동학혁명 수용 양상 연구」, 『한국문예비평연구』 2권, 한국현대문예비평학회, 1998.

채호석, 「민중의 조국애와 투쟁의 형상화」, 『서산대사』, 동광, 1989.

최원식, 「남과 북의 새로운 역사감각들」, 『창작과비평』 32권 2호, 창작과비평사, 2004.

최효순, 「독일의 역사소설 이론과 한국의 역사소설 연구에 나타난 그 수용의 문제」, 『인
　　　문과학』 29집, 성균관대인문과학, 1999.
최진이, 「기획논문 : 북한문학의 어제와 오늘; 북한문학작품과 작가에 대한 이해」, 『민족
　　　문화논총』, 영남대학교 민족문화연구소, 2004.
한　식, 「역사문학재인식의 필요」, 『동아일보』, 1937년 10월 3일자.
홍석중, 「벽초의 소설 『림꺽정』과 함축본 『청석골 대장 림꺽정』에 대하여」, 『노둣돌』,
　　　두리, 1993년 봄.
홍성암, 「역사소설의 사적 고찰」, 『한양어문연구』 4, 한양대 어문연구회, 1986.
황도경, 「황진이, 꽃으로 피다」, 『문학동네』 2004년 겨울.

2) 북한
강능수, 「력사적 사실과 진실성 문제」, 『조선문학』 201호, 조선문학예술총동맹출판사,
　　　1964. 5.
＿＿＿, 「작가와 력사」, 『문학신문』, 문학신문사, 1967년 4월 25일자.
＿＿＿, 「혁명전통 주제 작품에서의 전형성 문제」, 『조선문학』 236호, 조선작가동맹출판
　　　사, 1967. 4.
강상호, 「력사물 주제의 문예작품 창작에서의 낡은 말과 그 리용」, 『문화어학습』 4호,
　　　과학백과사전종합출판사, 1983.
강　진, 「력사적사실에 대한 감명깊은 예술적형상화」, 『조선문학』, 문학예술종합출판사,
　　　1990년 1호.
강창호, 「혁명적 대작에서의 투사 주인공의 성격 창조」, 『문학신문』, 문학신문사, 1965
　　　년 3월 19일자.
고리끼, 「문학에 대하여」, 『문학론』 제2권, 조선국립문학예술서적출판사, 1958.
권영률, 「력사소설의 맛이 나는 언어형상－력사소설 ≪높새바람≫을 읽고」, 『문화어학습』,
　　　제2호, 과학백과사전종합출판사, 1993. 2.
권택무, 「력사주제와 현대성」, 『문학신문』, 문학신문사, 1963년 3월 8일자.
기　자, 「기백이 강해서 좋다－작가 최명익과의 담화에서」・「계명산천은 밝아오느냐」(1)
　　　관련, 『문학신문』, 문학신문사, 1965년 11월 2일자.
＿＿＿, 「날이 갈수록 더 많이 읽히는 장편소설－평양종합인쇄공장에서 장편소설 『대하
　　　는 흐른다』(제1부)에 대한 감상 모임 진행」, 『문학신문』, 문학신문사, 1965년 11
　　　월 5일자.
＿＿＿, 『대하는 흐른다』와 구성－소설가 리상현과의 담화에서, 『문학신문』, 문학신문사,
　　　1965년 10월 22일자.
＿＿＿, 「성격이 생동하고 심오하다.－소설가 리근영 박효준과의 담화에서(『대하는 흐른
　　　다』(1부) 관련)」, 1965년 10월 22일자.
＿＿＿, 「암흑의 왕국을 부시는 투쟁의 력사－김일성대학 어문학부에서 『계명산천은 밝

아오느냐』(1)를 중심으로」, 『문학신문』, 문학신문사, 1965년 11월 16일자.

길수암, 「력사물에서의 주제, 성격, 시대상」, 『문학신문』, 문학신문사, 1964년 8월 21일자.

김갑기, 「혁명전사의 영웅적성격과 사회주의적 애국주의」, 『조선문학』, 예술총동맹출판사, 1976년 2호.

김남천, 「문학의 교육적 임무」, 『문화저널』 1호, 1945. 11.

김병걸, 「시대의 격류 속에 서 있는 주인공」, 『문학신문』, 문학신문사, 1965년 6월 1일자.

김병철, 「혁명적 대작에서 작가의 창작적 개성과 예술적 기교」, 『조선문학』, 문학예술종합출판사, 조선작가동맹출판사, 1966. 6.

김병훈, 「주체의 변모를 확고히 갖춘 우리 식 문화」, 『조선문학』, 1994년 2호.

김순림, 「위대한 령도사 김정일 동지의 령도 밑에 찬란히 개화발전한 우리의 선군문학」, 『조선문학』, 문학예술출판사, 2005. 9.

김연호, 「해방전 진보적 력사소설 발전의 특성」, 『문학신문』, 문학신문사, 1993년 7월 9일자.

김영송, 「문학작품 창작에서 조선민족제일주의를 구현하는 것은 우리 문학발전의 절박한 문제」, 『조선문학』, 1992. 12.

김영필, 「력사소설의 언어형상과 작가의 개성―「계명산천은 밝아오느냐」(1)를 중심으로」, 『문학신문』, 문학신문사, 1966년 1월 14일자.

김응서, 「자연묘사와 고유어휘의 위력」, 『문화어학습』 1호, 과학백과사전종합출판사, 1989.

김일성, <공산주의 교양에 대하여>(전국 시, 군 당위원회 선동원들을 위한 강습회에서 한 연설), 1958. 11. 20.

김정수, 「력사소설에 구현된 민족애」, 『조선어문』 제2호, 과학백과사전출판사, 2002.

김정우, 「주체사실주의문학발전의 새로운 단계로 되는 선군문학의 본성과 특징」, 『조선문학』, 문학예술출판사, 2005년 1호.

김정웅, 「주체사실주의 문학발전의 새로운 단계로 되는 선군문학의 본성과 특성」, 『조선문학』, 문학예술출판사, 2005. 9.

김창석, 「공산주의자의 전형 창조에서 제기되는 리론적 문제」, 『조선문학』, 문학예술종합출판사, 조선작가동맹출판사, 1959. 12.

김 철, 「작가의 참모습」, 『조선문학』 2000년 8호.

김하명, 「문학의 민족적 특성과 생활반영의 진실성」, 『문학신문』, 문학신문사, 1959년 3월 12일자.

______, 「생동한 개성, 서사시적 생활화폭의 묘사―장편소설 「계명산천은 밝아오느냐」에 대하여」, 『조선문학』, 조선작가동맹출판사, 1966년 1호.

______, 「건설의 참된 주인공의 전형 창조에 관한 김일성 동지의 사상」, 『조선문학』 281호, 1971년 1호.

______, 「력사적사실과 예술적진실의 완전한 통일」, 『조선문학』, 조선작가동맹출판사, 예술총동맹출판사, 1979년 1호.

김헌순, 「현대성과 민족적 특성의 원숙한 구현―장편소설『두만강』(2부)에 대하여」,『문학신문』, 문학신문사, 1962년 10월 19일자.

김홍섭, 「단편소설의 양식을 다양하게 살리자」,『조선문학』, 예술총동맹출판사, 1981년 1호.

김효삼, 「당 세포를 충성의 세포로 만들기 위한 투쟁을 힘있게 벌리는 것은 당원들을 충신과 효자로 키우기 위한 중요한 방도」,『근로자』 15, 근로자사, 1991.

독 자, 마음에 드는 형상들―장편소설『대하는 흐른다』(제1부)를 읽고,『문학신문』, 문학신문사, 1965년 10월 22일자.

동근훈, 「자주성을 옹호하기 위한 인민들의 투쟁에 대한 진실한 화폭―장편소설 <갑오농민전쟁>(제1부)에 대하여」,『조선문학』, 예술총동맹출판사, 1978년 9호.

류 만, 「새 세기 명작창작의 앞길을 밝혀준 강령적 지침」,『조선문학』, 문학예술출판사, 2001년 4호.

류제일, 「선군사상에 의한 혁명의 주력군문제의 새로운 해명」,『철학연구』, 과학백과사전출판사, 2003년 제2호.

류창선, 「문학형식에서의 민족적 특성」,『조선문학』, 예술총동맹출판사, 1958년 11호.

리갑기, 「조국강산과 력사」,『조선문학』, 조선작가동맹출판사, 1965년 8호.

리상태, 「전형창조에서의 민족적 성격―공산주의자의 전형창조를 위하여」,『문학신문』, 문학신문사, 1960년 5월 10일자.

_____, 「투쟁과 생활의 거대한 력사적 화폭―인민상 계관작품『두만강』에 대하여」,『문학신문』, 문학신문사, 1960년 10월 14일자.

_____, 「우리 문학에서의 갈등의 특징에 대한 의견」,『조선문학』, 조선작가동맹출판사, 1964. 5.

리상현, 「력사소설에 대하여」,『조선문학』, 조선작가동맹출판사, 1966. 3.

리수립, 「자주시대의 앞길을 휘황히 밝혀주는 불멸의 대저작 ≪주체문학론≫」,『조선문학』, 문학예술종합출판사, 1992년 10호.

리시영, 「사회주의적 애국주의교양과 우리 문학의 과업」,『조선문학』, 조선작가동맹출판사, 1969년 2호.

리억일, 「혁명적 대작과 주제」,『조선문학』, 조선작가동맹출판사, 1965년 3호.

리유근, 「력사주제와 형상적 요구」,『조선문학』, 예술총동맹출판사, 1984년 3호.

리종렬, 「위대한 그날이 있어…」,『조선문학』, 문학예술종합출판사, 1994년 2호.

리창유, 「봉건억압을 반대하고 나라의 자주권을 지켜싸운 농민들의 투쟁을 폭넓게 그린 작품―장편력사소설 <갑오농민전쟁> (1, 2, 3부)에 대하여」,『조선문학』, 문학예술종합출판사, 1994년.

_____, 「시대정신의 구현과 현실주제작품창작의 대강을 취황히 밝혀준 불멸의 가치」,『조선문학』, 문학예술종합출판사, 1995년 11호.

리현순, 「문학예술에서의 선군혁명로선의 구현」,『조선예술』, 문학예술출판사, 2001년 4호.

림종상, 「공화국기 휘날리며 한생은」,『조선문학』, 문학예술종합출판사, 1998년 9호.

명일식, 「단편소설에서의 사회적 문제성을 더 예리하게 제기하자」, 『조선문학』, 예술총동맹출판사, 1984년 2호.

박영근, 「우리 시대 장편소설의 미학적 구조의 특징 - 혁명적 대작 창작과 관련하여(혁명투사 형상 시리즈)」, 『문학신문』, 문학신문사, 1965년 1월 22일자.

박종모, 「심혈을 쏟아부은 력사소설 박태원의 『계명산천은 밝아오느냐』(1) 관련」(서적해제), 『문학신문』, 문학신문사, 1965년 10월 5일자.

박종식, 「우리나라에 있어서 랑만주의 문학의 전통과 혁명적 랑만성」, 『조선문학』, 조선작가동맹출판사, 1960년 2호.

______, 「우리 문학에서 주체의 확립과 민족적 특성」, 『조선문학』, 조선작가동맹출판사, 1961. 2.

박종화, 「현단계에 있어서의 역사소설의 의의는 무엇일까요?」, 민중일보사, 1947년 10월 19일자.

방연승, 「긍정적 주인공 창조에서 제기되는 민족적 풍격문제」, 『문학신문』, 문학신문사, 1959년 3월 29일자.

______, 「혁명적 대작의 창작과 공산주의 투사의 형상」, 『문학신문』, 문학신문사, 1964. 9.

______, 「장편력사소설 ≪높새바람≫(상)의 사상 예술적 성과에 대하여」, 『조선문학』, 예술총동맹출판사, 1985년 2호.

방형찬, 「문학창작에서 주체성과 민족성을 고수할데 대한 사상과 그 독창성」, 『조선문학』, 문학예술종합출판사, 1998년 6호.

______, 「선군혁명문학은 주체사실주의문학 발전의 높은 단계이다」, 『조선문학』, 문학예술출판사, 2003년 3호.

번 역, 「력사소설에서의 진실과 허구」(에쓰 골루보브 / 안두순 역), 『문학신문』, 문학신문사, 1958년 7월 17일자.

변희근, 「문화어의 아름다움을 더욱 빛내겠습니다」, 『문화어학습』 1호, 사과학백과사전종합출판사, 1970.

사 설, 「사회주의적애국주의를 기본품성으로 하는 선군혁명투사의 성격을 창조하자」, 『조선문학』, 문학예술출판사, 2005년 8호.

신구현, 「민촌 리기영」, 『현대작가론 2』, 조선작가동맹출판사, 1959.

안함광, 「공산주의자의 전형창조를 위하여 - 문학의 민족적 특성 해명에 제기된 몇 가지 문제」, 『문학신문』, 문학신문사, 1960년 9월 20일자.

______, 「우리의 사회주의적 사실주의 문학예술의 발전을 위한 조선로동당의 정책의 정당성」, 『조선문학』, 조선작가동맹출판사, 1963년 9호.

______, 「당의 령도 밑에 발전한 문학의 길」, 『조선문학』, 조선작가동맹출판사, 1965년 10호.

안희열, 「문학예술의 종류와 형태」, 『주체문예이론연구』 22, 문학예술종합출판사, 1996.

엄호석, 「한설야의 문학과 '황혼'」, 『조선문학』, 조선작가동맹출판사, 1955년 11호.

______, 「공산주의자의 전형 창조를 위하여」, 『조선문학』, 조선작가동맹출판사, 1959년 11호.

______, 「계급교양과 사회주의적 사실주의」, 『조선문학』, 조선작가동맹출판사, 1963년 12호.

______, 「혁명적 대작의 창작은 시대의 요구이다」, 『조선문학』, 조선작가동맹출판사, 1964년 4호.

______, 「혁명적 대작과 소재와의 작업」, 『문학신문』, 문학신문사, 1965년 2월 26일자.

______, 「서사시적 화촉과 그 심도」, 문학신문사, 1965년 3월 16일자.

______, 「혁명적 대작과 구성의 기교(2)」, 『조선문학』, 조선작가동맹출판사, 1965년 11~12호.

______, 「혁명적 대작의 성과와 제기되는 몇 가지 문제」, 『조선문학』, 조선작가동맹출판사, 1966. 12.

______, 「혁명적 대작의 사상미학적 요구」, 『조선문학』, 조선작가동맹출판사, 1968. 5.

오승련, 「혁명투사 대작과 주인공」, 『조선문학』, 조선작가동맹출판사, 1965년 4호.

______, 「작가의 사상적 지향과 중심주인공의 설정」, 『문학신문』, 문학신문사, 1965년 7월 30일자.

______, 「민족적 자존심의 주제와 우리문학」, 『조선문학』, 예술총동맹출판사, 1988년 3호

윤광혁, 「최명익의 생애와 창작을 더듬어」, 『조선문학』, 문학예술출판사, 2003년 7호.

윤세평, 「해방 후 조선문학개관」, 『해방 후 우리문학』, 조선작가동맹출판사, 1958.

______, 「민족적 특성에 관한 의견 상위점−문제의 소재를 명백히 하자−공산주의자의 정형창조를 위하여」, 『문학신문』, 문학신문사, 1960년 3월 22일자.

______, 「공산주의자의 전형창조와 관련된 민족적 특성에 대한 약간의 고찰」, 『조선문학』, 조선작가동맹출판사, 1960년 4호.

______, 「우리나라 장편소설의 구성상 특성과 제기되는 문제」, 『조선문학』, 조선작가동맹출판사, 1962년.

은종섭, 「위대한 령도따라 우리 소설문학이 걸어온 영광의 40년」, 『조선문학』, 예술총동맹, 1985년 6호.

이기영, 「나의 문학 동기」, 『문장』 14, 1940.

「주인공 선정과 작가의 의도」, 『문학전선』, 1966. 3. 25.

이원조, 「조선문학의 당면과제」, 『중앙신문』, 1945. 11.~12.

장형준, 「혁명 전통 형상화에서의 사실과 허구, 원형과 전형」, 『조선문학』, 조선작가동맹출판사, 1960년 1호.

______, 「혁명적 대작 창작을 위하여(김일성, 「혁명적 문학예술을 창작할 데 대하여」, 『문학신문』 1964년 11월 7일자 관련)」, 『문학신문』, 문학신문사, 1964년 11월 20일자.

______, 「혁명적 대작과 주인공의 성격창조」, 『조선문학』, 조선작가동맹출판사, 1965년 10호.

______, 「혁명전통 주제의 대작 창작에서 제기되는 중요한 사상−미학적 요구」, 『조선문

학』, 조선작가동맹출판사, 1967년 9호.

______, 「주체사실주의는 우리 시대의 가장 올바른 창작방법, 최고의 사실주의 방법이다」,
『조선문학』, 문학예술종합출판사, 1993년 5호.

장 흡, 「사회주의 현실주제의 단편소설과 시대정신」, 『조선문학』, 예술총동맹출판사,
1983년 1호.

정진혁, 「광복 전 력사소설 ≪무영탑≫과 작가 현진건」, 『조선문학』, 문학예술출판사,
2003년 6호.

정태은, 「나의 아버지 박태원」, 『통일문학』 44 · 45, 평양출판사, 2000.

조중곤, 「생활의 진실을 더 깊이 반영하기 위하여」, 『조선문학』, 조선작가동맹출판사,
1958년 1호.

천세봉, 「체험의 터전 우에 솟은 두개의 장편─『대하는 흐른다』(1부)와 『고난의 력사』(1
부)의 창작과정을 두고(장편소설시리즈)」, 『문학신문』, 문학신문사, 1965년 11월
12일자.

최길상, 「혁명적 대작 창작의 영원한 지침─불후의 고전적 로작 ≪혁명적 대작≫을 더 많
이 창작하자, 발표 40돐을 맞으며」, 『조선문학』, 문학예술출판사, 2003년 11호.

최명익, 「나의 념원」, 『조선문학』, 조선작가동맹출판사, 1957년 2호.

______, 「오늘과 래일을 위한 력사소설(단상)」, 『문학신문』, 문학신문사, 1962년 6월 8일자.

______, 「창작에 관한 단상」, 『글에 대한 생각』, 문학예술총동맹출판사, 1964.

최시형, 「서사시적 화목의 묘사와 투사」, 『문학신문』, 문학신문사, 1965년 3월 9일자.

최언경, 「시대정신의 진실한 구현과 90년대 성격창조문제를 두고」, 『조선문학』, 문학예
술종합출판사, 1991년 5호.

최일룡, 「민족적 특성에 대한 나의 의견─공산주의자의 전형창조를 위하여」, 『문학신문』,
문학신문사, 1960년 5월 20일자.

______, 「혁명적 대작과 주인공」, 문학신문』, 문학신문사, 1965년 3월 30일자.

______, 「혁명적 대작과 구성」, 『조선문학』, 조선작가동맹출판사, 1965년 6호.

______, 「대하의 흐름을 재현한 력작─장편소설『대하는 흐른다』(1부)의 구성슈제트문제를
중심으로(장편소설 작품론 시리즈, 천세봉 작)」, 『문학신문』, 문학신문사, 1965년
10월 22일자.

최창학, 「체헌의 터전우에 솟은 두 개의 장편」─≪대하는 흐른다≫(1부)와 ≪고난의 력
사≫(1부)의 창작과정을 두고, 『문학신문』, 문학신문사, 1965년 11월 12일자.

한룡옥, 「력사물 창작의 질적 제고를 위하여」, 『문학신문』, 문학신문사, 1958년 11월 20
일자.

한중모, 「긍정적 주인공과 민족적 특성」, 『문학신문』, 문학신문사, 1960년 3월 29일자.

______, 「해방 후 사회주의적사실주의 문학의 특성」, 『조선문학』 194호, 조선작가동맹출
판사, 1963. 8.

______, 「다부작 장편 력사소설 ≪림꺽정≫과 주인공들의 형상」, 『조선문학』, 문학예술

출판사, 2006. 4.

현종호, 「장편력사소설과 사실주의의 위력-「계명산천은 밝아오느냐」(1)의 성과에 대하
　　여」, 『문학신문』, 문학신문사, 1965년 11월 2일자.

<머릿글>, 「혁명적 대작의 창작은 시대의 요구이다」, 『조선문학』, 조선작가동맹출판사,
　　1964. 4.

________, 「조국과 인민 위해 바치신 어버이수령님의 위대한 생애를 문학작품에 더 빛
　　나게 형상하자」, 『조선문학』, 문학예술종합출판사, 2000년 7호.

________, 「선군혁명문학창작으로 새 세기 사회주의 붉은 기 진군을 고무추동하자」, 『조
　　선문학』, 문학예술종합출판사, 2001년 3호.

「우리 문학의 보람찬 한 해」, 장중편 중심작가 좌담회, 『문학신문』, 문학신문사, 1965년
　　12월 31일자.

4. 번역서

Bakhtin, Mikhail, 김근식 옮김, 『도스토예프스키 시학(詩學)』, 정음사, 1988.

____________, 이득재 옮김, 『문예학의 형식적 방법』, 문예출판사, 1993.

____________, 전승희 외 옮김, 『장편소설과 민중언어』, 창작과비평사, 1988.

E. 욘, 임홍배 옮김, 『마르크스-레닌주의 미학입문』, 사계절, 1989.

F. K. Stanzwel, 김정신 옮김, 『소설의 이론』, 문학과비평사, 1990.

Fowler, Roger, 김정신 옮김, 『언어학과 소설』, 문학과 지성사, 1985.

Genette, Gerard, 권택영 옮김, 『서사담론』, 교보문고, 1992.

Hugh J. Silverman ed., 윤호병 옮김, 『데리다와 해체주의 : 철학과 사상』, 현대미학사,
　　1998.

Lukacs, Georg, 박성완 옮김, 『소설의 이론』, 심설당, 1985.

____________, 이영욱 옮김, 『역사소설론』, 거름, 1987.

____________, 이춘길 편역, 『리얼리즘의 기초이론』, 한길사, 1993.

____________, *Realism In Our Time*, Haper & Row, 1971.

Marston Anderson, *The Limits of Realism ; Chinese Fiction in The Revolutionary Period*,
　　University of California Press, 1990.

시모어 채트먼 저, 김경수 옮김, 『영화와 소설의 서사구조』, 민음사, 1999.

（ㅎ）

저 자 **임 옥 규**

홍익대학교 국어교육과를 졸업하고 동대학원 국어국문학과에서 「북한 역사소설 연구」로 박사학위를 받았다.
아주대학교, 홍익대학교, 가톨릭대학교에 출강하였다.
'남북한 역사소설', '남북한 문학과 문화콘텐츠', '영상문학'에 관심을 가지고 있으며, 저서로는 『북한의 언어와 문학』(공저, 경인문화사), 논문으로는 「영상강의 방법 연구」, 「영상 텍스트에 나타난 '욕망'의 문제」, 「북한 역사소설의 역사적 변모」, 「북한 역사소설의 고조선·고구려 형상화 연구」, 「'고난의 행군' 이후 북한문학에 나타난 여성·모성·조국애 양상-≪조선문학≫(1997~2006)을 중심으로」 등이 있다.

북한 역사소설의 재인식

인 쇄 2008년 4월 17일
발 행 2008년 4월 25일

저 자 임 옥 규
펴낸이 이 대 현
편 집 김 지 향
펴낸곳 도서출판 역락
　　　　서울 서초구 반포 4동 577-25 문창빌딩 2층
　　　　전화 • 02)3409-2058, 2060 / FAX • 02)3409-2059
　　　　이메일 • youkrack@hanmail.net
　　　　등록 • 1999년 4월 19일 제303-2002-000014호

정 가 13,000원
ISBN 978-89-5556-608-6 93810

■ 잘못된 책은 교환해 드립니다.